国家社科基金
GUOJIA SHEKE JIJIN HOUQI ZIZHU XIANGMU
后 期 资 助 项 目

现代中国文艺的一种阐释

文学与图影的流转

高秀川　著

九 州 出 版 社
JIUZHOUPRESS｜全国百佳图书出版单位

图书在版编目（CIP）数据

现代中国文艺的一种阐释 ： 文学与图影的流转 ／ 高
秀川著. -- 北京 ： 九州出版社，2024.5
ISBN 978-7-5225-2723-9

Ⅰ．①现… Ⅱ．①高… Ⅲ．①中国文学－现代文学－
文学研究 Ⅳ．①I206.6

中国国家版本馆CIP数据核字（2024）第061144号

现代中国文艺的一种阐释：文学与图影的流转

作　　者	高秀川　著	
责任编辑	邹　婧	
出版发行	九州出版社	
地　　址	北京市西城区阜外大街甲 35 号（100037）	
发行电话	(010)68992190/3/5/6	
网　　址	www.jiuzhoupress.com	
印　　刷	鑫艺佳利（天津）印刷有限公司	
开　　本	710 毫米 ×1000 毫米　16 开	
印　　张	22.25	
字　　数	360 千字	
版　　次	2024 年 5 月第 1 版	
印　　次	2024 年 5 月第 1 次印刷	
书　　号	ISBN 978-7-5225-2723-9	
定　　价	98.00 元	

国家社科基金后期资助项目
出版说明

后期资助项目是国家社科基金设立的一类重要项目，旨在鼓励广大社科研究者潜心治学，支持基础研究多出优秀成果。它是经过严格评审，从接近完成的科研成果中遴选立项的。为扩大后期资助项目的影响，更好地推动学术发展，促进成果转化，全国哲学社会科学工作办公室按照"统一设计、统一标识、统一版式、形成系列"的总体要求，组织出版国家社科基金后期资助项目成果。

全国哲学社会科学工作办公室

序

徐德明

　　高秀川的著作《现代中国文艺的一种阐释：文学与图影的流转》讨论"文学"与"图影"，由此蠡测现代中国文艺，希望从边缘上"撬动中国现代文学研究既有的观念和体制"。他唤醒了我久蓄心中的某种奢侈想法：我们能否回到中国的文艺复兴——"五四"那一代人的文艺领地上去。

　　"五四"一代，尽出文艺通人。他们不是某一艺术地盘上的领主，其跨文艺领域之广令人叹为观止。就说鲁迅吧——他没有要做书法家的愿望，可是脱化于碑、隶的笔法出神入化；他是个名副其实的金石家（艺术文化考古结合鉴赏的行当），至今鲁迅专家承认其"抄古碑"无用，却不想尝试解说其收藏拓本的眼光与标准；汉画像石刻与明清木雕，材料有别而原理一致，鲁迅对此穷源究理，从碑石拓本、古人笺谱而现代木刻，从研究中国传统版画延展到欧洲和苏联的现代版画；他原本可能是个美术史家或从实践出发的艺术理论家，天不假年，只成就了《中国小说史略》；他也可以是以现代人类学为基础的艺文方志的专家，以"女吊"等地方艺术的研究揭示超越地域的精神现象；他"五四"前也收罗"古泉"，大概打算有朝一日，可以从古钱币探究中国经济史；他随章太炎研究过古文字，《鲁迅全集》中涉及的经典与史籍不胜枚举，博通"野"史则更显其价值立场；人皆服膺其深度思考而确立思想家范式，如果从他的杂文批判性文字总结，未尝没有属于他的中国思想史。何止一个鲁迅，陈独秀的中国语言文字研究之深，岂是古汉语文字学能限量。蔡元培的"美术"打通哲学、伦理与文艺，其渊深与他兼收并蓄主持北京大学相表里。胡适之、周作人都不可以某一种学问去度量，该把他们置于结构性的文艺框架中重新打量一番。创造社的郭沫若，从甲骨文、易学而中国历史的通盘考量，用文学创作以外的宽广学问谱系与笔墨来诠释属于他的创造，远非文学社团宗旨的单纯。稍后有老舍，真是"文武昆乱不挡"，就算那一手魏碑也是地道的法书，唱戏"一赶三"，一人于同一出戏中串演生旦角色多个人物，鼓书、相声都拿得起来。对友人傅抱石、齐白石中国画的评论告诉我们，他不仅能够以《文学概论讲义》成文学理论一家言，也是艺术理论的专门家。俱往矣，"五四"文艺复兴是人文主义扩展的时空，"五四"人的文艺思维与创造真是海阔天空。

中国近现代的人文是个大家族，可是经过现代研究学科化与教育体制的分割，"家财万贯"的人文世界也经不起一代代析产，继承某一方面的"子孙"渐渐地显出小家子气来。分家析爨的文、史、哲分门立户、自为学科。中西交通的世界变大了，这三科再依外语语种或时段划分，学人从读书起就在这样的空间里讨生活，若想把学问做大一点，在自己很为难，在别人看了是狂妄。再看文艺，连传统文人看家本领诗、书、画也难摆平。当代中国画作品，画意兼得中西，题诗字与句数也有两三行，字便率性笔画，再要找诗、书、画"三绝"的，真不容易。传统音乐，古琴弄风雅，斫琴与奏琴的热情差不多，卖琴也是推广。中国艺文后嗣者，从传统大家庭里拿走一些、又被赋得一些，成了个核心家庭，关起门来过日子，满有自足感。原本一大家"析产"后成为同族本家，再往后便视为邻家，很难越界。也有补救，外来学问中的比较文学/文化研究，不时地刺激一下各自为政/阵的专家们，跨文化研究方法有所启发和锻炼着现代文学专家迈腿、拉筋，产生新类型的专家文章。回观20世纪二三十年代，我们不怕无法回到鲁迅所说的"大宅子"，唯恐走不进世界人文"博物馆"。打破僵化的学科思维的研究始于足下，高秀川的价值在此。

高秀川阐释中国文艺的现代特征为"文学与图影的流转"，以我阅读文学作品的经验理解，那是在不同艺术形态之间的驿动/传绎。文学归根结底在文字，看见文字就看见色彩、线条的流动与结构，就听见乐音、节奏、韵律、调性、乐章，或solo或交响，就抬头看见塑形的块与面。闻一多的《死水》给我们呈现了很多。抗战期间的老舍，一旦展开他忆北平的文字，就好像看见一百丈胶片的电影，那是好长的艺术风光与人的活动的纪录。高秀川论述《朝花夕拾》，鲁迅文字就是天然的视觉艺术。敞开心胸看这"流转"，是流散而不是循环，人文的价值追索常常不知伊于胡底，而一种艺术向另一种艺术形态之间的流动是永恒。

　　近日在爱丁堡看了些展览，专题标明是"视觉艺术"，展品为打印出来的影视剧本文字，盯着躺在展台上的那几页纸，我讶异其出格。爱丁堡大学老学院 (Old College) 有个展览，展厅中央是屈伸的女性雕塑，两个相互垂直的墙幕上同时播放影片，第三幕是文字，极为简约隽永，形象化与哲思穿越历史。作为行为艺术家的女性登场与影片呼应，聚光灯下她利用分布在展厅四周的道具如梯子、水盆、纱幕等作出种种表演。灯光下女性行为者淡入淡出，观念围绕着女性时空，流动／凝聚地展开，完全是开放性的。我知道这是展示人文，形式总归于文艺。这是西方当下的现代文学／文化／文艺，让视觉艺术理论将其"包括在外"。

　　这让我联想高秀川对张爱玲的讨论：她的家族老照片评议，近现代女性服饰的历史陈述，专画女性的线描紧邻西画素描，又好像回到两个世纪前改琦画《红楼梦》中女子的版画。张爱玲的流动是参差，在参差对照中透视中国文化。鲁迅与张爱玲之间的时空观念参差着，海派与延安之间满是张力，越过观念史而看文艺，高秀川举脚向前。

　　这本著作不在主流之列，高秀川从来淡泊，颇有点"以出世之精神，为入世之事业"的况味。

目　录

绪　论

第一节　现代中国文艺场域中的文学与图影

　　本书之所以预设"现代中国文艺"的前置，旨在把现代文学放在更为宽泛的、多元的文化语境中去审视，希望由此可以发掘出文学周边隐而不彰的种种视觉化形迹，从而获致一种对文学的相对直观、立体的阐释。从现代文艺发展的角度看，视觉化的"图影"所蕴含的种种文化因素，不唯有映照文学的功能，更能提供一种主体间性的探讨空间。从这一原点出发，本书基于以下五个核心判断架构起学术论述的合理性：其一，图影可以作为现代中国文艺的一种视觉化语境建构要素；其二，图影可以作为推动现代文学书写变迁的一种力量；其三，图影可以作为现代中国文艺发展的一种镜像；其四，文学可以作为图影表现的资源；其五，文学可以改变图影表现的风格和形式。具体而言，即在现代中国文艺的发展历史中，那些可以作为文化语境、参与力量和历史镜像的视觉化因素确乎深刻地影响着作家的文学想象，改变了文学书写，再经由文学的传播与消费环节进入到读者的视野中去，最终成为一种隐形的建构。另外，那些文学文本中以文字呈现出的记忆、想象和幻境所折射出的时代风云流变和个体生命遭际，也在一定程度上召唤出图影表达的诉求，并推动着这种表达的多元化。总之，在视觉维度上对文学生态、主体性等问题所进行的探索不光是现代中国文艺的一种独特阐释，更是拓展现代文学研究方法的一种有益尝试。

一、"文艺"与"图影"的本体论溯源

从词源学上考察，古代典籍有称"文艺"者，"文"与"艺"是分开的，"文"不专指文学，"艺"不专指艺术，其含义相当广泛，而且在不同时代"文"与"艺"也各有所指，其意大相径庭。西汉《大戴礼记》论及人之言行相悖时讲道："有隐于知理者，有隐于文艺者"[①]，按照戴德后文的论述，这里的"文艺"显然偏于贬义，有以言语虚应、不及要旨的嫌疑，颇具矫饰之意。换言之，《大戴礼记》中的"文艺"虽然是有着道德伦理色彩的言语体系，但多少也具有现代文艺所涉及的一些核心要素。南朝刘勰评价庾亮时则有言："昔庾元规才华清英，勋庸有声，故文艺不称；若非台岳，则正以文才也。"[②]此处所谓"文艺"跟现代意义上的文艺也有所区别，大约可以理解为文章之学。总体而言，在古代各种文体中出现的"文艺"大约有言语文饰、撰述写作之学问等意涵，跟现代意义上的文艺颇有距离。20世纪以降，"文艺"则以各种面貌出现在不同场域，逐渐流变整合，最终铸成当下"文艺"的基本框范。事实上，中国现代文艺的发展史上，"文艺"亦曾有过"美术"的称谓。蔡元培在1918年国立美术学校成立时的一次演讲中，劈头就说："美术本包有文学、音乐、建筑、雕刻、图画等科。"[③]显然，这里的"美术"并非现代意义上的学科概念，而是一种"审美的艺术"。蔡元培想以"美术"作为人文教化的工具，潜移默化地实施国民素养的改良，因而才有了"以美育代宗教"的说法。他认为："纯粹之美育，所以陶养吾人之感情，使有高尚纯洁之习惯，而使人我之见、利己损人之思念，以渐消沮者也。"[④]从这一层面看，其所谓"美术"意思几近于现在所说的"文艺"。无独有偶，与蔡元培交游甚密的鲁迅在《呐喊》自序中回忆留学东瀛弃医从文的心路历程时，即提到想以提倡文艺运动的方式唤醒民众。但他不无遗憾地发现当时留日学生多学法政、理化、警察工业等实用性专业，并没有多少人攻读"文学和美术"。在鲁迅这里，文学和美术又是分而论之的，其综合起来的意思也是"文艺"的概念了。但在鲁迅，其"文学和美术"之用，并不满足于"改良"而倾向于"改造"，有着显明的国民性重塑意图。后来鲁迅频繁地使用"文艺"

---

① 高明注译《大戴礼记今注今译》，天津古籍出版社，1975，第366页。
② 刘勰：《文心雕龙》，周振甫注，人民文学出版社，1981，第526页。
③ 蔡元培：《蔡元培全集》（第3卷），高平叔编，中华书局，1984，第147页。
④ 蔡元培：《蔡元培全集》（第3卷），高平叔编，中华书局，1984，第33页。

图 0-1 蔡元培

一词，大都是兼有文学和艺术之意的。譬如他在谈及上海文艺界情状时，并不限于文学，还旁及绘画，甚至涉及电影这样的现代艺术门类。在他看来，这些标识着西方新文明的视觉艺术也是值得考量的一种文艺场域内的新变化。梁启超论及西周至春秋时期以《诗经》为代表的诗歌兴盛之原因时讲道："社会文化渐臻成熟之后，始能有优美的文艺作品出现。"[1] 其所言"文艺"者，则是文学艺术的总称，后来他讲到欧洲文艺复兴时，所说"文艺"也是这个意思。1928 年 10 月民智书局出版的《文艺辞典》对"文艺"一词有这样的注解："普通用作总称文学美术的名词。比艺术意义稍狭，比文学意义较广。但有的时候单指文学（即纯文学），有的时候又用作艺术全体底意义。"[2] 由此可见"文艺"含义的复杂多变。而 1931 年光华书局出版，邱文渡、邬孟晖合编的《新文艺辞典》则这样注解："文艺是包括诗歌，小说，戏剧，绘画，雕刻等一切美术现象的总称。有时候，可用作和艺术一样的意义；有时候，又是同文学一样的意思的。"[3] 显然，此处对

① 梁启超：《梁启超全集》（第 16 卷），北京出版社，1999，第 4651 页。
② 孙俍工编纂《文艺辞典》，民智书局，1928，第 53 页。
③ 邱文渡、邬孟晖合编《新文艺辞典》，光华书局，1931，第 29 页。

"文艺"的定义也是游离的、模糊的。自 20 世纪初，中国学者将西方有关文艺复兴的书籍译介到中国，文艺一词开始被广泛接受和使用，数量众多的杂志刊名都有"文艺"二字，但是"文艺"的意涵在具体使用过程中却人言人殊，各有侧重。延至 1940 年代，毛泽东《在延安文艺座谈会上的讲话》中强调召开座谈会的目的，"就是要使文艺很好地成为整个革命机器的一个组成部分"①。毛泽东在座谈会上所说的"文艺"虽涵盖着众多艺术门类，当然也是以文学为重的。等到 1949 年以后，"文艺"则摒弃了许多传统的内容、方法和理念，成为"新文艺"，这实质上是在新意识形态下的一种嬗变。就本书而言，文艺的意涵则近于"文学与艺术"之说，大多数情况下以文学为轴心，旁及其他视觉艺术形式。总之，从词源学、艺术发展史和接受史的途径梳理"文艺"概念的流变是一个有意义的工作。现代中国"文艺"从蔡元培的人文"美术"，到鲁迅的启蒙"文艺"、现代"文艺"，再到延安解放区的"革命文艺"，最后成为"新文艺"，这样的流变折射出文学艺术在不同时代、不同阶段、不同立场之下迥然有异的自我定位、社会功用和阐释方式，显明地透露出现代中国文艺发展历程中特有的时代特征及价值判断。

另外，"图影"作为本书一个核心的关键词，当然亦有在词源学层面廓清的必要。比及"文艺"一词，对"图"的词源回溯更加久远。《说文解字》中把"图"释为"画计难也"，有筹谋艰难之意。显然，最初"图"并无现代字典中"用绘画表现出来的形象"② 这一层意思。朝前追溯，《易·系辞上》中就有言："河出图，洛出书，圣人则之。"③ 其谓伏羲王天下时，分别有龙马、神龟自黄河、洛水出，背负"河图""洛书"，然后伏羲氏据河图洛书绘制八卦，而河图洛书作为上古流传的神秘图案，则被目为河洛文化的滥觞——这一记载分明把华夏文明的核心与"图"联系在了一起。《论语》中"凤鸟不至，河不出图，吾已矣夫"④ 的感叹，显然也和这段传说有关。其后"图"的引申分别有"地图""图谶""图象"等意，大约还是停留于实用层面的图案类。东汉王延寿在《鲁灵光殿赋》中描述灵光殿的精美壁画时这样铺陈道："图画天地，品类群生。杂物奇怪，山神

---

① 毛泽东：《在延安文艺座谈会上的讲话》，解放社，1950，第 2 页。
② 《现代汉语词典》（第 6 版），商务印书馆，2012，第 1317 页。
③ 王弼：《周易注疏》，韩康伯注，中央编译出版社，2013，第 370 页。
④ 邹憬：《论语通解》，译林出版社，2014，第 124 页。

海灵。写载其状,托之丹青。"①这里显然是把"图"纳入艺术审美的范畴加以考量了。通过"图"的中国词源学考证,不独了解"图"之来历,更为重要的是由此可以发现中华文明的起源其实是与"图"有着深刻联系的。而现代之"图",可以说范围更广,涵盖图案、图形及绘画艺术等。相对而言,"影"的释义则相对简单。《集韵》中言:"物之阴影也。"《六书正伪》则释曰:"影者,光景之类也。"显然,影始终是与"光"联系在一起的。但在一些传统文化典籍中,涉及"影"的地方大都还是"图"的含义。譬如,《三国演义》中曹操行刺董卓,事败而逃,于是"卓遂令遍行文书,画影图形,捉拿曹操"②。其时所谓"画影图形"中的"影"即是图绘的人物肖像。唐玄奘《大唐西域记》所载"昔有佛影,焕若真容"中的"影"同样是指肖像之意。到20世纪二三十年代,流行文化的视觉载体显然不再局限于以往较为单调的"图"(譬如图画、图像、图谱、图案等),而是进入到更具传播特性的时代——真正"影"的层面。相较"图"而言,"影"更有一种光感、动态的形象表征,广泛涉及了摄影、电影等现代科技催生的视觉化艺术门类。不唯如此,甚至那些都市街衢中流转的光影也是构建文学语境的要素和文学的表现对象,因而无论以绘画、摄影,抑或图像、影像,都不能完全涵盖这些或静或动的视觉因素,唯以"图影"限定之,方可获致逻辑层面的周延。总之,中国近现代逐渐勃兴的工业文明所建构的文化语境,赋予了"空间的"图像以时间的线性,从而使其演进到"图影"的阶段。从这个意义上讲,"图影"概念的框定既有其合理性,又有其必要性。

20世纪以降,以图影为对象物的视觉活动已经逐渐进入到现实生活的方方面面,同时也悄然渗透到中国现代作家的文化经验中,潜移默化地改变着他们的审美判断和艺术表现。在此情形下,从文学研究的层面讲,"传统方法论无法应对新型文化,如电影、装帧设计、卡通漫画等图像(造型)与文字(话语)结合的艺术类型;且统一、同质的文化形式已经嬗变为异质、多元、复合的文化形态,单一视点远不能阐发并深究由新事实引发的新问题"③。由此可见,文学与图影的关联性不单单是新发生的学术议题,更是无法回避的文化现实。因此,深入探讨文学与图影的关系也是现

① 萧统编《文选》(上),李善注,太白文艺出版社,2010,第313页。
② 罗贯中:《三国演义》,朱正标点,岳麓出版社,1986,第21页。
③ 谢宏声:《图像与观看》,广西师范大学出版社,2012,第371—372页。

代文学研究的一条有效路径，而关于"文艺"与"图影"的诠释与界定显然是这一论题的真正开端；但如何在"文艺"的规制下梳理剖析文学与图影的关系，从而整合出一种不同于传统视角的现代中国文艺的发展地图，才是这一论题的重中之重。有基于此，本书以中国现代文学为主轴，旁及与其相关的视觉化样本，在此基础上深入研判作家、文学文本、文学思潮与绘画、摄影、电影等样本所达成的某种程度的互文与互补的关系，不仅以"图像证史"①的思路去努力发现文学研究的盲点，更倾向于深层次解读文学生产方式的形成、变迁与视觉图影发展之间的深刻联系，探究其内在的主体间性，从而使中国现代文学研究更富有文化质感和历史深度。

二、文学与图影流转研究的可能与必要

古希腊哲学家柏拉图在《理想国》中把艺术世界看作对现实世界的模仿，与所谓的"理式世界"更是远隔了一层，仅仅是"影子的影子"。不唯如此，柏拉图还对视觉所感知到的世界有着本质的怀疑，并不认为真理可以通过感觉的体认而获得。那些具有普遍性的理念，譬如我们所论及的真、善、美的东西，在柏拉图看来，已然预先潜伏在个体的心灵之中。因而对于诗歌和绘画艺术，柏拉图都予以排斥，他说："因为像画家一样，诗人的创作是真实性很低的；因为像画家一样，他的创作是和心灵的低贱部分打交道的。"②显然，柏拉图对于诗歌的否定并非立足于艺术本体的发言，而是有着浓厚的体制建构意图和道德色彩。他尤其认为诗人缺乏理性控制的情感和欲望的表达，对理想城邦的心灵制度造成了极大威胁，因之才有了把诗人驱逐出理想国的论调。柏拉图虽然竭力鼓吹诗歌对理性王国的瓦解可能，但年轻时期的他也创作过"颂神诗和赞美歌"，其中最具影响的是他写给挚友阿斯特尔的诗歌：

> 我的阿斯特尔，你仰望着星星，
>
> 啊，但愿我成为星空，
>
> 这样，我就可以凝视着你，

---

① 〔英〕彼得·伯克的《图像证史》一作探讨了"如何将图像（images）当作历史证据来使用"的命题，其一方面鼓励此类证据的使用，另一方面指出使用中可能存在的陷阱，对本论题的深入颇有启发。

② 〔古希腊〕柏拉图：《理想国》，郭斌和、张竹明译，商务印书馆，1986，第404页。

以万千的眼睛。①

　　这显然是有趣和值得深思的话题，壮年的柏拉图固然对诗歌、绘画等艺术形式不断抨击，但青年时期的他却以其最不屑的文艺体式，表达出对友人最为醇厚的个人情谊，而且这种表达分明倚重了被他道为虚幻的视觉感知。很显然，柏拉图构想其理想国的蓝图时不无自信，但在表达自我情感时却透露出些许尴尬：一是离不开诗，二是离不开视觉。抛开《理想国》所建构的理想城邦不谈，单从艺术创造的层面去理解，这首诗确实令人印象深刻，后来在莎士比亚的《罗密欧与朱丽叶》中还出现过。其中"星空""眼睛"的意象，以及通过"凝视"所生发出的感知与体悟，分明凸显出艺术表达与视觉的深刻关系。与柏拉图对借由视觉抵至真理的质疑不同，他的学生亚里士多德则认为在人类的诸种感觉之中，视觉尤为重要。他说："无论我们将有所作为，或竟是无所作为，较之其他感觉，我们都特爱观看。理由是：能使我们识知事物，并显明事物之间的许多差别，此于五官之中，以得于视觉者为多。"②亚里士多德认为在把握世界的本质时，视觉的作用比及其他感觉更为重要。虽然在模仿理论上，亚里士多德与柏拉图有着某种一致性，但亚里士多德认为艺术所模仿的对象是真实存在的现实世界，而且这种模仿并非简单的复制和镜像，而是有着创造性处理的一种行为。应该说，柏拉图、亚里士多德在视觉、模仿及艺术等方面的潜在分歧，某种程度上涉及现实世界认知与艺术表现的议题，也在哲学层面上印证了视觉与艺术不容忽略的内在关联性。

　　从认知实践层面来说，中国上古先贤最初对视觉所给予的重视更多是出于认识世界的需要。《周易·系辞上》有云："仰以观于天文，俯以察于地理，是故知幽明之故。"③显见中国先哲对未知世界的认识是建构在"观"与"察"的视觉基础上的，也可以说，他们早已认识到"观"是认知世界的基本方法和获知真理的重要途径。与柏拉图等西方哲学家有所不同的是，《易经》所提到的视觉性认知实践，融合了个体的理性判断和思考，并非一种模仿式的镜像与转移。不唯如此，《易经》还进一步阐释道："圣人有以见天下之赜，而拟诸其形容，象其物宜，是故谓之象。"④这显然是一个

---

① 转引自黑格尔：《哲学史讲演录》第2卷，贺麟、王太庆译，商务印书馆，2017，第162页。
② 〔古希腊〕亚里士多德：《形而上学》，吴寿彭译，商务印书馆，2017，第1页。
③ 《易经》，苏勇点校，北京大学出版社，1989，第82页。
④ 《易经》，苏勇点校，北京大学出版社，1989，第83页。

观察、体味、创化、表达的过程，亦是从对自然界的观察，到符号系统建构的过程。而从艺术发展的角度来看，由视觉观察到艺术创造显然也遵循着这样的规律。宋代苏轼论及画竹时，也涉及了观察、构思和艺术呈现的各个阶段，他认为："故画竹必先得成竹于胸中，执笔熟视，乃见其所欲画者，急起从之，振笔直遂，以追其所见，如兔起鹘落，少纵则逝矣。"[1]这种极为精到的论述虽然表达的是"成竹在胸"的艺术经验，但其核心分明仍在于"视觉化"——创作之际的"视"与"见"分明是架构生活经验和艺术作品的唯一桥梁。"从文化史的角度说，人类早期的原始文化就是视觉文化，那时的语言文字还未充分发展起来，视觉在人类生活中是支配性的。"[2]如果进行细致的爬梳剔抉，或者所谓布罗代尔式的考察，即可见到中国文明发展所留存下来的视觉材料可谓浩如烟海：远至上古图腾、青铜饕餮，源远流长而蕴藉深厚；中到唐宋元明文人的水墨丹青，流光溢彩，蔚为大观，不可谓不丰富。至于那些远古图腾，虽然仅仅是原始人类无法言明的观念意识符指，"但是凝冻在、聚集在这种种图像符号形式里的社会意识、亦即原始人们那如醉如狂的情感、观念和心理，恰恰使这种图像形式获有了超模拟的内涵和意义，使原始人们对它的感受取得了超感觉的性能和价值，也就是自然形式里积淀了社会的价值和内容，感性自然中积淀了人的理性性质，并且在客观形象和主观感受两个方面，都如此"[3]。中国龙飞凤舞的远古图腾，一方面是原始巫术的图像化，再现了远古人类的心灵图景——它既是一种审美的表达，也呈现出最原初的审美观念，有其最本质的文化意涵；另一方面，历代传承而下的文人绘画则熔铸了文学精神与形象表达之后，衍生出更为广阔的文化阐释空间。总之，视觉文化亦是中国文明历史的重要组成部分，其与人类社会发展进程是相伴而生的，而从中国传统文化的角度探讨视觉与艺术的议题，同样可以窥见两者之间密不可分的内在联系。

1990 年，美国的 W.J.T. 米歇尔提出了"图像转向"的概念，认为人文学科进入了"仿真时代"。在这样的时代，借由科学技术的强大力量，各种"视觉类像"及"幻象"的新形式得以全面地开发、衍生。米歇尔认为："图像转向的幻想，完全由形象控制的一种文化的幻想，现在已经

---

[1] 张志烈等主编《苏轼全集校注·文集二》（第 11 册），河北人民出版社，2010，第 1154 页。
[2] 周宪：《当代中国的视觉文化研究》，译林出版社，2017，第 13 页。
[3] 李泽厚：《美学三书》，安徽文艺出版社，1999，第 17—18 页。

成为全球规模的真正的技术可能性。"① 显然,当下在网络空间中耳熟能详的"有图有真相"恰恰就表达出一种对视觉化的依赖和信奉。应该说,作为文艺创作与接受的语境,视觉文化空间的建构在现代得以发生的可能性很早就埋下了种子,但一直到清末民初,才在某种程度上开启了现代中国文艺视觉化语境建构的进程。这一时期,更为丰富多元的视觉文化载体不断涌现,除了承继传统的绘画、小说绣像之外,电影、摄影、画报、雕塑、西式建筑及文化广告也随着西风东渐的大潮进入中国,逐渐建构出视觉与各种艺术门类相融共生的复杂文化系统。漫长的中国文明发展历史进程中,作为视觉文化遗存的主要类目,图画固然没有达到与文字同等重要的文化地位,很多情况下在扮演"济文字之穷"的角色,但随着时代的变迁,其与文字的关系就愈来愈朝"图文互济"的方向发展。譬如从宋元时期肇始的绣像小说,即是在文本与图像的配合下得以流行起来的。明末清初绣像小说发展到最为鼎盛的阶段,其间当然有宗教文本、经史子集努力朝向大众层面传播的动因,更有普通民众对视觉文化的某种偏爱。清中后期小说绣像的逐渐没落也并非受众对视觉化的摈弃,而是因为清朝统治者对文化空间的严控和挤压。晚清以降,各种西方造型艺术所拥有的视觉力量逐渐建构起一种特有的文化语境,开始对中国文艺的发展产生某种程度的影响,譬如从《申报》所创《点石斋画报》的刊行流布,即可窥见诸多主创画家对西方绘画手法的模仿和借鉴。而中国最早专载小说的期刊《新小说》(1902 年 11 月创刊)则开始在扉页上刊载托尔斯泰、拜伦、雨果等文豪的照片,透露出对西方文学的关注。20 世纪初叶,西方绘画、摄影及电影在中国大都市中开始流行,也无意中建构起一种更为强势的视觉文化语境,其对文学的书写亦有极大的影响。事实上,视觉议题的背后往往有着价值判断和审美理念的思想内核,或曰,图影文本的形制、质料、载体、设色等等,相当大程度上呈现出生活、审美甚至思想层面的细节。而视觉文化中的一些素材本就是文艺的一部分,其与非艺术的视觉材料所构成的视觉文化语境,将愈来愈明显地影响现代中国文艺的整合与流变。有学者认为:"视觉文化并不取决于图像本身,而取决于对图像或是视觉存在的现代偏好。"② 换言之,作为一种总体倾向的视觉化趋势将是文艺发展进程中必须重视的文化背景。就中国现代文学而言,其与视觉文化的交

---

① 〔美〕W.J.T. 米歇尔:《图像理论》,陈永国译,北京大学出版社,2006,第 6 页。
② 〔美〕尼古拉斯·米尔佐夫:《视觉文化导论》,倪伟译,江苏人民出版社,2006,第 6 页。

图 0-2 《新小说》刊托尔斯泰照片

集、互动就从未停止过。譬如，1930年代的上海新感觉派小说家们的作品，即是一类最具典范性的视觉化文学书写。无独有偶，鲁迅也很早就敏感地意识到视觉化语境的必然到来，他在《"连环图画"辩护》一文中曾预言过用活动电影教学的未来场景，不过结果是"话还没有说完，就埋葬在一阵哄笑里了"。也许我们不至于和对视觉化时代嗤之以鼻的人们一样短视，但的确应该继承鲁迅那种开放的、发展的眼光和胸怀。总之，随着现代中国文艺与视觉相融共生的脉络在文化发展潜流中愈来愈明显地凸显出来，文学与图影流转的研究也应该得到更深广的拓展。正如伊雷特·罗戈夫所说的那样："作为一项跨学科和方法论上交叉的领域的探究，视觉文化的出现，恰恰意味着从另一角度重新思考时下某些最令人伤神的问题的时机。无论是对其探究的对象还是对其方法论过程的简要描述，它都以其全部复杂性折射出当下文化研究领域的契机。"[1] 显然，对于文学研究而言，亦可从这种复杂性折射中寻觅到深入拓展的机遇。

---

① 〔以〕伊雷特·罗戈夫：《视觉文化研究》，载《视觉文化读本》，广西师范大学出版社，2003，第4页。

第二节　文学与图影研究的历史与现状

如前所述，20 世纪以降的视觉文化体系中，"图像"的意涵往往会囿制于其平面化、静态化、瞬间性等存在特质，因此本书引入了"图影"的概念。需要指出的是，"图影"是具有成长性的文化概念，会随着时代的发展不断地自我丰足。有基于此，国内外对不同历史阶段的文学与图影关系的研究往往呈现出不同的风貌。首先，对 20 世纪以前文学与图影的研究大多集中在对诗歌与绘画关系的探讨上。20 世纪以降，因摄影技术的发展及电影的发明，这一时期着眼于文学与图影的研究就不仅仅限于诗画关系的探讨，而是逐渐拓展到含义更为广泛的文图关系研究，即各类文学文本与绘画、摄影、电影等视觉载体之间互动、互文的关系探讨；另外，还有相当多的学者将研究聚焦于文学与都市之间的视觉交互，把生活空间中的光影流转和文学创作的内在关联也纳入考察范围，更拓展了现代文学研究的深度和广度。

一、国外相关研究的历史与现状

（一）图像作为一种文本

20 世纪中叶，法国著名作家、思想家罗兰·巴特认为每一个文本都有可能包含着其他一些文本的影子，强调"文学性"并不仅仅体现于"故事文本"和"抒情文本"之中，由此拓宽了静止、单一的文本观念。除了《明室》一作外，巴特的大部分论述并非指向图像，但是其关于"文本"的种种思考却给予学界很多的启发，从而使"跨学科"的文学研究渐成风气。1967 年，美国学者纳尔逊提出"超文本"的概念，认为超文本是以品类复杂而多元的形态呈现的，并不限于文字的形式。"大量的书写材料或图像材料，以复杂的方式相互联系，以至于不能方便地呈现于纸上。它可能包含其内容或相互关系的概要或地图，也可能包含来自已经审阅过它的学者所加的评注、补充或脚注。"[①] 显然，纳尔逊的超文本指的是一种开放性的、无限性的和交互性的文本——如果从文学研究的本身来看，包含图像、文字或其他类型材料的各种"文本"的主体间性才是关键核心。尽

---

① Ted H. Nelson, *A File Structure for the Complex: The Changing and the Indeterminate*，ACM 20th National Conference, 1965.

管"超文本"的概念随着科学的发展，跟电子信息技术越来越紧密地联系在一起，但其对于文学与图像研究方法论层面的启示还是值得重视的。事实上，真正把文学和其他文本，譬如图像、影像文本联系起来予以关注的是法国结构主义叙事学的代表人物热拉尔·热耐特。他在《广义文本导论》中把以往被研究者忽视的封面、插图、插页、护封及其他附属标志纳入文本考察的范畴。他认为这些文学周边的附属物，"它们为文本提供了一种（变化的）氛围，有时甚至提供了一种官方或半官方的评论……"①这样一种开放的学术视野事实上开拓了文学研究的疆域。W.J.T.米歇尔在这一议题上也有论述，认为"形象—文本"显然是指视觉与语言的关系，而"形象文本"则是另外一种意思，为"把形象和文本结合起来的合成的综合性作品（概念）"②。在他看来，"形象文本"并不纯粹，是一种"合成的"艺术。显然，米歇尔的论述中含有"图像是一种文本"的意涵，但较之罗兰·巴特、热拉尔·热耐特等人所谓的图像文本的论述更为深刻复杂。米歇尔指出："'纯粹的'视觉再现通常也以相当直接的方式融会了文本性，这也是事实，因为书写和其他任意的标记都进入了视觉再现的领域。同样'纯粹的'文本也融会了视觉性，尤其是当这些文本被书写或印刷成可视的形式时。"③米歇尔所强调的视觉形象和文本之间的复杂的互动关系显然也提供了图像作为文本研究的可能性和丰富性。另外，关于文本讨论，俄国的文艺理论家巴赫金也曾有论述，他认为："如果宽泛地理解文本，释为任何的连贯的符号综合体，那么艺术学（音乐学、造型艺术的理论和历史）也是同文本（艺术作品）打交道。"④显然，巴赫金论及的也是一种广义层面的文本，尤其强调了不同类型的文本之间的对话性，这对于文学与图影的跨界研究而言，也颇有借鉴的意义。

（二）诗歌与绘画的关系

西方最早关于文学与图影的论述，更多体现在对诗歌与绘画关系的探讨上。古希腊诗人西蒙尼底斯就讲过"诗是有声的画，画是无声的诗"；古罗马诗人贺拉斯在《诗艺》中亦有"诗如画"的说法，尤其强调诗画审美、表现的一致性，获得了广泛的认同。贺拉斯提出的"诗歌、绘画艺术

---

① 〔法〕热拉尔·热奈特：《热奈特论文选》，史忠义译，河南大学出版社，2009，第58页。
② 〔美〕W.J.T.米歇尔：《图像理论》，陈永国译，北京大学出版社，2006，第77页。
③ 〔美〕W.J.T.米歇尔：《图像理论》，陈永国译，北京大学出版社，2006，第82页。
④ 〔俄〕巴赫金：《巴赫金全集》（第4卷），钱中文主编，河北教育出版社，1998，第300页。

图 0-3　古希腊雕塑《拉奥孔》

不仅限于模仿，而是通过艺术手段对现实进行改造"观点对后世影响巨大，在 16 世纪到 18 世纪关于欧洲艺术的探讨过程中，这种观念几乎是一种原则性的起点。及至 18 世纪，德国著名的剧作家、美学家莱辛所撰述的《拉奥孔》深入探讨了诗画关系，对诸多先贤论述有所质疑，可以说是较为系统研究文学与图像关系的学术著作。该作以古希腊群雕《拉奥孔》作为切入点，细致分析了这一题材在古典造型艺术和诗歌中迥然有异的表现方式。莱辛在指出造型艺术和语言艺术之间的本质差别之后，亦对这两种不同艺术门类的共同特征和规律进行了研判。他指出："诗和画固然都是模仿的艺术，出于摹仿概念的一切规律固然同样适用于诗和画，但是二者用来摹仿的媒介或手段却完全不同，这方面的差别就产生出他们各自的特殊规律。"① 莱辛注意到诗与画是适合分别表现时间和空间的艺术，是有很大差别的。他认为："人们想把诗变成一种有声的画，而对于诗能画些什么和应该画些什么，却没有真正的认识；同时又想把画变成一种无声

---

① 〔德〕莱辛：《拉奥孔》，朱光潜译，人民文学出版社，1984，第 181 页。

的诗，而不考虑到画在多大程度上能表现一般性的概念而不至于离开画本身的任务，变成一种随意任性的书写方式。"① 显然，莱辛在认同诗画交融的前提下，更强调诗画之间的差异性，这也算西方学界对诗画关系探讨的主流认识。大约在同一时期，哲学家、诗人赫尔德充分肯定了莱辛诗画分别为时间和空间艺术的论断，又从受众的角度分析了诗歌与绘画在阅读欣赏过程中的不同感受。无独有偶，与莱辛同岁的英国作家、哲学家埃德蒙·伯克也是从受众角度去区分诗画的。他认为从艺术感染力方面比较，绘画以颜色线条引起愉悦，但有其局限，最极致无过于实景；而诗歌却能以言语激发强烈的情感。伯克由此认为从社会学意义上讲，诗歌远比绘画重要，所产生的影响更加深刻。其实，关于诗画在艺术审美上的优劣，还有达·芬奇、狄德罗等诸多西方哲学家、画家予以评述，他们讨论过诗歌与绘画孰优孰劣的问题，但并无统一认识。1980 年代，W.J.T. 米歇尔针对莱辛的诗画理论提出质疑，他在著述中提出批评和历史层面的两类问题："首先，莱辛把时间艺术和空间艺术之间的基本区别用作分析工具是否充分？第二，是什么历史状况促使莱辛做出这些区别的？"② 米歇尔经由自己的论证，认为把时间、空间艺术此类的观念用以维持艺术自身或自身之外的本质是一种误解。他讲道："莱辛的《拉奥孔》虽然运用了各种艺术间的全部传统的差异性比喻，但却把其范畴最坚实地置于空间与时间的对立之中。"③ 米歇尔在梳理了诸多先贤关于诗画关系的理论后，认为莱辛在以"时空"作为区别艺术的最为重要的一种原则的论述中隐含着内在的矛盾，而且这种"'文类的法则'看似是由自然规定的，结果证明是人为的、人造的法则"④。总之，在很大程度上，米歇尔还是觉得莱辛的理论是存在一定误导性的。米歇尔认为："诗与画之间的争论绝不仅仅是两种符号之间的竞争，而是身体与灵魂、世界与精神、自然与文化之间的一场斗争。"⑤ 显然，他的这种论述把诗画关系的探讨提高到一个新的境界，而从学科门

---

① 〔德〕莱辛:《拉奥孔》，朱光潜译，人民文学出版社，1984，第 3 页。

② 〔美〕W.J.T. 米歇尔:《图像学：形象、文本、意识形态》，陈永国译，北京大学出版社，2020，第 122 页。

③ 〔美〕W.J.T. 米歇尔:《图像学：形象、文本、意识形态》，陈永国译，北京大学出版社，2020，第 60 页。

④ 〔美〕W.J.T. 米歇尔:《图像学：形象、文本、意识形态》，陈永国译，北京大学出版社，2020，第 126 页。

⑤ 〔美〕W.J.T. 米歇尔:《图像学：形象、文本、意识形态》，陈永国译，北京大学出版社，2020，第 57 页。

类上讲，其论述已然从艺术范畴旁溢到更广的层面去了。最后，米歇尔还从超越诗画关系的高度去看两者的差异和其之所以成为一个重要学术议题的真正原因，他认为："画自视为唯一适于再现可见世界的媒介，而诗则基本上关注思想和情感的不可见领域。诗是时间、运动和行为的艺术；画是空间、静止和停止的行动的艺术。诗与画之间的比较之所以成为美学的主导，恰恰因为对这种比较存在有极大的抵制，有相当的差距需要克服。"①在米歇尔看来，诗与画之间的比较并非不可行，然而还是有着许多认识论和方法论的障碍。这也折射出另外一个侧面的议题，即对诗与画、词与物、文字与图像之间的关系的探讨，迄今为止，仍有着相当大的拓展空间。另外，美国学者华莱士·史蒂文斯认为存在一种基本的审美秩序，即诗人和画家基于某种敏感性在这个层面达成共通，互相关联。虽然在他看来这种关联不见得有很大的意义，但是可以由此呈现出更加多元的主题。华莱士·史蒂文斯特别强调了人在诗画关系中的重要定位，指出"诗歌与人、绘画与人之间存在的总体关联是最为重要的"②。此种论断显然是较为宏观的，但是对于推动诗画关系的议题回到艺术本质的层面去思考，无疑是有一定意义的。

（三）文学与图像的关系

20 世纪初以降，视觉文化已经从初见端倪发展到蔚为大观的阶段，一种新的文化语境的建构和生成已经是一个不争的事实，但就文学与视觉文化关系的研究方面而言，却没有得到真正方法论上的突破。如 W.J.T. 米歇尔所言："对比之下，文学研究却没有由于视觉文化的新发现而得到改造。'文本的图像学'，根据视觉文化彻底重读或重温文本，这还仍然是一个假设，尽管电影、大众文化和更宏大的研究计划在艺术史中的出现似乎越来越不可避免。"③有基于此，他在这个方面进行了深入探讨，于 1986 年出版了《图像学：形象、文本、意识形态》一作。该著作在图像学的框架内分析形象、文本和意识形态的关系，部分涉及了文学与图像的议题。1994 年 W.J.T. 米歇尔又出版了《图像理论》一书，从图像理论、文本图像、图像文本、图像与权力、图像与公共领域等方面进行详细阐发，另有

---

① 〔美〕W.J.T. 米歇尔：《图像学：形象、文本、意识形态》，陈永国译，北京大学出版社，2020，第 55 页。

② 〔美〕华莱士·史蒂文斯：《我可以触摸的事物：史蒂文斯诗文录》，商务印书馆，2018，第 216 页。

③ 〔美〕W.J.T. 米歇尔：《图像理论》，陈永国译，北京大学出版社，2006，第 196 页。

各种个案的研究，算是近年来相当有价值的力作。2005 年 W.J.T. 米歇尔在这方面又进行了更深入的探究，出版《图像何求：形象的生命与爱》一书。这一次他从形象、物、媒介三个部分入手，深入探讨了现代视觉文化中更为细致入微的部分。总之，米歇尔的"图像三部曲"，虽然并未把文学与图像的关系作为重点去论述，但无疑开启了文艺研究的一种新路径。除了上述学者之外，雅克·拉康、米克·巴尔等人则对视觉文化本身、视觉文化中观看主体及其与他者之间的关系等方面的问题进行了一定程度的阐释，也有相当大的理论价值。苏珊·朗格的《情感与形式》虽然未对各种艺术形式做跨形态的深入比较研究，但其对每种艺术形式本身的美学探讨也是极富启发性的。她结合心理学、哲学、艺术学、逻辑学、文学所进行的多学科综合研判的方法，拓展了艺术研究的思路，值得借鉴。英国历史学家彼得·伯克所著《图像证史》虽然并不完全着力文学与图像双向关系的研究，但其所提出的将图像（images）当作历史证据去使用的观点，正是本书的一个重要落脚点。《图像证史》着重指出在使用图像过程中的种种误区和陷阱，翔实可靠，为本书的研究提供了方法论的支持。彼得·伯克认为："图像不能让我们直接进入社会的世界，却可以让我们得知同时代的人如何看待这个世界，男人如何看待女人，中产阶级如何看待农民，平民如何看待战争，等等。"[①] 而这些通过图像所获知的人们对周遭世界的认识，对于文学文本的解读显然是很有意义的。另外，英国学者弗朗西斯·哈斯克尔所著《历史及其图像：艺术及对往昔的阐释》一作，虽然是从艺术史研究的角度探讨"图像证史"的各种可能性与误区，但其提出的各种观点对于文学与图像的议题亦有相当的借鉴意义。值得注意的是，1987 年"国际词语与图像研究会"（IAWIS）成立，该研究会集聚了来自欧美各国文化艺术领域内的学者二百余人，旨在对当代文化艺术背景下词语和图像的关系进行深入探讨。除了定期举办"词语与图像"相关研讨活动之外，该研究会还创办了《词语与图像》（*Word and Image*）杂志，对词语与图像进行了全面的学术研究，而本书所论述的"文学与图影"即是"词语与图像"研究的一个重要范畴。

（四）文学与摄影、电影的关系

国外对文学与摄影关系进行系统探讨的学术著作并不多，罗兰·巴尔

---

① 〔英〕彼得·伯克：《图像证史》，杨豫译，北京大学出版社，2018，第 298 页。

特（另译为"巴特"）的《明室：摄影札记》对摄影进行了极为透辟的论述，虽然真正涉及文学与摄影关系的论述并不多，但是其在解读照片中所持的理念、方法却影响颇大，波及多个领域。他认为："在照片（且先撇开电影不谈）里，我的意向所指，既不是艺术性，也不是沟通性，而是参照性；参照性才是摄影的带根本性的东西。"[1] 此处所谓的"参照性"实质上是建立在"这个存在过"这一判定之上的。巴尔特囿于当时对摄影技术的认知不足，把照片和现实存在画起等号，不能不说是一种局限。但另一方面，巴尔特的"参照性"和英国学者彼得·伯克"图像证史"的论述有着很大程度的共识，对文学研究还是有着方法论层面的启发，不应该忽略。近年来专门论及文学与摄影议题的学者并不多，较有影响的有弗朗索瓦·布鲁纳所著《摄影与文学》一作。该书试图"从摄影和摄影师的角度看待摄影与文学的邂逅"[2]，着重挖掘视觉与语言文本的接触与融合，从而研判摄影与文学之间的互动关系，显然是相当新颖的视角。

作为图影构成部分的电影与文学的关系在学界也有所探讨。苏联的罗姆等人所著《文学与电影》一作，从具体范例出发，重点探讨了小说与电影剧本的改编、文学与电影的人物形象塑造等方面的问题，对文学与图影议题的研究，有一定的启发性。另外，着眼从小说到电影剧本改编这一议题的学术著作并不少见，如法国的莫尼克·卡尔科 - 马赛尔等人所著的《电影与文学改编》，美国学者 D.G. 温斯顿所著《作为文学的电影剧本》等。前者立足于梳理法国电影改编史，对图像与语言的差别、相关社会批评理论、后现代风貌等议题进行了深入探析，颇有见地；后者则通过细致的样本分析，指出了电影这样一种媒介的发展与现代小说的演变模式之间的密切关联性。马尔丹的《电影戏剧艺术》则对文学与电影戏剧两者之间的关系稍有涉及，但未能深入考校。1989 年，茂莱所著《电影化的想象——作家和电影》则对文学和电影两种艺术形式的创作主体进行关注，尤其在电影与戏剧的关系、电影对文学书写方式的深刻影响等方面的研究着力甚深。他认为 1920 年代以降的小说历史，"在很大程度上是电影化的想象在小说家头脑里发展的历史"[3]。茂莱的学术判断固然不无武断的成分，但无疑还是有着很高的学术价值。除茂莱之外，美国学者桑塔格对小说与

---

① 〔法〕巴尔特：《明室：摄影札记》，赵克非译，中国人民大学出版社，2011，第 103 页。
② 〔法〕弗朗索瓦·布鲁纳：《摄影与文学》，丁树亭译，中国摄影出版社，2016，第 8 页。
③ 〔美〕茂莱：《电影化的想象——作家和电影》，邵牧君译，中国电影出版社，1989，第 5 页。

电影也有过相当精辟的论述，她认为电影作为一种通过面部和动作的语言来表达情感的艺术类型，算是一种新的语言呈现，与小说这种语言形式有着相当不同。但另一方面，桑塔格又认为在情节、主题等方面，两者又有着某种共通的传统。基于这种判断，桑塔格认为："电影是一种泛艺术，它能利用、吸收、吞食几乎任何一种其他艺术：小说，诗歌，戏剧，绘画，雕刻，舞蹈，音乐，建筑。"① 总之，桑塔格虽然区分了小说与电影不同的表现方式和艺术特征，但她还是认为这两者内在的融合汇通仍然无法全部厘清——也许，这本身就是一种永远无法抵达的学术愿景。

二、国内相关研究的历史与现状

（一）文学与绘画的关系

中国古代涉及文学与图影的论述并不鲜见，老子即有"五色令人目盲"② 的说法，显然他是把图像归为易使行为主体偏离"道"之体系的一种欲望能指。东汉王充则说："古贤之遗文，竹帛之所载粲然，岂徒墙壁之画哉！"③ 王充之所以重文轻画，原因在于他认为竹帛之"文"比及墙壁之"画"可以容纳更多先贤的言行思想，因此更具道德教化的社会功能，可以"为世用"。他甚至说"空器在厨，金银涂饰，其中无物益于饥，人不顾也"④，意指无论如何华美的器皿，如果没盛装充饥的食物，即是没有价值的。显然，王充是站在实用主义立场上对文与画进行价值判断的。相较王充对"画"的轻视，西晋陆机对于文图关系的认识就显得较为客观，他认为："丹青之兴，比《雅》《颂》之述作，美大业之馨香。宣物莫大于言，存形莫善于画。"⑤ 即不同艺术在形式上皆有其相应的表现特点，"言"（"文"）是以语言为媒介去描写事物，阐发事理；而"画"则是以视觉化形象去表现事物形态，用更直接的方式激发观者审美感受。唐代张彦远极力抬高"画"的地位，他在《历代名画记·叙画之源流》中开篇就说："夫画者：成教化，助人伦，穷神变，测幽微，与六籍同功……"⑥ 说到图画的社会教化功能，张彦远把画与《诗》《书》《礼》《易》《春秋》等古代典

① 〔美〕桑塔格：《反对阐释》，程巍译，上海译文出版社，2003，第287页。
② 河上公，杜光庭等注《道德经集释》，中国书店，2015，第219页。
③ 王充：《论衡》，陈蒲清点校，岳麓书社，2006，第174页。
④ 王充：《论衡》，陈蒲清点校，岳麓书社，2006，第174页。
⑤ 陆机：《晋唐五代画论译注》，刘斯奋校注，上海书画出版社，2021，第1页。
⑥ 张彦远：《历代名画记》，秦仲文、黄苗子点校，人民美术出版社，2016，第1页。

图 0-4 （唐代）韩干《牧马图》

籍相提并论，特别强调了人物画这种艺术形式对道德养成、思想宣教的作用。比及王充，张彦远在这一问题上似乎走向另一个极端。另外，张彦远所提及的"书画异名而同体"①即"书画同源"说，更多是讲到书法与绘画的源流问题，并不在"文学与图影"议题的范畴之内。自唐朝以降，关于诗歌这种文学形式与绘画关系最具影响的理论即是北宋苏轼的"诗画一律"说。1071年，苏轼在《欧阳少师令赋所蓄石屏》一作中写的"古来画师非俗士，摹写物像略与诗人同"②就是从创作方法的角度约略表露出"诗画一律"的基本认识。其后十余年，苏轼在《书鄢陵王主簿所画折枝二首》中除了对画家所绘折枝画给予较高评价外，还明确提出了"诗画本一律，天工与清新"③的深刻见解，意指诗歌与绘画在本质上是相通的，亦即不同的艺术门类都有寄托情志意趣、表达个体思考的艺术目标。而在《书摩诘〈蓝田烟雨图〉》一诗中，苏轼则讲到王维诗歌的精妙之处："味摩诘之诗，

---

① 张彦远：《历代名画记》，秦仲文、黄苗子点校，人民美术出版社，2016，第 2 页。
② 苏轼：《苏轼文集编年笺注·诗词附 11》，李之亮笺注，巴蜀书社，2011，第 32 页。
③ 苏轼：《苏轼文集编年笺注·诗词附 11》，李之亮笺注，巴蜀书社，2011，第 299 页。

诗中有画；观摩诘之画，画中有诗。"① 显然，此种论述即是对"诗画一律"思想的鲜活注解，从中可以见到苏轼对诗画内在渊源的深刻理解。同样，《韩干马》一诗中的"少陵翰墨无形画，韩干丹青不语诗"② 同样还是贯穿着苏轼"诗画一律"的思想。同是北宋文学家与画家的张舜民则在《跋百之诗画》中直言"诗是无形画，画是有形诗"，其说法和苏轼的论断如出一辙，道出了诗与画在本体论层面审美追求的一致性。总之，苏轼"诗画一律"的思想影响巨大，后人多有袭用，其本质仍是承继了苏轼关于诗画理论的核心思想。

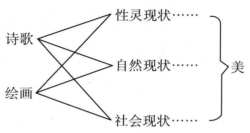

图 0-5　滕固：诗歌与绘画关系图示

　　20 世纪上半叶，关于诗画关系的研究仍然是较为集中的热点，诸多文人画家对这一议题仍然兴致盎然。兼画家和作家两种身份的滕固，在 1921 年 3 月出版的《美术》第 2 卷第 4 号发表《诗歌与绘画》一文（署名滕若渠），翔实地论述诗歌与绘画的密切关系。在他看来，无论是诗歌还是绘画，其表现的内容、结果都是一样的，由此滕固得出结论，即"诗歌与绘画，换一句话说就是文学与美术，也是二而一的"③。为了说明这种关系，滕固甚至还绘制了一张图表进行阐释，分别从哲学、科学、人生的角度，分析诗歌与绘画在性灵、自然、社会上的交叉与重合，最后获致美的最高艺术目标的创作过程。他说："诗歌与绘画是美界的'姊妹花'，Venus（美之神）一个字应该属于诗歌与绘画的。"④ 显然，滕固对诗歌与绘画关系的论述是卓有见地的。不唯如此，滕固对当时学术眼界的偏狭亦有所批评，他认为："现在研究文学的，还少兼事美术；从事美术的更懂不得文学是什么，我替他们又气又愧。"⑤ 深谙文学与美术创作规律的滕固

① 苏轼：《苏东坡全集》（中），邓立勋编校，黄山书社，1997，第 492 页。
② 苏轼：《苏轼诗集合注》，上海古籍出版社，2001，第 2461 页。
③ 滕固：《滕固艺术文集》，上海人民美术出版社，2003，第 56 页。
④ 滕固：《滕固艺术文集》，上海人民美术出版社，2003，第 54 页。
⑤ 滕固：《滕固艺术文集》，上海人民美术出版社，2003，第 56 页。

图 0-6　丰子恺

对诗画关系的阐述更加深入，也更加专业。同一时期，丰子恺也算是对这一议题探讨较为翔实的一位。1930年代初，丰子恺先后发表《文学中的远近法》《文学的写生》《绘画与文学》等文章，分别从创作、题材、主题等各个方面探讨文学的"通似性"。丰子恺还认为有些画作"求形色的美之外，又兼重题材的意义与思想，则涉及文学的领域，可暂称之为'文学的绘画'"①。其后，1942年8月丰子恺在《国文杂志》第1卷第1期发表《国画与国文》一文，提到绘画与题款、题诗的互补、互文的关系。1944年丰子恺又在《画碟余墨》一文中写道："文学是时间艺术，在时间的经过中表现。绘画是空间艺术，在瞬间中表现。文学可以用言语代替了丹青而表现空间，使人想象出一幅画来；绘画却难于用形色代替言语而叙述过去未来。"②显然，丰子恺也受到莱辛美学思想的影响，意识到文学与绘画之间存在着差别，但同时又有着极深的渊源。他讲到文学与绘画之间向来有不解之缘，而对如何探究这两者之间的渊源也进行了方法论的指导，即"也只有把两者对译，并存，使它们互相合作。时间的无形的部分由文学

① 丰子恺：《丰子恺全集》（艺术理论艺术杂著卷2），海豚出版社，2016，第137页。
② 丰子恺：《丰子恺全集》（艺术理论艺术杂著卷2），海豚出版社，2016，第243页。

图 0-7　钱钟书

负责，空间的有形的部分由绘画负责，使二者相得益彰"①。应该说，身兼画家和作家两种身份的丰子恺，在艺术创作实践中体认出的这些理论是深刻的，其对文学与绘画关系的论述算是精辟得当的。另外，钱钟书也曾对文学与绘画的问题有所探讨，他于 1947 年发表《中国诗与中国画》一文。钱钟书在文章中充分肯定了书画关系之议题的重要性，同时他也指出："诗和画既然同是艺术，应该有共同性；它们并非同一门艺术，又应该各具特殊性。"② 钱钟书通过对"诗画一律"议题的辨析，认为中国传统的文艺批评对诗和画的评价标准并不统一，在很多情况下，中国的旧诗和旧画并不"一律"。可以说，钱钟书的这些论述不仅把诗画关系的探讨引向更为深入的层面，更对中国文艺批评实践有指导意义。在另外一篇文章《读〈拉奥孔〉》中，钱钟书对莱辛诗画分界的问题进行了探讨，提出了新的见解，颇有价值。而宗白华也对莱辛的《拉奥孔》有过论述，他认为诗歌与绘画各有其表现的界限，"诗中有画，而不全是画，画中有诗，而不全是诗。

---

① 丰子恺：《丰子恺全集》（艺术理论艺术杂著卷 2），海豚出版社，2016，第 244—245 页。
② 钱钟书：《七缀集》，生活·读书·新知三联书店，2002，第 7 页。

诗画各有表现的可能性范围，一般地说来，这是正确的"①。此种看法认同诗画密切关系的同时，亦清醒地区隔了诗画不可逾越的某种界限，显然更为中肯。翻译家、美术理论家兼国画家的伍蠡甫在论及中国诗歌与绘画关系时，认为诗歌与绘画都以追求意境美为要旨，并且朝着融合的方向发展。他还特别指出评价绘画作品时应该把是否有"诗"作为重要标准，实质上还是强调了"意境美"的重要性，此种理念是具有一定代表性的。

　　总之，历代关于诗画关系的论述大致可以梳理出几种观点，即诗歌与绘画互为参照，相融共生；诗歌与绘画各有其艺术特征，然在审美上是相通的；诗歌胜于绘画或绘画胜于诗歌。相较而言，在文学与图影的议题上，关于诗画关系的探讨最为充分，也达成了诸多富有价值的学术共识。

　　（二）近现代文学与图影的关系

　　20世纪初以降，科学技术的发展使得视觉化越来越渗透进现实生活中，文学所寄身的文化语境发生了巨大变化，而"图影"则不再限于绘画，更深远地拓展到摄影、电影等各种艺术门类。最初国内的文学研究主要还是集中于文学文本的解读方面，对于文学周边的图影样本不是很关注，对两者之间嬗变流转的探讨更为少见，因而大多数情况下，文化书籍、文学刊物中的图影（或是绘画，或是摄影……）的文艺层面的研究价值被大大忽略。当然，早期亦有纯粹的关于绘画、摄影、电影的理论探讨，但是真正介入到文学文本和视觉艺术这一层关系中来的仍然相对较少。1940年代，郑振铎在《插图本中国文学史》的例言中提到在文学史中附上插图的做法时，这样说："在那些可靠的来源的插图里，意外的可以使我们得见各时代的真实的社会的生活的情态。"②郑振铎在文学史中辅以图像，意在让人更为直观、感性地体察某种历史语境，算是较早注意到文学与图像之间某种关联的学人。郑振铎的文学史编撰体式在杨义看来仍有缺憾，他认为郑振铎的插图文学史，"眼光注重于史，图只是衬托，也没有形成按图索史的透视性眼光"③。而对于郑振铎后来编纂的《中国版画史图录》，杨义同样认为其"眼光专注于图，没有超越和透过图去考察和体悟文学史，因而并未建构'文学图志'的模式"④。虽然郑振铎的艺术史观在那个时代已

---

①　宗白华：《美学的境界》，文化发展出版社，2018，第16页。
②　郑振铎：《插图本中国文学史》，中国书局，2016，第3页。
③　杨义：《中国现代文学图志》，生活·读书·新知三联书店，2009，第13页。
④　杨义：《中国现代文学图志》，生活·读书·新知三联书店，2009，第13页。

图 0-8 《中国新文学图志》

经具有开创性的意识，但其著作中"图"与"史"形虽并置，神则两分，并未形成那种合而见义的"互文性"，因此其对文学史、艺术史的贡献虽大，但仍有许多需要完善的空间。

事实上，文学与图影互动的议题也是在最近一些年才得到真正的重视。陈平原著《左图右史与西学东渐：晚清画报研究》，从晚清画报入手，游走图文之间，除了有文学层面的分析，更有文化层面的论述，算是图像文本和文字文本综合研究的经典范例。后来他的《图像晚清：〈点石斋画报〉》和《图像晚清：〈点石斋画报〉之外》更是兼具学术眼光和史料价值。而李欧梵的《上海摩登——一种新都市文化在中国 1930—1945》则更大程度地拓展了文化图像的外延，把建筑、图像、电影等目所能及的视觉因素统统纳入都市文化的范畴，结合作家、作品做了精辟的解读，算是 20 世纪 90 年代的学术经典之作，也是在图影和现代文学之间的关系问题上介入较为深入的一例，给后来的学人以很大的启发。20 世纪 90 年代初杨义等人合著的《中国新文学图志》秉承"以图出史，以史统图"的原则，整合图文，熔铸形神，由此见前所未见，开创了文学史研究的另一种图景。他们对郑振铎的《插图本中国文学史》的不足之处显然有所反思，所以在该著作中把图像作为现代文学史研究的有机参照，努力把图影之于文学研究的重要意义凸显出来。《中国新文学图志》辑录了近六百幅图片，既有原版书影，亦有杂志封面、插图。作为一种新的文学史形式，杨义的《中国新文学图志》把图影和文学文本关系的命题推到了文学研究者的视阈之内，开创了中国现代文学研究的新领域。另外，姚玳玫2010年出版的《文化演绎中的图像：中国近现代文学/美术个案解读》对文化图像的范围更有所拓展，结合文学和美术个案，分析了文化制衡和博弈的内在因由，也特别通过个案梳理了小说雅俗流变的历程，虽然系统性不够但有许多令人耳目一新的创新点。另外，涉及图像和现代文学文本关系的论文，较有影响力的是周蕾的《视觉性、现代性与原始激情》，该文从鲁迅幻灯片事件切入，深刻地剖析了视觉图像与文学写作之间的关系，虽是个案研究，却深入到图像文本与文字文本之间最深刻的联系中去，非常难得。另外，国外汉学研究专家鲁道夫·G.瓦格纳的研究论文《进入全球想象图景：上海的〈点石斋画报〉》，把《点石斋画报》的发行传播放在世界文化背景下考察，学术视野开阔，难得一见。值得一提的是，李欧梵和罗岗对谈形式的文章《视觉文化·历史记忆·中国经验》廓清了许多图影与文学之间的关键点，显然对后来相关的学术研究有较大的方法论层面上的意义。除了以上这些对"文学与图像"议题开始介入的学者之外，真正在这一层面展开系统理论研究的是南京大学的赵宪章。赵宪章认为："文学与图像的关系，无论中国还是西方，都有非常密切的关系并被历代学者所重视，有着非常丰厚的学术积累，当属文学研究的应有之义。"[1] 明确指出文学与图像的研究将是21世纪文学理论的核心话题。其所著《文体与图像》一作，即从语言与图像关系入手，进行了系统的探讨，不光廓清了文学与图像研究中的若干重要问题，还提出了"语图互仿""语图符号的实指与虚指""语图传播的可名与可悦"等一系列富有创建性的学术议题。最近一些年，关于图影与文学的跨艺术形态的研究并不很多，张英进的《影像中国》探讨了跨国主义与全球主义的问题，着眼于这种语境对中国电影的发展影响作用，涉及了意识形态与电影叙事之间的问题，虽然并未走到"文化意识形态—电影—文学文本"这样的逻辑推演中，但对本书跨形态研究也有启发作用。张英进的另外一部著作《中国现代文学与电影中的城市：空间、时

---

① 　赵宪章：《文体与图像》，人民文学出版社，2014，第130页。

间与性别构形》则着眼于清末至民国这段时间内的文学与电影如何形塑城市文明，如何确认特定时代下城乡、中西、性别的复杂关系等议题展开论述。除了挖掘出诸多不应忽视的文学、影像文本外，该著作还提供了一种新颖的学术视角，对"文学与图影"这一议题颇有启发。另外，戴锦华的《镜城突围：女性·电影·文学》立足于女性生存困境的剖析，在当代电影文本与文学文本之间穿插游走，虽然与本书所关注的历史时空有所不同，但对笔者仍然有着方法论层面的启发。近些年，围绕该议题也有一些关于影像、绘画、电影与文学关系的博士论文不断产出，计有孙晶《跨越文字与影像的疆界》、赵晓芳《视觉文化冲击与浸润下的文学图景》、陈文育《图像时代的美学批判》、申载春《小说：在影视时代》、李红秀《新时期的小说书写与影像阐释》、黄薇《新文学图像艺术研究》等篇，凡此等等，各有所专，更多着眼于当代文学与影像的互动关系，进行了一些卓有见地的探讨。而崔云伟的学术著作《鲁迅与西方表现主义美术》、原小平的学术著作《中国现代文学图像论》则注意到 20 世纪二三十年代作家文本与图像的关系，进行了许多有益的探讨，对本书也有一定启发。

　　总而言之，围绕图影和文学关系的议题，国外虽然很早以前就有关注，但多侧重于图像理论的论述，对两者关系的探讨则多是宏观的、片段式的，缺乏真正实践性的分析与系统性建构。国内部分学者在 20 世纪 90 年代才开始关注这一问题，其中杨义、陈平原、夏晓虹、李欧梵、赵宪章等学人做了大量的开创性工作，为后辈学人奠定了研究基础。无论如何，围绕着文学与图影流转的议题，仍然有着许多未被关注的空白区域，值得更深入细致地探讨和分析。

第一章 现代中国文艺发展中
文学与图影的流转

第一节 从传统到现代：图影流转中的文学转型

一、文学与图像交织：中国文化传统中的图文流脉

中国文化承继中早有"左图右史"的传统，许多古代史志都是以图文结合的方式去阐明事实。宋代郑樵认为："图，经也。书，纬也。一经一纬，相错而成文"，"古之学者为学有要，置图于左，置书于右，索象于图，索理于书"①。其不光强调了图的重要性，更在治学的方法论层面肯定了图的价值。在郑樵看来，先秦至汉初是图学较为兴盛的时期，不过因为后人重视文字而不重视图乃至于图学没落了。郑樵在《图谱略》中曾痛斥刘歆、刘向抛弃图文传统，认为他们在辑录群书时"只收书，不收图"的行为贻害后世，"歆向之罪，上通于天"②！而大约从歆向时代起，"图消而书日盛"的文化态势已然形成，形成了郑樵所说的"至今虞夏、商、周、秦、汉上代之书具在，而图无传焉"③的境况。郑樵指出当世之学术达不到三代（夏商周）那样的造诣，就是因为图谱之学的沦落。深受郑樵思想影响的南宋理学家王柏也认同其对图学没落的判断，并发出了图学中兴的呐喊，他说："古人左图右书，未尝偏废，后世书籍浸繁，而图学几绝。间有因玩好模写景物以悦目，而有关于理者固鲜。图学之中兴，非神圣不能

---

① 郑樵：《通志二十略》（上），王树民点校，中华书局，1995，第 1825 页。
② 郑樵：《通志二十略》（上），王树民点校，中华书局，1995，第 1826 页。
③ 郑樵：《通志二十略》（上），王树民点校，中华书局，1995，第 1826 页。

作，非明智不能传。"① 从郑樵到王柏，都特别强调图学之重要性，这当然是在特殊时代背景下的一种必然选择。事实上，北宋初年，对图的重视已经端倪初显，有迹可循。首先是礼学家聂崇义编纂的《三礼图》颁行全国，其中颇以图像为重，考证和表现了夏商周三代礼制中的各种细节，受到朝野重视。另外，起源于唐代的雕版印刷技术到了宋代已经较为成熟，完全可以大批量复制图像，这也是宋时图学发展的一个重要基础。

而论及中国传统文化中的图像渊源，不能不溯及中国传统绣像。"绣像"一词较早在南北朝时期的《广明弘集》中的《绣像题赞序》中曾被提及。该文记载："敬因乐林寺主比丘尼释宝愿，造绣无量寿尊像一躯。"② 这里所讲即是指用各色丝线绣作佛像，以供奉祀的事情。另外，唐朝时，杜甫曾在《饮中八仙歌》一诗中写道："苏晋长斋绣佛前，醉中往往爱逃禅。"③ 这里的"绣佛"也就是绣像。而吕温则在《药师如来绣像赞并序》中对妻子萧氏用丝线绣佛像这一过程作过艺术化的描述："断鸣机躬织之素，染懿筐手绩之丝，尽瘁庄严，彰施彩绣，缠苦心于香缕，注精意于针锋，指下而露洗青莲，思尽而云开白日。"④ 当然，以丝线绣佛像的传统似乎也并不一定肇始于南北朝，有可能更早就有，不过没有相关历史记载罢了。事实上，虽然以丝线绣佛祖之像用以供奉的情形不少见，但随着雕版印刷技术的出现，"绣像"之谓渐渐湮灭不彰。唐宋以降，各种附带插图的刻印书籍大量刊行，其内容不再限于佛经，而是拓展到经史子集等各个方面。而这时图像也不再统称为"绣像"，而是另有"出像""出相"之说，亦有"全像"或"全相"的指称，其中"像"与"相"大致而言就是指图像，并无意思上的差别，其意涵也渐渐演化至"图像"的层面。应该说，作为一个文化最为鼎盛的历史时期，"宋代雕版印刷业的发展不但促进了图书的广泛普及，而且促进了宋代各类图像的有效传播，堪称推动宋代学术与文化发展的主要内因"⑤。值得庆幸的是，宋代浩繁多元的文艺成就在元代并未被完全隔绝，在种种压制之下还是延续了传统。论及这一段历史时期刻本中的精品，较早的以宋代建阳余氏勤有堂刊本《古列女传》最具代表性。此刻本上图下文，传所刊图为晋人顾恺之所绘，被视为宋代最具

① 王柏：《研几图·序》，《四库全书存目丛书》子部六，齐鲁书社，1995。
② 沈约：《沈约集校笺》，陈庆元校笺，浙江古籍出版社，1995，第189页。
③ 杜甫：《杜甫集》，江苏凤凰文艺出版社，2020，第67页。
④ 周绍良主编《全唐文新编》（第3部第3册），吉林文史出版社，2000，第7106页。
⑤ 邵晓峰：《中华图像文化史·宋代卷（上）》，中国摄影出版社，2016，第260页。

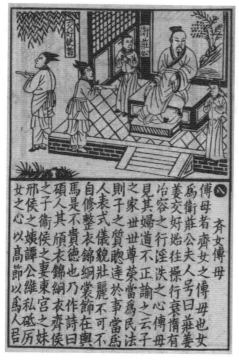

图1-1 《古列女传》之一

价值的故事书版画。另外，杭州刻印的元大德本《绘图列女传》也图文俱佳，不逊于前朝，在中国图像发展史上有着较高价值。郑振铎曾讲过："宋版《列女传》的出现，开始了文艺书里的插图的风气。以后，元明二代的小说、戏曲和故事书里的插图，就大为盛行了，甚至，如果有一部小说或戏曲而不附插图，却可算是例外的事。"①鲁迅关于这一时期小说的插图问题也有过更具体的论述，他说："宋元小说，有的是每页上图下说，却至今还有存留，就是所谓'出相'；明清以来，有卷头只画书中人物的，称为'绣像'。有画每回故事的，称为'全图'。"②事实上，这一木刻版画发展的辉煌时期所产生的各类刻图当然就是通常意义上所言的"绣像"，但把它与小说嵌套在一起成为一种文体却是很久以后的事情了。

明朝以降，通俗文学的盛行给木刻版画的发展提供了宽广的文化空间和载体，流行于民间的各种小说戏曲文本大都印有精美的插图。至万历

① 郑振铎：《中国古代木刻画史略》，上海书店出版社，2011，第243页。
② 鲁迅：《鲁迅全集》（第6卷），人民文学出版社，2005，第28页。

年间,此种图文相济的文学传播模式俨然成为主流。随着雕版印刷技术的提升与普及,图像(严格讲是插图)在小说、戏剧等书籍中更成为常见的部分,其中文与图的布局、处理也很多元化。自明初的短暂沉寂之后,万历年间中国的小说插图发展到了最为鼎盛时期,木刻版画的成就也达到了最高峰。除了继承几百年来传统木刻版画的技术和经验之外,这一时期的版画技术也有了诸多创新,甚至还出现了彩色的木刻版画。事实上,其时的文学书籍配上相应的插图几乎是一种常规性的操作,一些流传甚广的文学书籍都有相应的木刻插图,如《西厢记》《全相三国志演义》《新刻牛郎织女传》等书籍。从创作技艺上来看,当时的木刻版画流派纷起,除了金陵派、建安派之外,徽派版画在木刻版画的发展过程中逐渐成为主流。郑振铎曾高度评价徽派木刻,他说:"徽派木刻画家们是成为万历的黄金时代的支柱。他们是中国木刻画史里的'天之骄子'。他们像彗星似的忽然出现于木刻画坛上。他们的出现,使久享盛名的金陵派、建安派的前辈先生们为之黯然失色。"[1]事实上,以徽州黄氏家族为代表的徽派木刻更重视画工和刻工的合作,其作品刀法细腻,画面清雅,形象生动,很好地传承了中国木刻版画的优良基因,使得中国文学书籍图文并茂的传统得以流传下来。事实上,不光小说,其他如戏曲类、杂项类的书籍一般也都沿袭建安时期"无书不图"的传统,精心布局,刻意求工,在文字中搭配合适的图案。明末天启至崇祯年间,历经几十年的发展,各不同流派逐步走向融合,各种书籍的插图风格趋向整体统一,同时也更加工细完美,技艺方面亦有精进。这一时期冯梦龙所编《古今小说》《警世通言》《醒世恒言》都有吴郡的木刻画家为之配图,凡240幅,刻工精美,别有情致。另外,如《新列国志》《二刻拍案惊奇》等亦有相应配图。如郑振铎所言:"明代(1368—1644)乃是中国版画的黄金时代,附有插图的书籍最为多种多样。于小说、戏曲之外,唐诗有了插图本,诗余也有了插图本,甚至个人的创作,像《百咏图谱》也出现了。"[2]而回到图像功用本身来考察,彭丽君认为:"这些图像的使用主要依靠习惯性和熟悉性,它们未有提供新信息或公然地向习俗、信仰和价值挑战,却维持着文化的延续性。"[3]换言之,这些图文并茂的文学书籍,虽然不可能在叙事主题层面有所突破,但其借图

---

① 郑振铎:《中国古代木刻画史略》,上海书店出版社,2011,第96页。

② 郑振铎:《中国古代木刻画史略》,上海书店出版社,2011,第243—244页。

③ 彭丽君:《哈哈镜:中国视觉现代性》,上海书店出版社,2011,第39页。

幅的参与，大大拓展了文学的普及范围，也在某种程度上留下了可视化的历史场景和可供揣摩的创作技艺，还是难能可贵的。

事实上，"除了年画和以图为主的一些画谱、笺谱以外，中国古版画也确实以小说、戏曲的绣像、插图内容最为丰富"[①]。虽然"小说"和"绣像"之渊源久远，但从作为文学阅读、传播之辅助的"小说绣像"到一种文学体裁的"绣像小说"，其流变过程还是非常漫长的。复旦大学陈正宏教授认为，把"小说"和"绣像"真正缀连在一起作为书名是清代初期吴中人佩蘅子所撰的《新镌绣像小说吴江雪》。《吴江雪》现存版本中只有文字，未见绣像，但"绣像小说"之谓大约是从这个时候肇始的。及至清末上海商务印书馆创办《绣像小说》杂志，"绣像"与"小说"才又在一种新的文化语境中建构起特殊的联系，而"绣像小说"则在文图相济的背景下成为一种有着特殊文体意涵的指称。李伯元主编的《绣像小说》杂志主要刊行附有插图的通俗小说，三年间共发行72期，刊发配图小说25部，绣像插图808幅，其中晚清时期的创作小说18部，译介小说7部，分别配图676幅、132幅，产生了巨大影响。《文明小史》《老残游记》《负曝闲谈》《泰西历史演义》等经典作品皆出于此杂志。从思想内容上看，《绣像小说》所刊诸篇"内容文字以章回小说为主，多半是描写时事，讥讽朝政，激励革新的血气文章"[②]。原创和翻译并重。而在编排体式上，过半作品都配有据小说情节绘制的绣像（插图），内容涉及广泛，算得上是鲜活生动的晚清社会生活的写生画。阿英则认为："如此图文并重之小说刊物，在晚清，除《海上奇书》外，仅此而已。"[③]而阿英在此提及的《海上奇书》其实也是图文并重的，除了有上图下文的布局，也有附带全图的篇目，时人评其"绘图甚精，字亦工整明朗"[④]。由此可见，《绣像小说》其实是对先前早有规制的小说图文互济的模式进行了继承与发扬，但比及《海上奇书》《新小说》之类刊物，《绣像小说》在思想性方面更具鲜明的针砭时弊的色彩，其所刊载多部长篇小说，如《文明小史》《官场现形记》《活地狱》等皆以揭批官场黑暗，民生凋敝为主要内容，显示出相当程度的社会政治思考。事实上，《绣像小说》在创办之初曾在发刊词中这样定位刊物宗旨：

[①]　黄裳：《黄裳文集》（榆下卷），上海书店出版社，1998，第113页。

[②]　毕树棠：《谈绣像小说》，载《中国近现代出版史料补编》，张静庐辑注，上海书店出版社，2003，第129页。

[③]　阿英：《阿英全集》（第6卷），安徽教育出版社，2003，第247页。

[④]　胡适：《胡适古典文学研究》（下），上海古籍出版社，2013，第996页。

"察天下之大势，洞人类之颐理。潜推往古，预揣将来，然后抒一己之见著而为书，以醒齐民之耳目，或对人群之积弊而下砭，或为国家之危险而立鉴。揆其立意，无一非裨国利民。"① 比及其他几家小说杂志，《绣像小说》对办刊宗旨的坚持是真诚而执着的。而种种小说中的"绣像"在这种时代背景下的作用显然不止于吸引读者的目光而已。有论者指出绣像编排所具有的连贯性，"形成了一种具备提要或者纲领性质的引导，因而客观上形成了一套相对独立的图像叙事序列——这是此类小说绣像干预叙事的最主要方式"②。正是以这种别样方式参与了小说的叙事，图像本身也因此具有了部分的主体性特征。不仅如此，随着近代科技的发展，西方印刷、摄影技术的引入，中国传统的"绣像"也在因应文化语境的变迁，逐渐朝向图像乃至"图影"嬗变。

二、《点石斋画报》刊行与晚清文学的视觉启蒙

随着清末中外交流在禁锢中不断突破，越来越多的西方文化资源渗透到中国的社会生活中。如果细致考察这一时期中国民众参与全球化想象的途径时，会发现除了翻译书籍的行销之外，现代报业的发展更是不能忽略的重要一脉。围绕文学与图影的中心议题去挖掘，则可以发现由英国人美查所创办的《申报》不仅在时事要闻、政经知识上着力甚深，对文学亦多有栽植。早期《申报》借由旗下《瀛寰琐记》及《昕夕闲谈》刊载小说作品，民初时又创副刊《自由谈》，更是归拢了一大批作家。凡三十余年，《申报》所刊文学作品文体从缠绵悱恻的鸳鸯蝴蝶派小说演化到锋芒毕露的随笔杂感，作家队伍则从旧派言情小说家陈蝶仙、毕倚虹等发展到鲁迅、茅盾、郁达夫等新文学中坚，极大地丰富了这段时期的文学生态。而论及《申报》在"图影"传播层面的劳绩，亦不容忽略。《申报》创办之初即尽力摒除早期教会办报的习气，更重视商业利益。美查在报纸上重点刊载政治、经济、社会、文化等各类热点新闻，也尽量投合上海市民的各种文化需求。同样出于这个目的，1872 年《申报》创办了中国第一份文学期刊《瀛寰琐记》。不唯如此，具有敏锐商业眼光的创办人美查还敏锐地洞察到士人阶层和市民阶层的文化落差。在这种落差中，"士"与"民"阅读行为的重叠部分是充满商业机会的视觉文化空间。"光绪二年，以《申

① 《本馆编译〈绣像小说〉缘起》，《绣像小说》1903 年第 1 期。
② 毛杰：《中国古代小说绣像的叙事功能》，《求索》2014 年第 11 期。

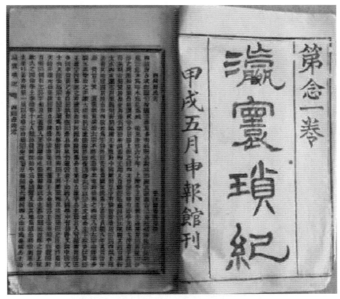

图 1-2 《瀛寰琐记》

报》文字高深，非妇孺工人所能尽读，乃附刊《民报》，间日出一纸，每月取费六十五文。光绪十年，又附刊《画报》，每十日出一纸；一纸八图，所绘多时事，每纸取费八文，此为我国日报有增刊之始。"① 由此出版传播层面的"文—图"转换，可见市井文化（亦即后来的都市文化）的初步建构。而由《申报》之附刊《瀛寰琐记》的赠本发展而来的《点石斋画报》，从某种意义上讲先天具有了西方眼光和思想资源。

《点石斋画报》以图文并茂的形式刊载时事要闻、域外盛景和奇人异事，在销行上获得了很大的成功。该刊对所载内容的甄选相当讲究，"选择新闻中可喜可惊之事，绘制成图，并附事略"②。如呈现中法战事的"力攻北宁""轻入重地""法败详闻"等；亦有展示西方科技发展的"水底行船""新样气球"等。在图文组合上，《点石斋画报》采取了中国传统文人画题跋的形式，在画面上方空白处以文字细述事件始末，极力靠拢中国读者的阅读习惯。当然《点石斋画报》所刊也大多是迎合市民猎奇心理的逸闻奇事的图幅，而其文字部分也更具故事性、趣味性。《申报》的商业操作无疑是成功的，《点石斋画报》获得了巨大的成功，影响遍及国内各

① 戈公振：《中国报学史》，中国传媒大学出版社，2018，第 76 页。
② 韩丛耀：《中国近代图像新闻史》，南京大学出版社，2012，第 64 页。

图1-3 《点石斋画报》

处。阿英梳理中国画报之发展经过时，曾记述道："因《点石斋画报》之起，上海画报日趋繁多，然清末数十年，绝无能与之抗衡的。"①而其主笔画师吴友如也获各方交口称誉，《申报》曾刊广告称颂，曰："前吴友如先生所创石印画图，其用笔惨淡，经营布置缜密，洵称独步一时，故能风行中外。"②鲁迅对吴友如亦有所评价，认为其笔法细致动人，能"令人在纸上看出上海的洋场来"③。《点石斋画报》自创办起共出版44集528期，发布4000余幅画作，匹配文字达150万字之多，生动再现上海文化风貌的同时，也建构了一种晚清视觉文化语境。事实上，清末巨大的"图说"需求和娱乐化倾向激发了《点石斋画报》的创设和流变，推动了"时事"向"故事"的偏转、"报章"向"画报"的偏转、文字向图像的偏转。如瓦格

---

① 阿英：《阿英美术论文集》，人民美术出版社，1982，第77页。

② 《申报》1894年8月30日。

③ 鲁迅：《鲁迅全集》（第2卷），人民文学出版社，2005，第338页。

纳所言："《点石斋画报》上故事与图画相结合的实践表明了一种深刻的变革，其影响我们今天还可以见到，即将新闻包装成'故事'，在其中强烈的观念得以传达，新闻与评论的分离被抛弃，而这些故事与图像的结合则成为它们最主要的引人之处。"① 显然，这里的"故事"几近于"文学叙事"，其与图像的联袂出场一方面呈现出现实生活的趣味性，另一方面也激发了思想层面的波动。1895 年 8 月，《申报》上曾经刊出一篇《论画报可以启蒙》的文章，认为："诚以学也者，不博览古今之书籍，不足以扩一己之才识；不详考古今之图画，不足以证书籍之精详。书与画，固相须而成，不能偏废也。"② 由此看出，当时对画报之类的视觉化读本的重视倒也没有着眼于文学，更多是考虑到其对开启民智、传播思想的作用。但随着时代的发展，越来越多的传统文人被迫投身文化市场，也潜在地改写了画报类刊物的文化趣味。譬如，后来的《时事画报》《星期画报》《平民画报》等，在主题、情节、画技各方面颇有拓展精进，更接近文学层面的叙事，其中就有诸多传统文人的贡献。

值得一提的是，即便"点石斋"的名目充满了浓郁的中国味，可它仍是中西文化交会衍生出的一种媒介形式：其不仅仅有着中国传统政治文化的内容，更兼具一种朝向西方的开放性，从而得以突进到所谓的"全球想象图景"中去。《点石斋画报》中的中外巨舰、飞舟、火轮车、气球等西方科技文明的成果往往作为一种科普性的内容呈现在读者眼前，而另外一些表现官场形色和市井生活的图幅则重在搜罗奇闻轶事，以助谈资。但从另一个层面讲，它毕竟作为图影的一部分成为时代的某种参照物，因此其价值不容忽略。《点石斋画报》的出版，意味着把都市里更多的人群卷入媒体之中。"③ 事实上，在视觉文化语境的建构中，时人也成了其中的一个组成部分，因而反观这些历史的图幅时，所体察到的不仅仅是物质景观，更有人文的脉络可供感知。瓦格纳认为："《点石斋画报》既是研究图像在中国人的公共交流领域中凸显的最重要的基本材料，也成为帮助我们理解那个时代最具'现代'倾向的中国人的内心精神生活的无比珍贵的原始

---

① 〔德〕鲁道夫·G. 瓦格纳：《进入全球想象图景：上海的〈点石斋画报〉》，载《艺术与跨界》，刘东主编，商务印书馆，2014，第 433 页。

② 《论画报可以启蒙》，《申报》1895 年 8 月 29 日。

③ 李欧梵、罗岗：《视觉文化·历史记忆·中国经验》，载《视觉文化读本》，广西师范大学出版社，2003，第 16—17 页。

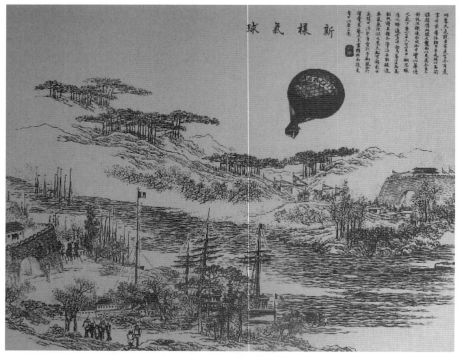

图1-4 《点石斋画报》之"新样气球"

资料。"① 虽然在《点石斋画报》创办之前，也有一些中文的画报刊物，如《小孩月报》《孩提画报》《训蒙画报》《成童画报》《图画新报》等，这些刊物皆由教会所创办，虽然有推介科学、报道时政、传播文艺的部分，但也有相当多的篇幅用以宣传基督教教义、传播福音，受众面相对狭小且内容也较为浅直，其传播范围和影响远不能与后来的《点石斋画报》相比。而在《点石斋画报》创办并迅速普及之后，兴办画报的潮流开始兴起，于是又有《奇新画报》《时事画报》《醒世画报》等刊，其时各类画报如过江之鲫，层出不穷，一直延宕到民国时期。虽然这些后来创办的画报刊物在内容、形式、图片质量上都有不同程度的进步，但溯其源流，察其风范，显然受《点石斋画报》的影响居多。直至1931年，鲁迅还谈到《点石斋画报》的延绵不绝的影响，他说："这画报的势力，当时是很大的，流行各省，算是要知道'时务'——这名称在那时就如现在之所谓'新

---

① 〔德〕鲁道夫·G. 瓦格纳：《进入全球想象图景：上海的〈点石斋画报〉》，载《艺术与跨界》，刘东主编，商务印书馆，2014，第470页。

学'——的人们的耳目。前几年又翻印了，叫作《吴友如墨宝》，而影响到后来也实在利害，小说上的绣像不必说了，就是在教科书的插画上，也常常看见所画的孩子大抵是歪戴帽，斜视眼，满脸横肉，一副流氓气。"①鲁迅虽然对画师吴友如的恶俗趣味不无贬斥之意，但也不得不承认他对城市流俗相当传神的描摹和对后来者的巨大影响。1890年，脱离《点石斋画报》的吴友如创办《飞影阁画报》，就是一种从"画新闻"到"名家著作"的转变，也暗示了一种从侧重披露时事向展露创作者个人才华的转变。即便如此，《飞影阁画报》仍然有着"点石斋"的种种旧习，尤其鲁迅斥之为"油滑"的流弊并未稍减。

　　《申报》集团创办《点石斋画报》并给予相当的重视，显然是一种资本主体追逐利益的固有逻辑在主导，但是从实际效果来看，其所引领的关注时事、民俗的风潮，且以视觉化图幅吸引并扩大受众群体的行销策略确实可供清末民国时期出版界作为镜鉴。有学者认为："辛亥革命兴起之后，以褒贬人物，评论政界得失，宣传革命思想为主旨的时事类画刊数量激增，构成了中国文化史上最为独特的'视觉启蒙'时代。"②虽然从某种意义上讲，推动视觉启蒙不可能仅仅是"画报"这一种文化载体之功，但其所具备的视觉性、普及性、趣味性等特征确乎给予普通民众以难以言喻的心理冲击，并借此逐步地建构起突破时空框限的文化交流体系，实在是难能可贵的。总之，面对兼具多方面研究价值的《点石斋画报》，如何充分利用其丰富的文化资源来论析不同领域的历史问题是大部分学者惯常的介入路径，但陈平原则认为《点石斋画报》与时代潮流的汇通融合应该是更重要的议题。他也认为："难的是如何整理、描述、阐发在晚清这一特定时空中，传统中国的'左图右史'怎样与西学东渐之'图像叙事'结盟，进而汇入到以'启蒙'为标识的现代化进程。"③显然，借由《点石斋画报》图文交织的文化空间的还原，厘清历史与现代、艺术与生活等诸多区块之间整合、流变的脉络，并提供给现代学术研究以方法论层面的启发和借鉴，才是一种主流导向。

---

① 鲁迅：《鲁迅全集》（第4卷），人民文学出版社，2005，第300页。
② 孔令伟：《风尚与思潮：清末民国初中国美术史的流行观念》，中国美术学院出版社，2008，第102页。
③ 陈平原：《左图右史与西学东渐：晚清画报研究》，三联书店（香港）有限公司，2008，第2页。

三、现代性视域下近代文学与图影的交融互动

瓦格纳认为："新闻画与这些文学作品——偶尔也会是诸如地图一类的其他项目——的结合，以及连载作品所配插图的极高质量，无疑提升了《点石斋画报》的文化品位。"① 总之，光绪年间的《点石斋画报》作为一种文图结合的样本，对当时市民阶层了解社会时事，娱乐个人生活，丰富文化知识确实发挥了重要作用。事实上，晚清民初中国画报的层出，其原因并不单纯，萨空了认为："中国之有画报，半系受外国画报之影响，半系受传奇小说前插图之影响，此应为一般人所公认。"② 以此可见其时的画报着眼之区域，表达之范式与中国传统文学仍有一脉之承的潜在关联。另一方面，对传统文学基因有所承继的画报也影响着文学出版业态——图像类杂志的推陈出新给文学刊物造成很大压力，迫使其不得不采取匹配图像的方式以扩大销行。清末诸多小说杂志就常常以插入照片、绘画作品、插图的方式进行编辑，如《新小说》《绣像小说》《月月小说》《小说林》与早期《礼拜六》杂志等，或以扉页配图、翻印照片的方式介绍西方文化，或以绣像加文字的方式进行文学叙事，显然是冀图文并置的形式来吸引读者。及至民初，许多文艺杂志更是形成了用美人照或名人相片作封面、插页的潮流，如《小说月报》第 3 卷第 7 期就刊出广告称："本报自本期起，封面插画用美人名士风景古迹诸摄影，或东西男女文豪小影。其妓女照片，虽美不录。"③ 显然，作为文学刊物，一方面不能不顺遂时代发展潮流，另一方面则不得不严防坠入流俗，这实在是一种颇难把握的平衡术。浏览《小说月报》此后几期的封面插画，可以见到所刊照片大致是女诗人秦沅、法国作家雨果、日本画家吉朝音氏、英国作家司各脱、法国总统夫人等，与当期内容并不十分匹配，由此可见其时的文图结合的随机性质和市场色彩。虽然当时各种文艺刊物中视觉因素的渗入首先是出于商业的考量，但这些文学与图像共同承担的叙事却分明透露出读者群体驳杂的思想文化背景和意识形态的多元维度。还有一点需要指出的是，中国传统文化中的图像，譬如文人画之类，大多盘桓在"言志"的层面，其笔下多是承载个体志趣的象征性意象。这些梅兰竹菊、远山近水之类，与其说是生活的具象，

---

① 〔德〕鲁道夫·G. 瓦格纳：《进入全球想象图景：上海的〈点石斋画报〉》，载《艺术与跨界》，刘东主编，商务印书馆，2014，第453—454页。
② 萨空了：《萨空了文集》，上海科学技术文献出版社，2002，第368页。
③ 《小说月报》（第3卷）1912年10月第7期。

图 1-5 《新小说》杂志

图 1-6 《小说林》杂志

毋宁说是思想的抽象，渐渐在因袭中陷入形式主义的泥淖中。早先文艺刊物中这类图画较多，但民初以降各种文化刊物中的图像，越来越多的是真实的肖像、场景或者是与其他一些与现实有致密关联的生活形象，逐步有了取代传统文人画作的倾向。由此可见文艺领域内的视觉化进程是不断朝向写实性、社会性层面推进的。而以图像进化的进程来映照中国文类之消长，如小说之地位在清末、新文化运动期间的两次抬升，显然也可以得出文学之向现实层面发展的结论。当然，文学与图像之发展并非两条并行的轨道，其时而自然而然地交叉融合，时而又纠缠在一起被时代拖拽前行，这是可以作为一个整体性文化样本进行深入考察的。

"图像参与印刷文本叙述，是晚清文化实践的一项重要内容，它与文字一起，开始讲述各种故事，纪实的虚构的，从时事要闻、市井人情到通俗小说里的人物故事。在这一过程中，包括图像在内的印刷媒体叙述与社会化的大众阅读互为依赖，互为生成和造就。"① 在这样的文化背景下，文学与图像显然可以被并置于现代中国审美的框架下进行审视，因而也衍生出"文学与图影的流转"研究的必要性。而从文化发展的角度去考察，也可以发现文学与图像交融互动的脉络一直隐约可见，源远流长。沿着这条脉络追本溯源亦可以见到不同时期的文图结合的范本。事实上，早在《新小说》《绣像小说》《月月小说》《小说林》等晚清著名小说期刊创办之前，中国社会文化传统的线性发展已然被西风东渐大潮所打乱，进入了一个中西交会、古今碰撞空前的时代语境。那些曾经一再出现在各种文艺刊物，或者其他文化空间的大部分的图像，显然不是来自乌有之乡的凭空捏造，更多是移植、改造或扭曲的西方印象。如果深入研判这些印刷文本，或者是其他文化形式的图幅，即可见出仅仅以"左图右史"的传统理念去框限这种丰富的视觉性及其内在的互动性，显然是不足的。可以说，斯时文艺性画报及文学刊物中作为图影的插画、配图和照片，已经和文学建构起相互辉映的关系，显然不光承载纯粹的"证史"的功用。而回到文学发展自身，前述的这类西方印象的参与不光对叙事主题有所冲击，且在文类变迁、表现方法等各方面都有极大的影响。在中西交会的大背景下，晚清图文关系宏观层面情势的廓清并不算困难，可一旦深入到图像与文字如何融合，如何推进新文学的变迁这类议题，就需要更加深刻地分析和研判。

---

① 姚玳玫：《文化演绎中的图像：中国近现代文学／美术个案解读》，广东人民出版社，2010，第 10 页。

一直以来，学界在认识、理解和陈述中国新文学的发展历程和动因时，念兹在兹的是西方价值观念和文学理念对中国作家的启蒙与激发，从某个层面上讲，这是无可置疑的。但是如上所述，还有更为感性、直观，或者说更具冲击力的视觉文化力量亦曾参与了中国新文学的进程，其以绘画、摄影、电影、雕塑，甚至服装、建筑等艺术形式，推动文学关于西方"现代性"的想象。可以说，如果忽略这样一种视觉语境之于中国"现代性"潜在的建构效应，那么对中国传统文学式微和新文学体制生发过程的理解显然是不够全面的。这种参与了中国新文学变迁过程的视觉化之"物"，是有着文化意涵的图像和光影，即所谓的"图影"。如前所述，"图影"与"图像"的最大区别在于其概念的外延更大，除了传统意义上静态的"像"，还包含了动态的"影"。而在动静两极，文学主体的感受与文学客体的状态是迥然不同的。或者可以说，这些涵盖了"图像"的"图影"，与其说是一个时代的外在表征，毋宁说是中国发展变迁中的文化参照物，其不仅标示了现代性的步幅，更准确地定位出现代文艺在特定历史空间中的进步和创生。而之于中国新文学，这种参照物不光有镜鉴作用，更以其标识性引导和参与着文学现代化进程，因此厘清其来龙去脉及嬗变过程将极具学术价值。

无论如何，在文学视域下梳理各种文化空间中的图像，并在某种程度上还原历史的现场只能算浅层的研判，更重要的是，可以借此一窥其时的文化风尚，深究由此引发的文学叙事伦理和叙事体系的内在变迁，亦可更深一层地观察到传统和现代、西方和本土相纠结的文化表征和图文共建的充满现代性意涵的文学景观。

第二节 文学与图影流转中的现代文学史观建构

一、视觉化语境下的中国现代文学

就文学而言，视觉渗透带来的变化早已有之。明末清初最谙闲情的李渔，在艺术、服饰、园林、饮食等诸多方面多有著述，尤重"看与被看"之双重主体的经营。譬如谈及戏剧，他说："观场之事，宜晦不宜明。"①

---

① 李渔:《闲情偶寄》，载《李渔全集》(第 3 卷)，浙江古籍出版社，1991，第 70 页。

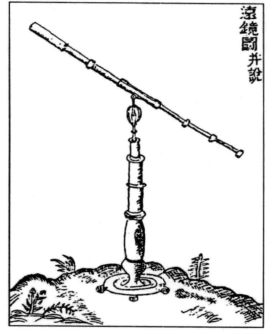

图 1-7　传教士汤若望译《远镜说》附图

讲的是戏剧演出效果。他又说："簪之为色，宜浅不宜深，欲形其发之黑也。"[1] 则是从颜色深浅、明暗对比的角度谈服饰审美。而讲到居室布局之类，李渔则有"眼界关乎心境，人欲活泼其心，先宜活泼其眼"[2] 的高论。显然，李渔对视觉的重视大概率源于寄情细节的心性和丰富的生活经验，但也不排除有西方文化输入所激发出的灵感，其创作的小说《十二楼》之《夏宜楼》尤其鲜活地呈现出西方输入的视觉工具所带来的对传统道德、伦理的透析。小说以"千里镜"这一中心物象结撰情节，营构场景，不光有跌宕起伏的喜剧效果，更有令人耳目一新的新奇感。从另外一个角度看，借由"千里眼"的"观看"及作为传统规制象征之"夏宜楼"的"被观看"，两者之间的互动，庶几不是一种西方文化思想与东方道德规训的碰撞？当然，在李渔笔下，与其说这是一种碰撞，毋宁说是一种偶遇。瞿吉人和詹娴娴最终还得在道统的框限内才能获得完满的结果——规训与被规训的两者都有不得已的欺骗和妥协，但确乎没有冲击传统道德伦理的勇

---

[1]　李渔：《闲情偶寄》，载《李渔全集》（第 3 卷），浙江古籍出版社，1991，第 131 页。

[2]　李渔：《闲情偶寄》，载《李渔全集》（第 3 卷），浙江古籍出版社，1991，第 232 页。

气和力度。陈建华认为《夏宜楼》中，"'千里镜'即为舶来视觉器具之一，可以说提供了与视觉'现代性'最初如何遭遇的一次可贵的文学见证"①。此可谓切中肯綮之论。而论及文学与视觉化的关联与互动，《夏宜楼》的"窥视"事件，却不啻为一个文学发展的隐喻——新的视觉技术与机器的不断输入，不但丰富了文学的叙事机制，更拓展了文学想象的空间。"十九世纪中期之后，震惊于西方的船坚炮利，中国如梦初醒，逼迫自己正视全球新秩序。此后随着幻灯、照相、电影的陆续输入，视觉在文化发展重视中愈居主导地位，而中国的现代化之旅在某种意义上即学习西方'视法'的过程。"② 在对西方文化的接受和吸纳中，清末民初的中国渐渐成为"全球图景"的一部分，当然，其也在通过视觉的途径缓慢而稳健地建构自己关于现代性的想象。这种想象涵盖政治、经济、文化等多个场域，不光激发了思想上弃旧扬新的冲动，更推动了不同以往的欲望表述。在这样一种中西交混、华洋杂处的历史文化语境中，中国现代文学也无意中开拓出另一个维度的欲望和情感的空间，更衍生出丰富多元的表现方式。

伊雷特·罗戈夫曾深入剖析了视觉文化与个体之间的交流与互动，并提出了"视觉文化竞技场"的概念。在他的论述中，这一场域涵盖三个部分，即多元的图像、多种观看机制及多重的主体性。这些不同要素构成的权力角逐中，传统价值和历史框架被拆除，文本与世界亦将被重新加以塑造。"在视觉文化竞技场中，图像的一个片段与电影的一段场景和广告牌的一角，或者我们走过的商店的橱窗展示联系起来，一种既源于我们体验过的旅程又源于我们的无意识的新型叙事便形成了。"③ 之于文学，伊雷特·罗戈夫的论述当然也披露了一种可能性，即所谓"视觉文化竞技场"亦可以潜在地影响作家对现实的理解和书写。事实上，伊雷特·罗戈夫的"竞技场"的说法与视觉的文化语境有相当程度的重叠，也可以理解为一种"视觉公共空间"，譬如霓虹闪烁的街衢、烛光摇曳的咖啡厅、灯红酒绿的舞厅、光影流传的电影院，甚至大户人家的华美庭院……在视觉的公共空间中，各种图幅、形象与光影片段都冲击着身在其中的个体，由此地理学意义上的公共空间所带来的心理变化最终影响了个人对现实存在的叙

---

① 陈建华：《古今与跨界——中国文学文化研究》，复旦大学出版社，2013，第 268 页。
② 陈建华：《古今与跨界——中国文学文化研究》，复旦大学出版社，2013，第 287—288 页。
③ 〔以〕伊雷特·罗戈夫：《视觉文化研究》，载《文化研究（第 3 辑）》，陶东风等编，天津社会科学院出版社，2002，第 42 页。

述。然而，对于 20 世纪三四十年代的上海而言，"图像"显然不足以体现其变动不居的现代性，而涵盖了光线交错、明暗变换的"光影"则可以恰如其分地传达出都市空间的一种流动性和新市民在现代语境下的迷惘、惶惑与感伤，这些都可以从沪上新感觉派小说的创作中发现端倪。新感觉派小说的意旨显然不在于抓拍都市特定空间（譬如电影院、舞厅、跑马场……）中的人物群像，而是想抓住时时推进的"变化"，并由此表达一种被时代离心力抛出生活轨道的现代性恐慌。换言之，对现代都市而言，图影呈现出其外在的、物质的、流动的风貌，而文学则穿透这种视觉景观的外壳，进入到内在的互动脉络中发掘人性的幽微和心理的悸动。"从而文学在现代化过程中，其本身必须与视觉所导致的有意识改变联系在一起。与其说是图片变成了文本（就像如今的后结构主义者常常断言的视觉阅读），还不如说是文字文本成为了图片。"[①] 事实上，往往那些来自视觉层面的潜意识改变，不仅涉及文学接受的议题，更在某种程度上影响着创作主体的文学书写。因而周蕾得出的结论是："早在对视觉形式的研究被结构化并被文本化之前，视觉图像就已经被烙印在现代主义对文学写作本身的重新组合之中了。"[②]

本雅明认为："在漫长的历史长河中，人类的感性认识方式是随着人类群体的整个生活方式的改变而改变的。"[③] 20 世纪二三十年代对西方文化接纳充分的区域，尤以上海为最，这个拥有一百多万人口的都市空间，既整合新旧，又容纳中西，因之也形成了雅俗共赏的大众文化的氛围，而新的文学形式则在这样的一种语境中得以创生。所以立足于"视觉竞技场"的逻辑，就不难理解何以同样在上海这样的视觉文化的公共空间，茅盾、刘呐鸥、穆时英、施蛰存、张爱玲等人却有文学层面种种不同的解读和书写。事实上，茅盾看见的是发射着"Light，Heat，Power"的霓虹电管广告背后的资本倾轧、工农抗争和封建地主阶层的腐朽风化。刘呐鸥和穆时英所见到的则是"交错的光线里所照出来的一簇蚂蚁似的生物"——只有最基本的生存与发泄。施蛰存则借助光影窥见了人们内心的欲望，反过来以光影图绘现代都市和历史场景中个体的心灵地图。而对于张爱玲而言，

---

① 周蕾：《视觉性、现代性与原始的激情》，载《视觉文化读本》，广西师范大学出版社，2003，第 270 页。
② 周蕾：《视觉性、现代性与原始的激情》，载《视觉文化读本》，广西师范大学出版社，2003，第 270 页。
③ 〔德〕瓦尔特·本雅明：《机器复制时代的艺术作品》，江苏人民出版社，2006，第 55 页。

其作品中视觉化的生活空间则寄寓了关于个人内心的种种体悟，《金锁记》中童世舫狼狈地从长安家退出，"他穿过砖砌的天井，院子正中生着树，一树的枯枝高高印在淡青的天上，像瓷上的冰纹"①。张爱玲笔下的庭院都如中国传统的画幅一般，疏朗而超脱，但又有着奇异的荒寒。无论童世舫还是长安，他们的感受，如张爱玲所言，"我们每人都是孤独的"。果然，上海"图影"与不同角度的"观看"和复杂的"主体性"纠合在一起所构成的"竞技场"最终重塑出不同的世界和人生景观。另外，在视觉文化空间中扮演重要角色的电影艺术也是不能忽略的一脉。李欧梵谈及受电影影响的作家叙事方式转变的问题时，特别提及电影艺术本身所带给文学的影响。他指出："电影只不过是一种视觉手段，通过它来讲一个故事而已，而不是将电影作为一种视觉的艺术。但就是在不知不觉之间，他们开始把说故事的方式，转变为视觉性的呈现。"②他还谈到鸳鸯蝴蝶派的小说中的一篇，认为其有希区柯克的电影风格（李欧梵所讲应该是周瘦鹃的《对邻的小楼》一作），并由此言及所谓"镜头感"在中国传统小说书写中的缺失。他认为："必须有了电影以后才能在文本中催生出视觉性的效果来。"③诚如其是，没有图影所建构的视觉化语境，中国现代文学的书写想必会乏味得多。总之，民国以降，视觉化语境下的文学叙事方式逐渐发生了明显偏转，即从侧重线性时间的讲述转向侧重多维空间的呈现，譬如穆时英的作品即是用一种电影镜头式的叙事，完全视觉化地呈现都市光影，其中尤以《夜总会里的五个人》《白金的女体塑像》最为典型。虽然穆时英、刘呐鸥等人的作品特有的叙事模式造成了其文学创作的官能性质的浅薄，但毕竟折射出图影所构成的视觉化语境给文学带来的某种质变。施蛰存与穆时英、刘呐鸥等人过从甚密，其小说创作也一度有"新感觉"的一些风格，但他更注重文体的实验，比及刘、穆二人的情绪宣泄、欲望书写更具审美层面的价值。他后来的作品以一种视觉化的方式图绘心灵，反而比纯粹的心理小说更深刻透辟。施蛰存这类具有鲜明的视觉化特质的作品以新的方式、角度和视点实践了一种文体的现代性，亦即一种文学书写形式的现代性。

---

① 张爱玲：《倾城之恋》，北京十月文艺出版社，2019，第 261 页。
② 李欧梵、罗岗：《视觉文化·历史记忆·中国经验》，载《视觉文化读本》，广西师范大学出版社，2003，第 13 页。
③ 李欧梵、罗岗：《视觉文化·历史记忆·中国经验》，载《视觉文化读本》，广西师范大学出版社，2003，第 13—14 页。

二、图文流转与中国现代文学史观建构

论及文学之历史，郑振铎曾言："中国文学自来无史，有之当自最近二三十年始。"[1] 他认为以往所刊布的文学史相关的书籍，呈现出碎片化、贫乏化的样貌，对真正有血有肉的文学作品几无关注。在郑振铎看来，真正的文学作品并非完全是士子文人的颂圣言志之作，更有"打动了无量数平民的内心，使之歌，使之泣，使之称心的笑乐的真实的名著"[2]。郑振铎开放的文学史观当然不仅仅给予真性情的文学作品以相应的文学史定位，也对各种感性鲜活的文本给予充分关切，更为重要的是他以前所未有的眼光把历代文学图绘样本纳入文学史的建构，殊为可贵。其所撰《插图本中国文学史》着眼中国古代文学发展的历史，虽然对已有十余年历史的新文学并未涉及，但其文学史观念却深刻地影响了中国现代文学的历史观念。郑振铎认为："文学史的主要目的，便在于将这个人类最崇高的创造物文学在某一个环境、时代、人种之下的一切变异与进展表示出来。"[3] 而《插图本中国文学史》以图幅入史的做法，即是践行此种理念的一种尝试。在以图入史这点上，郑振铎指出："在那些可靠的来源的插图里，意外的可以使我们得见各时代的真实的社会的生活的情态。"[4] 此种表述一方面表现出其多元开放的文学史观念，并基于这种观念创制出一种新的文学史形态；另一方面则指出了图像对于文学研究的意义，比及几十年后彼得·伯克提出的"图像证史"的说法要早得多。从中国现代文学史观的变迁上来看，学界习惯于对中国现代文学的发展作传统与现代、保守与革命、民族与世界的切割，截然划分出二元对立的阵营，这种早期以阶级论，后期以现代性为核心的文学观念在特定的语境下也一定程度地推动了中国现代文学研究的进程，不无进步意义。"无论是阶级论文学史观，还是现代性文学史观，在某种意义上，都是以现代文学自身发展历史状况为依据的，在很大程度上揭示了现代文学某些规律性经验与本质性特征。"[5] 然而，从另一层面讲，无论是早先以阶级论为核心理念的文学史观，还是后期以现代性为核心理念的文学史观，都无法对文学场域作出真正全面的反应，也在无意

---

① 郑振铎：《插图本中国文学史》，中华书局，2016，第1页。
② 郑振铎：《插图本中国文学史》，中华书局，2016，第2页。
③ 郑振铎：《插图本中国文学史》，中华书局，2016，第5页。
④ 郑振铎：《插图本中国文学史》，中华书局，2016，第3页。
⑤ 王泽龙：《反思与重构：中国现代文学史观综论》，新华出版社，2005，第11页。

图 1-8　郑振铎《插图本中国文学史》

中对丰富多元的现代文学产生某种程度的遮蔽，甚而至于，现代文学领域内的"新文学"之"新"，也在无意中过滤掉一些应该在文学史上留下形影的作家、作品。基于以上种种，建构一种真正多元的、具有更大包容性的中国现代文学史观确实是现代文学研究的当务之急，而从不同的角度切入，把诸多领域的材料，譬如视觉化材料——本书称之为"图影"的种种样本——引入多元文学史的书写也是题中之义。

　　近年来，许多学者从文化、思想等诸多角度切入文学史的书写，取得了不俗成果的同时，也使以往不曾注意到的问题凸显出来，引起了一些讨论。温儒敏早在十多年前即指出中国现代文学研究中思想史热、"泛文化"研究倾向、"现代性"过度阐释等诸种问题，表达出对文学研究"偏离"文学的某种忧虑。[①] 应该说，温儒敏强调的是对文学审美主体的重视，并非一味排斥文学领域的思想史、文化史的研究和现代性观念的应用。温儒敏认为文学研究的基本立场，即无论思想史、文化史的研究，还是现代性观念的贯穿，都应该着眼于一种"互动"，也应该有一定的限度，无论

---

① 温儒敏：《谈谈困扰现代文学研究的几个问题》，《文学评论》2007 年第 2 期。

如何，"落脚点仍然应该是文学"①。他在 2013 年提出"文学生活"的概念，认为："'文学生活'研究所关注的是文学生产、传播、阅读、消费、接受、影响等等，是作为社会文化生活或精神结构的某些部分，在这样的视野下，有可能发生许多新的课题，文学研究将展示新生面。"② 显然，比及之前的学术观点，其文学史观念也更加具有包容性，也更加开放。这一方面代表了学界文学史观念的进步，另一方面也使得文学研究本身亦进入了更加丰富多元的阶段。在这一议题上，钱理群则指出："真正深刻的文学史研究正是应该通过历史的社会学、文化学的把握上升（深入）到人类学的审视与开掘（发现）。"③ 这种貌似偏离文学本体的文学史观念，其实是在某种程度上拓展了文学阐释的空间，带动了文学研究从意识形态的偏嗜朝向"人"的迁移，而这种迁移过程的要义即是充分重视文学史写作的文化语境的作用。具体而言，即文学史的写作需要摒弃先验的、进化论的文学史框架，努力回到文学发生的原点和现场去体悟和阐释。中国现代文学是在复杂多元的文化语境中逐渐成熟的，其所面对的不光有"五四"的启蒙，还有来自各个方面的思想文化的冲击。可以说，这段文学历史的进程远非某一宏大命题下的单线发展，而是融合了繁芜庞杂的文化细节，呈现出多元向度的一种生态链条。从这个角度看，应当给予中国现代文学发展以更加全面的文化关照，破除一种囿于"文学本体的文学史观"的束缚，把文学研究从纯粹文本分析、创作主体分析的框限中解脱出来，即不光着眼于文学本体的内部分析，更要进行其外部生成语境的研究。2004 年在中国文学史百年研究国际研讨会上，诸多学者提出反思文学、文化、历史之间关系的议题，认为当前关于文学史书写的探索应该朝向两个方向，即"一、回到文学史发生的原点，还原文学史发生现场。二、打通文学史，破除学科界限，进行跨学科研究和交叉研究"④。应该说，这两种向度上的尝试都是文学研究尽力突破旧有学术思维窠臼的一种努力，极大地拓展了文学研究新的境界。从当下追溯到清末民初，甚至更为遥远的历史时期，都可以见到文学与其他诸种艺术门类，譬如较早时期的绘画、雕塑、建筑，乃至现代社会逐渐出现的摄影、电影等始终紧密相关。而本书研究的核心关键词

① 温儒敏：《谈谈困扰现代文学研究的几个问题》，《文学评论》2007 年第 2 期。
② 温儒敏：《"文学生活"概念与文学史写作》，《北京大学学报》2013 年第 3 期。
③ 《钱理群教授学术叙录》，北京大学二十世纪中国文化研究中心，2005，第 8 页。
④ 袁晓薇、王开春：《从视觉史料到文学图像——文学史的图像学研究刍议》，《安徽史学》2012 年第 3 期。

"图影"，即是对文学之外的艺术门类中视觉化因素的一种概括。可以说，文艺场域内的"图影"既建构了文学的语境，又参与了文学的进化，因此以之为核心的研究亦有不可忽视的文学史层面的价值。

从文学发展的角度看，新文化运动之后的视觉文化的发展比及之前有更多向度上的拓展，而愈加丰富多样的图影所建构的视觉语境则更深地渗透融合到文学书写中去。与此同时，文学书写也对视觉文化进行了一定程度的塑造和筛选，因此文学与图影之间构成了一种相济相生的互文加互动的关系。不唯如此，两者之间的流转不光折射了文学层面的变迁，亦体现了其他艺术门类的进化。上升到现代中国艺术发展的层面来看，这显然也是一段鲜活而生动的历史，应该予以相当的重视。李欧梵认为："你要研究中国现代的文学史、文化史，就要研究 1900 年到 1917 年的视觉文化：报纸上的印刷图画、摄影技术的引入、电影的出现和小说文本中出现的摄影、电影以及在写法技巧上如何受到新视觉技术的影响……这一系列的因素是依靠什么连接起来的？"[1] 显然，对于这些视觉文化素材的检视和把握，某种程度上也是对中国文艺的一次巡礼。在历史陈迹中沿着文学发展的脉络逡巡时，视觉性的图影无疑最接近客观真实，最具还原历史现场的能力。更深入地说，这些视觉材料本身及其存在的形态和遭遇同样具有呈现历史的价值。"史学家在重构往昔时应当使用视觉证据。因为，这些图像资料的存在，它们所呈现的各种各样的风格和形式，其本身就是重要的历史事实：它们为特定的历史目的而创造，被破坏，或得以幸存。"[2] 而之于文学，其虽具有语言审美的本体性，又不能不把它纳入社会历史发展的脉络中去考量，因而许多文学相关的图像材料不仅可以"重构往昔"，即建构文学叙事的历史语境，更可以借之突入作家的文学想象空间，发掘出更深层次的叙写机制。早在十多年前，钱理群等人就在现代文学研究会第八届年会上提出现代文学研究的历史品格问题，他们得出的共识之一即是："一定要注重史料，从事实出发引出结论，而不是让我们的研究成为某种流行理论的有效性的证明。"[3] 而"图影"之类，似乎是与现代文学学科相距较远的一种视觉性因素，其实它也可以作为文学研究的重要史料，其

① 李欧梵、罗岗：《视觉文化·历史记忆·中国经验》，载《视觉文化读本》，广西师范大学出版社，2003，第 12 页。
② 曹意强：《艺术史的视野》，中国美术学院出版社，2007，第 56 页。
③ 钱理群：《中国现代文学史论》，广西师范大学出版社，2011，第 346 页。

不光具有直观性、感受性，同时也不乏客观性。所以对文学图影的重视，就现代文学研究而言，更有拓展研究边界、开阔学术视野的现实意义。

钱理群谈到现代文学史书写的愿景时，提出了切实可行的建议："即在原始史料的重新开掘的基础上，把现代文学的文本还原到历史中，还原到书写、发表、传播、结集、出版、典藏、整理的不断变动的过程中，去把握文学生产与流通的历史性及其与时代政治、经济、思想、文化、教育、学术的复杂关系。"[1] 此种论述虽然并未涉及图影的议题，但钱理群还是指出了在文学生产与流通的过程中，除了文字文本之外，文学相关的图影也是弥足珍贵的学术史料，借由这些视觉化的材料可以深入研判不同时期文学发展和文学叙事的深层次变迁，从而引导现代文学研究走入新的境界。要之，在文学研究的过程中，开放的眼光和心态是前置的要件，如果现代文学研究一味沉溺自足封闭的纯粹形式与审美探讨的桎梏下，以所谓坚守本体性的态度无视现代中国文学发展变迁的视觉历史，拒绝承认一直参与文学发展的"图影"的价值，显然对建构真正丰富多元的文学历史是无益的。反观民国以降的文学史观念的萌生与发展，总是有不同维度上的建构，譬如胡适以进化论的眼光看中国文学的变迁；梁实秋更倾向以人文精神勾勒出文学历史的发展；而周作人则仍以超脱的姿态有条不紊地梳理文学源流。[2]1932 年 6 月，郑振铎则把历代遗存图像嵌入文学史铺陈之中，开启了图像进入文学历史的闸口。凡此种种，足见文学史的书写一直是行进式的、开放性的。当然，作为视觉文化载体的"图影"与文学文本是两种不同形态的样本，其关联并不完全是显性的，需要全面深入地把握才能真正发掘到内在的互动层面。不仅如此，衍生在不同历史语境之中的图影样本自身也具有一定的误导性和遮蔽性，甚而至于，其还不乏"造伪"的能力，因而学术研究中的"读图"绝非所谓的"浅阅读"，而是一种需要投入相当心力的甄别、研判过程。

事实上，现代中国文学发展史上的许多作品都是在极其复杂的社会场景中创生的，尤其 20 世纪二三十年代创作的作品更有着风云际会的大时代背景和异常复杂的小社会空间。因此对这些作品进行研判时就不能忽略其传统与背景——真实语境中的作品分析是文学发展史建构应有的历史品

① 钱理群总主编《中国现代文学编年史：以文学广告为中心（1928—1937）》，北京大学出版社，2013，第1—2页。

② 温儒敏在《文学史观的建构与对话》一文中对此论述甚详。

格，而"力求把文学史研究与政治史、思想史、经济史、艺术史、宗教史、文化史、科学史的研究结合起来，而不是囿于文学史一角，自我封闭，画地为牢，方能以综观全局的雄伟魄力，透过丰富多彩的文学现象，从而深刻地阐释和总结文学发展历史的本质和规律"①。应该说，从当下文学研究的基本态势来看，运用跨学科的视野已然成为一种共识，这既是学术发展的历史要求，也是一种构建真正开放的、多元的文学史观的契机。

三、现代中国文艺的一种阐释：文学与图影的流转

如前所述，在现代中国文艺的发展历程中，"图影"不光是静态的"图"，封面、插画、配图、画像、相片等等，更有动态的电影——甚至于中国 20 世纪二三十年代上海、香港等光影流转的现代性空间也是可以与文学发展相互参悟的视觉载体。显然，当下文学研究的对象已经突破了固有的框限，文本的外延也极大地扩展。与其说这是一种学术研究领域的拓展，毋宁说是方法论上的突破。正如李欧梵所指出的那样："现代文学研究需要扩大文本研究的范围，原来文学作品是一种文本，后来范围扩大，报刊杂志也是文本，现在图像是文本，电影是文本，甚至整座城市也可以当作文本。而且研究这些'文本'就需要细读它们，通过细读来触摸文化背景。"②基于这样的学术前置，本书将在现代中国文艺的框架内探讨文学与图影交集中的种种议题，努力通过对图影与现代小说、诗歌等语言艺术形式的发展相互映照的综合研究，廓清现代文学叙事、抒情模式和图影流变的内在联系，寻找现代文艺新的解读途径，重新评估现代文学文本的艺术价值和文化价值。具体而言，即是着重以具有典型性的图影样本与中国现代文学的重要作家、文本之间的关系探讨为突破口，着眼于西方绘画、摄影、电影等图影的不同艺术形态与现代文学文本之间的关联性研究，侧重于现代作家对西方图影样本的接受与传播以及现代文学文本对视觉艺术的借鉴和吸收，并借由这种跨形态的关照，引导对现代文学的新发现。需要指出的是，这种维度上的现代文学研究并不是无视文学本体的泛文化的研究，而是在对文学外围的图影进行考察的过程中，通过对文学文本的细读，梳理其中视觉化的因素，并由此探究其在文学现代化历程中的定位与

① 钟优民：《新兴学科——文学史方法论的崛起与建构》，《学术研究丛刊》1991 年第 1 期。
② 李欧梵、罗岗：《视觉文化·历史记忆·中国经验》，载《视觉文化读本》，广西师范大学出版社，2003，第 17 页。

作用。总而言之，择取历史语境中视觉性的文化要素，努力梳理其参与中国现代文学变迁的图影谱系，廓清文学与图影之间的种种经脉渊源，从而对现代文艺发展有所研判，正是本书的核心要义。

"图像同文字一样都是一种文化形态，既相互依存又明示区隔的边界，有相互对立又和谐互构的文化内涵，图文共同构成一系列有意义的社会实践。"① 而在这样的实践中，对文字与图像之间关系的深入分析与研判是最内层的理论核心。欧文·潘诺夫斯基认为："人文科学的各个分支不是在互相充当婢女，因为它们在这一平等水平上的相遇都是为了探索内在意义或内容。"② 这里有两个层面的意涵：其一，人文学科的各个分支并无从属关系，不存在孰轻孰重的问题；其二，关于人文学科各个分支的研究显然可以在并列映照、交叉重叠、融合汇通的关系中推进不同维度上的研究探索。另外，作为一个意义宽泛的概念，现代中国文艺的范畴不限于文学，也涵盖了美术、摄影、电影等艺术形式，但从另外一个角度讲，"文学"确实是"文艺"的重中之重，这也是本书在学科层面的立足点。另外，如韦勒克所言："和研究艺术家的意图与理论相比，更有价值的是，在共同的社会与文化背景下对各种艺术加以比较。人们确实有可能描述培植各种艺术与文学的共同的、短暂的、局部的社会土壤，从而指出它对各种艺术与文学所产生的共同影响。"③ 韦勒克的看法无疑是中肯的，这也是本书方法论的前提。在这样的逻辑起点引导下，以中国现代文学发展为主轴，着眼其与同时代的其他艺术门类的种种联系，努力从中发现其内在政治、文化、经济和艺术的博弈和互动，才有了把文学与图影置于现代中国文艺大框架下考察的尝试。

事实上，以文学与图影流转的视角，在跨学科、艺术形态的视域中探讨现代文学的文化意涵、象征模式、雅俗流变等各方面的视觉化新特征，寻找一种不同以往的文学文本阐释途径的努力，不但拓宽了文学研究的既有范式，也可以借之寻找到现代文学研究新的生长点。需要特别强调的是，本书对文学与图影流转的分析，并不是单向的，即停留在纯粹图影如何对文学历史有所证实或证伪、如何潜在地改变了文学书写的范式这一层面，

---

① 韩丛耀：《中华图像文化史（图像论卷）》，中国摄影出版社，2016，第 371 页。
② 〔美〕欧文·潘诺夫斯基：《图像学研究：文艺复兴时期艺术的人文主题》，戚印平、范景中译，上海三联书店，2019，第 13 页。
③ 〔美〕雷·韦勒克、〔美〕奥·沃伦：《文学理论》，刘象愚等译，生活·读书·新知三联书店，1984，第 142 页。

而是更有另外一个层面的研讨，即文学的发展给图影带来了何种新的内容、形式、观念以至于表现手法的变化。因此在本书，既有通过图影折射文艺发展变化的作为"点"的个案研究，譬如，对鲁迅、张爱玲、丁玲等作家生平、创作与图影交会的探讨，亦有从图影到文学再回到图影这样一种"线"的研究。如 20 世纪二三十年代的西方版画、苏联版画一度影响了左翼文学的内容与形式，最后这些在文学创作实践中经过改造，得以创生的艺术形象、手法及理念又会在其后左翼木刻家的刻刀下呈现出来。总之，文学与图影在现代中国文艺发展主轴上不同向度的延伸，最终形成了一种点、线、面点缀、交织、融合的视觉化人文地图。"但文学研究不止于细节，必须带进文化史的眼光、文学场的思路等，这样才能见其大。"[1]最先图影作为文学接受史意义上的视觉文本被关注，后来对其研究渐趋扩展到其与文学的互动与互文的关系上，而最终这一议题必然推进到文艺生态内部建构的阶段。从方法论的角度看，文学与图影的流转先后经历的图像证史、图文互文互释、图文互动的进程，亦是一种文学的历史，或者说是一种对现代中国文艺发展的独特阐释。

---

① 陈平原：《文学的周边》，新世界出版社，2004，第 115 页。

第二章　中国现代文学视野中的图影谱系

　　把"图影"定位为一种文学的参照物和参与力量，既彰显出其之于现代文学研究的价值，同时又不放弃文学语言审美的本体性的基本立场，而在此基础上对文学视域内的图影谱系的梳理才真正具有建构意义。具体而言，即在秉持相关视觉材料之主体性、互文性或建构性的前提下梳理出的图影谱系才能与文学自身形成阐释、参证、映照的功用，因此这样的规限是基础性的，也是有必要的。即便这样，还应指出的是，在浩如烟海的历史留存中，寻索一种视觉化的、与文学深切相关的文化因素，其实是相当困难的。陈平原曾经就清末文化与文学的研究谈过自己的体会，他说："如果你研究的是晚清文化与文学，希望将所有资料看完再发言，很可能一辈子都开不了口。"[①] 因此他提出研究者需要有驾驭资料的能力和问题意识。而本书同样力图以问题意识作为引导，在图影甄选的过程中，始终把握住最为核心的问题：图影与现代文学"书写"有何种互文、互动的深层关系？这种关系又如何对现代中国文艺作出特有的阐释？抓住这两个核心问题后，在此基础上研判文学本体性的问题，才会有开辟出新境界的可能性。就中国现代文学研究而言，这种方法论的指导固然赋予了文学图影研究空间拓展的信心，但仍然有着诸多关于深度、精度及限度的实践问题，即何种图影样本有可能纳入文学研究的实践中去？何种方向上的实践分析可以真正地获致文学本体的深刻认知？等等。按照前文的界定，作为视觉文化载体的"图影"纷繁杂芜，体量巨大，因此在文学研究中，欲借此"图影"对文学发展变迁有所发现的话，就需要有所甄选，即所谓的"鉴识"，也只有借"鉴识"之理论和逻辑框架所梳理出的图影谱系才能真正对文学和图影研究起到奠基性的作用。正如有学者所言："阅读图像的历史，一如

---

　　① 陈平原：《文学的周边》，新世界出版社，2004，第113页。

阅读文字的历史，需要我们的鉴识，没有'鉴识'，图像难以成为史证。"①
总之，对文学与图影流转的探讨不会止于"图像证史"这一层面，还会涉
及双方互动、互文等更深层次的议题。因而这样一种审慎的学术态度确是
必要的：一方面避免探索边界的无序扩张；另一方面则避免了理论层面的
强制阐释。如陈平原所言："不管是木刻、铜版、速写、水彩、漫画，还
是各式照片，进入书籍的'图像'，都必须与'文字'达成某种默契，而
不是孤零零的艺术作品。作为读者，我首先想到，这些图像的加盟，是否
有利于我对文字的解读。"② 显然，对本议题而言，学界已然提供了诸种切
实可行的方法论的指导，因而在对图影样本进行甄选时，必须考察其是否
能与文学本体形成呼应——这种呼应是多元的、复杂的，包含了"图像证
史""文图互动"等多方面的意涵。从学术实践的角度来看，这种图影谱
系的梳理要基于一种筛选机制，即以主体性、互文性或建构性作为核心指
标去衡量某些"图影"的征用与否。

第一节　文学图影的本体特征

一、价值与判断：个体投射的主体性

　　主体性也是现代性的重要指标之一，意味着个体脱离群体性的规制，
以独立、理性的自我意识去了解、认识、判断、表达外部世界的能动性。
而所谓图影的"主体性"则是指"图影"作为某种行为意识的对象物，应
该蕴含着个体自我的投射，而这里的"个体"又不仅仅指图影样本的创作
者，还应涵盖参与者、观看者等不同立场上的个体。就纯粹意义上的"图
影"而言，主体性并非其自身附带的属性，很多情况下，工业化复制的、
批量生产的视觉产品固然能够在宏观层面反映出某个时代的部分审美趋
向，但回归到单个样本的检视时，就很难挖掘到真正有意义的个体意识和
情感。近代以降，随着印刷、摄影等技术的精进，图影在数量上不断衍生，
渐渐覆盖到社会文化的各个层面，于是如何在海量的图影资料中筛选出对
文学研究富有价值的样本便成为首要的工作。陈平原谈及绣像小说时，就

---

①　曹意强、麦克尔·波德罗等：《艺术史的视野》，中国美术学院出版社，2007，第 6—7 页。
②　陈平原：《文学的周边》，新世界出版社，2004，第 205 页。

曾经说过："与小说文本同行的绣像，其功能并非只是便于民众接受；选取什么场面、突出哪些重点、怎样构图、如何刻画等，其实隐含着制作者的道德及审美判断。把这些东西考虑进来，很可能会改变已有的小说史论述。"① 换言之，因为绣像所具有的来自创作个体投射来的主体性，才使其具备了文学层面的折射功能，使研究者能够借此图影样本的主题、风格和意蕴窥看其时文化风尚和文学叙事的基本形态。另外，作为图影呈现介质的诸种艺术形式如绘画、摄影、电影之类，其投射创作个体主体性的方式、途径虽然有所不同，但总体而言，都可以经由内容、主题、构形、色彩等诸多因素直接或间接地呈现出创作者的情感世界和精神指向，和与之匹配的文学环境构成有效的相互阐释。

　　如果单从绘画作品的创作者角度来看，个体之主体性投射是相当明显的。譬如，中国历代文人画所青睐的山水、竹石、松梅、虫鸟等形象，固然都出于自然，却往往因画家理念、心境不同而呈现多元化的风格，甚至同一画家也会因时代之变迁而画风大变，风貌迥异。此在宋元交替之际的文人画作中显得尤为突出。明万历年间张泰阶所撰《宝绘录》曰："古今之画，唐人尚巧，北宋尚法，南宋尚体，元人尚意，各各随时不同，然以元继宋，足称后劲。"② 其论及的虽然是不同朝代画家创作整体风格的差异性，但具体到每个画家个体，亦不能忽略时代施于个人影响而导致其艺术呈现的多元。如明末清初画家朱耷作为明皇族后裔，在明朝灭亡后以明遗民自居，对故国的怀想深重，下笔每有"墨点无多泪点多，山河仍是旧山河"③ 的喟叹。朱耷的作品极为鲜明地投射了其孤愤、狂傲、哀伤的心境，其笔下的鸟、鱼无不以白眼看天的形象映照着其睥睨当世的情绪。而论及西方艺术，也莫不如是。法国印象主义奠基人马奈也在其画作中鲜明地表现出个人主体性的幽深复杂。他出身官宦家庭，后又跟随一艘巴西轮船海外游历，养成了他热情浪漫、独立不羁的性格，在多年的游历生涯中他深切地同情革命，积极维护共和主义，还曾投身国民自卫军，参加过革命暴动。马奈叛逆、不受拘束的精神特质就非常鲜明地投射到其作品中，其后来创作的作为现代派绘画之开端的作品《草地上的午餐》就是典型的样本。这幅画作的主体部分是全裸的女人与衣冠楚楚的两个绅士坐在一起的

---

① 陈平原：《看图说书：小说绣像阅读札记》，生活·读书·新知三联书店，2003，第136页。
② 周积寅编著《中国画论辑要》，江苏凤凰美术出版社，2019，第238页。
③ 《八大山人画集》，江西美术出版社，1985，第161页。

图 2-1　朱耷（八大山人）作山水鱼鸟册

画面，除了创作手法上的大胆突破——色彩上的强烈对比——更为重要的是其创作主题上的离经叛道致密地契合了马奈的价值倾向。而在马奈《死了的斗牛士》之中，那种强烈的明暗对比特别凸显了一个独立的死亡场景，尤其是斗牛士安详的面容更加阐明了马奈对于死亡的与众不同的思考。如果再旁及其他画家，则同样可以见到创作者对作品的主体性投射，如毕加索《格尔尼卡》以夸张变形的张力结构凸显出画家对纳粹的强烈批判精神；而凡·高的《星夜》《十五朵向日葵》《有乌鸦的麦田》等作品则以寻常的意象呈现出奇异的个人精神世界。另外，以创作者极为强烈的主观意识和个体思考介入创作的范例还有高更。1897 年高更创作了一幅大型画作《我们从哪里来？我们是谁？我们往哪里去？》，把线性历史强行纳入空间结构之中，以婴儿、青年、老妇等形象象征了个体生命的轮替，发出了关于人类自身的终极拷问，极具震撼力。当时的高更刚刚经历了爱女夭亡的痛楚，其对生命、人类的意义追问，显然是主体性迷思的一种呈现，具有极大的审美解读空间。

　　在中国现代文学的框架内，并非研究对象原创的图影样本才具有主体

图 2-2 《我们从哪里来？我们是谁？我们往哪里去？》（高更，1897 年）

性，甚至其参与的图影发掘、编辑、传播等行为也在一定程度上呈现出个体的审美取向和价值判断。譬如鲁迅对西方版画的青睐就是值得研判的一种主体性投射。从鲁迅尤为重视凯绥·珂勒惠支、梅菲尔德、麦绥莱勒、蒋谷虹儿等版画家的作品，即可看出其艺术理念的多元化与文艺思想的复杂性。他所编纂的《艺苑朝华》《苏联版画集》等画册，以审美的视角来看，与其文学作品在艺术境界、主题、风格等方面都构成了极为致密的互相阐发与映照的效果。论及珂勒惠支的作品，鲁迅认为这位艺术家的画作在中国的流布如同"野地上有一堆烧过的纸灰，旧墙上有几个划出的图画，经过的人是大抵未必注意的，然而这些里面，各各藏着一些意义，是爱，是悲哀，是愤怒，……而且往往比叫了出来的更猛烈。也有几个人懂得这意义"①。鲁迅对珂勒惠支的格外看重显然是对她画作中死亡与抗争的主题有着高度的认同感。史沫德黎为珂勒惠支版画选所作序言中所谈到的艺术感受与鲁迅如出一辙，她认为："笼照于她所有的作品之上的，是受难的，悲剧的，以及保护被压迫者深切热情的意识。"②应该说，作为旁观者的鲁迅和史沫德黎，都从珂勒惠支的画作中看到了自己的心魂和意绪。由是观之，对珂勒惠支的大力宣扬，亦是他们自我主体性得以实践发挥的一例。1939 年，萧红在《回忆鲁迅先生》一文中曾经记述鲁迅病重卧床的一段时间内不看报读书，"但有一张小画是鲁迅先生放在床边上不断看着的"③。这个场景给萧红留下了极深的印象，她精确地描述那幅画作："那上边画着一个穿大长裙子飞散着头发的女人在大风里边跑，在她旁边的地面上还

---

① 鲁迅：《鲁迅全集》（第 6 卷），人民文学出版社，2005，第 517 页。
② 鲁迅：《鲁迅全集》（第 6 卷），人民文学出版社，2005，第 631 页。
③ 萧红：《萧红全集》（散文卷），北京燕山出版社，2013，第 387 页。

图 2-3 哈菲兹《抒情诗集》插画

有小小的红玫瑰的花朵。"①1980 年代，有关专家在整理鲁迅版画收藏时发现了这幅画，并确认是苏联版画家米哈伊尔·毕诃夫为诗人哈菲兹的诗集所作的扉页插图。这张画究竟在鲁迅的内心激起什么样的情感？钱理群认为这个奔跑的女孩是"美的象征，爱的象征，健全的活的生命的象征"②，是为一说也。总之，由这张小画折射出精神层面的旷远幽深，是鲁迅作为观看主体的能动观察与体验所得。

除了绘画之外，摄影与电影之类也是通过镜头、角度、光影、色彩等途径进行表达的图影样本，大都投射了创作者的自身世界观、价值观及审美理念。总之，作为视觉文化载体的各种类型的图影，即便没有强烈的创作主体的审美和价值观的投射，但其在特殊的语境中的站位，或曰一种文化层面的在场，同样也会赋予本身以自我阐发的价值。作为一种视觉的文本，其背后隐匿着诸多个体的思维且呈现出群体性文化特征，它是有内在表述的。如巴赫金所言："如果文本背后没有'语言'，那么它已不是文本，而是自然存在的（不是符号的）现象，例如，一声自然的喊叫和呻吟，它

---

① 萧红：《萧红全集》（散文卷），北京燕山出版社，2013，第 387 页。
② 钱理群：《与鲁迅相遇：北大演讲录》，生活·读书·新知三联书店，2003，第 18 页。

们不具有语言（符号）的复制性。"① 英国维多利亚时期，社会上流布着许多并无太多艺术价值的色情画，其中绝大部分是对整个社会性压抑心理的迎合，并且以此谋取商业利益。虽然并无创作者明显的"主体性"投射，但是在维多利亚时期的体制压抑之下，这种图影的泛滥则因为折射出社会中下阶层对统治者虚伪矫饰的反拨而具有了集体抗争的"主体性"。由此迁延至中国清末民初时期的历史语境，其时画报出版从滥觞到繁盛，恰是种种图影以目不暇接的态势诠释了"图像转向"的文化发展阶段。这一时期的画报所载相当数量的图像、摄影作品多为从众与猎奇；绘画作品则流于因袭和模仿，似乎缺乏真正艺术作品的创作者强烈的主观投射，但其却在某种程度上表现出某种社会集体的价值判断和审美判断的倾向性。事实上，图影作为一种符号，在接收端的解读显然是多元的，如赵毅衡所言："符号本身不可能决定对象是个别符或类型符，符号只可能被解释出'个别性'或'类型性'，取决于接受者个人以及语境。"② 显然，站在离开历史现场更为遥远的时空语境之下，种种未必有着强烈个人主体性投射的图影样本，虽然不能解释出"个别性"，但还是可以被推演出所谓的"类型性"——这种"类型性"在文化阐释实践中亦起到了很大的作用。总之，作为图影样本生产的参与者或被裹挟者，也会有被时代所塑造的某种集体的、社会的"主体性"，这种主体性对于文学的解读和阐释亦有着不可或缺的作用。

二、折射与烛照：图文交融的互文性

纯粹基于图影"主体性"的甄选，显然也会有偏离文学研究主旨的可能性，并由此踏上泛文化论的歧途。因此在梳理图影谱系的过程中，还要把握"图影"与"文本"能否形成某种程度的互文。此处所说的"互文"当然有结构主义的色彩，但与中国传统诗学中"参互成文，合而见义"的"互文"亦相当接近。互文理论的创始人克里斯蒂娃曾对结构主义理论做过检视，提出被结构主义所忽略的两个方向，其中之一即是所谓的"互文性"。克里斯蒂娃认为："互文性理论也使我能够将语言以及所有与意义有关的实践（文学、艺术、电影等）置于文本的历史中，即把它们置于社会、

---

① 〔俄〕巴赫金：《巴赫金全集》（第 4 卷），钱中文主编，河北教育出版社，1998，第 302 页。

② 赵毅衡：《符号学：原理与推演》，南京大学出版社，2016，第 113 页。

政治甚至宗教的历史中。"① 这里的互文性理论显然拓展了更为宽阔的学术视野，在强调文本的"主体性"的同时，还强调了"交际性"。在中国现代文学历史当中，有诸多文学大家对图、文之间的关系曾作过品评，亦曾有意无意地点到了"互文性"的关捩上。譬如鲁迅曾对中国传统绘画做过评价，他认为："我们的绘画，从宋以来就盛行'写意'，两点是眼，不知是长是圆，一画是鸟，不知是鹰是燕，竟尚高简，变成空虚……"② 看似论画，其实也道出中国传统文学同样的窘境。"五四"以前的旧文学正是走到凌空高蹈的穷途，才被胡适、陈独秀、周作人等当头断喝，以"国民文学""写实文学""人的文学"等等主张褫夺了话语权。显然，鲁迅所论的是传统文人画的命途，但又同时提点了中国现代文学发展的方向。在鲁迅的叙述中，图像与文学事实上达成了文学史和艺术史层面的深刻互文。如果以特定的角度看，绘画与文学的发展，不光在艺术个体层面互为参证，从而获致跨艺术形态的参悟，更有艺术本体层面的互文性。不光如此，许多文人作家亦会挥毫作画，其画作即有对自我价值观念的表现或个人心理的投射。如果去阐释其文学创作的种种议题，显然可以借其在绘画中透露出的理念径入本源，从而有所发现。譬如张爱玲在文学写作之外，时有提笔作画、为文配图的情形，虽未见得有太高的艺术水准，但这些绘画所表现出的个性特征和价值观念除了具有一定的"主体性"特质，也与其对市民文化的书写相映照，构成互文，因而也可纳入文学研究的图影谱系中去考察，庶几可以发现张爱玲文学创作中的别样维度。由此可见，只有那些与文学主体共享文化语境与叙事空间的图像才具备折射与烛照的功能，因而把"互文性"列为图影谱系梳理的前置条件之一显然是有必要的。

　　"互文性昭示了文本与其他文本，文本及其身份、意义、主体以及社会历史之间的相互联系与转化之关系和过程。"③ 因而论及互文性则不可避免地触碰到"文本"这一概念的厘清。本书对"文本"的界定还是立足于一种广义的文本意涵，从热奈特到德里达都有相关的论述。总之，互文性作为文学与图影之谱系建构的要件有着多重的意义，既有以图影的参证、互释、延展等功能架构起多维语图空间，呈现文学主体不同的截面的方法

---

① 〔法〕朱莉娅·克里斯蒂娃：《主体·互文·精神分析：克里斯蒂娃复旦大学演讲集》，祝克懿、黄蓓编译，生活·读书·新知三联书店，2016，第192页。

② 鲁迅：《鲁迅全集》（第6卷），人民文学出版社，2005，第499页。

③ 李玉平：《互文性：文学理论研究的新视野》，商务印书馆，2014，第4页。

论的价值，更有拓展文学研究广度和深度的功用。其中参证功能主要是在更宽阔的学术视野中，以图索史，以图证史，以图释史，从而确定文学主体及其创作的主观状态和历史情境。另外，这种参证之功能并非单向度的证实或证伪，反过来亦可以通过文学文本的叙述获得对图影自身更深刻的把握。巴赫金认为："每一文本的背后都存在着语言体系。"① 如其所言，作为一种视觉文本的图影背后同样也存在着某种表意的空间，而把图影文本和文学文本各自的表述进行肌理的交织，很大概率上可以达成互为补充和相互解释的效果。事实上，在文学文本与图影文本接受实践中的互释，是感性直觉与理性判断借由诉求的一致性所达成的认知。需要指出的是，语图的互释是一种互为主体的映射，并不存在某种从属或优劣的比较性议题，更多情况下，不同的研究目标和研究的角度会带来某种带有倾向性的倚重。瓦尔特·舒里安认为："正是图画（像）而不是话语才标示出了人与人之间的理解方式。人能够经话语而超越自己独特的本性并成长，但人能够借助于图画（像）而获得广博、深远的学识。图画（像）能够超越各个民族、各代人之间的界限和理解能力。"② 他的论断似乎有可以商榷的地方，但还是大致廓出图像和语言接受的不同方式，由此也可以看出图文互为阐释的可能性。作为互文性的另一个重要功能，延展则主要是指文学文本与图影文本在互文性的烛照之下的更为深远的意义衍生。"文本与文本之间的相互渗透，不仅能够使一连串的作品复活，能够使它们相互交叉，而且能够使它们在一个普及本里走到极限意义的边缘。"③ 事实上，这里的文本显然也可以是广义的，跨艺术门类的——这两种文本之间的交互极大地拓展了意义的空间。总之，在不同类型文本的比照阅读中，经由互文性的延展功能可以使读者（观看者）深入到不同文本的认知盲区，从而获致最大程度认知空间的开拓，因而也是值得深入探讨的议题之一。罗兰·巴特认为："一个文本不是从神学角度上讲可以抽出单一意思（它是作者与上帝之间的'讯息'）的一行字组成的，而是由一个多维空间组成的，在这个空间中，多种写作相互结合，相互争执，但没有一种是原始写作；文本是由各种引证组成的编织物，它们来自文化的成千上万个源点。"④ 这一论述

---

① 〔俄〕巴赫金：《巴赫金全集》（第 4 卷），钱中文主编，河北教育出版社，1998，第 303 页。
② 〔德〕瓦尔特·舒里安：《作为经验的艺术》，罗悌伦译，湖南美术出版社，2005，第 269 页。
③ 刘成富：《法国作家索莱尔斯与"文本写作"》，《法国研究》2001 年第 2 期。
④ 〔法〕罗兰·巴特：《罗兰·巴特随笔选》，怀宇译，百花文艺出版社，2005，第 299 页。

道出这样一个事实：以互文性切入文本的解读是一种有效路径，甚至是一种文学批评的发展趋向。总之，互文性所赋予文学研究的方法论在某种程度上解放了传统形式主义诗学的局限，也间接论证了文学与图影两种异质性文本的互为烛照之解读模式的可行性。如巴赫金所言："文本只是在与其他文本（语境）的相互关联中才有生命。只有在诸文本间的这一接触点上，才能迸发出火花，它会烛照过去和未来，使该文本进入对话之中。"[①]这一论述不光阐明了互文性的重要性，也引出了关于语境问题的思考。

三、历史景观与文学审美：语境塑造的建构性

不同时代的文学艺术都有其时代的特征，依存于其特殊的环境、历史和观念，因而对这些艺术品的解读不能脱离相应的文化时空。"文学是文化不可分割的一部分，脱离了那个时代整个文化的完整语境，是无法理解的。"[②]巴赫金一方面强调文学现象的研究应该放进当时文化语境推进才能得到深入全面的把握；另一方面他又特别指出不能把文学封闭在"创造它的那个时代"[③]里面。这似乎有些相互抵牾的观点，涉及针对文学阅读和审美两个层面上的议题：其一，应当把文学文本置于其所生产的文化语境中去理解，否则很难真正洞悉其真正的意涵；其次，对文学真正意涵的更深层次的把握又需要超越历史语境，以当下的眼光和思维去分析和研判，才能获致其跨时代的意义。总之，对于文学研究本身而言，重构文学文本的历史文化语境是洞悉意义核心的重要途径，值得深入探讨。乔纳森·卡勒认为："意义是由语境决定的。因为语境包括语言规则、作者和读者的背景，以及任何其他能想象得出的相关的东西。"[④]卡勒虽然道出了意义与语境的本质关联，但他也对语境的局限有所阐发，认为"语境无际无涯，所以语境永远不能完全说明意义"[⑤]。通过卡勒的辩证论述，可以获致方法论层面上的启发，即一方面认识到语境框限了文本的意义外延的同时，也要警惕其自身论述外延的无序扩充。因而在文学语境考察的学术实践中，既要以开放的眼光积极收纳包括图像文本在内的相关素材，又要秉持审慎

---

① 〔俄〕巴赫金：《巴赫金全集》（第4卷），钱中文主编，河北教育出版社，1998，第380页。
② 〔俄〕巴赫金：《巴赫金全集》（第4卷），钱中文主编，河北教育出版社，1998，第364页。
③ 〔俄〕巴赫金：《巴赫金全集》（第4卷），钱中文主编，河北教育出版社，1998，第366页。
④ 〔美〕乔纳森·卡勒：《文学理论》，李平译，辽宁教育出版社，1998，第71页。
⑤ 〔美〕乔纳森·卡勒：《论解构——结构主义之后的理论与批评》，陆扬译，中国社会科学出版社，1998，第112页。

的态度应用这些素材。具体到中国现代文学之图影谱系梳理的中心议题上，则一定要认识到图影样本的甄选不光要有主体性、互文性等前置条件，塑造语境的建构性也应该是一个重要的衡量标准。

20 世纪初萌生的中国现代文学尚在中国与世界、传统与现代的关系中盘桓纠结之际，图像时代就随着西方科技的发展倏然而至。从挥毫泼墨到机械复制，从胸有丘壑的绘画到捕光捉影的照相，那些逐渐填充进都市生活的现代元素成了文学不得不面对的文化语境。事实上，作为视觉承载物的"图影"，在更早的时候就显露端倪，步入中国的文化空间中去了。清末民初，经由《点石斋画报》等刊物的导引，各种画报如雨后春笋，层出不穷，而一般的文艺杂志亦会在封面、封底、扉页等部分刊载西方名人、名胜、名画等图像。譬如《新小说》即曾刊载过罗马教皇之宫殿、仁川港之景、美国独立树、英国大文豪拜伦、俄国大小说家托尔斯泰等图片，大致图绘了闭关锁国之清代社会所不能想象的西方文明图景，给予其时的知识阶层以一个睁眼看世界的机会。1904 年上海创刊的《东方杂志》即以虬龙腾跃的画幅作为封面，展示出一种大国图强的幻景。而翌年由留日学生创办的《醒狮》则以李叔同绘制的雄狮作为封面，寓意东方之雄狮的苏醒。杂志首篇文章即刘师培（署名无畏）所作《醒后之中国》。该刊分别以图、文的形式分别表达出国族兴盛的强烈意愿，建构出特别的历史语境。而在这样一种语境之下，显然有了催生中国文学新因素的种种可能。中国 20 世纪二三十年代的上海，种种视觉文本外延显然大大拓展了，不唯绘画、摄影、电影，甚至建筑、服装、霓虹灯等兼有造型艺术特点的生活物质形体也都参与了文学语境的建构，以各种各样的方式改变着文学的主题、意蕴和风格。另一方面，摄影、电影作为西方传入的现代科技显然也很大程度影响了文学的生态环境，新感觉派小说、鸳鸯蝴蝶派小说，甚而至于茅盾的左翼小说都有光影的视觉传达、摄影或电影化的摹写。而张爱玲等人对上海里弄、公馆、公寓等城市空间的图绘，其实同样与上海的视觉化语境是分不开的。

"图像往往会在社会的'文化建设'中发挥自己的作用。正是出于这些理由，我们可以说，图像见证了过去的社会格局，尤其见证了过去的观察和思维方法。"① 当然，将"图像证史"的观念当作图影与文学跨界研究

---

① 〔英〕彼得·伯克：《图像证史》，杨豫译，北京大学出版社，2018，第 295 页。

图 2-4 《醒狮》杂志

中导向性的原则显然还是不够的，但至少在某种程度上彼得·伯克关于图像与社会文化关系的阐释还有另外一层意涵，即图像建构了特定历史时期的文化语境，因而给予文学研究以更多深入探讨的契机。事实上，文学相关的图影样本或者营造场景，可重构文学叙事中能指与所指的历史关系，还原更为真切的审美形态；另一方面，这种图影亦可呈现文学意旨，以视觉化的形式聚焦核心意象，达成相应接受暗示和阅读氛围，最终获致读者对文本的深度把握与情感认同。彼得·伯克在论述图像"文化建设"的功用之外，还更深一层地讲道："图像不能让我们直接进入社会的世界，却可以让我们得知同时代的人如何看待这个世界，男人如何看待女人，中产阶级如何看待农民，平民如何看待战争，等等。"① 由是观之，图像不仅建构了历史的场景，更有可能在视觉形式的背后构筑了某种特殊的思维范式和价值观念，这与文学文本的审美形成的异质同构无疑促进了新的内涵的

_____

① 〔英〕彼得·伯克：《图像证史》，杨豫译，北京大学出版社，2018，第 298 页。

产生和更深刻意义的传达。譬如在 1926 年开始发行的《良友》画报就以大篇幅的纪实性图片呈现了国内外的政治、经济、文化等各层面的境况，这些图影未必有强烈的主观介入，但确乎可以让读者获悉不同社会空间中多元交错的视角所烛照出的现实存在。我们可以从图影中重新读出作为文化语境或接受情境推动信息传播的广度和深度的历史场景，也可以从这些图影中窥见意识形态偏好、社会阶层变迁、性别态度转化等深层次的隐含架构，并在这些架构中发掘文学文本生产与传播中的多维文化景观。

第二节　文学图影的基本谱系

一、文本周边之书籍装帧

中国书籍发展的历史极为悠久，最早文字往往镌刻于甲骨、金石之上，后来随着社会生产力的发展，始有把文字刻在竹木之上的尝试。这种单只木条称为"简"，如《左氏传序疏》所言："单执一扎谓之简，连编诸简乃名为策。"大约在殷商时代这种连缀竹简成册的相对规整的"书籍"样式已经出现了，也就是在这样的基础上才生发出"装帧"的最初意涵。简册之书在中国书籍历史上占据了重要地位，它在秦汉时期更是最主要的书籍形式。随着社会的发展，书籍又先后经历了帛书、纸书的阶段，而从装订方式的发展来看，最初书籍有卷轴装、旋风装、蝴蝶装和经折装等不同的装帧样式，后来又发展到包背装和线装。总之，中国古代书籍以木刻水印线装最为普遍，其书册结构有书衣、封面、封里、书签、扉页等诸多名目，但这些跟书籍内容几乎没有关联，距有着深刻审美内涵的现代装帧艺术更是相去甚远。"纵观中国书籍和装帧的历史，不同的书籍制度有不同的装帧形式，它们是相辅相成的，书籍制度的改变是不同时代的生产、生活条件决定的。"[①]清末民初以降，由于先进印刷技艺的引入和印刷设备的不断更新，出版物的形式更趋多样化，书籍的装帧才算真正进入现代意义上的所谓"装帧"。当时除了一些出版机构仍采用线装方式外，借鉴西方的平装与精装的书籍装帧形式也渐渐流行普及起来。这一时期颇为流行

---

① 邱陵：《邱陵的装帧艺术：装帧史论·装帧设计·写生作品选》，生活·读书·新知三联书店，2001，第 125 页。

的林译小说就对西方出版物的装帧设计不无借鉴。据钱君匋回忆："当时商务印书馆所出的林译小说，其封面采用外来形式的花边图案，另有一种风格。"① 按钱君匋的理解，这是西方文化影响的结果。从另外一个角度讲，这也是一种新的视觉化语境下装帧艺术必然发生的嬗变。总之，在介入文学文本之前，与读者最先发生联系的是文本周边的视觉性因素，譬如书籍的版式、封面设计等诸多方面，这些涵盖在书籍装帧范畴内的视觉性因素所能提供的文化信息是丰富的，应当予以重视。

恰当的装帧一方面可以烘托作品的主题，另一方面也可以给读者以审美的享受。丰子恺认为："书的装帧，于读者心情大有关系。精美的装帧，能象征书的内容，使人未开卷时先已准备读书的心情与态度。"② 作为画家的丰子恺对于书装的理解可能比作家本人更为深刻，他的装帧设计更具个人特色，往往用毛笔勾勒，寥寥数笔，神韵即出，又兼与书籍内容、风格相呼应，多为精品。丰子恺曾感性地评述书籍装帧带来的审美愉悦，他认为好的书籍装帧，"犹如歌剧开幕前的序曲，可以整顿观者的情感，使之适合于剧的情调。序曲的作者，能抉取剧情的精华，使结晶与音乐中，以勾引观者"③。"五四"以来，中国的书籍装帧在承继传统和借鉴国外书装经验中得到了长足的发展，取得了相当不俗的成就。也是这一时期，由于作家和画家两类创作主体的参与与合作，以文艺书籍为主的装帧设计真正进入了现代审美的境界，呈现出精彩纷呈的发展态势。在这样一种风潮的引领下，当时书籍发行机构对装帧设计的重视也远胜于前，不光追求视觉的冲击，也力图表达出与作品内容相适应的艺术空间。譬如开明、光华、北新等印书局就特别重视招揽装帧艺术人才，提高书籍视觉上的品位。甚而至于，许多作家本人也积极参与到书籍的装帧设计中，如闻一多、巴金、沈从文、丽尼、卞之琳、艾青等。这些作家的参与给书籍装帧带来了更为清新的风气，使得书装艺术更加丰富多元。除了鲁迅著作的装帧外，还涌现出一大批优秀的书装范例，如许钦文的《故乡》《鼻涕阿二》、丁玲的《在黑暗中》、蒋光慈《冲出云围的月亮》等等。总之，这一时期的书籍装帧被提升到极为重要的位置，甚而至于其已不再是一种单纯出版发行的辅助性手段，而是一种与书籍内容相呼应的视觉化展示。1920 年代以降，

①　钱君匋：《艺术与我》，江苏文艺出版社，2009，第 45 页。
②　丰子恺：《丰子恺全集》（艺术理论艺术杂著卷 12），海豚出版社，2016，第 319 页。
③　丰子恺：《丰子恺全集》（艺术理论艺术杂著卷 12），海豚出版社，2016，第 319 页。

图 2-5 丁玲《在黑暗中》封面

文艺书籍装帧的基本范式渐臻完善之际，文艺期刊的装帧设计也大放异彩，出现了一大批卓富特色的期刊装帧精品。如施蛰存编《现代》杂志的装帧设计即兼具时代气息和艺术特色；郑振铎主编《小说月报》的装帧亦在时代潮流中摒弃鸳蝴派风气，呈现出焕然一新的气象。除此以外，《莽原》《戈壁》《洪水》《自由谭》《创造月刊》等刊物的装帧也都深刻把握时代脉搏，表达出社会思潮的形色。可以说，那个时代的文艺出版物的装帧设计不光建构了一个特殊的审美空间，也为引导读者深入探索文学世界提供了契机。

20 世纪二三十年代文学书籍的装帧艺术多元发展，所取得的巨大成绩和鲁迅是分不开的，换言之，是先驱者鲁迅把中国书籍装帧提升到艺术审美的境界。鲁迅留日时用文言翻译的小说辑录成的《域外小说集》（第一册）1909 年在东京出版，小说集的封面就是他自己亲手设计的。这帧封面颇具特色：青灰色的封面上端有长方形图案，主画面是一帧希腊女性的侧像，背景则是海面上初升的太阳散射出穿透云层的光芒，书名则是陈

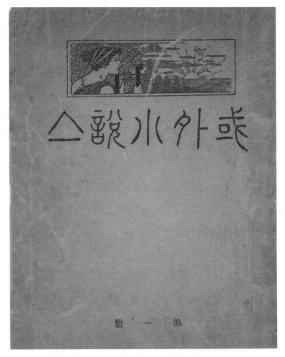

图 2-6 《域外小说集》封面

衡恪以篆书题写，古拙质朴。封面整体洋溢着一种素雅庄重且不乏现代意识的气韵，是他较早进行书装实践的一例。有学者指出："文化与中国现代书籍装帧艺术的关系，倘若溯源，不能不注意到 1909 年 2 月周氏兄弟纂译的《域外小说集》，无论从封面（包括图案的选用、书名的横排），还是扉页、版式、书样、版权页都令人耳目一新，它似乎是书籍新形态出现的标志。"①1923 年 8 月《呐喊》小说集出版，鲁迅以深红颜色作背景，封面上部置一长方形黑色块，其间有宋体"呐喊"及"鲁迅"字样。1924年北新书局印制《呐喊》第四版时，装帧稍有变化，"呐喊"与"鲁迅"改为隶书，除了呈现出更强的力量感之外，又增加了几分肃穆。后来，鲁迅陆续出版的各类作品也都非常重视装帧设计，尤其注意在引入西方现代装帧艺术理念的同时融合进中国传统艺术因素，其出版的作品在装帧上既有中国气象又兼现代风格。总之，这些源出鲁迅匠心的书装案例都给予其后文艺书籍的装帧以很好的启发和借鉴，引领了 20 世纪二三十年代文艺

① 徐雁平：《书海夜泊》，江苏教育出版社，2002，第 302 页。

图 2-7 《苦闷的象征》封面（陶元庆绘）

书籍装帧探索与创新的潮流，培养出一大批书籍装帧的人才。在书籍装帧的实践中，鲁迅向来重视图的表现功能，在其近三十年的文学生涯中，不只对文学，亦对美术倾注了许多心力。更多情况下，他把美术与文学通过装帧艺术结合起来，各取其所长，尽呈其能，获致了意外的美学效果。总之，"鲁迅先生书装设计的主旋律是民族形式的，是对中国传统书衣形式的有效改造，在改造的基础上，融入新意，自成面目"①。事实上，由鲁迅所引导的装帧设计的现代意识在出版界起到了很大的影响，许多文学书籍都极为重视装帧之于文本的价值：或以简洁素雅求得一种传统情致；或以大红大绿传达一种激烈情感；或以抽象图影转述某种理念。可以说，"五四"以来的文学书籍的装帧在并无固定范式的自由发挥中呈现出异彩纷呈的局面，值得文学史铭记。其时，与鲁迅相熟的陶元庆、钱君匋、司徒乔等人即是出色的装帧艺术家。鲁迅的译作《苦闷的象征》、作品集《彷徨》《坟》等都是陶元庆设计的封面，它们既有民族风格，又有现代气息，可

---

① 高信：《民国书衣掠影》，上海远东出版社，2010，第 3 页。

以说是那时候装帧艺术的一个杰出代表。鲁迅作品集《朝花夕拾》《呐喊》《彷徨》《坟》皆以出色的装帧树立了文学书籍装帧的良好范例。而其译作《苦闷的象征》《出了象牙之塔》亦以独树一帜的装帧让人印象深刻。总之，如王朝闻所言："值得读者感激的装帧艺术，不应只是为悦目而作装饰的所谓美化。它那优异性特征，在于它的设计可能'把捉一线光'；当这一线光能把凝固在书籍里所再现的'生命的步履'照亮，使它不再'一团朦胧'，从而构成一种特殊的威力，诱导读者不只是深入领会此书的独特内容，而且还能'自己会见自己'。"① 如其所言，装帧艺术以色彩、形状、线条、文字构成的视觉艺术整体，不仅可以烘托出特定的文化语境，更能提供给读者一种产生共鸣的契机，从而在阅读中发掘出他人与自我相互映照的深刻意涵。

二、文本周边之封面画、插画及其他

　　虽然文艺书籍的装帧设计似乎与"文学与图像"这样的议题保持着一定的距离，但其封面图、插图等无疑是与文学文本交会最直接、最紧密、最前沿的部分，因而在文学与图影谱系的梳理中，这是不可忽略的一脉。钱君匋曾指出："在中国二十年代的书籍装帧，一般都是指书面而言，很少涉及其他各个部件。在书籍的文字中配置插图的做法，在当时也还没有流行。"② 钱君匋认为"书面"即书籍的"封面"，优秀的封面设计能影响读者的阅读心情和态度，也能够通过特定的形象和色彩来传达出作品的主体和精神，这在 20 世纪二三十年代的出版界大约也是一种共识。工艺美术家邱陵也对 20 世纪二三十年代的装帧做出过评判，其说法与钱君匋并无二致，他说："当时的装帧艺术，实际上就是一幅封面画，画家的作品被复制到出版物的封面上，就是一般的设计了。"③ 事实上，这种以封面画为中心的装帧形式可以追溯到晚清时期。这一时期，有部分出版机构开始雇佣一些专画月份牌的画家为通俗小说书籍绘制以花鸟虫鱼及女性形象为主的封面，意在吸引读者注意力。钱君匋曾经认为："晚清的一些通俗小说，已采用活字排印，平装形式，在封面上大都印着彩色的绘画。在此以前，在封面上印绘画是从来不曾有过的，因此，把它看作书籍装帧中封面画的

---

① 　王朝闻：《王朝闻全集》（第 27 卷），简平主编，青岛出版社，2019，第 239 页。
② 　钱君匋：《论书籍装帧艺术》，载《钱君匋艺术随笔》，陈子善编，上海文艺出版社，2015，第 7 页。
③ 　邱陵编著《书籍装帧艺术简史》，黑龙江人民出版社，1984，第 64 页。

图 2-8　鲁迅《彷徨》封面（陶元庆绘）

萌芽，也未始不可。"①但这种封面画颇受鸳蝴派文化的影响，其封面画的内容与文本内容缺乏真正内在的呼应，也没有上升到装帧艺术自觉审美的层面。事实上，鲁迅是把书籍装帧引入艺术审美境界的先驱，他对构成文艺书籍装帧最核心的封面画有着异乎寻常的重视。在鲁迅的倡导和鼓动下，涌现出一大批极为优秀的封面画家，除了前述的陶元庆、钱君匋、司徒乔、丰子恺等人之外，还有孙福熙、陈之佛、郑慎斋、季小波、庞薰琹、江小鹣、丁聪等青年画家。这一众年轻的艺术家中，陶元庆的封面画最具特色，如他为鲁迅《彷徨》所作封面即为人称道。这幅封面画以摇摇欲坠的太阳和三个坐在长椅上的人为主体，大致取"日忽忽其将暮"的意境，形象地概括了一种无由来去的迷茫心境，深度契合了《彷徨》一书所传达出的时代精神。鲁迅给予这幅封面画以高度的评价，他说："《彷徨》的书面实在非常有力，看了使人感动。"②除了为鲁迅的作品创作封面画之外，陶元庆还为许钦文的《蝴蝶》《仿佛如此》《毛线袜》等作品绘制封面，也都

① 钱君匋：《钱君匋论艺》，西泠印社出版社，1990，第 2—3 页。
② 鲁迅：《鲁迅全集》（第 11 卷），人民文学出版社，2005，第 592 页。

图 2-9　许钦文《故乡》封面

具有鲜明的个人风格。许钦文的短篇小说集《故乡》的封面画《大红袍》是陶元庆的代表作，其色彩鲜明但不至刺目，构型精巧而不坠流俗，形象生动且不乏神韵，深受文艺出版界人士的好评。鲁迅曾在文章中写道："璇卿的那幅《大红袍》，我已亲眼看见过了，有力量，对照强烈，仍然调和，鲜明。握剑的姿态很醒目！"①除了陶元庆之外，另外还有一些青年画家也积极从事封面画创作，如司徒乔、丰子恺、叶灵凤、闻一多、季小波等人。其中司徒乔为《莽原》所作封面画笔法娴熟，线条流畅，黑白对比强烈，有一种冲决的激情孕育其中，让人印象深刻。另外，他为冯沅君《卷葹》所作封面画则以长发裸女形象与奔涌的浪潮结合，浑然一体，想象大胆却又分明道出了女性在新思潮冲击下，于现实中的反抗与溺沉。其画面风格黑白分明，用笔恣肆，被朋友称为"狂飙画法"。曾作为开明书店专事装帧职员的丰子恺在装帧设计上资历不浅。他的封面画还是秉承其漫画风格，笔法古拙朴素，风格醇厚蕴藉，寄寓着浓郁的温情。譬如他为王统

①　钦文：《鲁迅与陶元庆》，《新文学史料》1979 年第 2 期。

图 2-10 杨振声《玉君》封面

照《黄昏》所作封面画即意境浅淡，画面温馨，情韵谐和，是为典范之作。而 20 世纪 20 年代末与鲁迅交恶的叶灵凤，其实也是一个装帧的行家，其为书籍刊物所作的画作常在色块、直线条的交叉重叠中嵌入人物形体，色调对比强烈，构图刚直尖锐，表达出现代空间中的躁动和不安，明显受到西方比亚兹莱和日本蕗谷虹儿的影响，但是也代表了一种城市流行风，不容忽视。另外，陈之佛为诸多期刊杂志所作封面画也兼具中西风格，尤为看重对西方艺术的借鉴，其所作《东方杂志》《小说月报》的封面画，融汇中西古代艺术的元素，既古意盎然又兼现代气息，既有西方元素又不乏中国特色，算是当时封面画作中的典范。兼为诗人和画家的闻一多艺术修养显然更具个人特色，他在为书籍刊物作装帧设计时，相当重视绘画的审美表现。闻一多创作封面画笔法稳健，形神兼备，与文本相得益彰，令人难忘。其为杨振声《玉君》第二版所作封面画，以红白黑三色突出众多人物，画面排布和谐，意韵古朴悠远，显为上乘之作。在许多的装帧艺术家之中，季小波算是一个较为另类的人物，他专事漫画创作，但与丰子恺的温婉传统恰好相反，他的作品更为张扬大胆，《良友》杂志上即有他多种配图。季小波曾经多次为一些作家的创作绘制封面画，譬如为滕固《唯美派的文学》《迷宫》所作封面画，画面多为裸女形象。和叶灵凤一样，季小波显然也受到西方颓废派比亚兹莱的影响，譬如其为《社会新闻》杂志所作封面就用醒目的色彩，夸张的形体传达出迎合市民文化的意图，揭开了都市消费文化的一角。

　　封面画是对整部文学作品进行主题上提炼和风格上呼应的意象化表达，其或有象征、隐喻的意义，或有渲染、映衬的功能，需要立足文学文本的整体性去把握和理解，而在书籍装帧大范畴之下还有所谓的插画（也可称插图）亦是不能忽略的图影样本。20世纪二三十年代亦有相当多的文艺书籍和刊物在文内配有插画，相较封面画而言，插画更加深入到文本的细部，积极参与读者的认知与感受的进程。叶灵凤认为："至于插画，尤其是文艺作品的插画，它的作用决不在装饰，说明，或解释某一些章节。它必须是这一部作品另一个手法的表现。这样的插画才可以不与作品的精神游离，而它本身又不失为独立的艺术品。"① 作为一个沪上相当知名的插图画家，叶灵凤基于长期装帧艺术的实践所作出的论述无疑是精当的。他对插画艺术的相对独立性和审美自觉性的坚持在当时也形成了较大的影响。王朝闻也认为插图并非一般意义上的绘画作品，其与文学文本之间存在着相辅相成的关系，既有其独立性，也有其"必要的从属性"。而鲁迅在《"连环图画"辩护》一文中就指出："书籍的插画，原意是在装饰书籍，增加读者的兴趣的，但那力量，能补助文字之所不及，所以也是一种宣传画。"② 鲁迅强调了图像对文字的辅助功能，当然其所谓的"宣传"也不是带有政治意味的"宣传"，而是一种对文本主题的展示，意在激发读者的阅读兴趣。鲁迅显然也没有忽略插画潜在的独立性，他接下来说："这种画的幅数极多的时候，即能只靠图像，悟到文字的内容，和文字一分开，也就成了独立的连环图画。"③ 鲁迅从装帧艺术发展的历程中去考察插画的功用，也在一定程度上肯定了插画的相对独立性。总之，文学书籍、刊物的插画绝不是可有可无的点缀，而是与文学文本相融共生，在视觉的转换中获得更深层次体悟的艺术存在。20世纪初叶的文艺发展历程中，封面画的发展取得了很大成就，而插画亦以相当醒目的样态呈现在人们的审美视野中。当时许多从事封面画创作的画家也大都有画插画的经历，如丰子

---

① 叶灵凤：《叶灵凤书话》，姜德明主编，北京出版社，1997，第304页。
② 鲁迅：《鲁迅全集》（第4卷），人民文学出版社，2005，第458页。
③ 鲁迅：《鲁迅全集》（第4卷），人民文学出版社，2005，第458页。

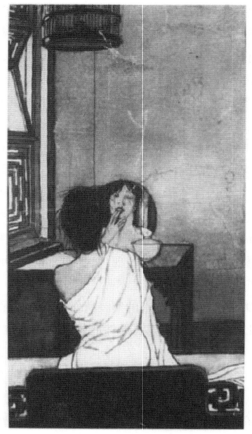

图 2-11 潘光旦《冯小青》插图（闻一多作）

恺不光绘制封面画，更为各种文学刊物作画配图，如《文学周报》《小说月报》《新少年》《中学生》等，其作品广受好评。又如闻一多不光有封面装帧设计的创作，亦有为文学作品作插图的经历。1927 年，他为潘光旦《冯小青》一作创作水彩画插图《对镜》，构思精巧，形神具备，虽然摹写的是封建时代的女性形象，但却渗透着鲜明的现代意识。其子闻立鹏这样评述："这幅完整的人物画，虽为水彩（铅笔淡彩），但其技法基本是西方绘画体系。因此，画面的构图、人物的造型等，完全反映了闻一多西方绘画艺术的功底。特别是色彩的运用，不重黑白固有色的描摹，而重冷暖条件色的综合色调的气氛与美感，明显表现出西方近现代色彩观念与修养。"①虽不无偏爱之情，但闻立鹏的评价确实是中肯的。在 1920 年代的书籍插

---

① 闻立鹏：《追求至美：闻一多的美术》，山东美术出版社，2001，第 8 页。

画中,《对镜》显然是可以窥见闻一多艺术理念的一幅佳作。在同一时期,叶灵凤的插画艺术也得到相当多的肯定,他所作插画比封面画的数量更多。1933 年《出版消息》刊载《封面画者一瞥》就曾高度评价叶灵凤的插画艺术,认为其"画法系脱胎于欧洲之图案和线条画,颇细腻可喜,善作小说中的眉画、插图,封面画所画不多"①。此种评价似乎与鲁迅之"生吞活剥"之论迥然有异,但叶灵凤在插图创作上所表现出的艺术理念与其文学作品显然存在着一致性,即鲜活地呈现出 1920 年代以降以上海为标杆的都市文化空间中进步的、堕落的、新鲜的、糜烂的、怀旧的、求新的种种复杂多元的诉求向度。就这一点而言,叶灵凤显然也是插画艺术领域内一个不应该忽略的存在。

如王朝闻所言:"插图必须具备一般绘画艺术的条件,不依靠文字也能从它的形象本身,表现一定的主题;同时必须服从文学原作,成为文学作品的辅助者。"②但无论如何,这种视觉因素的介入,深化对文字文本体悟的同时也提升了文学审美的境界,对文学传播也起到了推动的作用。事实上,除了与文学文本主题、内容相匹配的封面画、插画以外,还有一种以更加独立的姿态对文学不同层面表达出关注的绘画作品,如漫画、人物画像等。这些作品并不与相关的书籍、文字构成整体性阅读对象,而是以不同形式出现在各种媒介甚至私人空间中,其更为跳脱的视角往往能够更真实地折射出中国现代文坛生态的脉动。1930 年代鲁迅、许幸之、孙俍工等诸多文人都撰文充分肯定了漫画的社会功用,也对真正漫画在其时的文化环境中难得生存的情形表达了担忧。丰子恺则从绘画艺术方面对漫画这一艺术门类给予了充分阐释,他认为:"漫画是注重意义而有象征,讽刺,记述之用的,用略笔而夸张地描写的一种绘画。"③他还梳理了漫画的发展历史,对漫画进行了精确分类。胡风则更为剀切地认识到漫画的本质,他说:"我觉得漫画也是一种认识形式,要表出作者所看到的人间关系,而且是放大地表出所看到的人间关系。"④从这个意义上讲,1930 年代与文学有所关联的漫画,实质上映衬出来的是更为真切的"看与被看"的视角交叉,这对于深入研究现代文学的文化语境,探讨其内在观念的冲突与融

① 《小消息·封面画一瞥》,《出版消息》1932 年第 2 期。
② 王朝闻:《王朝闻全集》(第 3 卷),简平主编,青岛出版社,2019,第 59 页。
③ 丰子恺:《丰子恺全集》(艺术理论艺术杂著卷 12),海豚出版社,2016,第 91 页。
④ 胡风:《胡风评论集》(上),人民文学出版社,1984,第 94 页。

图 2-12 《鲁迅奋斗画传》（汪子美作）

合颇有价值。同时期除了漫画以外，还有诸多关于作家的画像（其中有相当一部分亦属漫画的范畴），也从一个侧面生动地折射出当代学术视野中早已渺茫的鲜活的个人形象，显然也是文学与图像谱系中不能割舍的一脉。总体而言，1920 年代以降的漫画作品，大部分都是具有批判色彩的作品，主要对当时的社会政治进行抨击，亦有一部分着眼于世态人情的讽刺和鞭挞，而与文学发生关联的漫画亦不鲜见。譬如林语堂 1926 年发表在《京报副刊》上的《鲁迅先生打叭儿狗图》，即是对鲁迅反对"费厄泼赖"精神的一种声援。1936 年汪子美在《时代漫画》发表《文坛风景》漫画作品，表现周氏兄弟大异其趣的精神追求和人生道路，意在影射讽刺鲁迅倾向普罗大众的立场——这在相当大程度上代表了文坛右翼对鲁迅的观感和态度。鲁迅逝世后，汪子美又发表《鲁迅奋斗画传》，生动地摹写不同时期的鲁迅形象，评价貌似客观，但用笔夸张，不乏揶揄之态。除了创作了不少关于鲁迅的漫画作品，汪子美还创作有《春夜宴桃李园图》《新八仙过海图》，分别塑造了林语堂、周作人、老舍、郁达夫、俞平伯、丰子恺等现代文坛名家的漫画形象，以戏谑的风格侧面反映了当时文坛的一种样态。其时林语堂先后创办《论语》《人间世》《宇宙风》等刊物，"以提倡

图 2-13　鲁少飞作《文坛茶话图》

幽默文字为主要目标"，一意推动小品文的艺术理念和审美趣味，在当时风雨飘摇的中国引起一些作家的反对。汪子美更早的漫画作品《国防人才点将录》之一，也在讽刺林语堂提倡小品文的不合时宜。事实上，仅仅从不同时期几幅漫画作品就可形象而清晰地见到林语堂的前后期思想蜕变的历程。而回到汪子美的漫画本身，其画风固然夸张幽默，但其所探讨的问题却是当时文艺界重大而严肃的议题，也可以借此一窥当时文艺界思想潮流的总体动向。除了汪子美以外，1936 年 2 月青年漫画家鲁少飞在《六艺》杂志创刊号发表大幅插页漫画《文坛茶话图》，描绘了当时文坛名家聚会的场面。除了鲁迅、茅盾、老舍、沈从文、郁达夫等著名作家外，海派的穆时英、刘呐鸥、施蛰存，女作家冰心、丁玲、白薇、凌叔华等人也赫然在列。鲁少飞在配文中对各位作家进行了绘声绘影的描述，场面虽是虚构，但是确实呈现出其时中国文坛多元而复杂的生态建构。另外，在文学视域下图影谱系的梳理中，还有诸多的作家画像也有相当的史料价值。20 世纪初以降的三十年间，即有鲁迅、张爱玲、徐志摩、苏青等颇受关注的作家的画像一再出现在各种文化空间中。譬如叶灵凤、陶元庆、曹白、堀尾纯一、叶浅予、张光宇等诸多画家都曾经以各个不同的笔调摹写过鲁迅的个人形象，这些不同视角的"观看"，真实地呈现出更为立体、更为鲜活的"鲁迅"，是现代文学应该深入探讨的议题。综之，1920年代以降文艺书籍、刊物的封面画、插画及其他绘画门类逐渐进入了一个多元共存的长足发展的良性状态。深究其原因，一方面是现代出版业基于商业考量的大力推进，另一方面则是现代文坛先驱鲁迅等人的积极倡导。如果从时代语境来看，也可以说是动荡不居的政治形态及传统与现代、东方与西方的思想激荡催生出了文学与图影相辉映的文化景观。

三、文学周边之照片

清末摄影传入中国，民初时渐为普通市民阶层所接受。这一时期的书籍装帧中很少用到照片，大约是因为照片太过写实，不太具备作为封面画所要求的那种想象空间和意境，因而清末许多照片大都应用在各种刊物的扉页、插页中，主要起到了传播文化信息的功用。就文学类期刊来说，除了前文所述的《新小说》外，还有《小说林》等杂志也同样在刊物中专辟图画栏目，以照片形式介绍中外名人、文化风物。这一时期，图像与文本大致还未形成呼应。及至民国，摄影已然渐为市民阶层所接受，除了画报之外，许多文学刊物也会像早年间的《新小说》《小说林》一样，适时插入摄影照片绍介文艺动态、拓展文化视野，以此吸引读者。当时也有部分刊物通过照片展示的方式介绍作者，推广刊物。譬如1914年创刊的《小说新报》即是一本影响较大的文艺刊物。该刊偏向于刊载艳史苦情、轶闻秘史及喻世讽时类作品，"着意于村讴俗唱，求老妪之诗解白公；用心于索隐猜谜，仿幼妇女之碑传黄绢。爱情读新装简册，伦理讽旧日文章"①。显然，《小说新报》的办刊理念是面向社会中下阶层，侧重迎合民众趣味，因而其对撰述人员的介绍也颇为新派，刊载了编者及作者的合影照片：这些人或西装革履、或长袍马褂，形神各异，让读者更为感性地了解到小说作者的样貌神采。从图像层面考察，除了刊载撰述人员的照片外，《小说新报》各期刊都在插页中刊有山水、仕女类文人画作，另外还有各地名妓照片，此类图像和所刊各类小说文本所架构起的文化空间精准地呈现出传统文人对"酒色财气"的沉溺与偏嗜。不仅如此，《小说新报》对于西方文化的吸纳也框限在这种趣味之中，并未对西方文化的人文精神核心形成真正的认同。譬如该刊前几期也偶尔刊载所谓"西洋爱情画"及外国风物

---

① 《〈小说新报〉发刊词》，《小说新报》1915年第3期。

照片，画面或是外国男女接吻的场景，或是异域风情的呈现，总体上还是流于"猎奇"层面。"五四"以降，随着西方文化以前所未有的规模涌入，摄影也更加普及，人们对于在各类文艺刊物上刊用照片已经习以为常。譬如《小说月报》《学衡》《小说世界》等杂志皆在刊中插入不同题材的照片，比及早期文艺刊物中的照片，其题材更加广泛，更贴近普通市民生活。1926 年《良友》画报的创刊更是把视觉文化传播的根系扎进日常生活中去。在这样的文化语境中，对文学的审视有了更多的可能性维度，当然也引出了更多的新议题。之于现代文学研究而言，尤其应该关注的是《良友》画报之类的杂志所提供的文学性因素不只局限在文化消费层面，其涉及更深刻的议题，譬如"技术化的视觉经验与中国现代文学的关系，透过视觉机器的观看与中国的现代性话语的关系，图像文本与文学文本的互文性，等等"[1]。如约翰·伯格所言："摄影不只是提供给我们新的选择，它的使用和'阅读'变成了司空见惯的事，变成了不需要反省检查的现代生活知觉的一部分。"[2] 总之，当摄影照片愈来愈多地出现在现实的文化空间中时，其与文学之间的关联当然也更加受到重视。而在文学与图影的谱系梳理中，对文本周边之"照片"进行学术化的研判，究竟有何种方法论的意义？简言之，即是运用一种交叉的、融合的学术眼光，立足于文学，着眼于图像与文本所构成的互动关系，开拓一种新的现代文学的研究疆域。

照片对文学阐释的可能性维度尤在于"作家形塑"，其所涉及的"看与被看"实质上是一个方法论的议题，但这里的"看"却不是文本内部叙述逻辑的推演，而是在社会学、文化学和文学范畴内视觉化的相互审视。1920 年代以降，新文学的长足发展不光带来文学叙事的多元和繁荣，更形成了一个相对稳定的新文学消费空间，当然这也在一定程度上建构了作家的身份价值。正如弗朗索瓦·布鲁诺所言："从社会历史学角度来看，将作者身份视为一种文化价值的这一时尚反映出，摄影的发明与文学作为一种商品和现代文化语言，很大程度上来说是同时发生的。"[3] 显然，经由摄影作品所呈现的作家形象与文学文本构成了更广泛意义的文学叙述，这种叙述虽然含蕴着文化消费的味道，但之于文学自身而言，却是大有裨益的。

---

① 吴琼：《视觉性与视觉文化——视觉文化研究的谱系》，载《上帝的眼睛：摄影的哲学》，〔德〕尔瓦特·本雅明等著，吴琼等编，中国人民大学出版社，2005，第 24 页。

② 〔英〕约翰·伯格：《看》，刘惠媛译，广西师范大学出版社，2015，第 70 页。

③ 〔法〕弗朗索瓦·布鲁诺：《摄影与文学》，丁树亭译，中国摄影出版社，2016，第 131 页。

图 2-14　青年时期茅盾

比及先前所述的作家画像，照片所塑造的形象更具吸引读者的真实性和猎
奇性，因而也在很大程度上推动了文学的传播。鲁迅曾在 1933 年发表《文
摊秘诀十条》一文，论及文坛出名的招数，其中一条即是"须设法将自己
的照片登载杂志上，但片上须看见玻璃书箱一排，里面都是洋装书，而自
己则作伏案看书，或默想之状"①。鲁迅的说法虽不无戏谑之意，但却道出
民国时期文坛营销的一种套路。总之，中国现代文学发展的三十年间，无
论是在期刊杂志还是书籍中，作家照片的出现显然并不鲜见。如 1925 年
鲁迅就为《阿 Q 正传》的俄译本、英译本拍摄个人照片数帧。茅盾 1930
年初在开明书店出版的《蚀》，亦有扉页照，茅盾对此曾有补记："《幻灭》
《动摇》《追求》等三书，一九三〇年初改由开明书店出版时，即合为一册，
总名曰《蚀》，前有照片，发型为分头，脸微向左侧，又有'题词'，刊于
扉页。"②又如 1933 年起，赵家璧所编纂的《良友文学丛书》就有把作家照
用作装帧的尝试，如沈从文《记丁玲》一卷就印有丁玲多帧照片，也有沈
从文的一张远景照。另外，张天翼、谢冰莹等作家照片也在这套丛书中出
现。1940 年代初，张爱玲在沪上声名鹊起，引起多方关注，书商也不失

① 鲁迅：《鲁迅全集》（第 8 卷），人民文学出版社，2005，第 373 页。
② 茅盾：《茅盾全集》（第 1 卷），人民文学出版社，1984，第 428 页。

时机地要求其在《传奇》一书出版时加入作家照片以扩大销量。次年张爱玲还专门写了《"卷首玉照"及其他》一文对此有所辩白，她在文章中写道："印书而在里面放一张照片，我未尝不知道是不大上品，除非作者是托尔斯泰那样的留着大白胡须。但是我的小说集里有照片，散文集里也还是要有照片，理由是可想而知的。纸面上和我很熟悉的一些读者大约愿意看看我是什么样子，即使单行本里的文章都在杂志里读到了，也许还是要买一本回去，那么我的书可以多销两本。"①张爱玲作为一名女作家，在书中加入自己的大幅照片显然还是出于商业层面的考量，但另一方面诸如关涉文化形象、审美品位的自我塑造大约也是她的内在诉求。多年以后，张爱玲在《对照记》中也赫然表达了在"乱纹"中看出"自画像"的一种期许，似乎也可印证这一心结。当然，除了在公共空间中，譬如书籍杂志上出现的作家照片外，还有在私人空间中的作家照片，也起到了作家形塑的作用，因而同样是现代文学研究中不可或缺的图影样本。

以更为宽泛的视角看，文学相关的照片亦有记录、印证、阐释和还原的功用，但更深的关于文学观念、意识形态层面的架构也往往隐藏在这些图影样本的背后。约翰·伯格认为："照片是往事的遗物，是已经发生过的事情所留下的痕迹。如果活着的人将往事扛在身上，如果过去变成那些为自己开创历史的人的一部分，那么所有的照片将需要一种活的背景环境，它们将会继续存在于时间中，而不仅是被捕捉下来的一瞬间。"②显然，在文学的视域下，这些"痕迹"并不仅仅是视觉的残片，毕竟其作为光影瞬间曾经真实而鲜活地存在于特定的时空之中，当下的文学研究者能够以趋同的情感心理去理解和感受时，历史形象和背景都会被渐次激活，最终能够获致最深层次的本质认识。譬如，鲁迅与木刻讲习会成员的合影、全国第二回木刻流动展览会上与青年木刻家座谈的十帧照片就极为可贵地记录下鲁迅开创、扶持中国新木刻艺术的历史事实，而深究这些图幅背后筚路蓝缕、栉风沐雨的历程，则可以窥见 1930 年代文坛的风云激荡，更可以发掘出鲁迅对文化艺术的传承发扬、开拓创新等诸多层面的观念变革。又如 1933 年萧伯纳访华时，与文化界人士见面，也留下几帧合影，其中宋庆龄、蔡元培、林语堂、史沫特莱、鲁迅、伊罗生等六人与萧伯纳合影一张，另有蔡元培、鲁迅与萧伯纳合影两张，算是记录下了中外文化界交流

---

① 张爱玲:《流言》，北京十月文艺出版社，2019，第 211 页。
② 〔英〕约翰·伯格:《看》，刘惠媛译，广西师范大学出版社，2015，第 81 页。

图 2-15　萧伯纳访华与鲁迅、蔡元培合影

的珍贵瞬间。事实上，萧伯纳访华在中国文坛掀起的波动并不小，而围绕
这一议题的相关讨论亦甚嚣尘上，鲁迅甚至还撰写了《看萧和"看萧的人
们"记》一文记述始末。除了鲁迅以外，瞿秋白、郁达夫、茅盾、田汉、
林语堂、赵景深等人也都撰文有所评述。讲到各方对萧伯纳的迥然有异的
各种报道，鲁迅不无嘲讽地认为："从这一点看起来，萧就并不是讽刺家，
而是一面镜。"[1]后来，他在另一篇文章中再次强调："这真是一面大镜子，
真是令人们觉得好像一面大镜子的大镜子，从去照或不愿去照里，都装模
作样的显出了藏着的原形。"[2]鲁迅"看萧"乃至看"看萧的人们"，从视觉
论述的角度暴露出各阶层颇具讽刺意味的反应，折射出其时文化界思想的
混沌复杂的状态。当然，在这一现场中的鲁迅，无疑也是"被看"的一员。
张若谷《五十分钟和萧伯纳在一起》一文在"看萧"的同时，也多次"看

---

① 鲁迅：《鲁迅全集》（第 4 卷），人民文学出版社，2005，第 511 页。
② 鲁迅：《鲁迅全集》（第 4 卷），人民文学出版社，2005，第 515—516 页。

图 2-16　话剧《五奎桥》剧照（《现代》杂志 1933 年 3 卷 3 期刊载）

鲁"，先是提到"胡髭像刺猬般的"鲁迅和众人在世界学院小客厅等候萧伯纳，后又观察到鲁迅"很无聊地坐在一旁默默不语"。等到离开时仍然不忘记述一笔："当我离开那个只能在上海勾留八小时的爱尔兰七十七岁老人时，我看见戴眼镜的蔡元培，和刺猬须发的中国老作家鲁迅，他们二人正敬穆地站在草地一旁，仰头望着天空看云……"[①] 张若谷的这段描写正好填补了蔡元培、鲁迅和萧伯纳合影的历史细节，对萧伯纳访沪的场景也提供了一种难得的视角。回到萧伯纳与鲁迅等人合影的照片本身，亦有诸多可以挖掘的细节，对丰富现代文学研究内涵也颇有助益。尤其需要注意的是，深入探究这一事件中所暗含的"看与被看"视线结构亦颇有方法论的意义，不应忽略。事实上，诸如此类记录文学相关史实的照片不少，如1921 年文学研究会成立时的成员合影、1933 年《现代》杂志刊发的关于小说《春蚕》改编电影的系列照片、洪深戏剧《五奎桥》演出时的系列照片、1936 年《良友》刊发的关于鲁迅先生逝世丧仪的照片，都翔实地记载了文学发展历史中的重要时刻，这些往往都是学术研究不可多得的重要材料。正如约翰·伯格所认为的那样："一些伟大的摄影作品本身的确达到这种境界。但若能为照片创造一个适当的时空脉络，则任何一张照片都可成为这样一种'现在'。通常照片愈出色，能够为它创造的时空脉络就愈完整。"[②] 事实上，的确如此，这些历史的瞬间凸显出的历史现场之于文学

---

① 　张若谷：《十五年写作经验》，谷峰出版社，1940，第 43—44 页。

② 　〔英〕约翰·伯格：《看》，刘惠媛译，广西师范大学出版社，2015，第 87 页。

研究是有重大意义的：一方面，其真实地呈现出中国文坛的一个侧面；另一方面，则可以由此见到 1930 年代中国文艺界多元的思想维度。

　　总之，散落在各种文化空间之中的，无论是为作家塑形的照片，还是为文学历史中重要事件定格的照片，或者两者兼而有之的照片，虽然难以构成系统的文学论述，但还是一定程度上还原了个人形象和历史瞬间，达成了与文字叙事之间多元解读的关联性。从某种意义讲，这些视觉化的符号貌似处于文学边缘，但仍然可以从方法论的层面去认知其所具备的价值，即"在照片的周围，一个放射状的系统必须被构建起来，因为只有这样它才能同时拥有个人的、政治的、经济的、戏剧性的、日常的，以及历史的维度"①。当然，就文学研究而言，这种对照片的审视就不只是"欣赏"那样简单，更多的应该是思考这些视觉化符号是如何参与到文化语境建构和文学叙事中去的。

第三节　文学图影的文化载体与空间

一、语图融合的文化载体：画报及文学杂志

　　"当纯书写文本仍然支配着印刷文化时，十九世纪中期和晚期确实见证着视觉材料的数量和种类的忽然增加，包括地图、使用手册、绘画收藏、贺年印刷，以及不同的图像期刊和广告。"②事实上，这一时期，上海借以经济区域性发展所推动的视觉文化滥觞完全超出当下历史文化研究者的想象，而我们现在所考证、发掘、引述的文化图像样本很可能只是冰山的一角。无论这些视觉文化因素源于中国传统文化的遗存，还是来自西方文化资源的传播，或者是兼而有之，不可否认的是这些视觉化文本确乎迎合了初步成形的市民文化阶层的消费口味。而从文化载体的层面考察，画报则是尤其应予重视的视觉化传播的媒介类型。事实上，关于画报的功用，早就有旧报人加以论述，曰："画报创自泰西，非徒资悦目赏心，矜奇炫异也。有一事焉，图而绘之，可以增人之见识；有一物焉，摹而仿之，可以

---

① 〔英〕约翰·伯格：《理解一张照片：约翰·伯格论摄影》，任悦译，中国美术学院出版社，2018，第 87 页。
② 彭丽君：《哈哈镜：中国视觉现代性》，上海书店出版社，2011，第 41—42 页。

裨人之研求。缘人世间之事与物，有语言文字所不能详达者，端赖此绘事极形尽态，以昭示于人。"① 可见除了增广见闻，弥补文字表达的局限之外，画报更有佐助文化研究的价值。虽然在梳理文学图影谱系的过程中，作为图像载体的印刷品，甚至于器物、建筑都可列入考量范围，但无论如何，画报以其巨量的图幅，兼有文化性或者文学性的阐释，实在是不可忽略的研究对象。视觉文化研究者彭丽君指出："我之所以聚焦于画报，是因为它们在十九世纪末期大量出现在印刷品市场中，其中附插图的期刊（而非附插图的书本）通过它们的实时性，生动地描述那个希冀着与时并进的写实主义的欲望。它们的形式和内容皆可反映和促进价值观和社会规范的急剧改变。"② 这种表述当然有其独到之处，但也不是非常严谨，即其所讲的"附图的期刊"与"画报"还是很难画上等号。事实上，除了画报以外，民初以降的诸多期刊文学杂志亦有配图的编辑形式，因而也是文学图影谱系梳理过程中不能忽略的一脉。总之，文学图影的载体当然是多元化的，但从发行体量和影响上来说，无疑文艺性画报和有配图的文学期刊是其中最为重要的两类。

民国时期，人们所熟知的《良友》画报创刊以前，即有多种画报刊行。如上海文明书局1917年所出《小说画报》，但这本杂志虽曰"画报"，实际上与一般文艺刊物区别不大，封面绘有各种动物形象，刊内小说插图，补白的配图也较为丰富。而稍前上海中华图书馆和锦章图书局所出《香艳杂志》《繁华杂志》皆辟有图画等栏目，封面也大都是水粉美人图，总体还是有鸳鸯蝴蝶派的气息。上海生生美术公司1918年创刊的《世界画报》也大抵如此，绘画者有张聿光、丁慕琴、刘海粟等十数人，而为这些刊物写稿的则有周瘦鹃、朱瘦菊、徐卓呆等"礼拜六"派的作家，刊物图文并茂，但并非一般意义上的"画报"。翌年上海出版的《滑稽画报》风格亦相类似。1921年大东书局周瘦鹃、赵苕狂编辑的《游戏世界》，辟有歌苑、趣海、文坛、谐林、艺府、余兴等栏目，并有"摄影界"栏目，刊载反映中外风土人情之照片，深受一般市民喜爱。其后1926年由上海太平洋美术公司出版的月刊《太平洋画报》，仍未脱此类办刊思维的窠臼，多以文字为重，图像为辅。有学者认为民国画报热应该始于1925年6月创刊

---

① 仓山旧主：《新闻报馆画报目录叙》，载《晚清文艺报刊述略》，上海古典文学出版社，1958，第96页。

② 彭丽君：《哈哈镜：中国视觉现代性》，上海书店出版社，2011，第37页。

的《上海画报》，有一定的道理。这本刊物由扬州人毕倚虹主编，主要刊载最新发生的重大时事照片，或者是名伶、名妓、各国裸体画，亦有各类小说连载。刊物从内容、编排、营销等各个方面都有创新，其所刊登照片向来重视市民趣味，噱头十足，有招揽读者的商业头脑，但总体而言，缺乏刊物应有的针对新市民的品位和格调。可以说，民国时期真正体现"画报"之本质特色的刊物应该是1926年上海出版的《良友》与同年天津出版的《北洋画报》。前者1926年2月创刊，首期内容庞杂，以照片图像为重，总体而言，保持了一定的文艺品格，没有如其他许多刊物一样因过于考量商业利益而堕入低俗。等到梁得所任主编时，其以年轻人的眼界和智慧把《良友》推上了更高境界，它一时成为最受欢迎的综合性画报。据马国亮谈及梁得所的贡献，曾这样评价："更是他锐意将画报改变形象的实践，从消遣无聊成为增广见闻，深入浅出，宣传文化美育，启发心智，丰富常识，开拓生活视野的刊物。做到老少咸宜，雅俗共赏。"①《良友》在知识分子阶层也颇受欢迎，鲁迅、老舍、郁达夫、冰心等人先后为其执笔供稿，显见其影响之大。陈子善认为："如果说《良友》向上个世纪三十年代各种倾向的有名无名的中国作家提供了一个发表己见、交流切磋的平台，开辟了上海上个世纪三十年代上海都市文学和文化的一个'公共空间'，应该是符合历史事实的。"②可以说，上海《良友》的创刊则是现代出版领域视觉文化建构的标志性事件。而天津出版的《北洋画报》显然受到《良友》成功的启发，在办刊思维方面对《良友》多有借鉴，成为民国时期北方地区办刊时间最长的综合性画报。

民初以降，如果从书报刊物发行方面来观察，沪上还是各类画报最为流行；而从印刷技术上讲，则先后经历了镂版、石印、铜锌版到影写的发展历程。这一时期的画报种类也颇为可观，除了影响甚大的《良友》及前述各类画报之外，另外还有《文艺画报》《太平洋画报》《戏剧画报》等文学色彩更加浓重的多种画报。值得一提的是，当时发行的《小说画报》和《银色列车》属两刊合一，该刊封面为《小说画报》，封底则是《银色列车》，前者所刊文学作品皆有插图，后者则主要刊载影界时闻、评论。这份合二为一的刊物，整合了文学、绘画、摄影及电影诸多艺术门类，呈现出多元芜杂的文化风貌，是对语图交融的视觉文化语境极好的诠释。

---

① 马国亮：《良友忆旧：一家画报与一个时代》，生活·读书·新知三联书店，2002，第22页。
② 陈子善：《编者的话》，载《朱古律的回忆——文学〈良友〉》，浙江文艺出版社，2004。

图 2-17 《良友》画报创刊号

　　"画报所覆盖的内容既宏观又微观，它们所传播的各种各样的知识和乐趣很明显迎合小市民的趣味。全国读者仿佛置身于同一个时空王国之中，从画报里他们学会了如何在大都市环境之下生活，也获得了世界政治和民族文化的基本知识。"① 但对于当时知识分子阶层而言，画报所能提供的审美空间事实上是相当局限的，因而许多文学杂志一方面持续发挥文字叙事的优势，一方面也适当吸纳画报视觉化的特点，更加注重图像与文字的配置。新文化运动以降，据不完全统计，1915 年至 1949 年间，共发行文学期刊约三千五百余种，而上海和北京则是文学期刊出版的两大重镇。② 这一时期的文学刊物创办者也都意识到生存之道首在吸引眼球，于是在刊物配图方面都相当重视。譬如《礼拜六》等杂志不光有雅士丹青的赏玩，也有小说家自曝个人小照，以此张扬名人风范。而比《礼拜六》创刊更早的《小说月报》，虽然也具有浓郁的鸳蝴派气息，但也深谙视觉吸引的规则，

---

① 张真：《银幕艳史：都市文化与上海电影 1896—1937》，沙丹、赵晓兰、高丹译，上海书店出版社，2019，第 112—113 页。

② 此处数据主要参考刘增人《中国现代文学期刊史论》，新华出版社，2005。

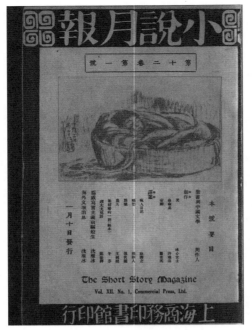

图 2-18 《小说月报》（沈雁冰主编）

习惯于在刊物中插入风景名胜摄影、中外名人肖像、文人墨客的画作，甚至于日本女优的小影等，用以吸引读者。"凡此种种带有传统艺术趣味的成分构成了编者、作者与读者的共娱效果，读者的熟悉的心理感受保证了刊物的销量。"[1] 自 1921 年 12 卷第 1 期起，《小说月报》由沈雁冰任主编，风气为之一新，除了一众新文学作家登堂入室以外，封面装帧较以前更加清新多元，所刊载的画作也更具现代气息。沈雁冰在 11 卷 12 号的报社启事中还专门对这部分作了说明："每期并附精印西洋名家画多幅。特请对于绘画艺术极有研究之人拣选材料详加说明。以为详细介绍西洋美术之初步。"[2] 可见其时部分刊物已经注意到对西方艺术的引进和研究，不再仅仅把图像作为文字的简单搭配。除了上述杂志以外，当时诸多左翼文学期刊也都重视刊物的视觉效果，如在文艺界影响巨大的创造社所创办的多种刊物的版面就有着极为特殊的风格：革命化的文字，表现普罗大众的版画作品和比亚兹莱式的插画往往混杂在同一刊物中。[3] 无论如何，这些散落在

---

① 徐德明：《中国现代小说雅俗流变与整合》，社会科学文献出版社，2000，第 203 页。
② 原载于《小说月报》第 11 卷第 12 号，1920 年 12 月 25 日。
③ 创造社刊物中比亚兹莱式的插画大部分是由叶灵凤所作。

各类文学期刊中的绘画、摄影作品当然可以看作是一种现代性在文化场域不断推进的视觉表征，其与文学自身的演进交相辉映，提供了一种语图对比阅读的空间，同时也提供了深入研判现代文学发展的契机。

二、视觉文化空间：都市街衢、电影院与舞厅

自上海开埠以来，西方文化的传播自不待言，输入的科技文明也令国人惊叹不已。单从视觉层面上讲，19世纪20年代以降，作为与世界都市文明结合最紧密的上海，同这一时期的其他城市一样，"许多视觉性的物体开始在城市里流通，包括商品、镜子、厚玻璃窗、明信片、照片，等等。这些物体显示了一种视觉迷恋，其中可视外观和外表特征取代了魔法和精神性，映出城市里大批的消费过客"①。再举民用照明方面的例子，1864年年底上海南京路上亮起了第一盏煤气灯时，沪上人即感叹"火树银花，光同白昼，沪上真不夜之天也"②。其后不到20年，在1882年，各租界的商铺、私宅和娱乐场所都用上了电灯，时人对此目眩神迷，既惊且惧，所以才有了"泰西奇巧真百变，能使空中捉飞电！电气化作玻璃灯，银海光摇目为眩"③的吟咏——这也许是文学最初对城市光影的一种摹写和表达。1926年，由比利时人将霓虹灯引入上海，南京路出现第一幅霓虹灯广告，从此上海进入了不夜城的阶段。茅盾曾在小说中这样描写："向西望，叫人猛一惊的，是高高地装在一所洋房顶上而且异常庞大的霓虹电管广告，射出火一样的赤光和青磷似的绿焰：Light，Heat，Power！"④在左翼文学领军人物的眼里，这总归也是有些工业革命象征意义的，不过那种视觉震惊的意涵显然是很复杂的。作为城市公共空间的商业街巷，色彩斑斓的霓虹灯赋予它一种现代性的标识，因而在许多上海作家的笔下，这种光影流转的街头多少有点让人迷醉而又伤感：既因为流光溢彩的新时代的诞生，又因为纯然朴素的旧生活模式的远去。那些时新的上海人，就这样带着复杂的情感，穿过霓虹闪烁的街道走进另一个光影世界——电影院。

"电影艺术与其他形象艺术（如绘画）一样，都属于影像的影像。它

---

① 〔英〕约翰·厄里：《城市生活与感官》，载《城市文化读本》，汪民安等编，北京大学出版社，2008，第157页。
② 葛元煦：《沪游杂记》，郑祖安标点，上海古籍出版社，1989，第39页。
③ 龙湫旧隐：《淞南梦影录》（卷四），黄式权编，上海申报馆，清光绪间（1875—1908），第144页。
④ 茅盾：《茅盾全集》（第2卷），人民文学出版社，1984，第3页。

也和照片一样，是一种感知影像的影像。它甚至超过了照片，成为活生生的画面。作为一种活表象的表象，电影艺术能促使我们对现实的想象和想象的现实加以思考。"① 而对现实与想象的种种思考也正是文学所从事的艺术实践，因此梳理文学视阈内的图影谱系时，电影艺术显然是不能够忽略的重要一脉。

电影最初以"西洋影戏"的形式出现在中国，1896 年 8 月上海徐园"又一村"第一次播放"西洋影戏"，后来陆续有外国人将一些故事短片在上海播放。最初放映的一些影片多为纪录片、滑稽片和特技片，重在猎奇，亦多有民族歧视、海淫海盗之作，显然具有苏珊·桑塔格所说的"麻醉性"，更谈不上所谓艺术性。而中国则在 1905 年由"丰泰照相馆"开始尝试拍摄电影，后来直到 20 世纪 20 年代才算拍摄了一些真正意义上的电影。应该说，上海特有的半殖民地的商业气氛明显误导了中国电影艺术的发展，以至于最初许多影片都属粗制滥造之作，毫无艺术价值，这种情形后来才逐渐有所改观。再往后，随着一些左翼知识分子渐次进入电影制作领域，国产影片才有了一些新的气象。这一时期，对于都市居民而言，最为时尚的消遣方式即是观看电影。据不完全统计，1925 年前后，仅上海一地就有电影制片公司 141 家，但后来大多数制片公司被市场淘汰，只余二十多家。与此同时，影院建设也在不断地推进。到 1930 年代，各大城市的电影院在规模上已经相当可观，其中实力较强的虹口大戏院、新光、大光明、大上海等影院垄断了大部分市场。苏珊·桑塔格认为："资本主义社会需要一种建立在影像上的文化。它必须提供大量的娱乐，以便刺激消费，并麻醉阶级、种族和性别所造成的伤害。"② 这论述多少有点意识形态化，其实也指出了视觉文化语境建构的重要性：既升级了交互性的体验，放大了个人欲望，更造成了一种脱离现实的幻象，并由此抚慰了真实的痛苦。对于上海这个半殖民地的都市空间，除了前所提及的视觉化的印刷媒介之外，电影艺术同样也参与了文化语境的建构。傅葆石认为："在民国时期的中国市民大众心目中，电影总是和现代性联系在一起的。城市内有着众多的电影院，它们的豪华装修、时尚气氛和配套娱乐设施已经成为现

---

① 〔法〕埃德加·莫兰：《电影或想象的人》，马胜利译，广西师范大学出版社，2012，第 5 页。
② 转引自〔英〕约翰·伯格：《看》，刘惠媛译，广西师范大学出版社，2015，第 78 页。

图 2-19　上海虹口大戏院

代都市生活的指南针。"① 在这样一种文化空间中，诸多青年作家最先介入电影现代叙事实践和理论研究中去，取得了不俗的成绩。如施蛰存 1933 年创作的小说《在巴黎大剧院》，就是把人物完全放在电影院的空间中去塑造，借由这样的语境透辟地刻画出一对男女细微的内心活动，当然也可以见出电影对于文学的极大影响。新感觉派作家刘呐鸥、穆时英等人不仅酷爱看电影，而且对电影艺术钻研甚深，刘呐鸥就有系统探讨电影艺术的文章，如《影片艺术论》《开麦拉机构——位置角度机能论》《中国电影描写的深度问题》《电影的形式美的探求》等等。而穆时英亦有《性感与神秘主义》《电影的真实与象征》《主题·焦点·尾巴》《电影的两方——印象批评与技术批评》《劳莱与哈代》等文专门探讨电影艺术。另外，由刘呐鸥所发动的关于"硬性电影"与"软性电影"的论争曾引起多方关注，成为中国电影发展历史上的重要事件。除了新感觉派作家之外，鲁迅也对电影这一艺术形式有所关注，曾在一篇文章中提及在广州观影的情形："一到广州，我觉得比我所从来的厦门丰富得多的，是电影，而且大半是'国

---

① 〔美〕傅葆石：《双城故事：中国早期电影的文化政治》，刘辉译，北京大学出版社，2008，第 64 页。

片'，有古装的，有时装的。"[①] 但早期中国电影大多流于浅陋恶俗，让他颇为失望，尤其在广州观看《诗人挖目记》时，未终场而去，且在日记中评价"浅妄极矣！"，认为中国电影最终还是受"才子加流氓"习气的影响，有着上海街巷的油滑气息。总之，如艾伦·卡斯蒂所言："电影形式的结构特别符合我们今天的感知结构。"[②] 而作家作为观众的一员，感知方式发生的变化最终会影响其书写的机制，这在海派作家的文学作品中可以明显地看到。但归根到底，这些视觉的冲击和内心的体验都是在影剧院这一空间中才得以发生的。因而 1920 年代以降的都市，尤其是上海，固然有各式各样的新的建筑空间在不断拓展，但电影院却是故事视觉化讲述的典型空间，也是图影样本流布最广泛的场域。借由其间流动光影所建构的文化语境，庶几可以窥见中国现代文学变迁过程中流光溢彩的一面。

在都市文化的物质构成中，除了电影院这样的场所借极其丰富的文化含蕴，聚集了"故事"和"讲故事的人"，架构起"看与被看"的文化心理模式之外，还有舞厅这一种以视觉冲击、听觉刺激和触觉放纵来激发欲望的所在。对于其时的海派文学而言，舞厅既是表现对象也是寄寓身心的空间，他们对这种光怪陆离、灯红酒绿的光影空间的感知和反馈，也非常明显地融合在文学叙事中。事实上，中国都市舞厅的发展历史并不短，而且自其突入进公共文化空间后就始终与文学叙事有着紧密的关联。据相关记载，上海自开埠以来渐有西方人士举办不同规模的舞会，除了一些家庭亲友间的舞会，也有一些欢迎、庆祝、慈善的舞会，譬如 1879 年 5 月上海公共租界当局为美国前总统格兰特举办的欢迎舞会和 1887 年 2 月举办的庆祝英维多利亚女王登基 50 周年的庆祝舞会。另外，还有为赈灾而设的慈善类舞会，如《点石斋画报》中曾有题为《西童跳舞》的画幅记录下这一历史场景。署名"明甫"的画师（何元俊）不只绘制了室内舞会的盛大场面，还绘声绘色地进行了文字描述："届时西乐竞奏，有数孩手执银枪金刀，腰悬宝剑，奔入园内，跳跃为戏，一西妇从旁教之，先令各孩一男一女挽手而行，若蚁旋磨上，俄而各孩分手，每两人作对，如穿花粉蝶，倩影双双，忽又分作四队，携手翻筋斗，逐一下台，一时观者皆拍手称奇。

---

① 鲁迅：《鲁迅全集》（第 3 卷），人民文学出版社，2005，第 433 页。
② 〔英〕艾伦·卡斯蒂：《电影的戏剧艺术》，郑志宁译，中国电影出版社，1992，第 3 页。

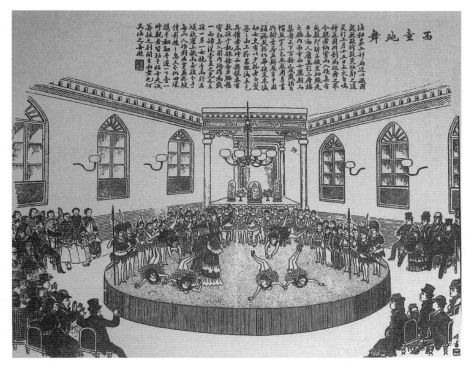

图 2-20 《点石斋画报》之"西童跳舞"

是诚筹振之别开生面者也,何其法之善欤！"① 这显然是表演性质的集体舞蹈，还不是后来流行的交际舞，但西式舞蹈还是经由画报的媒介进入了大众的视野。19 世纪 90 年代以降，随着欧风美雨进入中国的西式舞蹈在华洋杂处的上海得到了迅速的普及，1897 年出现了由中国官员举办的第一次交际舞会，这算得上是开先河之举。20 世纪初，西式舞蹈风气初开，当时的诸多期刊画报，如《小说月报》《东方杂志》《小说时报》《礼拜六》等以图片或文字的形式进行报道和介绍。在这样的氛围下，营业性的舞厅也应运而生。1920 年代沪上舞业的发展更是进入了高峰期，各种舞厅如雨后春笋般创办起来，也在事实上构成了一种文学书写不能忽略的文化语境。如李欧梵所言："外国人和有钱的中国人经常出入那些头等舞厅和有歌舞表演的卡巴莱，像华懋公寓顶楼、国际饭店的天台、百乐门戏院和舞厅、大都会花园舞厅、圣安娜、仙乐斯、洛克塞、维娜斯咖啡馆、维也纳

---

① 《仙鹤祝寿》，载《点石斋画报》（石集），吴友如主编，张治三点校，中国文史出版社，2019，第 77 页。

花园舞厅、小俱乐部等等，而它们那传奇般的声名也在中国文学想象里永远留下了印记。"① 当时除了一些与舞业相关的杂志出现之外，还有诸多杂志专辟栏目报道舞场新闻。不仅如此，龙蛇混杂的舞厅亦成为一个相当重要的文化空间，其以光怪陆离的视觉刺激和形容夸张的各色男女构成的印象式图幅，对文学生产也产生过不小的影响。其时就有诸多作者以舞场风流韵事为题材，创作了一系列小说，如张蝶侣的《舞场现形记》、王永康的《舞娘啼笑录》等。虽然这些作品艺术水准并不高，但还是多多少少映照了这一时期沪上生活的一角。

及至新感觉派小说的兴起，舞厅也成为其文学叙事相当重要的文化空间，尤其承载了个体对都市文明的感受和理解。刘呐鸥即长期出入舞厅，有"舞王"之称；而穆时英则是在月宫舞厅流连时结交了舞女仇佩佩，还从上海追到香港，终于成就了一段传奇色彩的姻缘。这些类似于坊间谈资的轶事，与文学创作之间其实是有着深层联系的。作为城市光影空间的舞厅所释放出的情感、欲望，以视觉化的方式在新感觉派小说中一再得以呈现，是上海文坛令人印象深刻的一幕。正如李今所指出的那样："对于他们来说，现代都市的风景不仅仅是小说人物活动的舞台和背景，而（且）是取得同等重要位置的小说要素，其本身即成为小说的新题材、新主题和新技巧的来源，在他们的文化活动中取得了中心的位置。"② 事实上，不光是新感觉派，几乎所有的沪上作家都不能避免触碰到舞厅这一公共空间。茅盾在其作品中也一再写到上海舞场的疯狂："从黄昏跳到天亮，在上海的无数跳舞场里也有几千人不睡，几千人'忙'了个整夜。"③ 甚至长篇小说《蚀》中的仲昭还有意去写一篇《上海舞场印象记》的文章。或者可以说，茅盾对上海蓬勃发展的舞厅经济的认识，即是借小说中仲昭之口说出来的："他是把上海舞场的勃兴，看作大战后失败的柏林人的表现主义的狂飙，是幻灭动摇的人心在阴沉麻木的圈子里的本能的爆发。"④ 确实如此，其时上海街衢中遍布的舞厅，就是个体借以放大欲望、忘却现实的公共空间。而从社会层面而言，其超乎寻常的发展蔓延却是时代失序、群体性焦虑的一种表征。需要强调的是，在文学叙事中，舞厅往往是以视觉化的方

---

① 李欧梵：《上海摩登——一种新都市文化在中国 1930—1945》，毛尖译，上海三联书店，2008，第 30 页。
② 李今：《海派小说与现代都市文化》，安徽教育出版社，2000，第 21 页。
③ 茅盾：《茅盾全集》（第 11 卷），人民文学出版社，1986，第 393 页。
④ 茅盾：《茅盾全集》（第 1 卷），人民文学出版社，1986，第 302 页。

式进行把握的，这一空间中的光线、色彩、形体、画面、场景既是印象式的，又是物质性的，因而将其纳入文学图影谱系中去考察，不光能折射出特定场域的文化风貌，更能呈现时代精神的脉动。

"研究城市的途径指的是借以揭示意义的一些同源技术：故事和小说，报纸和照片，博物馆和展览——所有这些都表现特殊的真理形式，都标志着它们的生产条件，都带有伦理和认识论的踪迹。"① 对于上海而言，城市光影的空间显然不限于霓虹闪烁的商业街衢、电影院和舞厅，其他作为视觉文化载体的画报、照片、广告图幅显然也参与了城市的文化想象和文学建构。可以说，完全从视觉上理解都市是有困难的，而应该透过这些流转光影背后隐匿的资本、文化博弈及个体心理症候，真正把握这个城市的脉搏。譬如，《子夜》中吴老太爷这个"古老社会的僵尸"在种种城市光影的冲击下以至于"风化"的闹剧，与其说是一个偶然的生物学性质的事件，不如说是一个必然的伦理学层面的事件，其中牵扯的不仅有传统与现代、城市与乡村，更有视觉与心理等命题。因此，从这些光影的媒介中看到社会文化心理等层面也是应有之义。所以伊雷特·罗戈夫就说："当视觉竞技场被开辟为种种文化意义得以建构的竞技场时，我们随之也就把对于听觉的、空间的以及对于观看状态的精神动力学的分析和阐释等整个范围与此竞技场紧密联系起来。"② 虽然伊雷特·罗戈夫所论及的视觉文化空间已然是当代社会寻常可见的场景，但对于中国 20 世纪二三十年代的大都市而言，譬如上海，也是一种非常贴切的写照。罗戈夫的说法最为重要的一点即是透辟地指出了面对视觉文化的公共空间时，由"观看"形成的各各不同的心理波动，是无限丰富的，同时也是值得深入探讨的。总之，文学视阈中的图影谱系的厘清，是深入分析图文关系的前提，更是从另外一种途径审视现代中国文艺发展历史的新思路。

---

① 〔美〕迈克尔·基思：《瓦尔特·本雅明，都市研究与城市生活的叙事》，载《城市文化读本》，汪民安等编，北京大学出版社，2008，第 68 页。

② 〔以〕伊雷特·罗戈夫：《视觉文化研究》，载《文化研究》（第 3 辑），天津社会科学院出版社，2002，第 40 页。

第三章　大众文化语境中的图影与文学想象

第一节　雅俗流变：接受视域下的图影与文化想象

一、作为媒介的图影："大众阅读"与视觉文化空间建构

　　1920 年代以降的中国大部分地区虽然还处在前工业社会的层次，但部分区域，尤指上海，基于华洋杂处的政治经济现实，逐渐成为新旧参差、中西交会的异质性存在。在这样一个特殊的都市空间中，衍生出心理结构相对稳定、外在表征更趋多元的新市民群体。他们既承袭了旧传统，又吸纳了新思想，在最具开放性的上海滩建构起一种特有的市井文化形态。某种意义上讲，上海的"市井文化"与西方所谓"大众文化"所呈现出的种种特质有许多相似之处。这里的"大众文化"并不带有西方"Mass culture"那种鄙夷的色彩，而和雷蒙·威廉斯所使用的"Popular culture"的中性称谓较为相似。综合考察当时上海的政经文化状况，可以说上海的市井文化，或曰大众文化，基本上符合威廉斯的定义，即"文化中的那些大众化生产的，并且 / 或者通过大众媒介共享的一切东西"①。而论及中国其他区域，譬如北京，当然也有类似于上海大众文化的成分，不过其毕竟尝为帝都，传统文化的渗透比及上海更为根深蒂固，因此倒算不上典型的大众文化的样板城市。总之，沪上"大众文化"实质上是介于所谓"精英文化"和"民俗文化"之间，即雅俗交会融合成的一种"日常生活的文化"，其与市民阶层现实生活中的文化消费密切相关。事实上，从中国传统文化向大众文化转型并不是一蹴而就的事情，其间的个体往往伴随着

---

　　① Stan Le Roy Wilson, *Mass Media/ Mass culture: An Introduction*, New York: McGrawHill, 1992, P4.

被剥夺、被侵占、被再教育的种种不可察觉的痛楚与酸辛。正如斯图亚特·霍尔所言："社会平衡和社会关系在这一历史过程中的变化，一次又一次地表现为对普通民众的文化形式、传统和生活方式的争夺。"[①] 在这种争夺中，诸多传统文化中的核心要素或者被抛弃，或者被改造，以适应新的社会秩序。事实上，当传统的道德、伦理、价值观，甚至生活方式都必须在资本发展的框范内重新熔铸的时候，一种有别于传统，又不等同于"现代"，却与商业文化致密关联的大众文化便显露出其基本的形态。在这样一种形态下，文学文本或者是图像文本都会在新与旧、中与西、生产与消费等诸多力量的博弈中被检验。因而，"大众文本是在封闭与开放的力量之间、在读者式与生产者式之间、在被偏好的意义的同质性与解读的异质性之间进行斗争的文本"[②]。这也说明了大众文化本身的局限和不足。但对于文学研究而言，这种斗争性却提供了互文性阅读实践的可能。

事实上，晚清时《点石斋画报》以"图"开启的文化传播范式在都市空间中得到了很好的沿袭。该画报共刊出画报六集，合计 44 册，逐一检视，大致可见其内容包罗万象，涉及社会生活的各个层面。如王尔敏所述："《点石斋》既有中外名媛专图，亦有教坊名妓专图，所用篇幅甚多。尤于一些情深意挚、侠肝义胆之妓女，多加详细介绍，尊称之为某某校书。此外上海四马路拉客野鸡，亦多被宣传，由是驰名全国。"[③] 不仅如此，"《点石斋画报》每出一画报必有图说，除极少数一二人物肖像，绝无例外，经常数百字简要说明。"[④] 由此一方面可见现代印刷媒介对大众阶层的视觉启蒙和文化消费范式的培养，另一方面也可见到大众的文化消费行为对文化生产的限制和引导。从文艺刊物出版的大致情形来看，20 世纪上半叶，上海书刊的出版发行量可占全国的七成以上，而画报类刊物九成以上为上海所出版发行，这显然与上海市民阶层的文化消费能力、先进的印刷技术和相对成熟的现代稿酬制度有关。尤其值得一提的是，当时沪上发行的诸多文学杂志也大都倾向于图文并重，意在最大限度地吸引读者。如吴福辉所言："里面的形象化资料已不仅散发信息，同时改变了文学期刊的整个

---

① 〔英〕斯图亚特·霍尔：《结构"大众"笔记》，载《大众文化研究》，陆扬、王毅编选，上海三联书店，2001，第 41 页。

② 〔美〕约翰·费斯克：《理解大众文化》，王晓珏、宋伟杰译，中央编译出版社，2001，第 153 页。

③ 王尔敏：《近代文化生态及其变迁》，百花洲文艺出版社，2002，第 361 页。

④ 王尔敏：《近代文化生态及其变迁》，百花洲文艺出版社，2002，第 388 页。

图 3-1 《号外画报》

面貌。我称它是'画报'的倾向。"① 无论如何，这也算是针对大众阅读新
趋向，出版界所作出的反应与调整。检点这一时期的画刊、画报，大幅的
时尚美女照片、琳琅满目的广告海报以前所未有的力度撩拨着市民的身体
欲望与消费欲望。如时报社推出的《号外画报》，以印刷精美的中外明星
照、生活照及各类奇闻逸事图片吸引读者，又加上其随《时报》免费赠送
的营销策略，一时名扬沪上，影响颇大，也由此赢得了许多商家在《时报》
上刊载广告的商机。

除了印刷媒介以外，在迈向全新生活图景的过程中，电影显然也起了
很大推动作用。正如张英进所言："民国时期上海的电影院不仅是现代化
的象征——新兴的中产阶级时尚的生活方式通过电影广为传播，并被影迷
所仿效，也是中外影业公司为争夺市场而展开角逐的场所。"② 自清末民初
发端的电影产业，到了 1930 年代的时候达到了一个高峰期，观影成为一

① 吴福辉：《都市漩流中的海派小说》，湖南教育出版社，1995，第 135 页。
② 张英进主编《民国时期的上海电影与城市文化》，北京大学出版社，2011，第 17 页。

图 3-2 《电影月报》

种时尚的文化消费。不光如此，当时还有相当多的电影杂志出版，如《文艺电影》《影舞新闻》《青春电影》《电影画报》《电影月报》《时代电影》《戏剧与电影》《舞影》《电影文化》等。这些杂志不光提供影片指南、明星介绍等内容，也会刊载一些较为专业的电影评论文章，在当时也颇受欢迎。总而言之，由画报、电影等大众媒介派生出的"图影"显然是适合大众"阅读"的，其参与建构的大众文化最大限度地迎合了城市中各个阶层的民众。鲁迅曾经从文化层次上将所谓大众划为甲乙丙类，其中"有识字无几"的丙类，在鲁迅看来，"则在'读者'的范围之外，启发他们是图画，演讲，戏剧，电影的任务……"①显然，电影、图画之类不光智识阶层喜闻乐见，同样也可为下层民众所接受理解，因而其作为媒介的"图影"，成为"大众阅读"的对象，亦是顺理成章的了。

在上海这样的人口密集的都市，"空间距离缩小，心理距离拉大，导致了城里人寻找彼此共同关心、共同感兴趣的话题，也就是对大众文化的渴求，这也是紧张工作之后心理宣泄的需要"②。显然，对于不同阶层的消

① 鲁迅：《鲁迅全集》（第 4 卷），人民文学出版社，2005，第 391 页。
② 张仲礼主编《近代上海城市研究（1840—1949 年）》，上海人民出版社，2014，第 800 页。

费群体而言，视觉性的文化产品无疑最容易在认知层面达成一致性，从而获致情感愉悦和思想启蒙。换言之，可以提供阅读快感和意义的文本需要从现实生活框范出大众品位交叉重叠的场域，予以直接地呈现。而这种文化场域中的"阅读"行为，既是一种文化层面的自我塑造与满足，也是一个商品消费的过程。应该说，都市尤为流行的画报、文艺报刊、电影等具有视觉性的媒介，不仅最大限度地满足了大众的文化消费需求，更在这一过程中建构了一个视觉性的文化公共空间。在这样的空间中，"图影"既是一种消费的对象，又是建构民众特有文化心理机制的中间媒介。他们借其辨识、认知、提取相应的视觉形象，满足不同的心理、情感需求。总之，应该说相当一部分城市文化空间中的新兴市民——不唯上海一地——通过"图影"的"阅读"，以令人惊讶的步幅走进现代生活范式中去。

周作人认为："上海文化以财色为中心，而一般社会上又充满着饱满颓废的空气，看不出什么饥渴似的热烈的追求。结果自然是一个满足了欲望的犬儒之玩世的态度。"[1] 这样的评价显然带着京派文人的文化优越感，以儒家自持的道德理想来衡量都市市民现实性的、消遣性的文化消费行为，这多少是有点不够客观的。或许从某种程度上讲，周作人所谓"一般社会上"的市民阶层是近于"Mass"的乌合之众，而"上海文化"所代表的"大众文化"更以源于工业化，趋于时尚化，近于庸俗化受到其诟病。他甚至说："上海滩本来是一片洋人的殖民地；那里的（姑且说）文化是买办流氓与妓女的文化，压根儿没有一点理性与风致。"[2] 周作人对于大众文化的鄙夷显然源于文化精英的立场，但他并没有考虑到"大众阅读"这样的文化消费行为与文化生产之间相辅相成的关系。茅盾曾经在致孔罗荪的信中说过："大众之了解一事物，乃通过物质的关系，而非精神的（从具体的行动，而非从抽象的说理），等等一切，然后写成的作品，能为大众所接受也。"[3] 无疑，茅盾的见解是深刻的，他分明看到了大众文化建构中的方向性问题。

之于"大众阅读"，也许还要更退一步，那些"图影"比及"写成的作品"则更具"物质"的直观性，因而无疑也会更受大众的欢迎。有论者

---

① 周作人：《周作人文选（1927—1931）》，钟叔河编订，广西师范大学出版社，2009，第3—4页。

② 周作人：《周作人文选（1927—1931）》，钟叔河编订，广西师范大学出版社，2009，第3页。

③ 茅盾：《茅盾书信集》，孙中田、周明编，文化艺术出版社，1988，第123页。

认为当代文学遭遇了图像时代，面临着被边缘化，甚至被淹没的命运。其实 20 世纪二三十年代，都市空间中已经开启了大众"读图"模式，而现代文学研究所要做的则是客观分析文学场域中的文化多元性、异质性和必然性。另外一方面，作为媒介物的"图影"，如何经由大众的"阅读"，渗透到其生活范畴和心理机制中去，从而建构起一种视觉文化的空间，显然也是值得关注的议题。

二、图影和文学发展的雅俗整合与流变

如上所述，在大众文化滥觞的城市文明中，"图影"如何通过"被阅读"参与建构一种雅俗融合的文化语境？如何经由个体与文化生产的协调、勾兑形成接受学层面的"雅俗共赏"的"大众阅读"景观？这些都是解读图影话语系统的关键。在论及文章雅俗情势之时，刘勰曾言："若雅郑而共篇，则总一之势离，是楚人鬻矛誉盾，两难得而俱售也。"① 大意是典雅与浮靡纠合在一起，一定会破坏文章统一的体势，从读者层面讲是令人难以接受的。然而文学与文化显然有不同的属性，文化强调多元化，更应该具有异质性和包容性，因此在大众文化场域，雅俗并具甚至融合都是应有之义。事实上，20 世纪二三十年代的现实情形正如米莲姆·布拉图·汉森所概括的那样："中国文化已经在一系列媒体中以大众的规模对现代化进程做出回应，衍生出一种白话形式的现代主义。"② 这里的"白话"（vernacular）并非纯粹语言场域的意指，也多少有点"通俗"的意涵。米莲姆·布拉图·汉森还将所谓的白话现代主义视为其时中国经济、技术及社会发展在文化层面上的"对应物"，这也在很大程度上肯定了大众文化建构的合理性与不可抗性。因而，如果仍然一味站在文化精英的立场去批判大众文化中规避微言大义、游离传统审美、追逐时尚趣味的部分，也是不够公允的。总体而言，1920 年代以降的城市、大众文化、消费主义浪潮都是文学所不能回避的现实存在，纯文学与大众文学之间的博弈、交流、融合亦是难以逆转的时代潮流。换言之，"城市是都市生活加之于文学形式和文学形式加之于都市生活的持续不断的双重建构"③。因而，必须客观

---

① 刘勰：《文心雕龙》，王运熙、周锋撰，上海古籍出版社，1998，第 277 页。

② 〔美〕米莲姆·布拉图·汉森：《试论作为白话现代主义的上海无声电影》，载《电影理论读本》，杨远婴主编，北京联合出版公司，2017，第 472 页。

③ 〔美〕利罕：《文学中的城市：知识与文化的历史》，吴子枫译，上海人民出版社，2009，第 3 页。

审视大众文化场域中的种种因素，秉持包容性价值观和兼容性的方法论，无论是"雅的那么俗"的部分，还是"俗的那么雅"的部分，都纳入一种雅俗流变的范畴中去作客观考量，才能真正获致学术研究层面的精进。总之，20世纪二三十年代的都市空间，大众文化的消费主体是一个相当复杂的群体，有不同层面的文化消费需求，但共通的一点是他们更倾向于直观感性地去了解接触域内外及生活周遭的种种文化信息，因而，在大众文化场域的雅俗融合过程中，视觉性的"图影"起到了很大的作用。事实上，画报等印刷品最先提供的中西绘画、摄影作品不光给予一般市民视觉冲击，也起到了一定程度的拓宽视野、开发智识的作用。或者也可以说，作为一种现代性的标识符，"图影"是最早渗透到大众文化空间去的。汪晖认为现代性有精英和通俗之分，他说："精英们的现代性主要表现为不断创造现代性的伟大叙事，扮演历史中的英雄的角色，而通俗的现代性则和各种'摩登的'时尚联系在一起，从各个方面渗入日常生活和物质文明。"[1] 如其所言，所谓精英的现代性大多是和文字联系在一起的，即文字既是精英文化的遗存，也是精英文化的载体，尤其成为一种话语权的象征。相较而言，所谓通俗的现代性显然和物质文明息息相关，而"摩登的时尚"则与视觉性因素的联系最为紧密。

在大众文化的空间架构中，画报和电影以及现代都市光影等视觉化载体承担了雅俗流变融合的中间媒介角色。譬如，作为雅俗融合典范的民国画报《良友》，在这一层面的代表性就不言而喻，其题材侧重的权衡、文字与图片的甄选排布，显然都在考虑不同阶层市民的文化需求。吴福辉认为："《良友》是标准的海派刊物，能从中听到市声，窥到市影。它是泛文学的。"[2] 显然，这里所谓的"声"与"影"即是文字与图像的形象化体现。吴福辉将其置于"市"的空间中考量，一方面确认了《良友》的市民文化属性和文学品位；另一方面则肯定了《良友》整合雅俗的文化实践，是切中肯綮的。不唯图文并茂的文艺期刊，电影这种新兴的艺术媒介也在都市文化空间中扮演了重要的角色，将更大范围的市民阅读与消费行为纳入雅俗整合的潮流中去。周瘦鹃回忆当年上海电影院放映美国电影时的盛况，"每值换片之期，人必蜂屯而至，在坑满坑，在谷满谷。鼓掌哗笑之声，几欲破影戏院四壁而出。曲院中人，亦复嗜之成癖，多有携其所欢俱至

---

① 汪晖：《死火重温》，人民文学出版社，2000，第11页。
② 吴福辉：《都市漩流中的海派小说》，湖南教育出版社，1995，第137页。

者"①。可见大众对电影的欢迎程度。后来，国产电影亦有所发展，但同样
经历了一个雅俗整合的波折期。先是各电影公司单纯追求商业利润，不断
炮制出内容恶俗、毫无艺术性的低劣产品，受到诸多观众的排斥。直至左
翼作家文人先后投身电影业，才使得国产电影在思想性和艺术性方面有所
提高。在这一过程中，文学和电影不断交会、创生，各有不同的演变。郁
达夫曾就文学与电影这两种艺术形式的融合化生有过中肯的论述，他说：
"我觉得中国的导演者和演员，还有多读真正文艺作品的必要。我们要直
接和文艺相接触，把文艺的精灵全部吞下肚之后，然后再来创作新影片，
使贵族的文艺化为平民的，高深的化为浅近的，呆板的化为灵活的，无味
的化为有趣的。"②郁达夫的论述不光指出文艺（这里更多是指文学）是电
影艺术的重要资源，更在电影对文学吸纳呈现的路径方面有所涉及，本质
上也算是引导文学叙事向视觉呈现、精英文化向大众文化转型的一种思路，
即充分汲取现代文艺作品人文情怀和价值观念，再以通俗易懂、灵活多样、
富有趣味的方式方法表现出来。毋庸讳言，郁达夫这一看法今天看起来几
近一种常识，但在当时的文化语境下，却是一种难能可贵的真知灼见。虽
然这种由文学到电影的吸纳化生过程是艰难的，但也并非不可实现。譬如，
中国早期电影多为鸳鸯蝴蝶派文学的翻版，也有鲁迅所说那种受了"才子
加流氓"影响的电影，但随着许多进步文人加入电影界，越来越多的优秀
作品被拍摄出来。譬如郑正秋导演，胡蝶主演的《姊妹花》就是一部影响
颇大的力作，鲁迅在《运命》一文中曾有所点评。这部电影艺术性地刻画
了剥削意识对人们的思想侵蚀，揭露了现实的污浊黑暗，很有批判性。但
值得注意的是，电影的结尾却是大团圆式的：大宝的牢狱之灾化解了，二
宝与姐姐相认，决定带着家人离开。有许多评论认为导演郑正秋对现实缺
乏彻底批判的精神，而这样的结局实质上是精英文化与大众文化勾兑融合
的结果。郑正秋并非不愿意批判那种剥削意识和黑暗现实，而是大众更愿
意看到曲终奏雅的结局而已。总之，无论电影还是画报，或者是其他文艺
杂志，一方面有着朝向新的思想境界迈进的决心和勇气，但另一方面却不
得不考量大众阶层的消费心理和审美情态，由此也推动了种种文化实践中
的雅俗流变与整合。

　　总而言之，图影的流布与现代文学的发展日益紧密地结合，既体现了

① 周瘦鹃：《周瘦鹃文集》，范伯群主编，文汇报出版社，2010，第 64 页。
② 郁达夫：《郁达夫文论集》，浙江文艺出版社，1985，第 323 页。

图 3-3 电影《姊妹花》剧照

一种雅俗整合流变的必然，又反映了文学建制的深层规约，因之也可以说是一个时代的文化选择。如果仅从清末民初小说发展与传播而言，可以看见其受众由文化精英群体逐渐延至小知识分子，或者说粗通文墨的基层民众。及至新文化运动以后，小说则化为两端：一端仍以各种通俗形式为普通民众所接受，在通商口岸城市的特殊政经环境下，径直转向鸳鸯蝴蝶派、礼拜六派类型的消闲性文学；而另一端则跃升至文学殿堂，成为知识分子阶层叙事言志的载体。考察这一流程，可见经由梁启超等人大力倡导，鲁迅等新文学作家的发展改革，脱胎于传统史学概念"稗史"的"小说"经历了由雅入俗、脱俗入雅的流变与整合。仅以此种文学体裁来看，可见雅俗之辩是具有相对性特质的议题。虽然许多现代文人，譬如周作人，之所以借"上海气"表达对都市文化浮纨之风的不屑，究其根源还是以纯文学的标准去衡量文化才导致的。虽然他在闲适小品中谈盐豆、烧鹅、土拨鼠，讲吃菜、喝酒、饮苦茶，但其从来都是笔涉下里巴人，意达阳春白雪，彰显的依然是一种文人隐士情怀，与大众的"日常"本质上是不同的。另外，京派作家群中的沈从文对城市化及物质化的倾向也多有批判，这种情形正如利罕所描述的那样："随着城市变得越来越趋向物质主义，文学想象中开始出现针对它的敌意，这一敌意与对启蒙价值的不信任携手而至。"① 基于中国文化中"文以载道"的传统思维，京派作家群体的文学想象显然无意于投合大众审美消费需求，而是刻意保持和大众文化之间的距离；但在时代的大潮流中，他们仍然不可避免地受到影响。总之，如果细细梳理现代文学历史约略可以见出，在文学层面整合雅俗实质上要始终秉持勾兑妥协的策略，或许这种策略对艺术性、大众化两种向度而言，都有不尽其致的缺憾。而从更具兼容性的文化层面看，雅俗流变整合其实比想象中进行得更为自然顺畅。

三、雅俗之间：文化图影与文学想象

"一种媒介文化已经出现，在这种文化中，形象、声音和景观有助于生产出日常生活的构架，它支配着闲暇时间，塑造着种种政治观点和社会行为，提供了人们构造自己身份的种种素材……媒介文化是一种形象的文化，它往往利用视觉和听觉。"② 凯尔纳描述的虽然是当代社会的文化情态，但在 20 世纪二三十年代的城市空间，尤其上海，可以说媒介文化的滥筋已经是不争的事实。这种媒介文化拓展出不同的文化消费空间，也在某种程度上改变了市民阶层的生活方式。作为城市文化观察者和体验者的作家，亦在这样空间获得对于世界、社会、人生、现实的不同感受和体悟。总之，城市空间和视觉文化载体所呈现出的现代性图幅，既是文学叙事的历史语境又是文学想象的催化剂。这种背景下的文学样貌也变得杂芜多元，不光纠合了大众文化与精英意识、传统伦理与现代精神、文化生产与消费主义等诸多因素，尤其凸显出资本强大的瓦解与整合力量。显然，资本借由消费主义的推行确实对文学产生了极大的影响，作家们在这样的空间中获得了探索和呈现世界的极大热情，也丰富了关于城市的文学想象。应该说，大众文化语境下城市叙事的主题、人物、场景、意象都与之前迥然有异，比乡村叙事更多元，更多变，也更具包容性，譬如普罗大众、左翼革命等政治议题也被纳入这种新型的书写中。而从革命文学发展的角度考量，1930 年前后，以蒋光慈为代表的左翼文学风潮的涌动，一方面固然有进步知识分子的推动，而另一方面也不能忽略其与时代青年反抗意识

---

① 〔美〕利罕：《文学中的城市：知识与文化的历史》，吴子枫译，上海人民出版社，2009，第 6 页。

② Douglas Kellner, *Media Culture*, London:Routledge, 1995, P.1.

之间互为需求的一面，即左翼文学同样也是在大众消费巨大洪流中才获得了政治叙事的契机。如果以上海作为考察的样本，可以发现由大众文化所建构的现代都市景观是一个光影流转的世界，其中对时间与空间感受都有物质层面的参照和象征。譬如，类似于咖啡厅、电影院、舞厅一类的消费空间不单单提供了自我身份标识的符号，更象征了对一种生活方式的认同和占有，因而成为上海文化人最为钟爱的生活体验和艺术表现的场所。鲁迅就曾在《革命咖啡店》一文中不无揶揄地讽刺一些所谓"文艺界上的名人"喝着"热气蒸腾的无产阶级咖啡"，或"高谈"，或"沉思"的做派。另一方面，这些都市空间中流动与变幻的光影亦极大地压缩和扭曲了关于时间的感知，不断放大个体的欲望，塑造了都市颓废、堕落与迷惘的总体表征，这些最终都被不同的创作主体呈现在各种表述之中，成为一种现代性的文学景观。

通过电影、画报及其媒介舶来的西方形象和行为，随着"大众阅读"进入到市民生活中去，又以不同的方式影响着现代文学的想象，最终进入叙事流脉中去。譬如鲁迅1925年底写就的《伤逝》即有对时代青年受电影文化影响的披露。描写涓生向子君求爱时，鲁迅这样写道："在慌张中，身不由己地竟用了在电影上见过的方法了。"[1]这似乎可以佐证电影之于民众生活方式的某些影响和改变。而另一方面，鲁迅此处的文学想象似乎也是都市化的，具有电影镜头式的特征，他写道："但在记忆上却偏只有这一点永远留遗，至今还如暗室的孤灯一般，照见我含泪握着她的手，一条腿跪了下去……"[2]事实上，鲁迅在《伤逝》创作之前就有多次观影的经历，其中《游街惊梦》《爱之牺牲》《乱世英雄》皆是美国影片，另有几部则是英国、德国影片。1920年代好莱坞影片已经开始推行"全黑摄影棚"（dark studio），拍摄场景全部使用人工照明，"场景的背景用低沉的辅助光（fill light）保持使其不太显眼，而主要人物则用通常来自场景后上方的逆光（backlight，轮廓光）来照出轮廓。主光（key light）——或者说最亮的光——则来自摄影机的某一侧……"[3]这种布光体系呈现出的摄影效果和鲁迅笔下"暗室""孤灯"的布局，及特别凸显的跪地求爱的场景似

---

[1] 鲁迅：《鲁迅全集》（第2卷），人民文学出版社，2005，第115—116页。

[2] 鲁迅：《鲁迅全集》（第2卷），人民文学出版社，2005，第116页。

[3] 〔美〕大卫·波德维尔、〔美〕汤普森：《世界电影史》，范培译，北京大学出版社，2014，第194页。

乎不无相似之处。不唯如此，鲁迅在《伤逝》中写到涓生表白和决意抛弃子君的两个场景时，就是把视线完全聚焦子君的脸色和眼神，写了她面临求爱和被抛弃的刹那呈现出的青白、绯红、灰黄的脸色和悲喜、惊疑、稚气的眼神，分明类似于电影拍摄中的大特写。应该说，确证鲁迅这一时期的文学想象与电影这一艺术形式之间是否有着一线联系是颇为困难的，但无论如何，这都是值得深入探究的议题。而在刘呐鸥、穆时英笔下，那些都市中的男女不光形容举止都受这些好莱坞影片风格、气度的影响，更在思想上对电影所宣扬的价值观有所承袭。如穆时英《被当作消遣品的男子》中的蓉子搽着"Tangee"口红，唱着"Rio Rita"，喝着"Cocktail"，去行"Picnic"，参加"Party"，完全是一个西方化的、把男性当作消遣品的时尚女性形象。而在"我"的眼里，"墙上钉着的 Vilma Banky 的眼，像是她的眼，Nancy Carrol 的笑劲儿也像是她的，顶奇怪的是她的鼻子长到 Norme Shearer 的脸上去了"①。（Vilma Banky、Nancy Carrol、Norme Shearer 都是当时好莱坞影星）这些当红的好莱坞影星形象做派无疑异化了作者的审美观念，更渗透进其文学想象中。其实不唯新感觉派，处在都市中的作家们，即便政治立场、文化定位各有不同，他们无疑都得在这种大众文化语境下对文学传统做出某种程度的重估和改写。一向对都市文化保持距离的沈从文也有借助电影手法渲染场景的尝试，譬如《边城》中的一段："翠翠梦中灵魂为一种美妙歌声浮起来，仿佛轻轻的各处飘着；上了白塔，下了菜园，到了船上，又复飞窜过悬崖半腰，——去作什么呢？摘虎耳草！"②这种唯美的、浪漫的梦境，庶几可以作为沈从文所创制的湘西世界的整体象征，而沈从文的学生汪曾祺则认为："这是极美的电影慢镜头，伴以歌声。"③事实上，大众文化辖制下的种种视觉性因素对于中国现代文学而言是相当重要的，其不光整合了作家的文学想象，更标识着一种雅俗转换的特殊路径。

　　大众文化语境下的雅俗流变与整合所要达到的最高境界，简而言之，即是"雅俗共赏"。朱自清认为："'雅俗共赏'似乎就是新提出的尺度或标准，这里并非打倒旧标准，只是要求那些雅士理会到或迁就些俗士的趣味，好让大家打成一片。当然，所谓'提出'和'要求'，都只是不自

---

① 穆时英：《被当作消遣品的男子》，载《公墓》，上海书店出版社，1986，第13页。
② 沈从文：《沈从文全集》（第8卷），北岳文艺出版社，2002，第122页。
③ 汪曾祺：《汪曾祺全集》（谈艺卷），人民文学出版社，2019，第230页。

觉的看来是自然而然的趋势。"① 最后比较拗口的一句，实质上是讲雅俗的
"融合"，而非雅俗的"组合"。20 世纪二三十年代的中国文坛曾经有过比
较激烈的关于文艺大众化的论争，不过由此衍生的一些左翼小说还没有达
到雅俗共赏的境界，即便写工农题材，也明显带着小布尔乔亚的习气——
这种夹生，本质上还是源于作家的矜持自负的精英意识。而这一时期真正
可以做到雅俗共赏的倒是张恨水的几部作品，如《春明外史》《金粉世家》
《啼笑因缘》等。从接受学的角度去考察张恨水的作品，大约能够体察到
其之所以受到多方欢迎的原因，即文化精英们借此看出道德理想和阶级意
识，升斗小民则从中见到伦理人情和酒色财气。如果深入张恨水的小说文
本，还可发现其套路笔法与电影叙事有着深刻的联系：语言清新浅白，结
构井然有致，细节历历可见，有很强的"可视性"。与张恨水有深交的严
独鹤曾透辟地指出："小说和电影，论其性质，也是一样：电影中最好少
'对白'而多'动作'，小说中也最好少写'说话'而多写'动作'，尤其
是'小动作'。"② 他还说："恨水先生素有电影癖，我想他的这种作法，也
许有几分电影化。"③ 对于张恨水的创作，严独鹤果然是洞隐烛微，《啼笑
因缘》中这样的细节刻摹比比皆是。譬如，"家树侧着身子，靠住椅子背，
对了她微笑。她眼珠一溜，也抿嘴一笑。在胁下纽绊上，取下手绢，右手
拿着，只管向左手一个食指一道一道缠绕着。头微低着，却没有向家树望
来"④。这样的动作刻画充满了画面感，人物音容笑貌如在眼前，因此张恨
水的作品改编为电影时即有先天的优势。1932 年，明星影片公司由小说
改编而成的《啼笑因缘》电影上映，虽然因版权纠纷和政治形势变化没有
获得很好的票房，但无疑张恨水小说的视觉化特征是可以通过这部影片充
分体现出来的。而张恨水在《啼笑因缘》自序中也坦承："当我脑筋里造
出这些幻影之后，真个像银幕上的电影，一幕一幕，不断的涌出。"⑤ 张恨
水也许是自觉不自觉地汲取了电影的叙事特点，把视觉性的呈现很好地移
植到小说书写中去。他既深谙传统章回小说的精髓，又在电影文化中浸淫

---

① 朱自清：《朱自清散文》，人民文学出版社，2014，第 257 页。
② 严独鹤：《〈啼笑因缘〉序》，载《张恨水文集之啼笑因缘卷》，华中师范大学出版社，1997，第 3 页。
③ 严独鹤：《〈啼笑因缘〉序》，载《张恨水文集之啼笑因缘卷》，华中师范大学出版社，1997，第 3 页。
④ 张恨水：《张恨水文集之啼笑因缘卷》，华中师范大学出版社，1997，第 48 页。
⑤ 张恨水：《张恨水文集之啼笑因缘卷》，华中师范大学出版社，1997，第 6 页。

图 3-4　电影《啼笑因缘》广告

日久，因此把传统与现代、语言与视觉、雅与俗结合得俨然天成，臻于化境。这在同时代的作家中算是凤毛麟角了。总之，"清末民初，印刷文化的逐步普及为文学艺术的平民化创造了条件，当各种纸型媒介以一种融合了艺术、娱乐、商业、现代技术的制作过程推出文学作品时，实际上也就赋予了作品易被大众喜闻乐见的魅力，从而促进了文学接受的平民化倾向，也就为作家卖稿谋生提供了最基本的物质基础"①。而图影的传播则更加依赖于这样一种由生产与消费架构起来的文学建制。在这样一种建制中，许多文人兼具作家、编辑、出版商等各种身份，以一种跨艺术形态的，或者商业的，抑或文化传播的眼光去定位作者、编者和读者的关系，一定程度上促进了雅俗融合、图文映照的文化景观。而回到艺术审美层面，大众文化语境中图影不光给市民阶层的受众以视觉的熏陶和刺激，更有可能激活现代作家的文化记忆和艺术灵感，从而更深入地参与到其文学想象中去。

---

① 黄万华：《中国和海外 20 世纪汉语文学史论》，百花文艺出版社，2006，第 70 页。

第二节　民间转型：作为个案的丁玲与文学转向

如前所述，中国在 20 世纪二三十年代之交探讨文艺大众化的命题时，始终有着"大众"的定义困境。在中国这个政治经济、文化形态异常复杂的历史空间中，这是可以理解的。所以单纯以都市文化语境中的市民阶层作为大众主体，去分析其间文学与图影的流转，显然不够全面。国共第二次合作以后，大批文化界人士和青年知识分子不断涌入延安，因之其渐渐成为上海以外的另一个文化存在。1937 年之后的十年，延安知识分子经历了从思想到艺术理念的深刻转型，这是值得深入考察的一段文化和思想的发展历史。

如果从个人影像的角度去考察现代中国文艺的变迁，可以说丁玲是一个最具代表性的样本。最初上海时期的丁玲，如同那个时代大部分青年女性一样，有着叛逆的思想，但却又时时处在迷茫之中。她先后入平民女学、上海大学学习，后来辗转北平，在北京大学旁听，1925 年与胡也频相恋。但爱情并不能慰藉丁玲心灵深处的苦闷和彷徨，正如后来她回忆的那样："我那时候的思想正是非常混乱的时候，有着极端反叛情绪，盲目地倾向于社会革命，但因为小资产阶级的幻想，又疏远了革命的队伍，走入孤独的愤懑、挣扎和痛苦。"[1] 这一时期的丁玲，曾经拍摄了一张照片，照片中的她着装摩登，神态慵懒，眼神迷茫，透露着都市流行的小布尔乔亚的情调。这张照片无论拍摄于何种情况之下，作为视觉的形象，与后来文学形象的梦柯、莎菲可以说是三位一体的，可以视为时代新女性的自我形塑。1927 年，丁玲以小说《莎菲女士的日记》蜚声文坛，即表达出时代女性精神深处的痛苦与追求，一定程度上呈现出人性的复杂与分裂。而茅盾则透辟地指出："莎菲女士是'五四'以后解放的青年女子在性爱上的矛盾心理的代表者！"[2] 显然，莎菲时代的丁玲并没有明显"左转"的倾向，她随后一系列作品，仍然以女性的主体意识作为核心，挖掘男权社会夹缝中摩登女性的欲望追求与心灵痛苦，表现出相当特立独行的思想向度。阿英即曾对丁玲早期作品这样评论道："这几部创作，是一贯的表现了一个新的女性的姿态，也就是其他的女性作家的创作中所少有甚至于没

---

[1]　丁玲：《丁玲全集》（第 9 卷），张炯主编，河北人民出版社，2001，第 66 页。

[2]　茅盾：《茅盾全集》（第 19 卷），人民文学出版社，1983，第 434 页。

图 3-5　丁玲（1925 年）

有的姿态，一种具有非常浓重的'世纪末'的病态的气氛的所谓'近代女子'的姿态。"[①] 并且认为这样一种"Modern Girl"的新姿态一直贯穿丁玲这一时期的创作。阿英惯常站在左翼的立场上评判作家，但在对丁玲的评价上他还是抓住了一些关键性的字眼，譬如空虚和倦怠。而前面所提及的那张明星照，几乎可以说是一种视觉化的思想诠释，呈现出这一时代许多"Modern Girl"的歧路彷徨。1930 年，丁玲加入"左联"（"中国左翼作家联盟"的简称），写出了小说《韦护》，虽然塑造了一个革命者的形象，但仍未摆脱小布尔乔亚式的抒情范式，更有毫无新意的"革命加恋爱"的叙事套路。《一九三〇年春上海》则以上海左翼文艺运动作为背景，延续着革命与恋爱冲突的路数，虽然结合了上海文坛的部分现实，但作品中的人物形象，譬如若泉和望微都有明显的概念化痕迹。当然这一时期的丁玲有明显"左转"的倾向，但根性仍有一种摆脱不掉的所谓小资产阶级的个人主义色彩。

①　阿英：《阿英全集》（第 2 卷），安徽教育出版社，2003，第 378—379 页。

1931 年，胡也频罹难，深受打击的丁玲由沈从文陪同，送幼子回湖南老家抚养。为了不让母亲伤心，她隐瞒了丈夫牺牲的消息。在返回上海之前，一家三代人拍了一张合影。照片中的丁玲形容憔悴，佯作平静。对于文学史上的丁玲来说，这是一个特殊的时刻，是一帧含有深意的图像，即以全家福的形式暗示了与个人家庭的告别。回到上海的丁玲不久即出任《北斗》主编及"左联"党团书记，与鲁迅先生共同致力于左翼文学阵营的发展与壮大。也就是在主编《北斗》期间，她刊发鲁迅提供的珂勒惠支版画作品《牺牲》。想必她和鲁迅感同身受，在这幅画中深切体会到了失去亲人与朋友的痛楚。此后的丁玲更多地参与实际的革命斗争，她组织游行、散发传单、上街演讲……显然她是以实际的革命行动抚慰内心的伤痛，正如她所言："悲痛有什么用，我要复仇！"[1] 丁玲在 1932 年加入了中国共产党，在入党仪式的发言中，她说："过去，我不想入党，以为只要革命就可以了；后来认为，做一个左翼作家也就够了。现在感到，我不能满足做同路人，我要做党的队伍中的一名战士。"[2] 曾经作为新时代摩登女性代言人的丁玲，由左翼文学青年到国统区革命文艺的坚定支持者，这样一种转变显然不只是个人经历的变迁，更带来文学层面的嬗变，她在这一时期创作的《田家冲》，已经较好地表现出这种转变。冯雪峰曾这样评价："从《梦珂》到《田家冲》的中间，已不仅只被动地反映着社会思潮的发动，并且明显地反映着作者自己的觉悟，悲哀，努力新生的了。"[3] 虽然丁玲在《田家冲》中部分清算了小布尔乔亚的习气，但真正的转向却是体现在《水》的写作中。也就是在这部作品中，其文学塑造的主体由个人转向群体。冯雪峰之所以说其为"新的小说"的萌芽，即是站在革命文艺的立场上的观念。在 1932 年《北斗》征文进行总结时，丁玲曾经对作者提出这样的创作建议："不要太喜欢写一个动摇中的小资产阶级的知识分子。这些又追求又幻灭的无用的人，我们可以跨过前去，而不必关心他们，因为这是值不得在他们身上卖力的。"[4] 其时去丁玲的莎菲时代不过两三年而已，她"五四"启蒙色彩浓郁的文学创作转向革命文艺阵营的步幅是惊人的，这虽然与上海文坛左翼文化语境的深刻影响密不可分，但个人遭际的

① 丁玲：《丁玲全集》（第 9 卷），张炯主编，河北人民出版社，2001，第 78 页。
② 宗诚：《风雨人生——丁玲传》，中国文联出版公司，1988，第 145 页。
③ 冯雪峰：《冯雪峰论文集》，人民文学出版社，1981，第 72 页。
④ 丁玲：《丁玲全集》（第 7 集），张炯主编，河北人民出版社，2001，第 9 页。

图 3-6 珂勒惠支木刻版画《牺牲》

图 3-7 丁玲与母亲、儿子合影（1931 年）

图 3-8　丁玲（1938 年春）

推动更不能忽略。无论如何，这幅丁玲与母亲、儿子在老家常德的合影照片是一个相当具有标识性意义的文学图影，宣告了曾经作为一个自由主义者的丁玲的退隐与新生。

最终完成向革命文艺转向的丁玲，经历的不只是时间推动的思想变迁，更有空间的转换带来的身心磨炼。1936 年 10 月，丁玲从西安出发，历经十余天的跋涉来到陕北苏区，受到了延安的热忱欢迎。两个月后，身在前线的丁玲通过电报收到了毛泽东的赠诗，诗曰："纤笔一支谁与似，三千毛瑟精兵。阵图开向陇山东。昨天文小姐，今日武将军"①。作为上海乃至全国文艺界颇具影响力的女作家，丁玲奔赴延安的行动必然具有强烈的示范效应。事实上，《良友》杂志曾在 1934 年第 99 期上开展评选"标准女性"的活动，丁玲即以"文学天才"赫然入选，可见丁玲在当时文化界算是风云人物了，由此不难理解解放区对她的重视。丁玲到延安以后，艾青、田间、萧军、贺绿汀、华君武、高长虹、古元、江丰等一大批文艺家即先后来到延安，并逐渐汇入革命文艺的洪流中去。刚到延安不久的丁玲即投身前线，抗战开始后，又组建"西北战地服务团"，并担任团长。这时候的丁玲已经完全不是莎菲时期自怨自艾的小资产阶级知识分子，而俨然是一位女性士兵的形象。1938 年春天，她拍摄过一张身着戎装的照片，英姿飒爽，倚门而立，在抗战的大潮中，她似乎已经完成了从作家到革命战士的转变。这样一种个人影像当然不仅仅标识了个人身份的转换，更形塑了现代中国文艺发展的一种历史。但是这种转变并不容易。1941 年 10 月，丁玲发表《我们需要杂文》的文章，文中说："即使在进步的地方，有了初步的民主，然而这里更需要督促，监视，中国的几千年来的根深蒂固的封建恶习，是不容易铲除的，而所谓进步的地方，又非从天而降，它与中国的旧社会是相连结着的。"② 等到丁玲发表《太阳照在桑干河上》以后，她才算真正完成了自己从思想观念到文学创作的转变。

---

① 毛泽东：《临江仙·给丁玲同志》，载《毛泽东诗话》，周正举、闫钢编著，成都科技大学出版社，1993，第 133 页。

② 丁玲：《丁玲全集》（第 7 集），张炯主编，河北人民出版社，2001，第 59 页。

第三节　视觉审美：张爱玲小说的时空意象与生命想象

张爱玲的小说向来以情致生动、意象丰富为人所称道。如果梳理这些意象，大致可以把它们归纳到时间、空间这两大意象群落。通过这些意象的营构，种种抽象难以把握的生命意识，俨然具有了各各不同的物质形体，在和现实存在进行参差对照和转换之际，呈现出虚实难辨、恍如梦境的意蕴。小说通过这些意象间的有机组合，以压缩时间和扭曲空间、强化个人与时空游离感的美学实践，建构出内心世界的基本幻象，即象征虚无的总体意象——旷野，并借此激发悲怆的生命意识。事实上，这些庞杂丰富的意象群是张爱玲寄身都市视觉文化空间中的一种独异的文学想象，总是经由"看见"，才体味到人世间的种种苍凉。

一、压缩的时间：月亮、时钟及"时代的火车"

张爱玲的小说注重借助不同的时间意象，压缩时间的历史线性，达成亘古亘今、无终无始的个人体验，获得关于生命意识的启示。作者形容白流苏所处的白公馆："这里悠悠忽忽过了一天，世上已经过了一千年。可是这里过了一千年，也同一天差不多，因为每天都是一样的单调与无聊。"[①]显见时间已然被内在的心理机制所压缩，让人在恍惚之际有不知今夕何夕的感觉，从而产生真实可感的生命恐惧。这种借由个人主观感受来体验的时间，改变了本身的密度和幅度，呈现出多种可能。如苏珊·朗格认为的那样："那种一维时间的无限连续是从时间的直接经验中抽象出来的，它并非是唯一的可能时间。"[②]艾晓明也认为张爱玲对时间的表现是非常别致的："她写的是私人时间、个体时间、特殊时间，在这个时间网络里织就她关注的人物故事。"[③]张爱玲在回应傅雷先生对她作品的批评时说："人是生活于一个时代里的，可是这时代却在影子似的沉没下去，人觉得自己是被抛弃了。为要证实自己的存在，抓住一点真实的、最基本的东西，不能不求助于古老的记忆，人类在一切时代之中生活过的记忆，这比瞭望将来要更明晰、亲切。"[④]此处"一切时代""影子""沉没""抛弃"等字眼，鲜

①　张爱玲：《倾城之恋》，北京十月文艺出版社，2019，第 166—167 页。
②　〔美〕苏珊·朗格：《情感与形式》，刘大基等译，中国社会科学出版社，1986，第 130 页。
③　艾晓明：《反传奇——解读张爱玲的〈倾城之恋〉》，《学术研究》1996 年第 9 期。
④　张爱玲：《流言》，北京十月文艺出版社，2019，第 93 页。

图 3-9　张爱玲绘白流苏

明地透露出张爱玲对时间的感受：相对于"一切时代"的无限持续的时间，个体生命所占有的时间几乎可以忽略不计，人类必然会被时间所抛弃——这真是一种彻骨的悲凉。可以看出，张爱玲的小说刻意以种种时间意象营构永恒的世界幻象，不断重现"一切时代"之悲剧和"无边的荒凉"，无非是一种生命意识的外化。

《金锁记》以三十年前的"一个有月亮的晚上"作为起始，以"三十年前的月亮早已沉了下去"作为收梢——曹七巧戴着黄金的枷，走完了扭曲的一生。在张爱玲的笔下，经由月亮意象彰显出来的时间显然是经过压缩的：月升月落之间，人如尘寰草芥，匆匆过客，而世界却是永恒的存在。这种"人生代代无穷已，江月年年只相似"的身世之感实质上是一种对时间的恐惧。回过头来看《倾城之恋》中的月亮，白流苏泪眼中"大而模糊，银色的"月亮和后来"一钩白色"的纤月，固然是情爱的象征，但依然摆脱不了"月有阴晴圆缺"的时间底色和韶华不再的惶恐。"张爱玲的世界里的恋人总喜欢抬头望月亮——寒冷的、光明的、朦胧的、同情的、伤感的，或者仁慈而带着冷笑的月亮。月亮这个象征，功用繁多，差不多每种意义都可表示。"① 张爱玲的小说中，作为时间意象的月亮固然会激发人们超越现世的幻想，但更多情况下加深了失落的痛苦。正如她在小说中说的："这里是什么都完了。剩下点断堵颓垣，失去记忆力的文明人在黄

_____

① 夏志清：《中国现代小说史》，刘绍铭等译，浙江人民出版社，2016，第412页。

昏中跌跌跄跄摸来摸去，像是找着点什么，其实是什么都完了。"① 这种感喟本质上是一种直面时光流转、世事变幻而无从措手的惘然，在中国文学史上并不鲜见。但张爱玲以月亮意象达成个人对时间的深刻体验，已然具有了超越中国传统文化感怀的深广度，是一种独具特色的审美实践。"从中国的现代化历史中打捞这逐渐湮灭的生命过程，在亘古不变的月光下复原一种生命的影迹，把这个生命与主宰她的金钱力量之间的制衡、认同过程中的兴奋和痛苦和盘托出，张爱玲找到了一个表达虚无与实在的最佳隐喻，并成功地以此笼罩整个叙述。"② 如果从接受学的层面看，月亮的时间意象固然是人世间脆弱情感的象征，但在张爱玲的笔下却具有双重的审美意蕴：一方面是由叙事语言触发的心理层面的谐振，另一方面则是由视觉形构带来的感官刺激。事实上，在张爱玲的叙述中，这月亮由视觉的物象转化为情感的意象，与其说是一种传统中国文化的承袭，毋宁说是一种现代文明空间挤压下贫乏而又丰腴的文学想象。

张爱玲的小说中，时钟显然是更为直观的时间意象，借由这一意象还原出生命的虚空、荒凉，同样让人印象深刻。写到白公馆的情形时，有这样的勾勒："正中天然几上，玻璃罩子里，搁着珐蓝自鸣钟，机括早坏了，停了多年。"③ 即便是白公馆里没有坏掉的时钟，也是和别处不同的，"他们的十点钟是人家的十一点"。这一切显然隐喻了时间的消失和迟滞，和小说中"白公馆有这么一点像神仙的洞府"的说法相呼应，暗示着这个家族的沉闷和腐朽。当然，通过时钟的意象同样能够窥见白流苏对时间的敏感和恐惧。而《连环套》里时钟，则是一个摆脱现实的时间意象。霓喜看护着将死的尧芳，这时候"钟停了，也不知什么时候了，霓喜在时间的荒野里迷了路"。前尘往事在"钟停了"的当口涌现出来，唯独在这个时刻，时间是被取消的，个人历史作为平面化的图景呈现在"黑夜"中，她才能摆脱现实的种种纠葛，扪心自省，真诚地感激和怜悯这个"成了神"的人。正如张爱玲所说："霓喜并非没有感情的，对于这个世界她要爱而爱不进去。"④ 生活真是太仓促了，在时间的激流中她从来不遑停下来省视个人生活，她急切地编织着各种各样的"连环套"，套住别人的同时也套住

---

① 张爱玲：《倾城之恋》，北京十月文艺出版社，2019，第199页。
② 徐德明：《中国现代小说叙事的诗学践行》，社会科学文献出版社，2008，第51页。
③ 张爱玲：《倾城之恋》，北京十月文艺出版社，2019，第166页。
④ 张爱玲：《流言》，北京十月文艺出版社，2019，第96页。

了自己。和《连环套》有所不同的是,《创世纪》中的时钟意象不是通过时间的停滞来引导人进入内心世界,而是通过另一种时间维度来折射现世生活的压抑、苦闷和琐碎。潆珠工作的地方是一个外国人开的药店,里面"高高在上的挂钟,黑框子镶着大白脸,旧虽旧了,也不觉得老,'剔搭剔搭'它记录的是清清白白干干净净的表面上的人生,没有一点人事上的纠纷"①。作为在旧家庭里挣扎的女孩子,她的生活充满了琐碎、庸常等不得已的悲哀,而张爱玲则以这种极具视觉冲击的描写加剧了人生不可把控的压迫感和无助感。张爱玲说过:"无奈我所写的悲哀往往是属于'如匪浣衣'的一种"②。这种"杂乱不洁的,壅塞的忧伤"的人生和没有人事上纠纷的"清清白白干干净净的表面上的人生"是不同时间纬度的生存图景的对比,当然也是现实和理想的对照。以时钟的意象传达出来,让人觉出了个人生活的沉沦与停滞,窥见"创世纪"的艰难与荒谬。事实上,封闭空间中的时钟背后却是无限开放的时间,从读者接受的层面看,更会产生超越主人公个体感受的心理反差,从而衍生出所谓"苍凉"的喟叹。无论如何,时钟这一物象,算得上是近现代文学叙事中的新物件,虽然并不具备传统审美所要求的韵致,但它郑重标识出现代空间中的时间幅度,因而也就成了文学想象中时空交叉点上的核心能指。

张爱玲认为:"时代是仓促的,已经在破坏中,还有更大的破坏要来。"③而对于这个大时代的轰然前行,她除了用传统的月亮、时钟的意象来强化对时间体验,获致苍凉的启示外,还特别青睐以具有现代文明特征,且更富象征意味的"火车"来暗喻这个时代的动荡不安与前行。《十八春》中世钧坐着火车离开南京时,小说这样描述:"世钧的家里那种旧时代的空气,那些悲剧性的人物,那些恨海难填的事情,都被丢在后面了。火车轰隆轰隆向黑暗中驰去。"④火车的意象分明暗示了时代变迁的进程,把风云变幻的中国近现代史的几十年压缩到火车开出南京城的瞬间,把世事沧桑带来的无限伤感转化成视觉化的景观,这实在是张爱玲所擅长的文学想象。在城与城之间,火车意象的出现并不奇怪。但是在上海居所之中,张爱玲也会用火车的意象叙述时光的流转和消失,表达个人空间感觉的扭曲

---

① 张爱玲:《红玫瑰与白玫瑰》,北京十月文艺出版社,2019,第175页。
② 张爱玲:《流言》,北京十月文艺出版社,2019,第82页。
③ 张爱玲:《流言》,北京十月文艺出版社,2019,第163页。
④ 张爱玲:《半生缘》,北京十月文艺出版社,2019,第77页。

图 3-10 张爱玲绘王娇蕊

和变形，借此产生奇异的艺术效果。《红玫瑰与白玫瑰》中的振保，在昏黄的灯光下忽然看到王娇蕊，陡然产生了这样的感觉："这穿堂在暗黄的灯照里很像一截火车，从异乡开到异乡。火车上的女人是萍水相逢的，但是个可亲的女人。"[①] 显然在这节"从异乡开到异乡"的火车上的旅人，来处是一片苍茫，去处更是"时间的无涯的荒野"，他们是没有历史和未来的过客，无论振保和王娇蕊在身体和情感上如何接近，骨子里总归还是苍凉的。火车的意象在这里成为流动时间的能指，含蕴了难以摆脱的孤独与空虚和对不可知的未来的惶恐。这一切当然暗合了张爱玲在诸多作品中所表现出的苍凉的情感基调。从视觉层面上而言，火车意象庞大的体积感、冲击感也潜在地建构出读者的心理幻象，尤其激发出世事人生的悲怆之慨。而《红玫瑰与白玫瑰》中关于火车车厢的空间想象，更在暖色调的空间中渲染了一对男女情感的渴望，可火车意象的漂泊性与移动性则赋予这种期待以不可知、不可靠、不可期的苍凉色彩，从而形成参差多态的审美意蕴。

---

① 张爱玲：《红玫瑰与白玫瑰》，北京十月文艺出版社，2019，第68页。

二、变形的空间：城市、家宅及其他

张爱玲笔下的人物在纷繁的大时代中能够把握住的东西实在太少，多数情况下，只能眼睁睁地觉察出自己被时代所抛弃，"于是他对于周围的现实发生了一种奇异的感觉，疑心这是个荒唐的，古代的世界，阴暗而明亮的"①。这种奇异的感觉似乎是瞬间的恍惚，实质上却是由特定形象所触发的关于空间的错觉——而特定的形象即是心理想象层面的空间意象。如加斯东·巴什拉所言："被想象力所把握的空间不再是那个在测量工作和几何学思维支配下的冷漠无情的空间。他是被人所体验的空间。它不是从实证的角度被体验，而是在想象力的全部特殊性中被体验。"②所以不论是作为故事背景的城市——上海和香港，还是作为核心故事空间的家宅，都是一种被建构起来的个人内心体验空间。在对城市、街道、弄堂、公寓、庭院、内室、阳台、阁楼的勾勒中，显见张爱玲有对个人和时代关系的深刻思考。这些空间意象负载了历史记忆与时代想象，成为人物内心世界的地形图，或者更深一层地讲，是他们灵魂的内在结构。当然，还可以说，"这样来写'居住空间'体现了张爱玲对于'现代'与'中国关系'的一种特殊把握力"③。如果从这一层面继续挖掘下去，则可以见到这样的文学想象和张爱玲自身的都市生活经验是密不可分的。张爱玲在《我看苏青》中曾写过这样一段文字："晚烟里，上海的边疆微微起伏，虽没有山也像是层峦叠嶂。我想到许多人的命运，连我在内的；有一种郁郁苍苍的身世之感。"④由无限空间联想到有限时间，由城市的广漠联想到个体的局促，这是她在小说创作中惯常运用的视角，想必她有太多凭栏远眺的时刻，想到了切近身心的衣食住行，更想到了跌宕起伏的世事人生。而这种剪影式的、背景式的视觉化图幅，在张爱玲的笔下往往成了情感发酵的温床，换言之，那些视觉化的图幅往往是激发张爱玲独异文学想象的要件。相较起来，张爱玲最刻意塑形的是上海和香港这两座城市，其小说中的上海则是比香港更富审美张力的空间意象：拥挤而空旷、喧嚣而寂静。《桂花蒸 阿小悲秋》中丁阿小眼中的上海就是这样荒凉而旷远的。总之，现实中熙熙攘攘的喧嚣都市，在张爱玲的笔下却多以旷野的形象呈现出来，显见其业

① 张爱玲：《流言》，北京十月文艺出版社，2019，第 93 页。
② 〔法〕加斯东·巴什拉：《空间的诗学》，张逸婧译，上海译文出版社，2013，第 27 页。
③ 孟悦：《中国文学"现代性"与张爱玲》，《今天》1992 年第 3 期。
④ 张爱玲：《流言》，北京十月文艺出版社，2019，第 252 页。

已转化为深层的心灵图景，当然也暗示了阿小无处安身的孤寂和惶恐。这个荒凉的城市意象，以其空旷静默的奇异表征传达出一种不可进入的凛然氛围，成为内心孤独的一种形象外化，一种精神核心的视觉化。而从躺在烟铺上的银娣视角看去，则"整个的城市暗了下来，低低的卧在她脚头，是烟铺旁边一带远山，也不知是一只狮子，或是一只狗躺在那里"①。原来她耗尽青春换来的不过是城市的剪影而已。通过视觉化的城市意象营造，读者会发现，不论是阿小还是银娣，并不自知她们孜孜以求的其实是内心的生存空间，而生命的枯干才是不能承受之重。

　　张爱玲笔下的城市意象，无论是宏观的城市全景还是微观的街道弄堂，在记忆与想象互渗的作用下，显然具有了值得深入阐释的人性价值。如果再欺进一些，进入与人的内心联系更加紧密的家宅之中，又会是怎样的风景？"对于一项关于内部空间的内心价值的现象学研究，家宅很显然是最适合的存在。"②那个空间里面整合了个人最初的记忆、想象和梦境，是一切传奇的策源地。张爱玲的小说对家宅意象的营造极为细致，俨然是在绘制一幅大时代背景下囿于旧家庭种种桎梏的小人物的心灵地形图。她的笔下最为常见的即是公馆的意象——涵盖了大大小小的物理空间和重重叠叠的心理空间，完全就是一个个微缩型的社会。在时代风潮的冲击下，这个小的社会架构已然在风雨飘摇之中，面临分崩离析的窘境。张爱玲把《倾城之恋》里的"白公馆"形容为"神仙的洞府"，显然有着"山中方七日，世上已千年"讽刺的意味，除了暗示其间生命的停滞，更有对腐朽传统的警示。或许是因为有着此种悲观的预见，张爱玲小说中的家宅意象大都铺垫着荒凉的底色，很少有温暖的情致。《金锁记》中的长安和童世舫被曹七巧拆散后，两人都有无限的伤感。"长安觉得她是隔了相当的距离看这太阳里的庭院，从高楼上望下来，明晰、亲切，然而没有能力干涉……"③这太阳里的庭院，本是最为家常一幕，此时成了含蕴了家庭、婚姻和情感的空间意象，对于长安来说，这个变形的空间虽有她期冀中明晰的、亲切的温暖，却是遥不可及的，此种痛彻心扉的心理感受，完全借由视觉化的形式呈现出来，可见、可触、可感，令人产生深切的共情与同情。此外，张爱玲笔下还有更具现代特征的家宅意象：公寓。她曾经说过："公寓是

---

① 张爱玲：《怨女》，北京十月文艺出版社，2019，第179页。
② 〔法〕加斯东·巴什拉：《空间的诗学》，张逸婧译，上海译文出版社，2013，第1页。
③ 张爱玲：《倾城之恋》，北京十月文艺出版社，2019，第261页。

图 3-11　张爱玲绘姜长安

最合理想的逃世的地方。"① 此处既无家族成员之间互相倾轧的悲剧氛围，
亦无邻里仆佣的窥测，连情感似乎也带着个性张扬的意味。《心经》里的
许小寒对父亲的不伦之恋和《红玫瑰与白玫瑰》里的振保与娇蕊的婚外情
愫即发生在公寓这个特定的空间。小寒对父亲无望的爱恋即如那株奋力攀
爬的藤蔓，"满心只想越过篱笆去，那边还有一个新的宽敞的世界。谁想
到这不是寻常的院落，这是八层楼上的阳台。过了篱笆，什么也没有，空
荡荡的，空得令人眩晕"②。象外之意不言而喻。此种角落里的小场景作为
视觉的图幅，在张爱玲的笔下承载了丰富的文化意涵，既有人性的懵懂与
冲动，又有伦理的挣扎与痛苦。而《红玫瑰与白玫瑰》中的振保得知娇蕊
将要因为自己打算离婚的消息之后，如雷轰顶，他"立即往外跑，跑到街
上，回头看那峨巍的公寓，灰赭色流线型的大屋，像大得不可想象的火车，
正冲着他轰隆轰隆开过来，遮得日月无光"③。作为现代社会关系表征的公

---

① 张爱玲：《流言》，北京十月文艺出版社，2019，第 27 页。
② 张爱玲：《倾城之恋》，北京十月文艺出版社，2019，第 133 页。
③ 张爱玲：《红玫瑰与白玫瑰》，北京十月文艺出版社，2019，第 78 页。

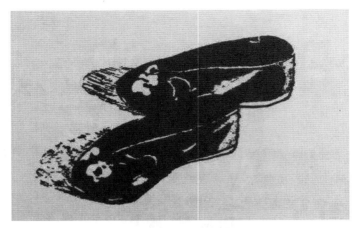

图 3-12　张爱玲绘"烟鹂的鞋"

寓在个人感受中形变成另外一种意象，凸显出更为强烈的视觉冲击力，除了暴露振保内心世界的虚弱，更揭示了个人与社会、传统与现代之间的对峙与冲突。显而易见，张爱玲的文学想象中，都市中大大小小的物理空间不光构成了视觉层面的压迫，也构成了精神层面的规制，这是对现代文明中个体生存的隐喻。

　　除此之外，张爱玲对笔下诸多物象的刻画，一方面贴近了生活最细致的肌理层面，一方面却随时从中抽离出来，衍生出无边丰富的象征意涵。《红玫瑰与白玫瑰》结尾部分振保半夜醒来，起身开灯，看到烟鹂的绣花鞋的场景可谓神来之笔，入骨三分。"地板正中躺着烟鹂的一双绣花鞋，微带八字式，一只前些，一只后些，像有一个不敢现形的鬼怯怯向他走过来，央求着。"① 这双绣花鞋折射出中国历史文化中女性的自我定位，其在特定空间中的摆放则彰显出女性对男权既疏离又依附的复杂而又矛盾的关系。张爱玲并未从政治经济学的层面去揭示这种关系，而是用此类空间意象微妙地传达出婚姻、情感及道德的混沌难言的状态，相对而言，这种视觉化的摹写有着更为深邃的人性挖掘。《红玫瑰与白玫瑰》1946 年由上海山河图书出版公司出版时，文中配有张爱玲手绘的插图，其中一幅即是"烟鹂的鞋"。张爱玲在作品中所表达的确乎是现代与传统夹缝中复杂的男女情感纠葛，可她却特别用文字与图像凸显绣花鞋的意象与物象，尤见其在语言与视觉两者之间超强的勾兑衔接能力。事实上，绣花鞋的意象在张

——————————
　　① 张爱玲：《红玫瑰与白玫瑰》，北京十月文艺出版社，2019，第 95 页。

爱玲的作品中是颇有几处的，譬如《倾城之恋》中的白流苏受到兄嫂的挤兑，到母亲跟前哭诉的一幕就很有代表性："白流苏在她母亲床前凄凄凉凉跪着，听见了这话，把手里的绣花鞋帮子紧紧按在心口上，戳在鞋上的一枚针，扎了手也不觉得疼，小声道：'这屋子里可住不得了！……住不得了！'她的声音灰暗而轻飘，像断断续续的尘灰吊子。"① 此处的"绣花鞋帮子"俨然就是大家族中残留的伦理道统的象征，本以为可以借此获得一点点慰藉，却不意被暗藏的针"扎了手"，在生存现实挤压下的白流苏连体味伤痛的机会都没有——何等平静而惨烈的笔法！

三、虚无的旷野：荒凉的时代梦魇

"强烈的视觉化过程可以说是作家创作赖以进行的基本条件，甚至我们可以断定，富于创造性的作家，其卓越的创造能力就突出地表现为这种高超的内心视觉化本领。"② 张爱玲的文学创作尤其凸显出将内在意绪转化为视觉意象的惊人天赋。在她的笔下，目之所及的任何物体都有可能经由特写、错置、渲染等手法呈现出超越其物质性的象征性，从而传达出内心世界纷繁杂芜的原生样态。而张爱玲小说固然有着异彩纷呈的意象，但是如果条分缕析地辨识不同的意象，大约能够把它们归为此处所论述的时间、空间意象群落。但这样的归类仍不彻底。台湾地区的学者陈满铭认为："由于自来研究'意象'的学者，大都注意到'个别意象'，而忽略了'整体意象'，即使有的注意及此，也仅提出了'意象群'或'总意象''分意象'的说法，而无法梳理出'意象系统'来。"③ 他由此提出了"'多''二''一（0）'"的螺旋结构来整合意象系统。其逻辑起点即在单独意象之间似乎没有太大的相关性，但是在文本深层却有着深刻的勾连。事实上，在现代小说和诗歌文本中，由繁复多样的个别意象（多）到相对集中的意象群（二），再到那隐匿的、内在的整体意象 [一（0）]——这样一个可逆的螺旋式的系统结构是普遍存在的。仅就张爱玲小说文本而言，月亮、时钟、列车、城市、家宅等意象，最终都可以归类为时间、空间的意象群落，如更进一步地讲，时间是空间的第四维，它们也是不可分割的。

张爱玲笔下的人物多少都在社会的不同层面体会到变迁中的惶惑、虚

---

① 张爱玲：《倾城之恋》，北京十月文艺出版社，2019，第 164 页。
② 周宪：《走向创造的境界——艺术创造力的心理学探索》，吉林教育出版社，1992，第 126—127 页。
③ 陈满铭：《意象学广论》，万卷楼图书股份有限公司，2006，第 5 页。

空，近于"念天地之悠悠，独怆然而涕下"的感受，充满对时间和空间的不能把控的焦灼和恐惧。张爱玲一直认为整个时代的进程是迅速的，种种翻天覆地的变化即将到来，所以人们并不能摆脱陷于时代漩涡的梦魇。这个"时代的梦魇"即如《红玫瑰与白玫瑰》中所描写的场景："在旷野的夜晚，拼命地拍门，断定了门背后发生了谋杀案。然而把门打开了走进去，没有谋杀案，连房屋都没有，只看见稀星下的一片荒烟蔓草——那真是可怕的。"[①] 这样的片段吸纳了犯罪电影最常用的情节和场景，几乎可以在这叙事语言中真切地"看到"张皇失措的个体无望的挣扎与呼喊。张爱玲笔下这个只有荒烟蔓草的旷野，其间没有线性时间和多维空间的标识，不仅个人存在，甚至人类文明都成为记忆的悬案。当然不唯《红玫瑰与白玫瑰》，《倾城之恋》也明显地流露出"旷野"意识。在白流苏眼中，劫后的香港是一座死的城市，甚至那莽莽的寒风吹出的不同音阶，最后也只能"通入黑暗，通入虚空的虚空"。无边虚无的旷野暗示着自我的迷失，比夜晚的谋杀还要可怕，显然它就是诸多变动不居的意象背后个人心理世界的基本幻象——荒芜，空旷，苍凉的空间，亦即张爱玲作品的"总体意象"。如前所述，在振保、白流苏，甚至丁阿小的个人体验中，城市成了旷野，个人迷失在无边的苍凉之中，而在葛薇龙、聂传庆、曹七巧方面，他们对人生、世事的最终感觉也不能摆脱荒凉的感觉。但在小说中，这种感觉却不以决绝突兀的形象表现出来，而是往往由拘囿在庸常生活中的时空意象传达出来。如果深入剖析研判张爱玲小说的情感脉络，应该不难发现那些在在皆是的时空意象显然是旷野的总体意象在各个不同维度的衍生。总而言之，旷野的总体意象其实是一种由情感与物象共同激发出来的视觉化心理景观，这也是张爱玲在视觉化语境下衍生出的有着特殊审美志趣的文学想象。至此，张爱玲小说的意象谱系大致可以厘清：由旷野的总体意象统摄的时间、空间的意象群落，分别衍生了意旨暗合的个别意象。这样的一种意象谱系和陈满铭所言"意象系统"的完满还有相当的距离，显然不同层面意象的互动机制仍需要更加细致入微的探讨。从文学创作的背景来看，在都市文化中浸淫已久的张爱玲显然更擅长以视觉化的方式呈现种种难以言传的生命意识。夏志清曾指出："她的视觉的想象，有时候可以达到济慈那样华丽的程度。"[②] 总之，现实生活中的种种物象，经由其特殊的文学

---

① 张爱玲：《红玫瑰与白玫瑰》，北京十月文艺出版社，2019，第 93 页。
② 夏志清：《中国现代小说史》，刘绍铭等译，浙江人民出版社，2016，第 411 页。

手法，最终转换为有关时空的文学意象，借此表达出个体在无限时空中的渺小、孤独的感受，透露出苍凉生命意识的同时也呈现出旷野般的视觉化效果。

在《文心雕龙》中刘勰说："独照之匠，窥意象而运斤：此盖驭文之首术，谋篇之大端。"[①] 显见意象之于文本实在是一种最为核心的美学关捩，由此迁延至现代小说的审美实践，意象谱系的廓清也就意义非凡。在文学中的艺术时空体里，"时间在这里浓缩、凝聚，变成艺术上可见的东西；空间则趋向紧张，被卷入时间、情节、历史的运动之中"[②]。时间、空间经压缩、变形等美学实践，以特定的意象传达出个体在形格势禁中的无助与感伤，此种感情基调始终贯穿张爱玲的小说创作过程。因此，厘清张爱玲小说的意象谱系，发掘个体意象潜在的触发点，寻找隐藏在个别意象之后的总体意象，是建构中国现代小说意象诗学的一个尝试。而对于张爱玲这个以小说创作彰其殊勋的作家，其意象谱系建构所具有的艺术价值，其独特的视觉化的文学想象，尤其值得深入探讨。

① 刘勰：《文心雕龙》，周振甫注，人民文学出版社，1981，第 295 页。
② 〔俄〕巴赫金：《巴赫金全集》（第 3 卷），钱中文编，河北教育出版社，2009，第 269—270 页。

第四章　现代性空间中的图影与文学书写

第一节　欲望狂欢：上海光影与新感觉派的都市书写

鸦片战争以前的上海在中国地理版图上可以说是籍籍无名的。大约是在元代始有县的设立，明嘉靖三十二年（1553 年）为了抵御倭寇袭扰，才第一次建筑了周长九里的城墙，此即上海开埠之前的最初雏形。比及苏杭甚至扬州、镇江等地，上海都远远不能算得上历史悠久。19 世纪中叶，鸦片战争以后，伴随着一系列不平等条约的签订，上海和其他几处港口被迫对西方列强开放，从此被动地走到了中西交会的前沿。如果梳理上海的城市发展史，可以看到几个具有象征意义的关节点，即租界设立、华洋杂处、拆除城墙——此种空间层面的破与立似乎暗示了上海特有的都市文明创生的复杂性和异质性，其中当然也蕴含了个体所不易察觉的创伤与阵痛。对于上海而言，仅从"夷场"到"彝场"再到"洋场"的称谓转化就折射出城市文明和文化心理相当曲折的建构过程。在上海从荒僻渔村到现代都市的变迁历程中，中国与西方、传统与现代的种种文化资源不断地交会熔铸，逐渐形成了其独特的精神文化特质。毋庸置疑，纯粹以"海派文化"显然很难概括上海的文化风貌，而以"现代性"来概括之则颇为恰当地投射出此种文化本体的异质、多元和趋向进化论的思想维度。在文学层面，"现代性"的文学书写则体现在诸多不同的创作倾向上，鲁迅、茅盾、丁玲、穆时英、施蛰存、张爱玲等都以迥然有异的主题叙写着现代都市文明中个体的体悟与思考。而从文学与图影的议题出发，可以见出，真正能够作为现代性之视觉表征的则是流动的上海光影。作为整体现代性空间中的一环，其既在真实的城市空间，亦在虚构的文学空间中得以表现，而推动这一类书写的则是新感觉派小说家们。

一、图文交织的视觉呈现：刘呐鸥、郭建英的"新感觉"

20 世纪 20 年代初，日本著名小说家、戏剧家菊池宽创办了《文艺春秋》杂志，并以此为中心聚集了一大批新锐作家，他们对文学现状及社会现实有诸多不满，倡导一种"新的感觉"，尤其强调要以新的方式去感受生活，接受并传播新的文学思潮，对文学的表现形式和手法进行革新和实验。1924 年 10 月，这批新锐作家集合在一起创办了同人杂志《文艺月刊》，这标志着日本文坛"新感觉派"的诞生。日本"新感觉派"的主要作家有横光利一、片冈铁兵、川端康成、中河与一等十余人。这些新锐作家积极探索文学表现的手法，极力推动文体变革，表现出对传统文学的反叛精神，引起了文坛的极大反响，被称为"新感觉派"。日本"新感觉派"的诞生与当时日本的社会环境有极大的关系，尤其是 1923 年 9 月 1 日的"关东大地震"造成的巨大社会动荡和思想混乱更在无形中推动"新感觉派"的进一步滥觞。日本"新感觉派"的文学理念与西方现代派有深刻的渊源。横光利一曾经指出："未来派、立体派、达达派、象征派、结构派，以及如实派的一部分，都是属于新感觉派的东西。"[1] 而刘呐鸥生于台湾地区，长在日本，在日本应庆大学专攻文学，因此受日本"新感觉派"的影响甚深。1924 年秋，刘呐鸥自日本归国，在上海震旦大学法文班就读，先后结识了戴望舒、施蛰存、杜衡等人。震旦大学毕业后，刘呐鸥再赴日本，1928 年夏天重回上海。同年 9 月，刘呐鸥与施蛰存、戴望舒等人组成"水沫社"，并创办"第一线书店"，开始投入文学活动。刘呐鸥先后发表《游戏》《风景》《流》《热情之骨》《礼仪与卫生》《残留》《方程式》等小说作品。1930 年，刘呐鸥的小说结集为《都市风景线》，由水沫书店出版，除《残留》一作外的七篇都有着显明的日本新感觉派的特征，推动了上海新感觉派小说创作的潮流。后来的穆时英更以《公墓》《上海的狐步舞》《圣处女的感情》《白金的女体雕像》《夜总会里的五个人》等小说把上海新感觉派小说创作引向高潮。刘呐鸥的作品多是都市背景，特别描绘了都市男女的复杂迷乱的生存状态，尤其呈现出一种颓废虚无的情感与精神状态。1920 年代的中国社会情形也与"关东大地震"后的日本社会有着某些相似之处，尤其是 1927 年后，社会政治的动荡更是给知识分子带

---

[1] 〔日〕横光利一：《新感觉活动》，转引自叶渭渠《日本文学思想史》，经济日报出版社，1997，第 478 页。

来严重的思想危机。在上海这样的大都市，迷茫与焦虑交织，追求与幻灭错杂的社会情状为新感觉派小说的发生、发展提供了适宜的土壤。因此，刘呐鸥从日本新感觉派承继过来的技术和理念几乎可以无缝对接摹写上海的社会现实。另一方面讲，刘呐鸥的创作与日本新感觉派小说还是有着不同之处的。从其小说中可以见到，他并未彻底地贯彻来自日本新感觉派的颓废与空虚，在尽力表现现代女性的欲望张扬之余，多多少少透露出一些失望与困惑，已然折射出中国传统文化规制下价值判断的不同。另外，1920 年代的上海给予这些年轻的新感觉派作家提供的文化消费空间，也在很大程度上改写了其对日本新感觉派继承的方式和路径。

陈子善认为："若要研究 30 年代中国城市现代性的文本创作，单读刘呐鸥、穆时英、施蛰存等人用文字感觉和经验'城市梦魇'的小说已经不够了，还应加上郭建英的都市漫画，它们是现代城市叙述模式在绘画领域中的生动体现，是摩登上海的线条版。作者郭建英堪称独一无二的运用画笔的'新感觉派'。"① 这显然是切中肯綮的论述。在上海的城市光影中，郭建英的漫画显然是不可忽略的一抹亮色。穆时英的小说《被当作消遣品的男子》中，那个沉溺于游戏感情的"Alexy"就这样宣称："我喜欢刘呐鸥的新的话术，郭建英的漫画，和你那种粗暴的文字，狂野的气息……"这并非是好友间的互相吹捧，其时郭建英的漫画在上海各种刊物中不断刊出，影响显然是很大的。后来郭建英主编《妇人画报》时，更以此为阵地，展现出其不凡的绘画才能。他的漫画以讽刺性的笔触勾勒出现代都市的物质主义导致的种种畸变，譬如《现代女性的模型》《狗之进化》《现代女子脑部细胞的一切》等。再看郭建英为《上海街头风景线》一文所配插图：既有体态各异的异国女性身体，亦有暧昧不清的男女侧影，用以象征城市的色欲风情，这和新感觉派作家的体验相同。上海既是可视化的光影空间，也是可以感触到的欲望空间。"在城市的生产之下，是隐藏的欲望和恐惧的机制。换言之，城市是具体化了的欲望和恐惧，但却是以欺骗性的、伪装的、错位的形式出现的，它与梦一样。"② 这种欲望和恐惧在郭建英的漫画作品《都会之诱惑》中表现得非常到位：一个身形曼妙的都市女性被身着黑袍、骷髅形状的死神拥在怀中，女性的迷醉和死神的狰狞对比强烈，

---

① 陈子善：《发现的愉悦》，湖北人民出版社，2004，第 167 页。

② 〔英〕史蒂夫·皮尔：《现代城市里的梦游者：梦境中的瓦尔特·本雅明与西格蒙德·弗洛伊德》，载《城市文化读本》，汪民安等编，北京大学出版社，2008，第 266 页。

图 4-1　郭建英漫画《都会之诱惑》

恰恰也诠释了城市生活表象的欺骗、伪装和错位。1930 年代，鲁迅与叶灵凤关于比亚兹莱的笔战正酣，比亚兹莱在上海文坛借此得到更广的流布，作为叶灵凤好友的郭建英受到比亚兹莱的影响也是显而易见的，这幅画似乎也难逃鲁迅所谓的"生吞活剥"之嫌，但毕竟是表现出了现代都市之神髓。郭建英以漫画的艺术形式参与上海的文化建构与书写时，和叶灵凤一样，有些耽于现实中物质消费主义的倾向，比亚兹莱的那种对现实批判的深刻与敏锐，被其自身所沾染的小市民趣味所冲淡。但无论如何，郭建英画笔下的在上海都市空间中屡受挤压的红男绿女是生动传神的，在城市光影的映照下的确类乎舞台上的小丑形象，这和穆时英笔下一再刻摹的"pierrot"（小丑）既有着图、文不同形态的对比，也有题旨上的呼应，显然并不是巧合，而是一种现代性空间中的体悟与共情。

二、"看见"欲望：新感觉派小说的城市修辞

郭建英虽然以漫画闻名，但他求学期间就对文学颇感兴趣，受横光利一、片冈铁兵等日本新感觉派小说家影响很深。他曾经翻译过横光利一的新感觉小说，甚至写过类似"新感觉"的小说，可以说他也算新感觉派的一员。与刘呐鸥、穆时英等人以文字表达"感觉"不同，郭建英是以漫画的形式表达一种上海城市空间的个人体验。虽然这两种关于"新感觉"的艺术形式对城市空间进行形塑时所运用的手法不同，但从本质上讲，最后都走上了诉诸视觉化叙事、图绘一种印象主义城市景观的路径。刘呐鸥《都市风景线》所收录的 8 个短篇，即是以视觉化的方式摹写了城市景观。其中《风景》开头就是："人们是坐在速度上面的。原野飞过了。小河飞过了。茅舍，石桥，柳树，一切的风景都只在眼膜中占了片刻的存在就消灭了。"[①] 显然，作为都市文明的显著特征，"速度"是对空间和时间的超越。在这种超越中，"城市"成为"光影"，"风景"成为"印象"，甚而至于，《风景》中的燃青与一个在火车上邂逅的女人之间的艳遇，也因之变得那么飘忽而不真实。需要注意到的是，新感觉派的作家是不追索文本深度的，在他们看来，印象主义式的城市图景或许就是现代性的本质体现。譬如《游戏》这篇小说中，"我"从朋友家出来，走在热闹的马路上时，感觉恍惚，"我的眼前有的只是一片大沙漠，像太古一样地沉默。那街上的喧嚣的杂音，都变做吹着绿林的微风的细语，轨道上的辘辘的车声，我以为是骆驼队的小铃响"[②]。被都市节奏裹挟着的个人感官，产生了莫名的错觉。作者似乎表达出某种程度的逃离都市喧嚣之渴望，但似乎仅此而已，转眼之间主人公的注意力被迎面而来的时尚女性的衣着所吸引了。相较而言，穆时英都市题材的作品在表现光影变幻的节奏和速度时更为出色，更好地呈现出都市空间中的种种欲望。不过那个时候也许谁也不曾预料到，十多年后的上海，同样醉心于描绘上海的张爱玲写出了远远超越"新感觉"的深度。她不曾被都市的速度所挟持，似乎也不被陆离的光影所迷惑，因此张爱玲体验到的都市图景并不是印象主义的，她敏锐地看到了疯狂的城市表象背后个人所背负的沉重的危机感，把对城市空间的摹写融合进了对个人和时代运命的思考，比及早先的海派显然有了太多的进步。从某种意义上讲，在都市节奏的策动下，新感觉派作家用视觉化的叙事建构了一个光影流转的印象主义式的城市图景，因而上海不再是现实的上海，而是"新感觉（派）"的上海，一个经历了特殊的体验与想象之后重构的上海。或者可以说，刘呐鸥、穆时英等新感觉派笔下的上海光影，本质上是城市现代性的喻体，而他们对这种光影各各不同的文学表达无非是关于上海这

---

① 刘呐鸥：《都市风景线》，百花文艺出版社，2005，第 21 页。
② 刘呐鸥：《都市风景线》，百花文艺出版社，2005，第 4—5 页。

图 4-2　刘呐鸥小说集《都市风景线》

座城市的一种修辞而已。

　　刘呐鸥、穆时英等新感觉派在小说的语言和形式方面受到电影艺术的影响甚深。刘呐鸥《都市风景线》初版的封面主体部分就被设计为摄影机造型的英文单词"Scene"：一方面表达出"都市"即"风景"的意涵；另一方面也透露了其小说对城市观看和重构的方式是"开麦拉（camera）"式的。刘呐鸥曾经给电影艺术下过定义，即"影片艺术是以表现一切人间的生活形式和内容而诉诸人们的感情为目的，但其描写手段却单用一只开麦拉 camera 和一个收音机。"[1]《游戏》开头描写"探戈宫"里的一段，"男女的肢体，五彩的灯光，和光亮的酒杯，红绿的液体以及纤细的指头，石榴色的嘴唇，发焰的眼光"[2]，用叙事语言再现了舞厅这个光影空间中的形式和内容，俨然是开麦拉镜头下的一幕场景，但却是平面的、无深层意义的。即如刘呐鸥所认为的那样："'机械'开麦拉并不是灵魂之主，然而自它与 Montage 结合的瞬间起它就具有了一种奇特的性格，而能够使物变

① 刘呐鸥：《影片艺术论》，载《中国现代文论选》，陈思和主编，上海教育出版社，2010，第 349 页。
② 刘呐鸥：《都市风景线》，百花文艺出版社，2005，第 3 页。

换其本质的内容，确保其新的价值，给影片以从前所没有的意义。"① 在刘呐鸥看来，作为"机械"的开麦拉只提供了一种观看视角，而经由蒙太奇的修辞以后，才能诉诸某种情感和理念。所以在《游戏》中，等到镜头转到"哈哈大笑的半老汉""唧唧地细谈着的姑娘""独身者"时，小说才凸显出一个欲望游戏的故事主题。看起来，刘似乎是在谈影片的艺术，而其小说创作的理念与此也并无二致。可惜刘呐鸥的小说创作并不多，他的许多类似的观念并未很好地在文学层面得以践行。穆时英可以算是刘呐鸥之后承继者，但他似乎并不满足于像刘呐鸥那样进行浮泛的光影捕捉，他一度把窥看的镜头从街头转向光影变幻更令人目眩的舞厅、电影院等空间，以频繁的镜头变换，诡谲的蒙太奇拼接，极力表现出城市空间中的压迫神经的节奏和速度，以及被这种激烈转换的离心力抛到角落里的小人物。《上海的狐步舞》这样描摹城市的光影："红的街，绿的街，蓝的街，紫的街……强烈的色调化妆着的都市啊！霓虹灯跳跃着——五色的光潮，变化着的光潮，没有色的光潮——泛滥着光潮的天空，天空中有了酒，有了烟，有了高跟儿鞋，也有了钟……"② 这变幻着的、追赶不上的光潮，拼接上烟、酒、高跟鞋、钟的画面，以视觉化的方式表达了从时代快车上甩下来的"pierrot"（小丑）的落寞。而通过"pierrot"的跌落和被时代抛弃，表达出"一种没法排除的寂寞感"。其实不唯这几部作品，穆时英的其他作品大都有着类似的节奏和主题。事实上，穆时英的作品中最为极端化的视觉描写则在其《黑牡丹》一文中，写到在物欲中迷失的主人公艳遇后的感慨：

生活琐碎到像蚂蚁。

一只只的蚂蚁号码 3 字似的排列着。

有啊！有啊！

有 333333333333……没结没完的四面八方地向我爬来，赶不开，跑不掉的。③

---

① 刘呐鸥：《影片艺术论》，载《中国现代文论选》，陈思和主编，上海教育出版社，2010，第 350 页。

② 穆时英：《穆时英全集》（第 1 卷），严家炎、李今编，北京十月文艺出版社，2005，第 271 页。

③ 穆时英：《穆时英全集》（第 1 卷），严家炎、李今编，北京十月文艺出版社，2005，第 350 页。

图 4-3　穆时英《黑牡丹》封面

　　连续 12 个像蚂蚁的"3"字直接编排进文本之中，以最突兀的方式冲击着读者的视觉，带来奇异的心理感受，算是前所未有的文学书写。显然，穆时英的摹写都市的作品，视觉化的笔法俨然穿透了叙事结构的层面，来到了作者与读者相互凝视的最后空间。"文字书写技巧借自其他媒介，图像效果已内化于词句，如细节描写、叙述结构、场景再现、隐喻处理、文本编排，甚至版式装帧，均体现视觉化语言效果，包括语词的节奏切换，逐仿图像剪辑技巧。"① 总之，光影流转的都市快节奏，给穆时英营造的是无暇沉思的创作状态，他只能用笔急促而徒然地描画一瞬而逝的幻象。在小说集《白金的女体塑像》自序中，穆时英说："人生是急行列车，而人并不是舒适地坐在车上眺望风景的假期旅客，却是被强迫着去跟在车后，拼命地追赶列车的职业旅行者。"② 也许是因为处于瞬息万变的城市光影中，才让人有了急不暇择的惶惑。而新感觉派小说大概不得不借用开麦拉式的取景和蒙太奇的拼接，才能捕捉到这种动态，感觉到城市的节

---

① 谢宏声：《图像与观看》，广西师范大学出版社，2012，第 400 页。

② 穆时英：《穆时英全集》（第 2 卷），严家炎、李今编，北京十月文艺出版社，2005，第 3 页。

奏和速度，体会到个体在时代潮流中的心灵悸动。总之，如李今所言："电影对中国新感觉派的影响不仅仅限于个别的手段和技巧，而且涉及到题材内容以及现代小说的整体范式带有根本性变化的某些方面，显示了 20 世纪现代小说艺术实验和发展的一种趋向。它不仅是这一流派最具先锋性的一个重要现象，甚至是在现代小说发展中带有标识性的一个重要的文体现象。"①

关于城市的修辞，无论是开麦拉还是蒙太奇，其参与上海的想象和书写早在电影院中就开始了，而绝非在新感觉派小说家形成了系统的电影理论之后——他们逐渐培植起的对城市光影的敏感究竟从何而起，或许要向更早的过往追溯。当然，如果说标志着城市现代性的上海光影仅仅是不断变换的色彩和明暗，显然是偏颇的。光影变幻无非体现了一种节奏与速度，而光影之间的个人形象、身体、服装、机械、器物、商品……才能承担起关于现实存在的省思。所以，那些城市新媒介中以特写镜头展示出来的对象，如同新感觉派作家（尤指穆时英）还有其他海派作家如叶灵凤，在作品中罗列出的流行元素一样，在某种程度上并非物质本身的存在，而是被新感觉派小说家赋予了象征性的能指。波德里亚说过："象征不是概念，不是体制或范畴，也不是'结构'，而是一种交换行为和一种社会关系，它终结真实，它消解真实，同时也就消解了真实与想象的对立。"② 所以，无论是 Craven "A"、吉士牌香烟、Fontegnac1929、别克跑车，还是 cocktail 和 No.4711 香水，一切物质的狂欢，被标识为时尚，然后经由象征的交换，才能够成为现代性的真正载体。当然，作为一种修辞的象征交换，需要发生在如前所述的城市光影空间中才能真正达成一种视觉现代性的呈现。《黑牡丹》中黑衣舞女说："脱离了爵士乐，狐步舞，混合酒，秋季的流行色，八气缸的跑车，埃及烟……我便成了没有灵魂的人。"③ 这些光影空间中的女性主体是和时尚相辅相成的，如其所言，无论爵士乐、鸡尾酒还是时装和跑车，都是上海 1930 年代的时尚标签，而时尚即是她的灵魂。事实也是如此，追赶不上时尚的列车，这些舞女就会成为被抛弃的"pierrot"。在这个讲求节奏和速度的城市空间，唯有被裹挟和被抛弃两种

---

① 李今：《海派小说与现代都市文化》，安徽教育出版社，2000，第 142 页。
② 〔法〕让·波德里亚：《象征交换与死亡》，车槿山译，译林出版社，2012，第 186—187 页。
③ 穆时英：《穆时英全集》（第 1 卷），严家炎、李今编，北京十月文艺出版社，2005，第 343 页。

图 4-4　穆时英《黑牡丹》插图（万籁鸣作）

选择，黑牡丹显然是没有其他选择的。当然，不唯舞厅中的舞女，还有那些流连在城市光影中的"pierrot"，如"夜总会里的五个人"或者"被当作消遣品的男子"，甚而至于，生活在上海光影空间中的作者自己，也"失去了一切概念，一切信仰；一切标准，规律，价值全模糊了起来"①。而所谓"新感觉"，无外乎是在商业街衢、电影院、舞厅、咖啡厅这样的光影空间中，经由象征交换的城市修辞建构起来的一种光怪陆离的、消弭了真实与想象边界的现代性空间中的迷惘与痛苦。

三、1930 年代初的上海语境与城市书写困境

鲁迅在《黑暗中国的文艺界的现状》一文中披露 1930 年代前后，当局以各种形式对左翼进行压制和迫害，然"左翼文艺仍在滋长。但自然是

---

① 穆时英：《穆时英全集》（第 2 卷），严家炎、李今编，北京十月文艺出版社，2008，第 3 页。

好像压于大石之下的萌芽一样，在曲折地滋长"①。这是其时中国文坛真实的一幕。而在另外一篇《上海文艺之一瞥》中，鲁迅则更为细致深入地剖析了1920年代末到1930年代初上海文坛的种种情状，讲到沪上"革命文学"的兴旺与颓废，尤其透辟地批判了某些"革命文学家"在"革命"与"文学"间的骑墙与投机，认为这些"翻着筋斗的小资产阶级"最容易将革命写歪。当然，鲁迅是在用左翼的眼光看上海文艺的发展，对非左翼创作的评价并不见得完全客观。钱杏邨的《一九三一年中国文坛的回顾》一文大致和鲁迅保持了同样的看法，但他对民族主义文学的批判更为精准有力。沈从文则在《论海派》一文中提出"'名士才情'与'商业竞卖'相结合"②的说法，这固然有某种程度的偏颇，但毕竟暴露了沪上艺术与商业相互勾兑的文化生产模式。总之，在这些作家、评论家的只言片语中，多少也能够稍窥1930年代前后上海文化语境的大体构成，即左翼思想、现代主义、消费主义和民族主义种种思潮交相混杂的一种生态系统。1935年11月，穆时英发表了《文学市场漫步》的系列文章，俨然已经把上海的文学创作和接受理解为一种商品的生产和消费了。然而就十里洋场这个特殊的城市空间而言，以左翼"普罗"的角度来观察上海，显然未必能窥见其本体的复杂性；而以现代主义那种印象式的、意识流的、心理的手法同样也难以表现出这个城市的深层本质。消费主义潮流下的文学创作则更多地背离了文学本身，遑论去图绘出都市生活的真实面貌。可以说，摹写上海现代空间的作家不少，但很少有人能写出上海的真髓。茅盾的《子夜》绘形绘色，捕捉都市光影的功力并不逊于新感觉派小说家，可是一旦转到农民抗争、劳资对峙的叙写，就不免显得枯涩。而张资平、叶灵凤等人的都市小说大多在宣扬都市红男绿女的欲望追逐，有着明显迎合市民趣味的媚俗倾向，更无触及都市中人性层面的可能。蒋光慈的"革命加恋爱"的叙写最终也陷入了公式化、概念化的泥淖。总之，上海这个光影流转的都市空间，从意识形态到经济构成，都是一个特别复杂的复合体，而由此派生出的文化语境更是多元而庞杂的，这就给力图塑造一个文学上海的种种努力带来巨大的挑战，或者可以说，这是一种城市修辞上的困境。而新感觉派作家的那种视觉化的开麦拉和蒙太奇，以及象征交换的修辞，更面临着一种流于光影捕捉、止于欲望表达，不能深入的困境。

---

① 鲁迅：《鲁迅全集》第4卷，人民文学出版社，2005，第295页。
② 沈从文：《沈从文全集》（第17卷），北岳文艺出版社，2002，第54页。

图 4-5　穆时英小说集《南北极》

　　文化语境的多元与庞杂所形成的书写困境，从穆时英摹写上海的作品中的两种向度可以看到。当时，有些人认为《南北极》和《公墓》两本小说集分别是穆时英前后期的作品。对此穆时英作了解释，他说："事实上，两种完全不同的小说却是同时写的——同时会有两种完全不同的情绪，写完全不同的文章，是被别人视为不可解的事，就是我自己也是不明白的，也成了许多人非难我的原因。"① 其实仔细梳理穆时英的创作就可以发现这两种完全不同笔法的书写，的确是在同一个时间段完成的。《公墓》中那些描摹城市光影的现代主义的城市修辞，《南北极》中是看不到的，相反，两者形成的强烈对比难免不让人联想到这是由作者思想上的转折所造成的，但事实并非如此。究其原因，无非是作为文学对象的上海是一个太过庞杂的存在，很少有人能够用一种方法透辟地把握住这个城市的精髓而已。穆时英曾认为上海是"造在地狱上的天堂"，以开麦拉、蒙太奇及象征交换视觉叙事的方式，表现出物质"天堂"的光晕和华彩，是合适的。可是另一方面，《公墓》那类笔法的书写虽然能够再现富人阶层流光溢彩的"天

————————

① 穆时英：《穆时英全集》（第 1 卷），北京十月文艺出版社，2008，第 233 页。

堂"，但那些光影背后不见天日的城市底层和乡村——没有光感的黑暗"地狱"——既没有开麦拉和蒙太奇所需要的光线、色彩和变幻，也缺乏象征转换所必需的想象空间。显然，新感觉派关于上海的城市修辞仍然有着不能克服的困境。穆时英应该意识到了表现立体的城市空间的文学手法问题，他在表现上海底层民众挣扎、反抗的作品中，完全采用写实的、生活化的语言和叙事套路，因而赢取了左翼的一些好评。可是，一旦穆时英有了建构上海整体图景的野心，就失去了作为"新感觉派圣手"的那种游刃有余的感觉和作品的一以贯之的气韵。其最初在 1931 年即进行构思的长篇小说《中国一九三一》（后改为《中国行进》），湮没多年，未见真容，后经由诸多学者的努力，先后发掘出《上海的季节梦》《中国一九三一》《田舍风景》《我们这一代》等四部分。综合起来看，其内容庞杂、笔法各异，显然缺乏统一的思想线索和情感逻辑。也许对于新感觉派小说家而言，这部作品本身就是个象征，壅塞着想表达又难以表达的自身的、外在的矛盾和冲突。即便是"但开风气不为师"的新感觉派的先驱刘呐鸥，面对这样的都市空间的种种表达困境，其作品也会因之形成自身的"芜杂"。

《子夜》中的城市光影是上海畸形繁华的一个表征。可是在新感觉派小说家那里，上海光影似乎成了城市的本体存在，仅仅隐喻了一种现代性的节奏、速度和欲望。可以说新感觉派小说所把握住的城市是片面的、肤浅的。即如"湘西世界"缔造者沈从文所批评的那样："'都市'成就了作者，同时也就限制了作者。企图作者那支笔去接触这个大千世界，掠取光与色、刻画骨与肉，已无希望可言。"[①] 沈从文看到穆时英等人成就的同时亦见到了这种写作对于"人事"与"人生"表现的偏执，认为对都市文明的沉溺使穆时英不遑探索光影背后的世界。以小说家的眼光看新感觉派的创作，显然更有贴近的体验和感触。和沈从文一样，钱杏邨也能够一分为二地看待穆时英的创作，认为其作品为其时中国文坛开拓了一种"新感觉主义"的方向，但他也表现出对穆时英未能朝向大众普罗方面发展的遗憾。穆时英在《南北极》中表现出的对底层大众更为鲜活的描摹一度受到左翼的称许，可是刘呐鸥、穆时英等人作为都市文化培植起来的作家，其思想又有着囿于都市文化语境的局限性。刘呐鸥的小说虽然开启了上海文坛"新感觉"的潮流，但其自身的思想既是多元的又是缺乏稳定性的，其

---

① 沈从文：《论穆时英》，载《沈从文全集》（第 16 卷），北岳文艺出版社，2002，第 234 页。

在文学实践层面的修为显然也未臻化境，因而其《都市风景线》中的系列作品都有着语言上略显生涩、情节上多少有些好莱坞式的概念化。而新感觉派中坚穆时英，表现都市光影的手法娴熟流畅，在这些方面比及刘呐鸥倒有很大的进步，但他和刘呐鸥一样，也面临着自身思想庞杂与内在冲突的问题。1938 年 10 月，身在香港的穆时英曾在《大公报》发表《无题》一文，这样写道："终年困扰着我，蛀蠕着我的，在我身体里边的犬儒主义和共产主义，蓝色的狂想曲和国际歌，牢骚和愤慨，卑鄙的私欲，和崇高的济世渡人的理想，色情和正义感……"① 诚如其言，他的思想剖白是诚实的，其作品的确像"杂货铺"一样的多元和杂乱，既写到了那些失意的都市客、放纵的舞女，也刻画了暴动的工人、抗租的农民……从《南北极》中可以看到来自其时上海文坛左翼思潮的重要影响，也可以看到作家表露出的都市无产者的朴素的阶级意识。而在《公墓》中则又见到一种对都市文明的沉溺与颓废，即其所言的"犬儒主义"和"色情"。显然，作家自身思想性格的复杂性，再加上上海作为表现对象的复杂性，最终形成了穆时英参差斑驳的文学创作形态。总之，上海光影彰显了都市现代性的一面，既衍生了新感觉派作家的个性化的城市修辞，同时也因为其背后更为庞杂的政治、经济、文化层面的现实存在，决定了这种城市书写的某种困境。

无论如何，上海不光是穆时英笔下的"Sports，Speed and Sex"，同样也不会仅仅是茅盾笔下的"Light，Heat，Power！"。面对这样混杂的现代性城市空间，所有的作家显然都应该找到真正适合的本体和喻体，才能够获致真正文学表现上的成功。而"新感觉派小说之'新'在于其第一次用现代人的眼光来打量上海，用一种新异的现代的形式来表达这个东方大都会的城与人的神韵"②。而在新的眼光和形式之间，作为中介的城市修辞所想象和重构出的上海，不光是一种物质现实，更是一种心灵状态。因此，新感觉派小说的价值并不仅仅在于作品本身，更在于它和当时的文化语境所构成的关系，以及由此折射出的文艺生态的变迁。

---

① 穆时英：《穆时英全集》（第 3 卷），严家炎、李今编，北京十月文艺出版社，2008，第151 页。
② 钱理群、温儒敏、吴福辉：《中国现代文学三十年》，北京大学出版社，1998，第 325 页。

第二节　图绘心灵：施蛰存小说的视觉化书写

一、现代主义的中国行迹与施蛰存的"Inside reality"

在诸多文学史的描述中，施蛰存往往被目为新感觉派小说家，但如果认真分析其小说文本即可以发现其与刘呐鸥、穆时英的新感觉小说在各个方面都存在很大的差别。如果说他们之间有些相近之处的话，应该在于一种视觉化的摹写。可即便如此，两者的"视觉化"仍然有着向度、深度和力度的不同。刘呐鸥、穆时英（以后者最为典型）的新感觉小说醉心于都市题材，更多是以"Camera"（摄像镜头）的推移，捕捉现代化空间中的光影流转，呈现出变动不居的城市节奏所带来的被时代所抛弃的恐慌感。或者说，其表现了一种现代性空间中的"速度"，但毕竟只是由此寻索到一种印象式的"新感觉"。即便写到其较为擅长的男女恋爱的题材，穆时英仍然是止于浅层次的铺陈。虽然刘呐鸥与穆时英为中国 20 世纪二三十年代的文学提供了一种新的观看与书写的范式，但对都市文明浮光掠影的视觉化写作还是招致了不少的批评。沈从文即评价他们"对于恋爱，在各种形式下的恋爱，无理解力，无描写力。作者所长，是能使用那么一套轻飘飘的浮而不实文字任兴涂抹"[①]。沈从文固然对都市文明有些排斥，可是他关于穆时英作品对生活的把握缺乏深度的评判算是中肯的。施蛰存的早期作品就受到沈从文好评，譬如《上元灯》《渔人何长庆》等，完全是乡村牧歌式的抒情和怀旧，而《妻之生辰》则有着日常的温情与哀伤。从某种程度上讲，这些作品与"新感觉主义"相去甚远，倒是和"湘西世界"的清新温煦有神似之处，因此获得沈从文认可亦不足为奇。施蛰存中后期的作品则转向心理分析，其中不乏对都市人生的描摹，亦多有诉诸视觉化的笔法，但仍不宜与"新感觉"视为一途。关于被指为新感觉派，施蛰存曾有所回应，他说："因了适夷先生在《文艺新闻》上发表的夸张的批评，直到今天，使我还顶着一个新感觉主义者的头衔。我想，这是不十分确实的。我虽然不明白西洋或日本的新感觉主义是什么样的东西，但我知道我的小说不过是应用了一些 Freudism 的心理小说而已。"[②]事实上，楼适夷在

---

① 沈从文：《沈从文全集》（第 16 卷），北岳文艺出版社，2002，第 235 页。

② 施蛰存：《施蛰存全集》（第 2 卷），华东师范大学出版社，2011，第 234 页。

图 4-6 施蛰存

题为《施蛰存的新感觉主义》的评论中认为施蛰存是受了 Surrealism（超现实主义）和日本新感觉主义两方面文学思潮的影响。楼适夷的看法显然也有一部分是客观的，即施蛰存受到了 Surrealism 的影响，但其作品中确实很少有日本新感觉主义小说的影子。中国对法国超现实主义作品的引入实际上在 1930 年代初就开始了，1930 年《小说月报》就曾刊载法国"超写实派"的作品，而在 1931 年第 22 卷 3 号又刊载了颜歆翻译、第波德所撰《一九三〇年的法国文坛》的文章，其中就把 Surrealism 译为"超现实主义"，这是 Surrealism 之来中国的第一个印迹。施蛰存主编的《现代》则在 1932 年对超现实主义作了多次介绍，由此可见他对这种文学潮流的关注。而如果再加以深究的话，也会发现超现实主义本身就受到弗洛伊德精神分析法的深刻影响，因此，施蛰存的创作受到超现实主义影响的说法应该是大致不谬的。

虽然施蛰存与新感觉派作家从思想、艺术资源上讲并非同出一脉，但无疑他们都是现代主义的先行者。1922 年，施蛰存入杭州的之江大学读英文，后肄业。1923 年秋，施蛰存与戴望舒同往上海，入上海大学中国文学系学习。事实上，施蛰存入大学之前即对外国文学有极大兴趣，接触过不少外国文学作品。在上海大学，经由茅盾、田汉等业师的指教，施蛰存对外国文学有了更深入的认识。按施蛰存的自述，大约也是在这一时期，他阅读了许多心理小说，且在文学创作上深受影响。他在 1982 年的一次谈话中这样说过："二十年代末我读了奥地利心理分析小说家显尼志勒的许多作品，我心向往之，加紧了对这类小说的涉猎和勘察，不但翻译这些小说，还努力将心理分析移植到自己的作品中去……"① 显然，从施蛰存许多作品中确实可以看到显尼志勒作品的那种风格和意蕴，譬如那种内心独白的手法、性爱的主题、男女性心理的窥测……同样是出于对显尼志勒的喜爱，才引起施蛰存对于心理分析的兴趣，从而去了解、应用弗洛伊德的精神分析法。李欧梵即认为："他可能是中国第一个真正意义上的现代派作家，在他的小说世界里，他很有意识地征用弗洛伊德的理论来描述性压抑的潜流，一个既现实又是超现实的世界。"② 但如果细读其作品，分明可以看出的是，施蛰存的现代主义是一种把心理分析置于传统文化背景下的书写，虽有个人内在欲望的呈现，但其与外在情势之间仅仅是对照与互文而已，很少有过以内在欲望之流冲垮现实生活范式的情形。因此《春阳》中的婵阿姨虽然内心骚动不安，但毕竟没有耽搁"三点钟的快车"，终于又回归到那个庸常、沉闷、压抑的现实生活中去了；而《梅雨之夕》里的"我"则如做了一个雨声潺潺的春梦而已，雨停即止，了无痕迹。这似乎和 1940 年代张爱玲的《封锁》在主旨和意蕴上有异曲同工之妙。张爱玲是以对宗桢和翠远的语言、行为的描述写出都市人的隔膜，而施蛰存则通过对内心波澜的刻画表达出现代人精神及人格的分裂。总之，施蛰存作品中的诸色人等即便内心汹涌，但仍然表面如常。那种对心理的深刻剖析与外在表征之间的强大张力支撑起的是现代性的悲剧。可以说，施蛰存的作品虽有西方现代派欲望意识流的建构，但是却始终笼罩在中国道德伦理观念之下，处在中国传统叙事的规范之中——它不同于 1990 年代所谓先锋派的实验文体，后者不加节制的技术性操作，几乎瓦解了其之于现实的意义。

施蛰存曾经在一次访谈中说："我创造过一个名词叫 insidereality（内

---

① 施蛰存：《施蛰存全集》（第 3 卷），华东师范大学出版社，2011，第 727 页。
② 李欧梵：《上海摩登——一种新都市文化在中国 1930—1945》，毛尖译，上海三联书店，2008，第 159—160 页。

在现实），是人的内部，社会的内部，不是 outside，是 inside。"① 因此在其作品中建构出来的是一个流动性的、可视性的世界，与现实世界形成映照，或者可以用作者自己的说法概括之："我的小说可以说是一种折光。"② 但应该注意到的是，施蛰存言其小说是一种"折光"的同时，还认为其是一种"reality"，言外之意即"内在现实"即便在映射"外部现实"时有所变异和扭曲，仍然是一种真实的、作为心理景象的存在。他这种统摄于中国叙事范式和道德伦理下的心理分析小说，以潜意识层面的复杂性凸显了人的多维层面，因此其笔下的石秀、李师师、周夫人、卓佩珊夫人、鸠摩罗什……比及左翼作家笔下的革命者、海派笔下的"pierrot"（小丑）更具丰润度和深刻性。显而易见，新感觉派小说家刘呐鸥、穆时英所建构的是目之所及的世界外观，而施蛰存则图绘了外部世界在人物内心深处的映射。当然，无论如何，这两种世界都是其来有自——刘、穆二人建构外部世界的思想核心是对以沪上现代性光影为表征的商业资本逻辑的认同，因之新感觉派小说追趋逐耆，写尽华洋杂处的上海都市空间中的形色，除了表达出被现代性的离心力所抛弃的恐慌感，更表现了对物质景观的偏嗜；而施蛰存作品中的内部世界则建构在对这种资本逻辑的排拒之上，其以个人欲望为出发点，呈现出被都市现代性所挤压变形、扭曲的心灵图景。史书美认为："在施蛰存的作品中，视觉呈现为荒诞的幻觉式的外在投射和心理投射，呈现为一种错觉、叠影和扭曲，表现出扭曲和过度敏感的特征。"③即如鸠摩罗什内心深处道与爱的冲突、花惊定将军之种族与爱的冲突、石秀的爱与性的纠结，人物内心在人性的冲突、欲望的压抑中呈现出极具张力的挣扎与波动的状态，给予读者以深刻的印象。如前所述，施蛰存与新感觉派小说家们还是有着一些共通点的，最为显明的共通即是视觉化的摹写，但施蛰存视觉化的手法侧重于图绘一种所谓"幻想的视觉"，与新感觉派的刘、穆二人的手法相去甚远。

二、心灵图绘：施蛰存小说的欲望书写

在上海这样一个都市的文化空间，即便施蛰存笔下的诸色人等有着不同的个人身份，甚至以历史人物的面目出现，仍然折射出现代个体的种

---

① 施蛰存：《沙上的脚迹》，辽宁教育出版社，1995，第 172 页。
② 施蛰存：《沙上的脚迹》，辽宁教育出版社，1995，第 172 页。
③ 史书美：《现代的诱惑：书写半殖民地中国的现代主义（1917—1937）》，江苏人民出版社，2007，第 386 页。

种欲望。而就内心欲望的书写方式而言，施蛰存的作品又与纯然心理分析的笔法有所不同，他对欲望采取了一种可视化的描摹，精心图绘了一种心灵景观。《狮子座流星雨》中的卓佩珊夫人抱了求子的热忱就医，虽无结果但却在途中听到管门巡捕和公馆丫鬟关于流星的戏谑。管门巡捕对丫鬟说："你看不得，看了要生小娃娃。"这种透着狎亵的对话击中了卓佩珊夫人内心最为脆弱的部分，她特意把床移在窗口，要观看午夜的狮子座流星雨。施蛰存并没有在小说中刻意表现卓夫人生子的愿望，只是以类似于摄影的手法描摹出卓夫人在进入梦乡时的心灵幻境："她看见了：一颗庞大的星，像扫帚一样的三角形，在窗外的天上飞行着。星光照耀得比月还明亮，街道上好像白昼一般了。人都站立着，在弄口，在马路上，在车中——是的，公共汽车都停止了，大家抬着头看这奇怪的星。"① 这幻觉的一幕，简直就是一帧曝光过度的底片，带着一种静默的渴望，让人感动。不止如此，这预示着生子吉兆的星星终于眷顾到卓佩珊夫人了："她一抬头，看见那颗发着幻异的光芒的星在飞下来了，很快地飞，一直望她窗口里飞进来。她害怕了，但是她木立着；她觉得不能动弹，眼前闪着强度的光，一个大声炸响着，这怪星投在她身上了。"② 与前面静态的场景有所不同的是，这一幕有着电影一般的动态画面感，此种文学书写显然与施蛰存对电影的喜好有关。小说中的卓佩珊对生育的渴望作为一种并不可见的心理诉求，被转化为一种视觉性的景观，不止真切，更见力度。而这样视觉化摹写一个女人内心的渴望显然是施蛰存的首创。施蛰存亦曾说过："一种视觉上的幻影，每个人都有经验的。一般人没有注意这些东西，并没有拿来作为小说的内容，所以没有暴露出来。"③ 事实上，无论施蛰存所谓"视觉上的幻影"还是"幻象的视觉"，都是借由更为直接的"观看"来描摹心理图景的一种方法。其由心理波动所推动的幻象以不可把握的流动性，呈现出精神层面的复杂和深邃，比及难尽其致的枯笔素描显然要真实鲜活得多。再深一步探究，施蛰存的这种书写方式显然与现代性空间中的视觉化因素有着不能割裂的联系，那些由现代光影，如摄影、电影、画报、霓虹……所建构起的视觉文化语境，经由多年的渗透，已然对作家的创作产生了深层的影响。不光《狮子座流星雨》，施蛰存的其他代表性的作品同

---

① 施蛰存：《施蛰存全集》（第 1 卷），华东师范大学出版社，2008，第 228—229 页。
② 施蛰存：《施蛰存全集》（第 1 卷），华东师范大学出版社，2008，第 229 页。
③ 施蛰存：《沙上的脚迹》，辽宁教育出版社，1995，第 166 页。

样有类似的笔法。

对显尼志勒的偏爱，使施蛰存创作的主旨和意趣也受到了相当的影响，他曾经说过："显尼支勒的作品可以说是完全由性爱这个主题形成，因为性爱对人生的方方面面都至关重要。但他并没有把性爱仅仅写成事实或行为，而是着重在性心理的分析上。"① 可以说，施蛰存许多代表性作品都是在这样一种范式下建构的——不似郁达夫《沉沦》中那样把性压抑当作国族议题来写，而是采取一种客观审视的角度去描写性心理，譬如《石秀》《鸠摩罗什》等作品。即便是上文所述的《狮子座流星雨》亦有一段公交车上的关于卓夫人的性心理描写，不过这并不是这篇小说的主旨所在。施蛰存的《鸠摩罗什》算是性爱主题的范本。小说中鸠摩罗什这个来自异域的高僧显然不能抵御爱欲的力量，在讲经时见到前排坐着的几个宫女之后，"……他的妻的幻像又浮了上来，在他眼前行动着，对他笑着，头上的玉蝉在风中颤动，她渐渐地从坛下走近来，走上了讲坛，坐在他怀里，做着放浪的姿态。并且还搂抱了他……如同临终的时候一样"②。在这一场景中，纯粹的心理分析已经隐退，取而代之的是更为感性的一种"观看"，一种凝视与幻化。"在后来的弗洛伊德精神分析中，'看'已经被赋予一个新的概念——即凝视，它在性别身份的形成中占据了一个更为核心的位置。"③作为从西域东来的"大德僧人"，鸠摩罗什显然不应该有发自本能的情欲冲动，然而往往在与女性"凝视"的过程中，他却不能自已地建构起男性主体的本能。鸠摩罗什最后在吞下钢针的时候，不意"看"见了旁边站着的妓女孟娇娘，内心即刻"又浮上了妻的幻象"。施蛰存在其作品中不断实践的是一种"看见"的情欲表达，比及纯粹的心理分析显然更具直观和感性的力量。同样是在《将军的头》中，花惊定将军在刚刚处决对村姑欲行不轨的士兵的当晚，即在凝神苦思中，看到了骑兵凌辱少女的幻景，最后将军忽然觉得那个凌辱少女的不是别人而是自己。小说所建构出的心理幻觉虽然转瞬即逝，但却无比真实地呈现出花惊定将军情欲驱动下的心理机制。固然从鸠摩罗什到花惊定将军，皆出自历史场景，但很显然其与现代都市空间中的男性在消费文化挤压下的冲动而压抑的性心理并无二致。

---

① 李欧梵：《上海摩登——一种新都市文化在中国 1930—1945》，毛尖译，上海三联书店，2008，第 171 页。

② 施蛰存：《施蛰存全集》（第 1 卷），华东师范大学出版社，2008，第 80 页。

③ 〔美〕尼古拉斯·米尔佐夫：《视觉文化导论》，倪伟译，江苏人民出版社，2006，第 163 页。

图 4-7 夜雨宫诣美人图（铃木春信作）

　　施蛰存笔下的男性形象显然都有耽于幻想的倾向，这实则是在现实生活中不得满足的一种臆想性的补偿。《梅雨之夕》中的"我"即是一个很好的例子。拿着伞在雨中兜搭上一个淋雨的少女，路上一度怀疑她是自己少时初恋女伴，途中又把一个"用着忧郁的眼光"看着"我"的女子认成了自己的妻子。等到回到家打开门，却觉得开门的妻子又是路边那个看自己的女子。史书美认为施蛰存笔下的都市男性"患上了神经衰弱式的焦虑、恐惧和视觉幻想，陷入了心理混乱"①。这种幻想的视觉，折射出都市文明的个体特有的心理症候。而回到文学书写的层面，施蛰存对内心欲望的表现确乎是一种典型的"图绘"：偷偷端详雨伞下与初恋情人似乎有些相像的少女的容貌，"我"一再想起铃木春信的"夜雨宫诣美人图"的画，而且不自觉地把画中美人风致和现实中少女作了比较。之于现实，仅仅是寻常的雨中即景；之于内心，则是惊涛骇浪的画幅。不能不说，施蛰存的心灵图绘是基于对人性的同情、宽容与接纳的现代性空间中的特殊书写。无

---

　　① 史书美：《现代的诱惑：书写半殖民地中国的现代主义（1917—1937）》，江苏人民出版社，2007，第386页。

论如何，施蛰存的写作是超越时空的，即便是历史题材的作品同样表达出现代人的心理。其小说《石秀》虽取材于《水浒传》，但却以现代主义的书写方式表达出心理变态的极致。石秀发现了潘巧云的奸情以后，由慕生恨，强烈的欲望和极度压抑的情感织成的"魔网"让他有了一种奇异的幻觉……如李欧梵所言："小说不曾提到石秀的心理状况。但施蛰存却聪明地征用了这个旧故事，来演绎他从性虐待的原创人萨德侯爵那儿借来的概念，他对英雄的变态心理进行分析，描述其扭曲的心态，并以此揭示那被压抑的欲望通过他嗜血的性虐待而得到释放。"① 但对于施蛰存的文本而言，最重要的一点并非主人公石秀心理变态的前因后果，而是作者何以用如此具有视觉冲击的画面来表现这种病态。施蛰存如果把《石秀》写成西方最为典型的心理分析式的小说，没有视觉力量的介入，那么其在艺术表现上的力度显然会小得多。总之，"他为现代主义小说开创了一种新的次生文类，即'色情—怪诞'小说（tales of erotic-grotesque）。在色情—怪诞的欲望风景中，恐惧常常伴随着欲望而来，并进而导致了恋物、施虐受虐和恋尸癖等等情色层面的无节制行为，传达出某种超现实和超自然的弦外之音"② 。无论如何，对于光影流转的外部世界来说，内心世界则是不可见的。施蛰存力图建构一个"inside reality"的时候，确乎采用了西方心理分析的手法，但他显然是基于中国叙事传统对其进行的本土化改造。施蛰存深受西方文学的影响，但也基于创作经验对中外文学的叙事进行过比较，他认为："中国小说中很少像西洋小说中那样的整段的客观的描写，但其对于读者的效果，却并不较逊于西洋小说，或者竟可以说，对于中国的读者，有时仍然比西洋小说的效果大。"③ 应该说，施蛰存关于欲望的文学书写，一方面摒弃晦涩难懂的语言，剪除添枝增叶的情节，努力以浅易叙事迎合大众阅读；另一方面则以心灵幻象的描绘来呈现复杂的内心世界，以独特的视觉化摹写突进到个体精神的最深处，取得了良好的艺术效果。他确实称得上是 20 世纪二三十年代现代主义文学实践的先驱。

---

① 李欧梵：《上海摩登——一种新都市文化在中国 1930—1945》，毛尖译，上海三联书店，2008，第 167—168 页。
② 史书美：《现代的诱惑：书写半殖民地中国的现代主义（1917—1937）》，江苏人民出版社，2007，第 386 页。
③ 施蛰存：《施蛰存全集》（第 1 卷），华东师范大学出版社，2008，第 626 页。

三、形象、意象与幻象：都市文化语境与文学之"像"

论及新感觉派小说时，施蛰存直言反对"新感觉"这个名词，认为所谓"感觉"不如"意识"更为恰当。他接着说："这种新意识是与社会环境、民族传统息息相关的；社会环境变化快，而民族传统不容易变。"[1] 显然施蛰存讲的是文化语境的问题。在与西方文明交流勾兑的过程中，上海逐渐建构出兼具西方文明和中国传统与半殖民地错杂的文化语境，其中当然有许多业已改变的精神状态，更有不易改变的传统文化心理。在这样一种都市文化语境下，施蛰存塑造的人物形象多呈现出人格分裂的倾向。这些人物群像中，最具特色的是其在作品中塑造的女性形象。施蛰存 20 世纪二十年代的作品显然也有少许心理分析的笔法，但并不明显。这一时期其笔下的女性大都温婉可亲，令人感怀，即便行为失度的寡妇周夫人，在作者笔下也那么令人怜悯。其三十年代的作品则大力采用心理分析的笔法，深入剖析女性的内心世界，塑造了一系列内心分裂、形象丰满的女性形象。《春阳》中外表平静如水、内心骚动不安的婵阿姨，《雾》中思想守旧却对爱情不无渴望的素贞，《莼羹》中失去自我却渴慕关怀的妻……这些女性当然是可悲的，令人同情的，只能在"善女人"的社会形象背后埋葬个人的欲望，即便她们有机会徜徉在繁华的都市街衢，却从来没有真正从中国传统礼教文化的规制之下走出来。《狮子座流星雨》中有一段对现实光影的描写，显然具有某种象征的意味，以视觉化的方式暗示了中国传统与西方文明的对峙："光陆大戏院屋顶上的那个上海电力公司的霓虹光大招牌，就好像一只有力的大手掌，想把从邮政局钟楼上边射过来的夕阳挡住了。可是哪里挡得住，这黄金的光终究穿透了她坐的车，一直爬上浦东的一排堆栈的高墙。"[2] 显然这象征着中国文化传统的"黄金的光"，毕竟是西方文明表征的"霓虹光大招牌"所无法阻挡的。卓佩珊夫人在这城市的光影中，虽然对同车文雅的年轻人产生了难以言明的性遐想，可她分明是紧张的，如影随形的道德约束使她对自己的潜意识产生了警觉，所以下了车之后，就"觉得筋骨骤然地轻松了"。其实施蛰存笔下都市空间中的女性多少有一定上程度上的精神人格分裂的情状，但显然并不是那么严重。她们还是在"善女人"的生活轨道里循规蹈矩地生存，她的"行品"从外人看

---

① 施蛰存：《沙上的脚迹》，辽宁教育出版社，1995，第 166 页。
② 施蛰存：《施蛰存全集》（第 1 卷），华东师范大学出版社，2008，第 223 页。

来显然是没有瑕疵的。而这一系列关于"善女人"作品，李欧梵曾经总结过："它是传统中国文学里无数贞节寡妇的最终守节故事的一个现代版本，她们确乎是扮演了'善女人'的角色。"①而那些相对较少受到传统道德约束的男性，同样也有种种内心与现实的冲突。这些被撕裂的形象，是施蛰存在中西交会、现代与传统混杂、乡村与都市文明对峙的语境下形塑出的文学之"像"的一种。

　　施蛰存并不满足于塑造一系列现实的人物群像，受西方文学影响甚深的他显然具有一种相当自觉的文体意识。他尝试从各个不同的西方作家那里吸收营养，但绝不轻视中国的叙事传统。他在关于《黄心大师》创作的一篇文章中即提到他所进行过的文体实验。他对英美意象派诗歌也情有独钟，曾经在《现代》上大力推介西方意象派诗歌作者，如庞德、罗威尔等。他自己在《现代》创刊号上也发表过几首模仿意象派的抒情诗，其中《桥洞》这样写道："桥洞是神秘的东西哪 / 经过了它，谁知道呢，/ 我们将看见些什么？"②显然，"桥洞"即是一种暗含深意的意象符号。施蛰存往往通过意象传达个人对现实存在的种种思考。其实他早在小说创作中就有对意象的不自觉的营构，这时候他对于"意象"之象的属意倒未必来自英美意象诗歌，反而可能来自早先阅读的那些超现实主义的小说。从施蛰存的小说创作中，可以看见许多意象化的描摹，甚而至于，许多小说作品完全就在一种意象化实体的统摄之下。譬如《春阳》中的"春阳"，即是一种暗含现代文明意蕴的意象。来自昆山的婵阿姨——想必那个时候昆山尚且是一个乡村世界吧——"独自走到了春阳和煦的上海的南京路上"。这显然不是乡下人进城的日常叙事，而是一个乡村个体向都市文明的迫近。"天气这样好，眼前一切都呈着明亮和活跃的气象。每一辆汽车刷过一道崭新的喷漆的光，每一扇玻璃橱窗上闪耀着各方面投射来的晶莹的光，远处摩天大厦的圆形或方形的屋顶上辉煌着金碧的光，只有那先施公司对面的点心店，好像被阳光忘记了似的……"③但这个从乡村走向都市，从传统走进现代的女性，骨子里仍然是守旧的。这个柔弱的个体，内心沉淀着几千年的传统伦理道德，并不会被欲望所击退。"她们绝对不是刘呐鸥或

① 李欧梵：《上海摩登——一种新都市文化在中国 1930—1945》，毛尖译，上海三联书店，第 175 页。
② 施蛰存：《桥洞》，载《百年新诗·人生卷》，罗振亚本卷主编，百花文艺出版社，2013，第 63 页。
③ 施蛰存：《施蛰存全集》（第 1 卷），华东师范大学出版社，2008，第 257 页。

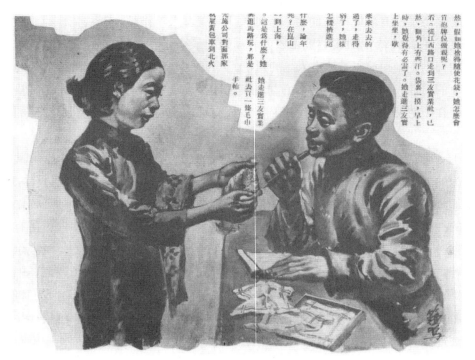

图 4-8　施蛰存小说《春阳》配图（万籁鸣作）

穆时英笔下那些洋气又异域化的女主人公。也因此，她们不会成为现代城市本身的'商品化'或'物化'象征。"① 而《莼羹》中的那碗未做的"莼菜汤"显然在最后升华为表达女性卑微渴望的一种意象。当然还可以看到《蝴蝶夫人》中的"蝴蝶"同样是一种意象。而《将军的头》中的花惊定将军冲入敌阵，被吐蕃将领枭首以后——失去头颅的花惊定将军，从地上抓起自己的首级，依然驱策着自己的坐骑，向镇上奔去的时候，"身体"已经成为一种象征欲望的"意象"。这种身体意象，在《鸠摩罗什》之中则是那个没有烧焦的、代替了舍利子的"舌头"，虽然"尸体和凡人一样地枯烂了"，但欲望似乎永远不能泯灭。无疑，比及中国的叙事传统，施蛰存小说则借由实体意象的营构而更有画面感，更富视觉和心理的冲击力。

　　从形象的塑造到意象的营构，施蛰存并未局囿在这一层面，而是在多方面进行了探索。在谈到《魔道》的创作时，施蛰存说："我这篇小说是受法国怪诞小说的影响，最有名的是十九世纪多列维莱的作品，我把心理

---

① 李欧梵：《上海摩登——一种新都市文化在中国 1930—1945》，毛尖译，上海三联书店，2008，第 176 页。

分析跟怪诞揉合起来，在法国称之为‘黑色的魔幻’，这一类小说，中国
人还不会接受。"① 施蛰存尝试刻画一种带有心理恐怖的"幻象"，作品以
近于魔祟的黑衣裳的"老妇人"作为中心结撰全篇，亦是其对文体实验的
一种尝试，其中掺杂了中国传统志怪小说和英国哥特小说的种种元素。当
然在小说中除了营造心理恐怖的氛围，施蛰存仍然承继了视觉化写作的特
点，着力图绘出无理性的精神"幻象"。而《夜叉》亦是同一类的作品。
施蛰存曾经说明了《夜叉》创作的起因："从松江到上海的火车上，偶然
探首出车窗外，看见后面一节列车中，有一个女人的头伸出着。她迎着
风，张着嘴，俨然像一个正被扼死的女人。这使我忽然在种种的连想中构
成了一个 polt，这就是《夜叉》。"② 和《魔道》大致相似，这里的恐怖的幻
象则是一个"白衣女人"。显然这一类型的作品完全是"Modernism"（现
代主义）的实验，限于个体心理分析与图绘，虽然能够呈现出一种恐怖的
视觉冲击和艺术美感，但毕竟说不上有多少人性、社会层面的意义。这些
描写超自然、怪诞的心理恐怖的小说都有爱伦·坡小说的形色风格，但是
由此写到《凶宅》一篇时，则近乎街谈巷议的恐怖新闻了。小说本身即以
报章新闻为线索结构全篇，有着一般小报上常见的吸人眼球的刺激噱头，
最终走向社会侦探小说一途去了。从《魔道》到《凶宅》，分明可以看到
这种文体的模仿与实验已经走到穷途，再无深入发展的可能了。作者自己
也说："读者或许也会看得出我从《魔道》写到《凶宅》，实在是已经写到
魔道里去了。"③ 大概从形象塑造到意象营构，再到幻象的摹写，施蛰存的
书写已经尝试了中国 20 世纪二三十年代小说现代主义发展的各种可能性。
可以看到这一发展链条始终都有视觉化的轴心来串起各个层面的文学之
"像"，究其深层原因，显然无外乎都市文化语境中的光影对"书写"方式
的渗透。无论如何，施蛰存的小说创作，之于这一时期的文坛，不光是一
种现代主义的探索和实验，某种程度上也是对文学泛政治化倾向的一种稀
释。总之，如李欧梵所言："中国现代文学的发展，到了卅年代……没有
仔细审视人的内心世界。现在看来，真正与世界同步，而且是在文坛先锋
的，还是施先生的几篇小说：《将军的头》《石秀》《梅雨之夕》《魔道》《巴

---

① 施蛰存：《沙上的脚迹》，辽宁教育出版社，1995，第 172 页。
② 施蛰存：《施蛰存全集》（第 4 卷），华东师范大学出版社，2011，第 1289 页。
③ 施蛰存：《施蛰存全集》（第 4 卷），华东师范大学出版社，2011，第 624 页。

黎大戏院》《夜叉》……"①如果再深入一点，从创作手法的层面考察，施蛰存视觉化的书写，不但感性、直观地图绘出复杂多变的心灵世界，给后来的创作者展示了一种新的写作范式，更给文学史保留了一种关于文体实验探索的足迹。而这种探索，甚至新时期以后的先锋派小说家都未能真正超越。

第三节　都市荒凉：张爱玲的观看与书写

多年以来，关于张爱玲的学术研究大多是从其作品出发，分析其思想、主题、叙事、语言风格等层面的特质。文本分析固然是核心的工作，但对张爱玲研究而言，还有另外一种跨艺术形态的切入方法不应该忽略，即从绘画的层面入手，从其"观看"行为中分析把握其"书写"行为所遵循的叙事伦理。张爱玲集中讨论中西方绘画艺术的文章有《忘不了的画》与《谈画》两篇，另外还有一些其他文章也对绘画艺术有所涉及，她亦曾多次参与自己作品的装帧设计工作，甚至亲自执笔创作插图。张爱玲无疑对色彩、光影等视觉性的存在是敏感的，而学界似乎也可以从这种敏感性中解读出其艺术层面的理念，并借此观照其文学创作，想必会有不同的发现。

一、从"观画"看张爱玲的"虚无"

张爱玲在《〈传奇〉再版序》中谈到新书的装帧时，对炎樱画的封面画大加赞赏。在寻常读者看来，《传奇》再版本的封面不过是布局精简的装饰性图案而已：大片棕红和暗红的色块交错镂空，类似云纹与月牙的图形镶嵌其中。但在张爱玲眼里，却产生了意涵丰盈的种种联想，使其成为具有某种象征意义的符指。她这样写道："书再版的时候换了炎樱画的封面，像古绸缎上盘了深色的云头，又像黑压压涌起了一个潮头，轻轻落下许多嘈切嘁嚓的浪花。细看却是小的玉连环，有的三三两两勾搭住了，解不开；有的单独像月亮，自归自圆了；有的两个在一起，只淡淡地挨着一点，却已经时过境迁——用来代表书中人相互间的关系，也没有什么不可

---

① 李欧梵：《廿世纪的代言人：庆祝施蛰存先生百岁寿辰》，载《施蛰存全集》（第1卷），华东师范大学出版社，2008，第641—642页。

图 4-9　张爱玲《传奇》再版封面

以。"[1] 张爱玲在视觉层面的敏感果然是异于常人的,寻常的图案美竟能铺
陈出如许人生的感悟。北宋黄休复曾云:"夫观画而神会者鲜矣,不过视
其形似。"[2] 而就张爱玲而言,却不止达到"神会"的境界,更为重要的是,
她能将这种"神会"以语言表达出来,再引申到对个体与世界的诸种关系
的思考中去,殊为可贵。从感性的视觉层面到理性观念层面,一向是张爱
玲最为擅长的路数,而借此所达到的艺术水准比及当时文坛上其他作家显
然有云泥之判的差别。1940 年代的上海空间,是中国与资本主义文明最
早接轨的前沿,商业氛围和西方文化共同培植出的永不餍足的社会心理使
人们不遑止步省思。新感觉派的穆时英、刘呐鸥等人所钟情的现代城市文
明,他们笔下对其的视觉摹写仅仅是一种欲望的表达,叙事背后是壅塞的
贫乏和没有思想的疲倦;相对而言,张爱玲作为一个都市文明的产儿,虽
然也会醉心于光怪陆离的物质世界,但她却能始终保持着一份难得的清

---

① 张爱玲:《张爱玲散文集》,光明日报出版社,2004,第 285 页。
② 姜澄清:《中国绘画精神体系》,贵州大学出版社,2013,第 160 页。

醒。这份清醒像宿醉之后的感喟，更像盛宴散罢的哀伤，即如观画，人们看见光影流转、明暗变幻、构型繁简，她却窥见了其中生命个体的沉溺和苦痛。虽然张爱玲的"观看"是以独特个人禀赋作为前提而达成的审美认知行为，但其中显然渗透着个人历史文化背景所支撑的世界观和方法论。对于研究者而言，应该意识到，从张爱玲的"观看"本身管窥其内在的价值观念，更为有效和真实。

1944 年 7 月，张爱玲在《淮海月刊》发表《谈画》，同年 9 月又在《杂志》第 13 卷 6 期上发表《忘不了的画》一文，对中外诸多画作细作品评。文章中张爱玲如数家珍地论及从文艺复兴时期的达·芬奇到印象派画家塞尚、高更等人的作品，甚至对美国并不著名的画作亦作出富有洞见的品评。而中国画家中，她特别评价了林风眠和胡金人的画作，眼光独到，见人所未见。她看似随性的画论，并无学院派的技巧层面分析（估计那也是她所不擅长的），而更多是以一个女性切身体悟去感受画作中的生命气息，长于从容易让人忽略的细节中透视女性内心的种种波动。行文条分缕析，闳中肆外，虽然有时候写出的仅是瞬间的神会心融，却直抵人心，达于至真。谈到《蒙娜·丽萨》，张爱玲认为那种"奇异的微笑"是"苍茫"的。而塞尚夫人的画像，则以最初的"拘谨"到最后一幅中的"出奇地空洞，简直近于痴呆"的变迁，凸显出人生近于虚无的主题。论及那幅塞尚的《破屋》时，她这样写道："那哽咽的日色，使人想起'长安古道音尘绝，音尘绝——西风残照，汉家陵阙。'可是这里并没有巍峨的过去，有的只是中产阶级的荒凉，更空虚的空虚。"[1] 从一幅看似平常的景物画中看见静默中的生命律动、自然中的人类困境，不能不说是主观性很强的一种感受，但正是这不同凡响的品评透露出观画者的最深层的价值判断。她评论《永远不再》《感恩节》《明天的明天》《野外风景》等画作时，分别用了"悲怆""酸惨""黯淡""荒凉"等末世气息浓重的关键词，确乎暗合她一贯的虚无观念。即便在品评一些貌似华美、明亮的作品时，她往往也会褫夺理想化的光晕，寻见藏在色彩与构型细节背面的恐怖与苍凉。当然亦有例外的情形。张爱玲品评胡金人画的两幅白玉兰的静物画时，曾这样写道："另有较大的一张，也是白玉兰，薄而亮，像玉又像水晶，像杨贵妃牙痛起来含在嘴里的玉鱼的凉味。迎春花强韧的线条开张努合，它对于

---

[1] 张爱玲：《流言》，北京十月文艺出版社，2019，第 208 页。

图 4-10　塞尚《破屋》

生命的控制是从容而又霸道的。"①有一种少见的见到生机充盈的愉悦感。可是到了《暮春》《秋山》《夏之湖滨》等画作，山光水色中有了人的形影，张爱玲笔锋陡转，用上了"可怕""恐怖"与"荒寒"的语藻——在张爱玲的思想意识深处，大概"人"归根到底是悲剧性的存在吧。其实，在写作《忘不了的画》与《谈画》时，张爱玲正与胡兰成在热恋之中，文学事业也蒸蒸日上，并无 1946 年以后那种黯淡的心境，但她何以在论画中表现出强烈的虚无主义的倾向，唯一合理的解释即是：那是她成长历史中培植出来的生命根性的东西，是个人世界观的折射和反映。

刘再复认为张爱玲是一个具有形而上思索能力的作家，具有所谓作家的"第二视力"，这当然是一种太过简省的说辞。但无论如何，张爱玲在喧嚣中觉出悲怆、在繁华中感到苍凉、在存在中发现虚无的禀赋，在 20 世纪四十年代作家当中可以说是无匹的，这一点也从她对中外绘画艺术的

---

① 张爱玲：《流言》，北京十月文艺出版社，2019，第 161 页。

鉴评得到印证。总体而言，张爱玲对现实存在的整体性悲观建构起的深刻的虚无主义的世界观，始终体现在她的"观看"行为中，而这种观念也会在她的"书写"行为中体现出来。除了 1950 年代初的《十八春》《小艾》结尾所罗致出的并不真实的愿景外，张爱玲之前的所有小说似乎都是见不到未来的，都有一种苟且的绝望。无论是《金锁记》《倾城之恋》《连环套》还是其他作品，随处可见局促的、功利的甚至龌龊和猥亵的情感，似乎从爱情到亲情都殊不可信。而那些执着于物质追求的各色人等，譬如曹七巧，黄金铸就的枷无非"劈杀了几个人，没死的也送了半条命"；而白流苏，对她而言，物质只是意味着可以逃离那个冰冷的家，求得暂时的安稳；《连环套》中的霓喜更是等而下之，对物质生活有一种"单纯的爱"，可最终还是人财两空的结局。张爱玲对此也有难以掩饰的凄怆和深刻的绝望。难怪傅雷在论及张爱玲小说时，这样说："烦恼，焦急，挣扎，全无结果。恶梦没有边际，也就无从逃避。零星的磨折，生死的苦难，在此只是无名的浪费。青春，热情，幻想，希望，都没有存身的地方。"① 虽然，傅雷对张爱玲小说的评判亦有不够公允的地方，但他对张爱玲作品中表现出来的虚无、没落气息的批评显然深中肯綮。客观上讲，张爱玲似乎也能窥见自我虚无主义观念的困境。在早年写的《中国人的宗教》中，她讲道："中国人与众不同的地方是：这'虚无的空虚，一切都是虚空'的感觉总像个新发现，并且就停留在这阶段。"② 其中何尝没有自况的味道。但就张爱玲成长经历和文化背景而言，她显然没有挣脱虚无的途径和可能。往往"当她略一眺望到人生的虚无，便回缩到俗世之中，而终于放过了人生的更宽阔和深厚的蕴含"③。的确，1940 年代是中国现代文学发展的重要阶段，仅上海这个现代化城市空间，即蕴藏了太多可以进行文学书写的资源。但从始至终，张爱玲并未超越对旧世家和新市民生活中情感倾轧与龃龉的世俗化书写，等到后期更是一味地旧调重弹，或者可以说，她的虚无某种程度上阻碍了向外部世界张望的热忱。

二、"近人情"的叙事伦理

当然，纯粹的虚无观不但会解构文学自身的意义，更会消弭现实生

---

① 傅雷：《傅雷文选》，内蒙古文化出版社，2001，第 170 页。
② 张爱玲：《流言》，北京十月文艺出版社，2019，第 137 页。
③ 王安忆：《王安忆说》，湖南文艺出版社，2003，第 321 页。

活的意义，这无疑会使个体生命面临本体论的严重挑战。张爱玲显然时刻面临这种本体性的自我追问，譬如其在 18 岁写《霸王别姬》时即有这样的描写："她独自掌了蜡烛出来巡营的时候，她开始想起她个人的事来了。她怀疑她这样生存在世界上的目标究竟是什么。"①虽然王安忆认为："张爱玲从不曾将自己放进小说中，扮演一个角色。因连她本身都是虚无的，不适合做世俗的小说的材料和对象"②，可小说中虞姬本体性的惘然不正是张爱玲一直不能摆脱的梦魇么？可是值得庆幸的是，张爱玲毕竟找到了摆脱这种虚无的途径。她曾经说过："清坚决绝的宇宙观，不论是政治上的还是哲学上的，总未免使人嫌烦。人生的所谓'生趣'全在那些不相干的事。"③在张爱玲看来，生活层面的趣味并不因观念层面的虚无而被否定，这也算是生命存在的理由之一。张爱玲在谈及北齐杨子华的《校书图》时，这样说："作为图画，这张画没有什么特色，脱鞋这小动作的意趣是文艺性的，极简单扼要地显示文艺的功用之一：让我们能接近否则无法接近的人。"④可以说，张爱玲式"书写"的伦理核心即是向人的生活无限的接近——在虚无主义世界观的统摄下，似乎越靠近生活本体的肌理层面才越能感受到个体生命微弱的热，从而慰藉俗世中内心的绝望。张爱玲也曾把日本画《山姥与金太郎》与拉斐尔最驰名的圣母像做比较，认为由村姑而圣母的荣宠反而让原本的平凡与天真的女孩有了"做戏"的感觉，是一种"寻常中的反常"，意谓寻常形容背后是与俗世真实之间遥远的距离感；而山姥与金太郎则在原初的山野中，没有旁观者的"看戏"，因此保有着母与子最基本的关系，所以"山姥看似妖异，其实是近人情的"⑤。张爱玲同样评鉴了欧洲各国的圣母画，认为其形象在万众瞩目之下都有做戏的矫饰，因而她更喜欢《山姥与金太郎》的正大的横泼蛮霸。事实上，张爱玲在"观看"中，正是觉出了圣母形象的"不近人情"和山姥形象的"近人情"，因此才有了个性化的褒贬。简言之，"近人情"的叙事伦理是一种反拨，一种对自我虚无主义观念的微弱的抵抗。刘小枫认为："所谓伦理其实是以某种价值观念为经脉的生命感觉，反过来说，一种生命感觉就是一

① 张爱玲：《张爱玲文集》（全本），金宏达、于青编，安徽文艺出版社，1996，第 5 页。
② 王安忆：《王安忆说》，湖南文艺出版社，2003，第 321 页。
③ 张爱玲：《流言》，北京十月文艺出版社，2019，第 48 页。
④ 张爱玲：《重访边城》，北京十月文艺出版社，2019，第 30 页。
⑤ 张爱玲：《流言》，北京十月文艺出版社，2019，第 160 页。

图 4-11 《山姥与金太郎》（喜多川哥麿作）

种伦理；有多少种生命感觉，就有多少种伦理。"①因而，张爱玲"近人情"
的叙事伦理，不仅是一种"书写"的方法论的问题，更是在虚无主义世界
观笼罩下的一种对生命的自我感觉。而如果从审美角度考量，张爱玲的
"近人情"和清代诗人张问陶的"天籁自鸣天趣足，好诗不过近人情"中
的"近人情"或有一致的地方，但显然不只局限于个人性情的层面，也有
更贴近世态人心的意涵。

　　"近人情"的叙事伦理在"书写"过程中的体现，首先在于对于生
活细节的关注。张爱玲在评价中国传统文学时，这样讲："就因为对一切
都怀疑，中国文学里弥漫着大的悲哀。只有在物质的细节上，它得到欢
悦——因此《金瓶梅》《红楼梦》仔仔细细开出整桌的菜单，毫无倦意，
不为什么，就因为喜欢——细节往往是和美畅快，引人入胜的，而主题永

---

①　刘小枫：《沉重的肉身》，华夏出版社，2007，第 4 页。

远悲观。一切对于人生的笼统观察都指向虚无。"①可就她本人而言,在传统文学里浸淫甚深,已经很难跳出这种窠臼,大多数时候,即便语言是出新的,可意涵却是袭旧的。《金锁记》中的曹七巧、长白、长安,乃至季泽诸色人等,与古典小说中的红男绿女的命运真的有所不同吗? 即便《心经》《封锁》《琉璃瓦》《花凋》等跳脱出旧世家生活,进入到上海新市民世界的小说,那种虚无的喟叹和《红楼梦》中的"色空"观念本质上也并无二致。和《红楼梦》《金瓶梅》一样,张爱玲的作品同样热衷于在物质细节上体验生命的欢愉。她兴味盎然地描摹那朱漆楼梯的扶手、霁红花瓶里插着鸡毛帚子、翡翠鼻烟壶与象牙观音像、黄杨木阑干、沙笼布制的袄裤……张爱玲的小说在物质细节上的描摹是机敏传神的,其时中国的作家中在这方面能出其右者是没有的。通过生活细节的摹写,从而获致对世态人情的亲近,张爱玲的叙事伦理显然有着某种程度的救赎意味。另一方面讲,张爱玲虽受传统文学影响极深,但其仍有超越传统的地方,即一种难能可贵的哲学自觉:从屏风上绣着的鸟看到了生命的枯干;从一堵灰砖墙觉出了个体在永恒时空中的渺小,甚而至于从烟鹂的一双绣花鞋窥见了女性的屈从、卑微和可怜的欲望。"张是写实主义的高手,生活中的点滴细节,手到擒来,无不能化腐朽为神奇。但这种对物质世界的依偎爱恋,其实建筑在相当虚无的生命反思上的。她追逐人情世路的琐碎细节,因为她知道除此之外,我们别无所恃。"②20 世纪三四十年代的上海,与世界文明接上了轨,政治、经济、文化层面的激荡前所未有,作家们亦各有所持。就拿 20 世纪三十年代和四十年代最有代表性的作家鲁迅和张爱玲来说,他们投笔的方向即有极大的不同:"鲁迅是尖锐地面对着政治的,所以讽刺、谴责。张爱玲不这样,到了她手上,文学从政治走回人间,因而也成为更亲切的。时代在解体,她寻求的是自由,真实而安稳的人生。"③鲁迅是迫近理想的,张爱玲则更切近人情。当然,可以看到张爱玲由"近人情"的叙事伦理所支撑着的"书写",在物质世界和生命反思之间呈现出的是一种钟摆式的动态结构。她必须在虚无与存在之间寻找一种制衡:让"书写"行为在虚无的悲怆和生命的真实可感的交织中行进。但张爱玲对物质世界的"依偎和爱恋"是适度的,显然不到沉溺的地步,要不也不会时时

① 张爱玲:《流言》,北京十月文艺出版社,2019,第 137 页。
② 王德威:《想象中国的方法:历史·小说·叙事》,百花文艺出版社,2016,第 246 页。
③ 胡兰成:《中国文学史话》,上海社会科学院出版社,2004,第 182 页。

生发出悲怆的感慨；而她的反思也往往是转瞬即逝的，从来不进行更深更远的探究。这种从一端到另一端循环往复的钟摆式"书写"，在琐细的物质层面有形而上的体悟，在虚无的观念层面有形而下的体察，从而衍生出有格调的趣味性和无反抗的悲剧性，这显然也是张爱玲的作品一直未能跳出的固定化了的范式。

张爱玲"近人情"的"书写"除了有对生活细节的异于常人的观察外，还注重一种意象化表现的方式。相较其他作家而言，张爱玲显然更擅长为现实场景中的种种寻常的事物赋予象征性的光晕，使其成为一种含蕴了某种形而上思索的视觉符号。在华洋杂处的上海，逼仄的城市生活空间，开放的文化交流场域，培植了各阶层多元的价值吁求。张爱玲自己也曾经这样写道："上海人是传统的中国人加上近代高压生活的磨炼。新旧文化种种畸形产物的交流，结果也许是不甚健康的，但是这里有一种奇异的智慧。"[1] 这种智慧在张爱玲看来既有物质偏嗜的势利，也有精神压抑的冲决，而张爱玲的文学书写正是迎合了这种复杂社会心理。物质细节的描摹贴近了市民阶层的生活情态，而意象化的营构则又让高压下的生活有了凝神于己，稍作省思的机会。张爱玲说到底还是"上海人"，谈到写作本身，她显然表现出对读者的趋奉和妥协。《论写作》中就说："将自己归入读者群中去，自然知道他们所要的是什么。要什么，就给他们什么，此外再多给他们一点别的——作者有什么可给的，就拿出来，用不着扭捏地说：'恐怕这不是一般人所能接受的罢？'那不过是推诿。作者可以尽量给他所能给的，读者尽量拿他所能拿的。"[2] 作为城市里的形色各异的小市民，大部分读者是喜欢世家内部倾轧、男欢女爱的种种桥段的，张爱玲的作品大多以此为重点。可另一面，张爱玲比及张恨水等人，显然还有更多一点东西给读者，那就是那种从世相中的"跳脱"，而这种"跳脱"则是以意象化的手法实现的。张爱玲作品中意象纷呈，有作为时间意象的月亮、时钟、火车，也有作为空间意象的弄堂、公寓、电车等，甚至寻常可见的绿植也会有着人生的象征意味。譬如《心经》中八楼阳台上的那株勉力攀爬的青藤，与其说象征了许峰仪的逃避，毋宁说象征了小寒对不伦之恋的追求，可惜结局仍然不过是虚无而已。小寒并未因恋父而受到读者格外的苛责，许峰仪也不见得被斥之为禽兽，读者因意象化跳脱的叙事，站到了哲学的

---

① 张爱玲：《流言》，北京十月文艺出版社，2019，第 5 页。

② 张爱玲：《流言》，北京十月文艺出版社，2019，第 82 页。

图 4-12　张爱玲绘《心经》插图

高度来体察，因而有了超越道德人伦的哀矜。张爱玲曾经自剖过："因为是写小说的人，我想这是我的本分，把人生的来龙去脉看得很清楚。如果原先有憎恶的心，看明白之后，也只有哀矜。"①由此再到《红玫瑰与白玫瑰》《多少恨》等篇，显然也有"如匪浣衣"式的忧伤。那些为传统道德所不容的婚外情愫的作品，因为"近人情"叙事伦理，更因为意象化的跳脱，人与事都得到了人本层面的审视与谅解，从而摆脱了近于猥亵的赏鉴，营构了自己的品格和意境。

三、现代性空间的书写

1946 年 11 月，上海山河图书公司出版了《传奇》增订本，封面是张爱玲请炎樱设计的，画面极富象征性。张爱玲这样描绘这幅画："借用了晚清的一张时装仕女图，画着个女人幽幽地在那里弄骨牌，旁边坐着奶妈，抱着孩子，仿佛是晚饭后家常的一幕。可是栏杆外，很突兀地，有个比例不对的人形，像鬼魂出现似的，那是现代人，非常好奇地孜孜往里

―――――――
① 张爱玲：《流言》，北京十月文艺出版社，2019，第 239 页。

图 4-13 张爱玲《传奇》增订本封面

窥视。"① 张爱玲无疑是十分欣赏这幅画的，她说："如果这画面有使人感到不安的地方，那也正是我希望造成的气氛。"② 从整个画面内容来看，这想必是城市没落世家日常生活中的一幕，屋内的器具、摆设和人物衣着显然是再传统不过的，不过栏杆却有些欧式的风格。整个画幅的颜色是红色的，唯独现代人的形影是蓝绿色的——张爱玲不是最喜欢蓝绿的颜色么！炎樱当然是了解张爱玲的，在画这幅封面画的时候，她一定是把这个发型、衣着时尚的现代人形象想象为张爱玲的。也许炎樱的意图是通过这幅画表达张爱玲在现代性空间中窥伺传统生活的一种写作状态，显然她是成功的。许多论者认为那是一种现代性对传统的侵入和试探，这当然是没有问题的，可是就炎樱的本意而言，估计并非那种笼统、空泛的意思。1976年张爱玲出版散文、小说合集《张看》，对书名这样解释："'张看'就是张的见解或管窥——往里面张望——最浅薄的双关语。"③ 显然如果用"张

---

① 张爱玲：《华丽缘》，北京十月文艺出版社，2019，第64页。
② 张爱玲：《华丽缘》，北京十月文艺出版社，2019，第64页。
③ 张爱玲：《张爱玲文集》（第4卷），安徽文艺出版社，1992，第329页。

看"这个名目来阐释《传奇》增订本的封面画,是最恰当不过的。换种思维来看,这张封面画中的"看"与"被看"的两种人物,是分属不同时代的、有着时间距离的两种形象,而她们因被纳入同一幅画中而消弭了时间的界限,倍增了其阐释的空间。如前所述,张爱玲"观看"绘画的角度往往异于常人,长于从细节中体察生命意识,但最终获致的更多是苍凉的虚无感。就像她品评高更的《永远不再》那样,讲到那个裸体躺在沙发上的夏威夷女人,她不无哀矜地这样写道:"想必她曾经结结实实恋爱过,现在呢,'永远不再了',虽然她睡的是文明的沙发,枕的是柠檬黄花布的荷叶边枕头,这里面有一种最原始的悲怆。"[1] 观画如此,而"观看"一个城市(更多情况下是上海),张爱玲也是用这样一种眼光。譬如,在上海帮佣的丁阿小,是张爱玲所熟悉的"阿妈"中的一员,孜孜汲汲于雇主家务之中,但是有一天她牵了儿子百顺的手,一层一层地爬上楼来,"高楼的后阳台上望出去,城市成了旷野……"其实丁阿小是不可能看到城市"旷野"的,她也许只看到"苍苍的无数的红的灰的屋脊,都是些后院子,后窗,后巷堂……"可以说,"旷野"是张爱玲借了丁阿小眼光的"观看"和"书写"。上海对张爱玲而言,是微观、具体和"近人情"的,然而常常又是空寂、荒凉和悲怆的。这种掺入了复杂情感的对上海的"观看"与"书写",显明地折射出个人在现代性空间中的失落、焦灼和虚无感。

如李欧梵所言:"张爱玲借着她的细节逼迫我们把注意力放在那些物质'能指'上,这些'能指'不过讲述着上海都会生活的另一种故事,也依着她个人的想象力'重新塑造'了这个城市的空间,公共的和私人的、小的和大的。"[2] 就像张爱玲目光中的绘画不只是深深浅浅的色彩堆砌,更是一种生命意识的抒写和表达一样,张爱玲笔下的城市空间同样不光是林林总总的建筑群落组合,更是一种现代性的载体和表征。其实,张爱玲看画和看城市的眼光实在并无本质上的不同,她都看到了一种生命意识在现代性空间中的扭曲与成长。从某种层面上讲,上海的生活结构和个人之间的相互关系给"书写"带来了很大的增长空间,而这种"书写"相当大程度上是异质同构的,因此我们才有在视觉层面上探讨张爱玲关于绘画、文学、城市空间等议题的可能性。无论如何,张爱玲从生活中得来的视觉经

---

① 张爱玲:《流言》,北京十月文艺出版社,2019,第156页。
② 李欧梵:《上海摩登——一种新都市文化在中国1930—1945》,毛尖译,上海三联书店,2008,第275页。

图 4-14　亨利·卢梭《沉睡的吉普赛人》

验所包含的思想文化资源是核心的驱动力，而她在此背景下的"书写"使绘画艺术和城市空间在视觉层面上实现了共通。这让都市现代人感受到了其生存空间中的一种危机。这种感觉类似于她评价亨利·卢梭的一幅画作时所说的那样："一层沙，一层天，人身上压着大自然的重量，沉重清净的睡，一点梦也不做，而狮子咻咻地来嗅了。"① 这种莫名的恐惧，和"时代是仓促的，已经在破坏中，还有更大的破坏要来"② 的预感是相通的。张爱玲所身处的上海城市空间显然不像《倾城之恋》中的白公馆那样悠游迟缓，"这里悠悠忽忽过了一天，世上已经过了一千年"。上海这种现代性空间给张爱玲带来的更多是充满疑惧的情感、世事和人生的体悟，因而其文学书写往往也是惴惴不安、不走极端的，既不过分贪恋人情，也不刻意强调虚无，大约可以算是她所说的"参差的对照的手法"。《红玫瑰与白玫瑰》中王娇蕊对振保产生了暧昧情愫，一个人逗留在客厅里，坐在振保的大衣旁边，点起一支吸残的香烟，"看着它烧"。她只是私下里体味这个男人的形容和气味，以此慰藉情感上的孤寂。这种奇异的场景一下子征服了振保的心。壅塞压抑的都市空间中，这样单纯的迷恋多少都让人有所感动。振保与王娇蕊所置身的公寓实在不算大，容不下一对男女的不伦之恋。王娇

----

① 张爱玲：《流言》，北京十月文艺出版社，2019，第 160 页。

② 张爱玲：《流言》，北京十月文艺出版社，2019，第 163 页。

蕊说："我的心是一所公寓房子"，可振保终不能或者不愿意住进去。张爱玲对这种寻常可见的婚外恋情并不作道德上的谴责，反而有一种跳脱出来的哀矜：上海的城市空间本来就是暧昧的，这点贴近人性、合乎人情的出轨可贵而又可叹。而这里作为城市"小"空间的公寓，成为超越时间和空间的能指，含蕴了难以摆脱的孤独与空虚，和对未来不可知的惶恐。于小中见到大，于热情中感到荒寒，于存在中想到虚无，这是张爱玲书写现代性城市空间的最基本笔法，其他大多数作品，莫不如是。

作为现代性空间的上海，其光影的流转并不逊于绘画艺术中所表现的，可是画家未必表现出这种流转中的明暗深浅。新感觉派倒是尝试去描摹这种眩晕的色彩光感，可是更多流于感官层面而已。譬如穆时英、刘呐鸥等人所描绘的城市空间，是纯视觉性的，缺乏更深层次的探究，更没有张爱玲式的形而上的跳脱。穆时英《夜总会里的五个人》中对城市空间的描写即是相当典型的例子："跳着，斯拉夫的公主们；跳着，白的腿，白的胸脯儿和白的小腹；跳着，白的和黑的一堆……白的和黑的一堆。全场的人全害了疟疾。疟疾的音乐啊，非洲的林莽里是有毒蚊子的。"[1] 在新感觉派的笔下，上海的都市文明是光影交织的空间，充斥着咖啡、啤酒、爵士乐、美女等一切可以表达欲望的符号。相对于穆时英为代表的新感觉派作家而言，张爱玲对上海则有一种完全不同的感受。虽然她在描摹种种生活细节和城市肌理的时候，是充满心意相通的愉悦感的，可一旦稍有疏离这些感官可及的物质形色的时候，那种荒凉的感觉就倏忽而至。她曾这样说过："有一天我们的文明，不论是升华还是浮华，都要成为过去。如果我最常用的字是'荒凉'，那是因为思想背景里有这惘惘的威胁。"[2] 其实，这里所谓"惘惘的威胁"无非是那种虚无主义所带来的失落和焦灼，也是张爱玲作品中华丽意象的触发点，决定了其情感基调的"荒凉"。虽然她一度用"近人情"的书写来抵制这种"荒凉"的威胁，可始终逃避不了这种来自生命意识深处的空虚。而上海这个荒凉的城市意象，以其空旷静默的奇异表征传达出一种不可进入的凛然氛围，成为个体内心孤独的一种外化意象。总之，刘呐鸥、穆时英、施蛰存笔下的上海是光怪陆离的平面化的世界，而张爱玲看来，上海空间则是浮华表象之上的现代性荒原。前者只有群体化的沉沦与狂欢，而后者却有个体性的省思与想象。如加斯东·巴什

---

① 穆时英：《穆时英全集》（第 1 卷），北京十月文艺出版社，2005，第 273 页。
② 张爱玲：《流言》，北京十月文艺出版社，2019，第 163 页。

拉所言："被想象力所把握的空间不再是那个在测量工作和几何学思维支配下的冷漠无情的空间。它是被人所体验的空间。它不是从实证的角度被体验，而是在想象力的全部特殊性中被体验。"[①] 因此不论是作为"书写"语境，还是作为"书写"对象的上海，都是整合了记忆、想象和梦境的个人内心的体验空间，不但是以特有叙事伦理阐释人性的最佳场域，更是一切传奇的策源地。

对于绘画，张爱玲显然有自己的一得之见，即从细节处看到人与时代的关系或与空间的互文，可是因为自己内心深处的虚无主义的世界观，她的"近人情"的书写显然是有节制的，更多情况下表现出会意而不动情的冷漠。王小波也曾敏锐地意识到张爱玲的这种特质，认为其小说"有忧伤，无愤怒；有绝望，无仇恨"[②]。在有无之间的参差对比中，多少能够看出张爱玲创作思想的纵深：前景是无限切近的生活细节，背景是永远荒寒的时空轮廓，而在此之间呈现出的则是现代性的荒原。但无论如何，从绘画、叙事伦理和现代性空间之间的相互关联，去理解张爱玲的"观看"与"书写"，比及单纯的文本考校有了更多的参照系，显然也会有更多不同于以往的发现。

---

① 〔法〕加斯东·巴什拉：《空间的诗学》，张逸婧译，上海译文出版社，2013，第 27 页。
② 王小波：《王小波文集》（第 4 卷），中国青年出版社，1999，第 354 页。

第五章 文化消费视域下的图影与文学传播

第一节 《良友》画报中的作家群落与文学图景

　　1926 年 2 月创刊的《良友》画报是中国第一本大型综合性新闻画报，其发行范围之广、时间之长及影响之大是那个时期任何一种刊物都无法企及的。《良友》比及美国《生活》画报的创立早了十年，甚至比苏联的《建设画报》还早四年。《良友》画报以丰富的图影，精美的印刷，和紧贴生活、时事的办刊风格赢得了广大读者的喜爱，真正做到了"《良友》画报一卷在手，学者专家不觉得浅薄，村夫妇孺不嫌其高深，一致欣赏"①的传播效果。可以说，《良友》画报也是 20 世纪二三十年代上海文化发展的一个重要标识。另一方面，《良友》虽然以视觉化的方式报道新闻、时事为特色，但其与文学之间的紧密联系自始至终没有中断过。《良友》所聚集的作家群落及其所营构的文学图景不光增强了画报的吸引力，更折射出这一时期文学流变的基本脉络和发展态势，值得深入研判。

一、《良友》画报的创办与发展

　　《良友》创刊之时正是上海都市文化高度发展的阶段，其时中西方文化在这一空间中交会融合，极大地促进了文化出版业的发展，一时间各种期刊、画报层出不穷，琳琅满目。《良友》画报的创办人伍联德认为当时市面流行的画报并不少，但内容上过于浅薄，"大都缺乏学问之原素"。因而他百般筹措，终于创办了这样一份"图文兼重、雅俗共赏"的综合性画报。《良友》画报创立之初就以视觉冲击力极强的名人影像获得了众多

---

　　①　马国亮：《良友忆旧：一家画报和一个时代》，生活·读书·新知三联书店，2002，第 22 页。

读者的关注。其创刊号就采用当时青年电影演员胡蝶的照片为封面，照片上方是"THE YOUNG COMPANION"的英文字样，再上的"良友"二字——创始人伍联德亲手设计的美术字，整幅画面简洁清新，明显有别于老派的画报。《良友》画报第1期虽然版面编辑未臻完美，但也算得上印刷精美，价格适宜，在并未组建销售网络的情况下，仅靠印刷所雇员街头推销就销售了三千余册，后几次加印四千余册皆售罄，实在是民国期刊发行史上的奇迹。虽然从专业编辑的眼光看，《良友》画报创刊号仍存在诸多技术层面的问题，如《良友》第2期刊出的读者来信指出的那样："你们的良友报印刷虽然好，但搜罗的材料未免太杂。不独你们搜罗不甚审慎，而且编排也没有什么次序。"[①] 但即便如此，《良友》画报还是在后期的发展中愈来愈得到了读者的认同，很快打开了全国市场。逐步走上正轨的《良友》在许多大城市开设销售点，同时也开拓了海外业务，将《良友》销售到美国、德国、澳大利亚、英国、法国、意大利等几十个国家，形成了世界范围内的行销网络。据其时邮政部门的统计，1932年底《良友》画报已经成为上海排名第二的畅销杂志，仅次于《生活》周刊，因此时有"良友遍天下"的说法。在《良友》出版到150期时，钱杏邨曾撰文这样评价："在现存的画报之中，刊行时期最长，而又最富有历史价值的，无过于《良友》。"[②] 他认为《良友》不光留意中国政治军事及经济方面，更对当时的普通百姓的社会生活和文化艺术颇多关注，是中国画报发展的一个新高度。如果对中国画报历史进行细致梳理分析的话，显然能够看出此种评价并非谬赞，是客观中肯的。

纵观《良友》画报的发展历程可以看出，其一开始就定位于综合性画报，不光呈现都市流光溢彩的一面，也有对街头巷尾的里弄生活图景的展示，更有对中外逸闻趣事、时事政治的报道。画报涉及政治、经济、社会生活、文学艺术等诸多方面，最大限度地拓展了受众的文化诉求。另外，从最初的伍联德到后来周瘦鹃、梁得所、马国亮、张沅恒等历届编辑者，虽然办刊理念有所差别，但都紧紧把握住视觉效果这一核心来推动刊物的发展。从第1期封面人物胡蝶开始，《良友》封面大都由卓富影响力的时尚女性担纲出镜，如电影明星王汉伦、黎明晖、杨爱立、李旦旦、林楚楚、蒋耐芳等，亦刊载一些其他各界摩登女性的照片，很好地迎合了上海

---

① 《喜欢接受的一封信》，《良友》1926年3月第2期。
② 阿英：《阿英美术论文集》，人民美术出版社，1982，第75页。

图 5-1 《良友》画报（第 94 期）

中产阶级的审美口味。抗战时期，诸多政治人物也登上了《良友》画报的封面，如孙中山、蒋介石、冯玉祥、朱德、李宗仁等。另外，《良友》还开辟了相当的版面介绍社会各界名流，如宋庆龄、阮玲玉、徐悲鸿、梅兰芳、阮玲玉、马思聪、鲁迅、冰心、庐隐等等。不唯如此，《良友》还因以较大篇幅刊载凡人、常事、趣事的照片获得了更多读者群体的青睐，其刊载的日常影像不光有天真未泯的孩童、形容各异的街头艺人，甚至农妇村姑也占有一席之地。显然，《良友》画报对受众心理的把握是到位的，其结合流行文化、时事政治，及时甄选各种图影材料进行编排，共计刊登彩图 400 余幅，照片达 32000 余张，全面而直观地展现出 20 世纪二三十年代的政治经济、社会生活、文化艺术等各方面的发展变化，为回顾中国近代历史提供了宝贵的图像资料。在论及《良友》画报的风行盛况时，赵家璧认为："图画杂志本来是一面最不欺人的镜子，他以最真确的事实，用镜头做媒介，赤裸裸地反映在读者的眼前，他比新闻纸的报导更真实可靠，他比文字书籍更能深入民间。"[1]

　　沈从文在挞伐海派文化的文章中批判《礼拜六》之类杂志的低级趣味时顺带一笔提到了《良友》。他认为《良友》的出现虽然革了旧海派的命，

———————
[1]　赵家璧：《"良友"十四年》，《良友》1939 年复刊号第 139 期。

然而导引出了一种"新海派"的文化消费需求，"他们说爱情，文学，电影，以及其他，制造上海的口胃，是礼拜六派的革命者。帮助他们这运动的是基督教所属的学生，是上帝的子弟，是美国生活的摹仿者，作这攻礼拜六运动而仍然继续礼拜六趣味发展的有《良友》一类杂志"①。沈从文一向对都市文明有所排斥，观点也不无偏激，但他还是看出《良友》画报所引导的都市消费文化是与沪上新市民的审美特质互为因果的。显然，经由《良友》精心甄选出的图片，呈现给读者的是一个新奇的、即时的、都市的和充满趣味性的现代化场景，多多少少也有些开启民智的效用，这对已经厌倦了低俗、陈腐鸳蝴派文化的新读者来说，是颇感新鲜的。另一方面，《良友》的编辑们显然也意识到仅仅通过"视觉性"支撑显然还不足以给人留下深刻印象，亦无法真正引领一种新市民文化风潮，除非其给予文化消费的重要部分，即"文学"以某种程度上的关注。如果细细梳理《良友》画报 170 余期的内容，即可以看出《良友》在文学方面的推介也是积极的。自《良友》创刊至 172 期终刊，其间刊载的小说、散文、随笔逾百篇，涉及涵盖左翼、京派、海派等各种不同立场的作家亦有五十位之多。《良友》画报的第四任编辑马国亮即在 1990 年的一篇文章中，这样回忆："《良友》既是综合性刊物，文字方面，除国际时局的论述外，每期均刊有文艺佳作，或为散文，或为小说，或为译作。执笔者皆一时俊彦如胡适、郁达夫、老舍、林语堂、茅盾、巴金、张天翼、郑伯奇、黎烈文、丁玲、丰子恺、叶灵凤、曹聚仁、梁得所等，所作均反映了当年的时代脉搏。"②事实上，这份名单还可以继续开列，不唯以上诸多名家，还有田汉、穆时英、施蛰存、林徽因等一大批文坛知名作家都曾为《良友》撰过稿。如吴福辉所言："《良友》从来不呈一种单纯的图片加说明的模样，它的文学性历来充沛，特别是海派特性的充沛。"③ 不唯如此，通过对《良友》不同时期的作家作品的分析，可以约略知悉作为最贴近上海市民生活的一本综合性期刊，其对文坛热点的基本理解和把握是准确的，借此也可以从都市消费文化的视角来审视中国现代文学的这段历史。无论如何，对《良友》画报的历史评介如果仅仅停留在视觉化、时事性、综合性等层面，是远远不

---

① 沈从文：《沈从文全集》（第 16 卷），北岳文艺出版社，2002，第 191—192 页。

② 马国亮：《为台湾商务印书馆刊〈良友画报〉影印本作》，载《马国亮与赵家璧》，赵修慧、马庸子编，青岛出版社，2014，第 130—131 页。

③ 吴福辉：《海派文学与现代媒体：先锋杂志、通俗画刊及小报》，《青岛大学学报》2005年第 3 期。

够的，这份画报所建构的文化场景对文学的发展不无影响，而其在不同时期给予文学的关注亦是值得深入考量的关捩。

二、《良友》画报的作家群落与文学空间

《良友》画报创立之初，主要由伍联德编辑，除了刊载一些社会贤达、政界要人及欧美文艺类图片外，还开始连载卢梦殊长篇小说《鬼火烹鸾记》。由此大致可见 1920 年代，虽然新文学阵营对鸳鸯蝴蝶派的质疑与批判不绝于耳，但其在市民阶层的影响仍然不容小觑。而伍联德之所以在这样一份以颇具新时代气象的综合性画报中刊载老派的鸳蝴派小说，显然有商业利益方面的考量。作为一名商人，迎合市民趣味的意图亦是应有之义，而更深一层看，在沪上风行十余年的礼拜六派、鸳鸯蝴蝶派的文化风气多少也对伍联德产生了些许影响，使他未免有些摆脱不了"鸳蝴"情结。伍联德编辑了四期之后，《良友》画报从第 5 期开始则由鸳鸯蝴蝶派代表人物周瘦鹃接手主持编辑。作为鸳鸯蝴蝶派的中坚力量，周瘦鹃虽然在新的文艺平台上有些许创新的想法，但显然不能摆脱根深蒂固的旧派文人趣味。自周瘦鹃接手《良友》以来，鸳蝴派小说更多地出现在《良友》的版面上，除了卢梦殊、刘恨我之外，后来又有程小青、范烟桥、许吟华、范菊高、月侣女士等礼拜六派小说家的作品先后刊载在《良友》画报上，其内容仍然不脱"卅六鸳鸯同命鸟，一双蝴蝶可怜虫"的陈词滥调。与《良友》画报办刊风格极不协调的鸳蝴派小说引起了部分读者的厌倦和反感。《良友》画报第 9 期刊载的长篇读者来信，不光认为《良友》成功在于"创作性"，还特别指出《鬼火烹鸾记》《春梦余痕》之类的长篇"十个阅者中说不定没有一个看的，书报白费篇幅，著者白费精神……"①这封信还指出所刊个别短篇小说趣味低俗、格调低下的问题。显然，周瘦鹃比及伍联德更加不能摆脱旧派文人的思想、审美局限，从而导致《良友》画报有了逐渐蹈入其他画报之旧趣味的倾向。另外，从这份材料中大致可以见到文学层面的潜在变化，即其时鸳蝴派文学在新的文化空间中似乎很难获得新兴读者群体的青睐，已经有了日渐式微的端倪。事实上，《良友》之所以在众多画报中能卓尔不群，深获众心，在于其"创作性"，不仅是《良友》从形式到内容的种种创新，应该更指其富有普通读者有感却无法言明的"现代性"意涵。

---

① 《编辑者话》，《良友》1926 年 10 月第 9 期。

"周瘦鹃办刊路子是遵循游戏消遣原则，而《良友》办刊则是含有开启民智之图。周氏原则与《良友》抱负简直风马牛不相及，所以两者在办刊理念上没什么共鸣。"① 总之，周瘦鹃虽然身处沪上日益更新的文化语境，但其骨子里的旧文人习气显然是难以摒除的，这也导致了其编辑时《良友》的保守与倒退。基于对新文化消费需求的迎合，《良友》画报自第13期解聘了周瘦鹃的编辑者职务，另聘梁得所担任《良友》画报总编辑。"周瘦鹃未能提供给《良友》画报一股清新之气，而是在陈腐与新潮之间不断地徘徊，这样一种刊物的操作策略或态势，的确不是伍联德所想要的，伍联德更希望一鸣惊人。"② 事实上，大胆起用年轻的梁得所即是出于这种心理动机。比及周瘦鹃，梁得所年轻气盛，更容易接受日新月异的沪上文化，也愿意面对这样一个华洋杂处新世界，期望能为《良友》画报绘出更宏阔的蓝图。他在一封给朋友的信中写道："我们现在要做教育救国的工作。画报是群众喜爱的刊物，教育面很广。"③ 足见其与前任主编周瘦鹃大相径庭的办刊理念。在梁得所的主持下，《良友》画报的面貌焕然一新，除了继续充实社会生活、时事等方面的内容以外，还大幅度增加了体育与现代美术方面的内容，更贴近当下生活。从文学层面来看，先前鸳蝴派文人逐渐淡出画报，田汉、郁达夫、熊佛西等新文学家的作品开始出现在《良友》画报上，俨然有了一种除旧布新的态势。梁得所并非不了解上海复杂的社会政治形势及其隐含的某种风险，但他相当微妙地平衡着各种图文背后的关系网络，这其中既有商业层面的考量，亦有文化从业者的责任感和使命感的驱动。梁得所任编辑时期，《良友》画报发展史上最为浓墨重彩的一笔是对鲁迅先生的相关报道——除了给现代文学留下鲁迅先生生前身后的形影之外，更引导了那个时代对民族精神的思考。1928年第25期《良友》以整版篇幅刊载了关于鲁迅先生的内容：除了鲁迅写的《鲁迅自叙传略》，还有梁得所《关于鲁迅先生》的编者按。更为重要的是还特意刊出了梁得所为鲁迅所摄的照片和司徒乔为鲁迅所作的画像。事实上，一般不留意新文学的市民，对鲁迅多少是有点隔膜的，而《良友》关于鲁迅的图文，把鲁迅的个人形象第一次展现在大众视野中，对于新文学的普及与传播，显然不无裨益。可以说，如果仅仅刊载鲁迅的文学作品的话，势必达不到这

① 周为筠：《杂志民国刊物里的时代风云》，金城出版社，2009，第204页。
② 臧杰：《天下良友：闲话文库》，青岛出版社，2009，第41页。
③ 连县政协文史资料委员会：《连县文史资料》（第7辑），1988，第10页。

图 5-2 《良友》画报刊鲁迅像（梁得所摄）

样的效果，同样，如果仅仅是纯文学类的期刊杂志显然也很难让一般的市民阶层对鲁迅有所了解。由此可见梁得所对文坛流脉的把握是很深刻的，对文艺的发展是有一定敏感性的。

《良友》画报刊行至 78 期时，由于《良友》内部的纠纷，梁得所辞去编辑职务，由马国亮代替他主持编辑工作。马国亮早在 1929 年就进入《良友》画报，1930 年 3 月开始以助理编辑的身份参与《良友》画报的编辑，也算是富有办刊经验的编辑了。事实上，在马国梁接任总编辑之前，因梁得所率领良友全国摄影旅行团在外地采风，马国亮实际主持编辑的《良友》画报应自第 69 期算起。而梳理第 69—138 期《良友》即可看出，马国亮不仅进一步发扬了梁得所的办刊理念，而且更加紧跟时事，及时报道社会文化热点，使得《良友》的发展达到了一个高峰。赵家璧很客观地评价马国亮对《良友》发展所作的贡献，他认为："如果说伍联德主编是草创期，梁得所主编是改革提高期，马国亮主编已达到了成熟期。编者与画报已跟上了时代，通过新闻图片的编辑从各个方面忠实地反映了旧中国处于极大苦难中的伟大时代，起到了唤醒民族、教育人民的作用。"① 他认为马国亮任总编辑时期的《良友》画报不光达到了全盛时期，也缔造了画报发展历史上的一个"黄金时代"。马国亮和梁得所一样给予文学以特别

---

① 赵修慧、马庸子编《马国亮与赵家璧》，青岛出版社，2013，第 122 页。

的重视，先后刊发了诸多作家的作品和报道。有论者指出："《良友》并非纯文学刊物，但 30 年代中国文坛的代表作家鲁迅、胡适、茅盾、郁达夫、田汉、丰子恺、老舍、施蛰存、穆时英……几乎无一不乐于在《良友》亮相，或以作品，或以照片，或以手迹，其影响力之大由此可见一斑。"① 马国亮主持编辑事务期间，对海派文学作品进行了大力的推介，刊发穆时英的《黑牡丹》、施蛰存的《春阳》、叶灵凤的《朱古律的回忆》、叶鼎洛的《归家》、黑婴的《当春天来临的时候》《圣诞节的前夜》等作品，极大提高了海派文学在上海文坛中的存在感和关注度。正如吴福辉所言，"《良友》画报的文学魅力在于它对海派的推动力，同时利用文学来装扮、提高自己的品位"②。不唯如此，《良友》画报亦对左翼文学有相当多的推介，先后刊发过楼适夷《纺车的轰声》、何家槐《娱乐》、张天翼的《朋友俩》《请客》《知己》等作品。除了在画报上刊发文艺作品外，马国亮对文坛事件也颇为重视，如先后以较大篇幅报道过悼念庐隐逝世的图文，对老舍、郁达夫等著名作家的行踪进行过报道。相较于梁得所早先刊载鲁迅生活照，把鲁迅推向大众视野的神来之笔，马国亮亦不遑多让，有更为精彩的表现。1936 年鲁迅逝世，《良友》画报即以四个版面的篇幅大规模地报道了这一事件。报道总标题为"一代文豪鲁迅先生之丧"，刊登了二十余幅现场照片，真实地记载了上海各界沉痛悼念鲁迅逝世的感人场景。另外，《良友》还特意刊载《鲁迅先生传略》一文、司徒乔所作鲁迅先生遗容速写、鲁迅先生手迹等材料及鲁迅故居部分图片等，让读者又一次近距离地认识了这位伟大的文学家。可以说，《良友》画报关于鲁迅的两次报道，产生了极大的社会影响，充分地践行了教育民众的办刊理念，使世人对鲁迅的了解和认知达到了更高的层次。1930 年代，由鲁迅所倡导的新兴木刻运动得到了蓬勃的发展，引起了很大的反响，马国亮也敏锐地感受到这一艺术形式的巨大感召力，在第 111、121 期刊载了多幅参展作品。显然，马国亮主持的《良友》画报所呈现出的文学图景是对 1930 年代文艺大潮的真实反映，其以图文并茂的方式、大众消费的途径，把纯文学推至市民生活之中，一方面强化了文学与现实生活的关联，另一方面也增进了读者对作家的了解，实在不能忽视其潜在的文化贡献。

---

① 程小莹：《先生带我回家·虹口卷》，百家出版社，2009，第 150 页。
② 吴福辉：《海派文学与现代媒体：先锋杂志、通俗画刊及小报》，《东方论坛》2005 年第 3 期。

图 5-3　《良友》画报报道"一代文豪鲁迅先生之丧"

　　1939 年 2 月，因战火中断出版的《良友》画报复刊，由张沅恒担任总编辑，从此开启了《良友》的"孤岛"时期。这时的《良友》呈现出一种与前期完全不同的样貌，即风格上更侧重于纪实性，主题则集中在抗战宣传方面，大量报道国内各条战线上的抗战实况，也对欧洲战场情况进行及时报道。"'孤岛'时期，《良友》画报全体同仁展现出的民族气节与他们传达给读者的团结抗敌之精神，早已融入中华民族抗击外敌的恢宏乐章。"① 而在文学方面，这段时期的《良友》零星发表过几篇小说、散文作品，数量不多，但对作家近况及文坛热点的报道却是及时的，曾先后报道延安地区的文艺生活，在昆明的作家、作家战地访问团，阿 Q 戏剧编演等文艺界事件。虽然张沅恒对文学本身的了解不如前任编辑马国亮那样深入，再加之如火如荼的抗战氛围让人不暇顾及文字层面斟酌，但是《良友》还是在另一个层面上给予文学艺术以极大的关注。"孤岛"时期的《良友》最大的亮点在于对抗战木刻版画、漫画的推介。赵家璧曾经回忆这段时间的《良友》，他说："张沅恒主编时期，大量采用延安来稿以及关于八路军、新四军的报道。值得一提的是赖少其创作的彩色木刻《抗战门神》，是由新四军方面秘密捎来上海，由阿英同志亲自送来的，说明中还注有

---

　　①　杨剑龙：《都市上海的发展与上海文化的嬗变》，上海文化出版社，2012，第 210 页。

图 5-4 《良友》画报刊抗战木刻作品

'鹰准藏版'四字。"[1] 赵家璧所提到的版画作品发表在《良友》第 141 期，同期发表的还有《视察》《军民合作》等大幅木刻版画。其实，远不止如此，张沅恒主持下的《良友》经常性地刊载抗战版画与漫画。譬如，其中第 140 期发表了罗清桢、梁永泰、杨崇德等人的抗战木刻漫画，第 142 期以两个版面的篇幅刊载了多幅漫画，第 143 期又刊载了多幅木刻版画和漫画；第 148 期又专辟两个版面的"木刻之页"，其中刊载了陈烟桥纪念鲁迅逝世两周年的木刻作品，另外还有梅建英、费伯夷的抗战木刻作品；第 162 期又专门刊载了梁永泰创作的《反攻声中的前线印象》系列木刻作品；在抗战最艰难的时刻，即"孤岛"时期的最后一期《良友》上，更是以四个篇幅刊载了中国战时木刻系列，表现出英勇的抗战决心和气概。值得注意的是，"孤岛"时期的《良友》对于木刻版画的青睐的确让人分外瞩目。这一时期的《良友》不光刊载木刻版画作品，还发表了一些木刻版画的普及性文章，譬如《木刻的套色》《中国版画西洋化》《略谈中国之彩色版画》

①　藏杰：《天下良友：闲话文库》，青岛出版社，2009，第 104 页。

图 5-5　全国木刻画展览会作品（《良友》画报刊载）

等篇章。事实上，把木刻版画的宣传功能发挥到极致，把鲁迅对新兴木刻版画的殷切希望落实到社会实践中去，把这样一种艺术形式推介到大众视野中去的竟然是《良友》画报这样一份兼具商业性、娱乐性的刊物，这是令人难以想象的。20 世纪 30 年代中期的文艺潮流中，鲁迅念兹在兹中国新兴木刻的发展，他在 1935 年 9 月 9 日致李桦的信中对当时的木刻版画创作即有诸多忧虑："上海刊物上，时时有木刻插图，其实刻者甚少，不过数人，而且亦不见进步，仍然与社会离开，现虽流行，前途是未可乐观的。"① 而回过头看刊于《良友》画报的木刻作品，它们及时准确地反映抗战生活，从内容到技法上都有诸多变革，取得了很大进步，亦算部分偿付了鲁迅对新兴木刻版画事业的殷殷关怀。从木刻版画这种视觉化艺术形式在特殊历史时刻的发展来反观其时的文学创作，则大致可以看到与之在主题、倾向性、艺术手法上颇为相似的图景。

三、《良友》绘就的文学图景及现代性建构

据不完全统计，良友图书出版公司自创立始，共出版进步文学系列书籍计二三百种，其中有《良友文学丛书》《良友文库》《一角丛书》及《新文学大系》《中篇创作新集》等影响巨大的系列文丛。事实上，良友出版

---

① 鲁迅：《鲁迅全集》（第 13 卷），人民文学出版社，2005，第 539 页。

公司的出版业务几乎囊括了 1930 年代大部分著名作家，从鲁迅、茅盾、老舍、巴金、沈从文、叶圣陶，到张天翼、丁玲、夏衍等。而这些作家的著作出版以后，都会在《良友》画报进行首次的广告宣传，可以说，每期销售逾四万份的《良友》画报是良友图书出版公司最好的图书推介平台。"《良友》画报不仅自身创办书刊，而且以广告的样式参与了对上海 20 世纪 20—40 年代出版业的建设，维持着文学文化空间的不断延伸。"[1] 时任良友图书出版公司编辑的赵家璧曾回忆道："我在编辑道路上所留下的大大小小深深浅浅的足迹，都可以在《良友画报》的封二封底或插色广告上留下来了。"[2]《良友》画报不仅受众广泛，其广告设计、印刷也较其他报刊精美，有些书籍广告还配有图片，更能吸引读者的注意。在 1933 年 5 月丁玲被逮捕的事件中，良友图书出版公司即敏感地意识到这是一场重大文坛风波，因而立刻组织发行出版丁玲作品，并在第 78 期《良友》画报上刊载印有丁玲头像的广告，推介了其作品《母亲》，广告词这样写道："作者以一九一一年辛亥革命为背景，叙述自己的母在大时代未来临以前，以一个年轻寡妇，在旧社会中遭遇了层层的苦痛和压迫，使她觉悟到女性的伟大使命，而独自走向光明去。"[3] 第 79 期《良友》画报还刊载了丁玲未完成的作品《杨妈的日记》，并附上编者按："右为丁玲女士未完之作，惟日记式小说，片段成文，阅者可窥见此中国现代女作家之文笔及意境。原稿系女士失踪之后由其友寄投本报者，笔迹如左。"[4] 良友图书出版公司和《良友》画报以出版丁玲著作、刊发丁玲作品的方式表达了对遭受当局迫害的进步作家的声援，其对左翼作家的同情及支持的态度引起了当局的不满，于是发生良友公司的橱窗玻璃被特务捣毁，公司遭到警告和审查的事件。事实上，良友图书出版公司的橱窗玻璃虽被捣碎，但作为良友图书出版公司推广平台的《良友》画报作为其另一个"文学橱窗"却发挥了更大的作用。总之，《良友》画报不光把当时颇具时代风采的作家推进遍及全球的华人读者群体的视野中去，更以诸种商业手段不断扩大文学的影响力、推进文学的生产，其中最为重要的手段即是与其良友图书出版公司二者之间互为依傍，一个不断推进文学性的展示，一个则致力于文学作品的出版，

---

① 吴果中：《〈良友〉画报与上海都市文化》，湖南师范大学出版社，2007，第 271 页。
② 赵家璧：《谈书籍广告》，载《爱看书的广告》，范用编，生活·读书·新知三联书店，2015，第 176 页。
③ 《良友》1933 年 7 月第 78 期。
④ 《良友》1933 年 8 月第 79 期。

对 1930 年代的文学繁荣做出了不可磨灭的贡献。

细致梳理《良友》画报的作家群落，大致可以看到从最初的鸳鸯蝴蝶派作家到后来的左翼作家、海派作家、自由主义作家，都曾以各种不同的形式出现在刊物的版面上。《良友》以其相当的容纳度和客观性为读者留下了关于中国现代文学发展的珍贵印迹，更较为完整地呈现出中国现代文学发展的流脉。"尽管文学作品在《良友》中不占突出的篇幅，每期只发表一二篇，有点略备一格的意思，但文学《良友》却真正是百花齐放，'众声喧哗'。"^①当然，《良友》画报借由文学开辟的"公共空间"是多元的，多层次的，呈现出华洋杂处、鱼龙混杂的上海都市风貌。其中最为典型的即是马国亮策划的"上海地方生活素描"栏目，邀请曹聚仁、穆木天、洪深、郁达夫、茅盾等著名作家分别对沪上的回力球场、弄堂、大饭店、茶楼、证券交易所进行了文学化的描述，再配以相应的实景图片，恰到好处地架构了上海这个"东方的巴黎"的文化形象。穆木天在文章中描绘到这样一个旅人："乘着电车或公共汽车，在大上海的大动脉和大静脉般的街道上，循环了一遭，在车舟纷忙人群杂沓（沓）之中，在摩天楼，夜街市的灯光闪耀之中，他对着种种不同国度不同地方的人们的面孔，倾听着他们嘈杂的话语，望着他们奇形异状的衣服装饰，他是会千奇百怪地纳闷着的。"^②相信对于普通旅人而言，这种感觉是普遍性的。另外，茅盾凭着对上海资本市场的长期观察而作的《证券交易所》则生动摹写了资本驱动下的交易所中的各色人等，凸显出特殊空间中的人生百态。总之，《良友》借由文学家所绘制的"上海地方生活"，除了描摹出沪上真切的市井小民的生活之外，还呈现出都市欲望奔突的芜杂场景。这种印象式的笔法来自作者对上海爱恨交加的情感，也同时回应着各色人等对上海的诸种困惑和疑惧。显然，《良友》画报对中国现代作家群落的呈现是多种形式的，或借其笔墨，抒情达意，从而凸显创作主体的爱恨情仇，予读者以共情；或摄其行迹，采风问俗，据此把握文坛内外的风流云变，诉大众以闲趣。无论如何，影响巨大的《良友》画报成为业界翘楚不光归功于其对读者需求的用心把握，更得益于其在图文方面的有机融合。然而之于《良友》，图文之间显然不是简单的拼接，而是努力达成相辅相济的有机关系。梁实秋在《良友》画报第 107 期发表谈论画报的文章中，不无感慨地写

---

① 陈子善：《编者的话》，载《朱古律的回忆——文学〈良友〉》，浙江文艺出版社，2004。

② 穆木天：《弄堂》，《良友》1935 年 10 月第 110 期。

图5-6　茅盾《证券交易所》配图（陆志庠作）

道："其实画报之未列入'文学'，倒是画报之幸。一登彼辈所谓'大雅之堂'，便要失了生趣，要脱离与吾人最切身关系的种种细小人生问题。"① 这针对《良友》的评述，除了肯定画报还原现实鲜活细节的能力及切近人生的特质，还无意中道出其与"大雅"相并列的"通俗"的一面，不能不说是对《良友》"图文兼重，雅俗共赏"之办刊宗旨的一个注解。

　　1920年代以降，上海画报类期刊并不少见，唯《良友》深刻把握住时代脉搏，更兼对文学进行巧妙征用，才获得了广大读者的认可。如果深入《良友》画报中图文背后的关系脉络，更可以探究出其时沪上的消费文化和文学流变间的深刻关联，即一方面文学支撑了其时消费文化非常重要的一个维度；另一方面，则是消费文化为文学的发展开拓了更为广阔的空间。"《良友》是一份关于生活的杂志，它提倡潮流、指导生活，同时也是当时生活状况的反映，而且《良友》体现的是当时上海生活中较主流（Main Stream）的生活方式，而不是那些较极端的生活方式，所以，它对于我们客观理解那个时代的社会生活状况，是有很重要价值的。"② 仅从《良友》画报所刊载的广告来看，包括自日用百货、食品、药品、化妆品到家电、书籍、银行、保险等，几乎涵盖了现代生活的方方面面。显然，

---

① 梁实秋：《谈画报》，《良友》1935年7月第107期。
② 许敏：《〈良友画报〉与二三十年代的上海社会》，载《中国近代城市企业·社会·空间》，张仲礼主编，上海社会科学院出版社，1998，第306页。

对于一份特立独行的综合性画报而言，《良友》不仅仅借由丰富的图文进行自我营销，更是在努力建构一种充满现代感的消费文化和审美范式。如李辉所认为的那样："《良友》的风格更在于它在官方与民间、政治与文化、文字与图片、高雅与流行之间找到了巧妙的契合点。"[①] 这也可以说是《良友》之所以能够取得商业上成功的核心。而梳理《良友》画报的图文，不难发现其倡导的消费文化的核心即是时尚、健康和品位，其审美范式的主轴则是以新兴市民阶层为主体的融合雅俗的现代感。因之，《良友》画报不光用名媛玉照、闻人图片、西方电影引领时尚潮流，用体育的报道展示健康的生活方式，还用最新的文学作品来标识独有的审美范式。《良友》画报第三任编辑梁得所曾认为中国长期以来一直是以本国为天下的，对国外的情形缺乏了解，因此他提出："我们应该把自己放在最宽大的范围里，成为世界的一份子。"[②] 而其继任者马国亮亦秉承了这种开放的办刊理念，因而《良友》画报所刊内容既杂糅中西风情，又兼纳朝野气象，呈现出多元庞杂的开放性与世界性，引导着其时中国现代性建构的一个方面。另外，《良友》对作家群体的纳入，对其时文学图景的绘制，虽然不乏商业个体发展的考量，主观上亦有增加刊物文化内涵、附和文化潮流的意图，但在客观上却呈现出现代文学发展的大致轮廓，成为文学与现代性启蒙交织的一个重要标识，同时也为文学历史场景的还原做出了极大贡献，这都是文学研究不应该忽略的一面。

第二节　从小说到电影：文艺生态视域下的《春蚕》改编

在 1930 年代的电影发展史上，《春蚕》由小说向电影的改编具有标志性的意义。这一文化实践不光意味着新文学朝向电影的介入和一种新的电影美学风格的形成，更牵扯出一系列有关文艺生态的议题，值得深入分析和探讨。

一、作为经典文本的《春蚕》之视觉化呈现

发表于 1932 年 11 月《现代》第 2 卷第 1 期的小说《春蚕》，是茅盾

---

① 李辉：《马国亮：一个时代的温故》，中国青年报，2005 年 8 月 24 日。
② 《编者与读者》，《良友》1928 年 8 月第 29 期。

"农村三部曲"的第一部。其以真实的描写、生动的刻画呈现出江南农村经济的崩溃现实，直指官僚资本和帝国主义勾结盘剥农民的本质，第一次把"丰收成灾"的严酷主题以质朴舒缓的乡村叙事样貌呈现在读者面前，是 1930 年代中国左翼小说的典范之作。小说发表后颇受好评，《申报》《大公报》《文艺月报》等颇有影响的报刊都刊发了评论文章。其中孔令境于 1933 年在《申报·自由谈》上发表文章给予《春蚕》极高的评价，他认为《春蚕》《秋收》二作，"在主题上说，这不愧是三十年代的农村社会史的代表作"①。另外，当时署名罗浮、丁宁、朱明、言的评论文章在指出其不足的同时，也给予《春蚕》相当程度的肯定。《春蚕》的发表不仅在文艺界引起了很好的反响，也引起了国外文坛的注意，不久以后即有苏联、捷克、印尼等译本在国外发行。事实上，《春蚕》之所以受到广泛的赞誉，并不仅仅因为其"丰收成灾"的主题击中了农村经济崩溃的沉疴，更是因为其以满蕴地方风情的舒缓叙事呈现出农村阶级冲突愈加激烈的现实，在语言和主题之间形成了独特的艺术张力，亦有某种程度的人性层面的思索。当时署名王蔼心的文章即从描写方式上对《春蚕》进行了详尽的分析，认为"作者对于本篇描写的事物，在事先，观察体味得很细致，感受得很深刻"②，充分肯定了小说《春蚕》的典型性，认为其为一篇力作。《春蚕》发表后不长时间，茅盾又出版了长篇小说《子夜》，更引起了文坛的轰动，以至于瞿秋白称 1933 年为"子夜年"。显然，作为文坛最具影响力的作家之一，茅盾受到电影公司的青睐似乎也在情理之中。

决定投拍电影《春蚕》的明星影片公司于 1922 年成立，最早拍摄了一些滑稽短片、凶杀片，因摄影片趣味低俗，受到各方批评，后逐渐失去市场，公司陷入经营困境之中。1923 年，明星影片公司拍摄长篇故事片《孤儿救祖记》获得成功，不但使公司脱离经济困境，也掀起了该公司电影事业发展的高潮。后来明星影片公司先后投拍了《火烧红莲寺》《歌女红牡丹》等影片，都有不俗的反响。1931 年 9 月，明星影片公司开拍《啼笑因缘》(1—6 集)，上映之时正是一·二八事变之后，东北沦陷，上海也陷入战争阴霾之中。在这样的背景下，即便上海的小市民也失去了对这类题材影片的兴趣，因而明星影片公司投入巨大成本拍摄的《啼笑因缘》非但没有获得预期收益，反而使公司出现了近五万元的赤字。1932 年明星

---

① 孔令境：《秋窗晚集》，上海文艺出版社，2006，第 29 页。
② 庄钟庆：《茅盾研究论集》，天津人民出版社，1984，第 289 页。

影片公司为了摆脱困境，寄希望于顺应社会潮流，吸纳左翼文人，向左翼电影的方向发展来挽救颓局。明星影片公司先后延请夏衍、郑伯奇、钱杏邨等左翼文人参与影片的拍摄，大力推动公司的改革。随着大批以"剧联"成员为主的文艺工作者投身各大电影公司，左翼电影拍摄的热潮涌起，一批优秀的左翼影片应运而生。其中明星影片公司于 1933 年拍摄了反映湘北大水灾的影片《狂流》，并取得了很大的成功。作为第一部左翼电影，《狂流》由当红影星胡蝶担纲主演，在题材、主题、叙事方面都有较大突破，不光暴露了封建势力的种种罪恶，更真实地呈现出农民的苦难，成为左翼电影的开山之作和典范之作。明星影片公司从电影《狂流》中获得了巨大收益，也坚定了左翼电影拍摄的发展方向，并决定把茅盾的小说《春蚕》搬上银幕。

　　1933 年明星影片公司委托夏衍（化名蔡叔声）将小说《春蚕》改编为电影剧本，并由程步高执导，筹划将其拍摄成电影。作为第一个被搬上银幕的新文学作品，电影《春蚕》承载了诸多文艺工作者极大的期待，甚至鲁迅也对这部影片极为关注，他曾经在《电影的教训》一文中说："幸而国产电影也在挣扎起来，耸身一跳，上了高墙，举手一扬，掷出飞剑，不过这也和十九路军一同退出上海，现在是正在准备开映屠格纳夫的《春潮》和茅盾的《春蚕》了。"① 在这种氛围下，明星影片公司对影片《春蚕》的拍摄十分重视，不光从苏州请来三位养蚕老农，还购买了蚕种，专辟养蚕室，完全按照养蚕的流程安排拍摄。在演员选择上，剧组也特别遴选与剧中人物气质相符的演员参演。影片《春蚕》的拍摄采取了类乎"自然主义"的方法，真实地表现出当时江南农村蚕桑业发展的基本样貌，并对蚕丝生产中的饲喂、吐丝、结茧等过程进行了细致的艺术化呈现。不仅如此，剧组对乡村风光的拍摄也别具匠心，为了达成江南小镇小桥流水、绿树成荫的视觉效果，不惜购买新鲜柳枝绑在枯树上进行拍摄。显然，从编剧到导演都对电影《春蚕》的拍摄抱着极其认真诚挚的态度，他们一方面期望借由此影片提升当时电影艺术的境界，另一方面则对电影《春蚕》引领文化方向寄予厚望。明星影片公司对影片《春蚕》的商业推广也不遗余力，在公映之前即进行了大量宣传，在各大报纸刊载广告，使用了"影坛的奇迹""新文坛与影坛第一次的握手"等极具煽动性的宣传语。1934 年

---

① 鲁迅：《鲁迅全集》（第 5 卷），人民文学出版社，2005，第 310 页。

图 5-7 电影《春蚕》拍摄现场

《春蚕》在北京真光影剧院上映时，甚至在广告中呼吁："凡是中国人皆应看此片，含着伟大使命的《春蚕》。它告诉你中国为何越来越穷？病根如何？如何补救？"①可即便如此，自 1933 年 10 月 8 日在上海新光大剧院首次公映，直到其后一年多的时间内，《春蚕》的票房收入还是远远低于预期。从商业上讲，它无疑是失败的。

二、文学与视觉：电影《春蚕》的几种解读

《春蚕》影片拍摄完成后，上海《晨报》"每日电影"副刊邀请程步高、蔡叔声（夏衍）、阳翰笙、席耐芳（郑伯奇）、张凤吾（钱杏邨）、叶灵凤等 10 人，召开了关于影片《春蚕》的座谈会。与会者展开了深入的讨论，对影片取得的成就和不足之处给予了相对客观的评介。《春蚕》公映后相当长的一段时间内，文艺界仍然对其表现出极大的关注。先后有赵家璧、黄嘉谟、罗庚、王蔼心、穆木天、刘呐鸥等人在不同刊物发表影评，从各个方面对《春蚕》进行分析和评判，由此可见这部影片所引发的论争显然已经突破了电影艺术本身，延宕到更为广阔的政治文化层面。应该指出的

---

① 田静清：《北京电影业史迹（上）：1900—1949》，北京出版社，1990，第 56 页。

图 5-8　电影《春蚕》剧照

是，在 1930 年代的社会语境之下，对影片《春蚕》的解读虽然不可避免
地带有一些意识形态交锋的色彩，但总体上仍然是相对理性和客观的。

诸多公开发表意见中，相当多的评论者高度肯定了影片《春蚕》拍摄
的历史意义，认为此为对新文学作品进行电影改编的标志性事件。在座谈
会上，导演程步高即指出："这是新文艺作品搬上银幕的第一声，也可以
说是新的电影文化运动一个发轫。"① 他认为影片《春蚕》的成功与否对当
时的电影文化事业的发展有着相当的影响，两者之间有着密切的联系。和
程步高持同样看法的是阳翰笙，他认为："能够大胆地选取比较现实化比
较有意义的题材来摄制影片，《春蚕》可以说是第一声。"② 阳翰笙还肯定
了影片对帝国主义经济侵略的暴露和对农民苦难生活的呈现，也提出了希
望影片能在现实性上更进一步的期望。叶灵凤则认为影片《春蚕》虽然让
人觉得有些沉闷，但是不应该从"娱乐"的角度去评价这部影片，他认
为："《春蚕》影片所用的那种坚实而严肃的手法，是值得称赞的。"③ 钱杏
邨也在座谈会上大力肯定《春蚕》拍摄的意义，认为影片《春蚕》开辟了

① 陈播：《三十年代中国电影评论文选》，中国电影出版社，1993，第 250 页。
② 陈播：《三十年代中国电影评论文选》，中国电影出版社，1993，第 252 页。
③ 中国电影艺术研究中心编《中国左翼电影运动》，中国电影出版社，1993，第 442 页。

新文艺电影、新的教育电影和卡通片的道路，总体上是优秀的，成功的。除了座谈会上的发言外，钱杏邨还专门撰写了《〈春蚕〉与中国电影文化运动》一文，深入地探究了电影《春蚕》在中国电影文化运动发展史上的意义。他认为："这一部电影的摄制，不仅把作为'消遣品'的电影，更正确地转向到'教育上'去应用，也是更有力地把一向作为'罗曼史的记录'的电影转向到'社会生活史'的方面去叙述。"①钱杏邨不光特别指出《春蚕》的文化教育意义，还对当时中国电影宣扬落后封建意识，欺骗和麻醉观众的行径进行了大力的批判。另外，座谈会上的其他参会人员，如赵铭彝、沈西苓等人也都从文学与电影发展的历史层面肯定了《春蚕》的摄制，认为这种文学作品的电影化是有益的尝试。总体而言，其时的文艺界对于小说《春蚕》电影改编的意义及探索精神大都是持肯定意见的。

在诸多声音中，文学作品与电影的关系、小说进行电影改编的基本原则这样的议题受到了高度关注。导演程步高一方面强调了影片《春蚕》对小说原著的忠实，另一方面又认为担任"文学电影"的摄制工作对自己而言确实是一种新的挑战。他在座谈会上谈到拍摄时的情形："我简直是使这一小说的字句形态化了的，不使它走样和歪曲。——它是一个 Sketch，静静地，细细地，每一节、每一句都有着它的真实的情味；而我在电影中也就每一场、每一镜头都尽力来传达出这些真实的情味的。"②诚如其言，影片《春蚕》最大限度地还原了小说《春蚕》的场景，尽量保留茅盾原作平实细腻的艺术风格的努力是明显的，但从新文学作品到电影的改编显然是前所未有的尝试，因此其缺陷也是明显的。郑伯奇就认为电影忠实于原著的态度虽然值得肯定，但不同艺术门类之间却有着不同特质，从小说到电影的改编还是要遵循一些必要原则。他指出："Sketch 的文学作品之电影化，效果是常常不能相符的。就效果方面说，这种作品在电影的演出上就应该要加重一点，而不必拘泥于原作。"③郑伯奇在戏剧、电影方面的研究颇有造诣，他针对影片《春蚕》提出的一些批评是有价值的，不光指出了改编的大原则，而且在配乐、画面长短等方面也提出了中肯的批评。赵铭彝在肯定《春蚕》在文学作品电影化方面的贡献之外，还特别提出小说与电影在表现方式上的差异，他说："小说可以平平的静静的作着素描而

---

① 阿英：《阿英全集》（第 2 卷），安徽教育出版社，2003，第 733—734 页。
② 陈播：《三十年代中国电影评论选文选》，中国电影出版社，1993，第 251 页。
③ 陈播：《三十年代中国电影评论选文选》，中国电影出版社，1993，第 251 页。

电影则不然。所以小说之电影化，只要抓住了主要的中心问题，就不一定要刻板的一点不加修饰。"① 显然，赵铭彝这一观点更加切中肯綮，他认为电影只要能把握住小说的中心要旨，在具体的呈现方式上倒不必太过拘泥于原作。夏衍也在座谈会总结中指出影片最大的问题即是影片受缚于小说，他说："步高是太忠实于剧本，而我则太忠实于小说，因之，这一影片也许可以说是'太文学的'了。"② 诚如其所言，电影《春蚕》显然未能摆脱以往文学经验的影响，忽略了文学文本视觉化过程中受众方面的考量。换言之，从观众接受心理的方面分析，他们显然更属意那种有着精巧的情节建构、激烈的戏剧冲突和强大的视觉冲击的影片，而像《春蚕》这样一种平实的、细腻的、缺乏戏剧冲突的拍摄手法是否能吸引住观众这一问题，剧组当时并未予以足够重视。

　　针对影片《春蚕》，除了文学与电影的关系这样纯艺术范畴讨论以外，随着议题的深入，种种发言也逐渐溢出电影艺术本身，突进到了探讨文艺功能的层面。针对《春蚕》电影改编中过多以字幕的形式交代剧情的缺点，刘呐鸥不无嘲讽地说："至于乡下的大众我看还是识字为先，看电影第二，因为国产电影是字多影少。"③ 总之，围绕电影艺术的功能所展开的种种论争，从另一个侧面说明了 1930 年代文艺生态的复杂性。

三、文化消费视域下小说电影改编的困境与突围

　　小说文本电影化的过程中，除了要因应其时的社会文化语境，更要充分考量文学性和商业化之间的平衡问题，否则很难获致真正的成就。具体到小说《春蚕》的电影改编，可以清楚地看到从编剧到导演在这方面的考量是不够充分的。夏衍所看重的是小说《春蚕》所呈现出的阶级意识和反帝反封建的潜在主题，因此对于小说本身缺乏戏剧化情节的问题未予足够的重视。他在座谈会中曾经这样回应："《春蚕》的小说又不仅是真实地对蚕丝问题作着素描，而是联系到整个的社会经济结构与农村问题的一个郑重解答。所以在编这剧本时，我很注意到'教育'这一点。"④ 很显然，明星影片公司和文艺工作者的合作虽然在表面上有着某种一致性，但本质上还是持有两个不同方向的诉求：一个追求经济利益，另一个则要借影片公

---

①　陈播：《三十年代中国电影评论文选》，中国电影出版社，1993，第 254 页。
②　陈播：《三十年代中国电影评论文选》，中国电影出版社，1993，第 255 页。
③　丁亚平：《百年中国电影理论文选》，文化艺术出版社，2002，第 161 页。
④　陈播：《三十年代中国电影评论文选》，中国电影出版社，1993，第 255 页。

图 5-9　1933 年《申报》刊《春蚕》电影广告

司平台扩大新文学作品的影响。储安平认为《春蚕》的拍摄"算不得新文艺闯入了电影界，实际只算是明星公司的一种投机……在'生意'上，一定不会吃亏的，特别是他们所根据的原作，作者茅盾是目下中国文坛上顶大顶红的作者，一定会吸收到较广大的观众的"[①]。其论调虽然不无偏激，但还是道出了部分事实，对于明星影片公司而言，显然是想借助茅盾的文坛声誉进行商业上的投资。而之于作家，投拍《春蚕》则是新文学作品介入电影业，并推动思想启蒙的一个重要契机。事实上，在某种特定的历史背景下，合适的作品加上成功的改编，确实可以使两者实现一定程度的共赢，但就《春蚕》的电影改编而言，则很难说达到了预期的效果，而《春蚕》票房上的低迷恰好说明了小说电影改编在这一方面的窘境。

从文化消费的层面看，影片《春蚕》显然是因为未能充分把握受众心理，也没有能够切实地考虑文艺大众化的方式和步骤才导致了商业上的失败。1930 年代《渔光曲》的导演蔡楚生曾在一篇文章中这样说："在看了

①　储安平：《强国的开端》，群言出版社，2014，第 50 页。

几部生产影片未能收到良好的效果以后，我更坚决地相信，一部好的影片最主要的前提，是使观众发生兴趣，因为几部生产片，就其意识的倾向论都是正确或接近准确的，但是为什么不能收到完美的效果呢？那却在于都嫌太沉闷了一些，以致使观众得不到兴趣……"①显然，蔡楚生所说的几部生产影片，其中就包括《春蚕》。论及这些电影失败的原因，蔡楚生认为当时的工人和农民能够有机会去电影院看电影的机会很少，观众大多还是都市市民阶层，而影片《春蚕》从编剧到导演显然都没能深入分析研判这都市市民阶层的成分构成和文化心理，最终导致了影片叫好不叫座的商业失败。事实上，1930年代的社会文化语境是庞杂繁芜的，各种思想潮流的交锋、对峙和渗透一直在持续进行中，因此作为电影受众的这一群体的异质性是显而易见的。民国时期的影评人凌鹤撰写的《闲谈看电影》一文，就虚构了一个家庭观影后的对话，鲜活地呈现出不同年龄、性别、社会阶层的个体迥然不同的接受心理和审美特征。如果再深入探讨，即可发现影片《春蚕》摄制团队对受众心理的忽略实质上造成了观众情感唤起的困难。

小说《春蚕》的电影化改编过程也引出了关于文学视觉化的议题，即如何在基本遵循原作核心价值判断的基础上进行整合，对文学故事进行直观感性又具有趣味性的视觉化呈现。事实上，在《春蚕》的拍摄过程中，从编剧夏衍到导演程步高，他们整合小说与电影两个不同艺术门类的企图也很明显，譬如影片序幕里就融入小说《春蚕》单行本的封面，在影片拍摄过程中也能看到编剧和导演保留原著小说风格的种种努力。但作为两个不同的艺术范畴，小说与电影之间在情节建构、叙事表达层面有着极大的差异，如果不能在文学审美和视觉化之间做出合理的权衡取舍，必然无法达成被广泛接受的效果。

而回到影片《春蚕》本身，则可以见到电影《春蚕》对时代背景和社会意识形态的披露显然也有粗疏化的倾向，其视觉化的尝试也是失败的。《春蚕》开端部分即用类似纪录片的手法，罗列了关于江浙丝业生产、帝国主义经济侵略、国内丝产业危机等系列字幕，而这些字幕的呈现显然缺乏电影本身所应该具有的视觉冲击力，更没有鲜活生动的故事情节支撑视觉叙事的骨架，从而严重影响了大众群体的观影感觉。"艺术形式的转换

---

① 蔡楚生：《蔡楚生文集》（第2卷），中国广播电视出版社，2006，第10页。

是以形式的载体独具转换的条件为前提的，从小说到影视文学的转化，便取决于小说自身的价值及其独特的情节魅力、叙事功能等。"①就小说《春蚕》而言，其自身文学价值显然是毋庸置疑的，小说发表之初所获诸多赞誉也证实了这一点，但这一优秀的文学作品是否适合以视觉化的形式呈现，当时就有诸多争议。齐格弗里德·克拉考尔就认为："在小说所表现的精神的连续中，含有某些非电影所能吸收的元素。"②因此，在小说的电影改编过程中，有些不适宜电影表达的元素不得不舍弃。但影片《春蚕》的主创人员最不愿意放弃的正是小说原作中无法视觉化表达的精神元素，因此这部小说改编电影难免产生生硬的感觉。而反观获得成功的电影，则大多是以故事为先的原创剧本，在不断丰富细节、增强戏剧冲突、加强视觉效果的前提下才获得大众认可，譬如《狂流》。总之，如何在小说文本和视觉化之间找到最佳转换方法和路径，是电影工作者所要面对的巨大挑战。

四、从小说到电影：《春蚕》电影改编与 1930 年代的文艺生态

1932 年夏，以夏衍、钱杏邨、郑伯奇为代表的左翼作家进入影片公司，即是"左联"成员洪深积极向公司建言的结果。进入影片公司之前，三人就此事专门向"中央文委"汇报过进入电影界的打算。当时的"文委"负责人瞿秋白认为："在文化艺术领域中，电影是最富群众性的艺术，将来我们……一定要大力发展电影事业，现在有这么一个机会，不妨利用资本家的设备，学一点本领。"③自钱杏邨、夏衍、郑伯奇进入明星公司以后的一年多时间内，他们又积极介绍大批"左联"和"剧联"的盟员加入了明星、联华、艺华等电影公司，初步形成电影界的左翼文艺工作者队伍，加强了中国共产党对电影界的领导。同年 7 月，在"剧联"的领导下，田汉发起成立"影评人小组"，先后加入的主要成员有王尘无、夏衍、石凌鹤、鲁思、郑伯奇、钱杏邨等人。"影评人小组"在诸多报刊副刊开辟影评阵地，也通过茶话会、座谈会的方式进行电影批评，有力地推动了左翼电影的发展。由于左翼力量的加入，整个 1933 年，包括《春蚕》在内的多部左翼影片不断拍摄出来，引起了极大反响。其中较有代表性的有《狂

---

① 王嘉良：《王嘉良学术文集 5》，上海文艺出版社，2011，第 367 页。
② 〔德〕齐格弗里德·克拉考尔：《电影的本性》，邵牧君译，江苏教育出版社，2006，第 322 页。
③ 中共上海市委党史研究室编《上海抗日救亡史》，上海社会科学院出版社，1995，第 226 页。

流》《都会的早晨》《天明》《城市之夜》《女性的呐喊》等。洪深在 1933
年底撰写《1933 年的中国电影》一文指出："从数量上讲，我们知道了这
一年来的国产电影没有飞跃的发展，但是在素质上，自从一二八的帝国主
义的侵略战争之后，中国电影已经很明显上从颓废的、色情的、浪漫的，
乃至一切反进化的羁绊挣脱出来，而勇敢地走上了一条新的道路。"①1930
年代初期的中国电影界发生的左翼化变动引起了国民党当局的警惕，他们
先后颁布《电影片检查暂行标准》《国产影片应鼓励其制造者之标准》等
系列法规，对左翼电影进行打压。在左翼文艺工作不断取得突破的同时，
1933 年之后的电影业界也遭到了国民党当局前所未有的打压与围剿，先
后出现了捣毁艺华公司、逮捕左翼文艺工作者的事件。前述种种，显然可
以说明 1930 年代的左翼文学与电影之间的纠葛与流转，其实一直是在意
识形态博弈的大背景下推进的。

透过意识形态的雾嶂审视围绕影片《春蚕》所展开的诸多讨论，可
以窥见 1930 年代不同政治力量对文艺界话语权力的争夺，而深究其根源，
即可发现作为中国近现代史上出现的一种新的传播媒介，电影所具有的推
动文艺大众化运动的巨大潜能与顽强生命力是不能忽略的。左翼影评人陆
小洛早在 1932 年就撰文指出："对于一般民众的普及教育，若是用电影的
方式，也会得到更大的收获——尤其是在百分之九十以上的民众都不识字
的中国。"② 如果说"大众化"是 1930 年代的热词，那么电影可以说是承载
"大众化"的最有效的载体。而前述种种意识形态博弈的根本动因则在于
"大众化"实在是群众革命的前置条件，因此各方都予以高度重视。从影
片《春蚕》来看，电影工作者想借此艺术手段渐次建构起一种叙事话语，
从而启发、引导思想潮流。无论如何，1930 年代的文艺工作者期望通过
电影建立起一种启蒙的、大众的、视觉的叙事范式的努力是显而易见的。
不过对于《春蚕》这一文本从文学到电影的转换，纯粹从艺术本体层面去
考量，显然是有局限的。

总之，小说《春蚕》的电影改编显然不是简单的文化生产与消费的个
案，其不光暗示着左翼力量朝向电影界的发展和推动文艺大众化运动的努
力，更折射出 1930 年代文艺生态内部各种力量此消彼长的潜在博弈。因

---

① 洪深：《1933 年的中国电影》，载《中国新文学大系：1927—1937》（文学理论集一），上
　海文艺出版社，1987，第 918 页。
② 陈播：《三十年代中国电影评论文选》，中国电影出版社，1993，第 582 页。

此，应该把《春蚕》改编的这一文化实践置于特殊政治文化语境下去审视，才能够获致更深刻的理解和认知。作为新文学与电影的第一次亲密接触，影片《春蚕》引发的关于文学与影像、娱乐与启蒙、意识形态与大众化等种种论争和思考，一方面呈现出 1930 年代独特的文艺生态，另一方面也为其后文学作品的电影改编提供了相当可贵的经验和教训。

第三节　内山书店、鲁迅及 1930 年代新兴木刻运动

一、一种文化空间的建构：内山书店与“上海鲁迅”

内山书店于 1917 年在上海北四川路魏盛里 169 号里弄深处由内山夫妇创立，最初是兼有居住和售卖书籍功能的小门面。1924 年内山夫妇购置了住宅对面的房产作为经营场所，内山书店才成为独立的书店。1929 年末，随书店规模不断扩大，内山书店迁至施高塔路 11 号，渐渐发展为沪上知名的书店。内山书店创立之初主要面向日侨出售宗教类日文书籍，后逐渐扩展到哲学类、文艺类书籍。经过几年的经营，内山书店不但吸引了大量居沪日本人，还受到诸多上海文人的青睐。民国时期上海虹口区北四川路华洋杂处，商业极其发达，其间书店林立，出版机构亦不在少数，文化产业竞争相当激烈，内山书店能在这样的环境下脱颖而出，成为这一区域的文化地标，原因是多方面的。20 世纪初叶的中国正处于破立并举时期，“觉醒了的中国革命家们意识到中国文化落后于近代西方文化，认为中国应该以日本的翻译文化作为垫脚石，来一个飞跃”①。其实不完全是中国的革命家们，当时大多数知识分子对西方文化思想深入了解的愿望也是迫切的，因此形成了外国书籍潜在的市场需求。另外，辛亥革命以降，留日学生的归国潮客观上也壮大了日文书籍的读者群。针对当时情状，内山书店有意识地从日本购进许多关于日本、欧美社会政治、文化艺术的书籍，以满足中国读者的需求。据相关资料记载，仅在 1927 年一年，内山书店即购入《现代日本文学全集》《世界文学全集》《经济学全集》《马克思恩格斯全集》等书籍超过两千部，这些书籍对中国文化界了解西方政治、思想和文化起了很大的作用。当时内山书店所销售书籍虽然大多是中译本，

---

① 〔日〕小泽正元：《内山完造传》，赵宝智、吴德烈译，百花文艺出版社，1983，第 67 页。

还有一些是日文原版，但中国知识分子还是通过这些书籍窥看到了外面的世界。内山完造回忆书店发展历程时曾不无自负地说："承蒙中日两方文化人和文学家的支持，巷子里的书店终于搬到了四川路街面上。改造社风行一时的'元本（一日元一本）'，悄然来到了上海，日本文学全集、世界文学全集、马克思恩格斯全集、万有科学全集、百科大事典等，南起四川、云南，西到甘肃、新疆均有订货，数量也不少。说内山书店是日本出版社的中转站，我想一点也不为过。"①专门从事中日关系研究的日本学者吉田旷二也曾在文章中描述了当时内山书店的胡同里货物堆积如山，十多个店员忙碌不堪的情形，足见当年内山书店的发展盛况。小泽正元述及内山书店的发展历史时也曾指出："因为革命思想是当时掀起急风暴雨式的大革命的动力，而培养这种革命思想的各种革命潮流的哲学、政治、经济、社会科学、文学艺术和马克思列宁主义等进步书籍，在上海几乎都是通过内山书店引进中国的，而这些书的中文译者大多是完造的朋友或熟人。"②由此可见当时内山书店在上海文化空间中所占据的重要位置。

如果从内山书店的经营策略进行考察的话，可以见到内山夫妇基于基督教式的人道主义思想所形成的经营方针亦对书店发展有莫大影响。此种颇有现代商业意识的经营方针，"简而言之，其特征以基督教信仰为支撑的平等、信赖、服务、节约等"③。显然，内山书店所营造的浓郁的人文主义的氛围，对沪上知识分子产生了巨大吸引力，从而使其获得了商业上的成绩。内山书店的整体格局为四周靠墙环布开放式书架，书架旁边放置便梯，读者在店内可以自由取阅，随意浏览，与当时沪上书店的格局迥然有异，更具亲和感。内山书店还在店中摆放了桌椅供读者阅读、休憩和谈天，店门口也常年放置施茶桶，供过往路人解渴之用。正是这种体贴入微的人性化经营策略，让诸多读者颇有宾至如归的感觉，从而大幅度地提高了书店的营业额。诸多民国时期文人回忆到内山书店时，对内山夫妇所营造的人性化的氛围印象深刻。丰子恺就曾写道："内山书店不像一爿书店，却像一个友人的家里；进去买书的人都坐着烤火，喝茶，吃点心，谈天。买了书也不必付钱，尽管等你有钱的时候去还账，久欠不还，他也绝不来

---

①〔日〕内山完造：《上海下海：上海生活 35 年》，杨晓钟等译，山西人民出版社，2012，第 24—25 页。

②〔日〕小泽正元：《内山完造传》，赵宝智、吴德烈译，百花文艺出版社，1983，第 90 页。

③〔日〕高纲博文：《近代上海日侨社会史》，陈祖恩译，上海人民出版社，2014，第 195 页。

索。"① 值得一提的是，内山完造把商业行为与文化交流活动很好地结合在一起，充分发挥了内山书店作为文化载体的功能。内山完造大力延请中外学者举办文化、政治、经济层面的讲座，不光促进了中西方文化的交流，更扩大了内山书店的影响。仅在 1920 年夏季内山完造就聘请了多名中日学者，计有森本厚、成濑无极、贺川丰彦、李人杰、陈望道、斎藤勇等十余人在上海开展讲座。如果仅从经济层面去考量，举办此类文化交流活动经济收益并不大，更多情况下还要面临亏损，但内山完造仍然乐此不疲。显然内山完造对书店的发展有整体性、长期性的思考，更倾向于把内山书店打造为兼有文化交流和商业售卖功能的实体。从内山书店后来的发展看，内山完造的策略是相当成功的。当时上海亦有诸多书店借鉴内山书店的经营方式，以创立读书会或者读者俱乐部的形式招揽顾客，如当时的新月书店就有在店内设置茶座、发起三五读书会等措施，意欲扩大影响，获得商业上的成功，但效果并不见佳。其他书店，如开明书局、光华书局、北新书局、现代书局等也屡做尝试，同样未见成效。竹内好认为，上海内山书店的发展史"反映了上海日本居留民历史，在国际关系变迁和中国民族运动成长过程中也有其影子。但是，比任何方面都重要的是与内山夫妇人格成长为一体的。所以内山书店必须是'内山'的书店"②。

　　1927 年鲁迅从广州抵沪后，定居在北四川路尽头西面的景云里，离内山书店大约有几百米的距离。北四川路是所谓"越界筑路"的区域，名义上算不上租界的势力范围，但被日本人实际控制，并无白人巡捕和国民党警察的骚扰，因而有着一定程度的自由度。鲁迅就是在这样一个相对宽松的空间中开始了他与内山完造近 10 年的交往。据鲁迅日记记载，鲁迅定居上海 9 年，共去内山书店 500 余次，购书 1000 余册，其中相当一部分是日本进步书籍，譬如《唯物史观要略》《马克思读本》《社会主义从空想到科学的发展》等。瞿秋白所论及的鲁迅"从进化论进到阶级论"的过程中，内山书店所起的作用其实是不能忽略的。"对鲁迅和中国文化界来说，内山书店是他们了解世界、获得西方先进思想文化资源的一扇窗；同样，中国文化界也通过内山书店把中国的文化传播到世界上，把当时中国社会状况向世界披露，内山书店早已成为一座名副其实的、具有典型代表

---

① 丰子恺：《丰子恺全集》（文学卷 5），海豚出版社，2016，第 149—150 页。
② 〔日〕高纲博文：《近代上海日侨社会史》，陈祖恩译，上海人民出版社，2014，第 183 页。

图 5-10　鲁迅与内山完造

性的中外文化交流桥梁。"① 这样的论述，并非言过其实。之于鲁迅，内山书店的功用当然不限于书籍的购买和信件收发，更为重要的是其不光为鲁迅提供了文化交流的空间，更为鲁迅的思想转型提供了契机。早在 1922年，内山书店创立"文艺漫谈会"，汇集了诸多中日文艺爱好者，进行文艺方面的交流。从"漫谈会"的设立到 1927 年前后，先后有陈望道、欧阳予倩、田汉、郭沫若、郑伯奇、陶晶孙、郁达夫等人及诸多日本文艺界人士经常在此聚谈，话题涉及社会政治、文学艺术等方面。据内山完造自述，由内山书店发起的"漫谈会"还获得了一个"上海海关"的绰号，可见其在中日文化交流层面所起的重大作用。1927 年 10 月以后鲁迅的加入，使"文艺漫谈会"的名声更大，吸引了更多文艺界人士的参与，对当时上海多元文化生态的建构颇有助益。"他们从文学到思想、从生活的知识、时局讨论到中医药和茶等话题，这么广泛的内容，光是想象就能感觉到很快乐。"② 内山完造所著《活中国的姿态》及后来《上海漫语》《上海夜语》等系列著作中相当多的思想是在"漫谈会"上的交流与碰撞中产生的。

① 王锡荣：《内山完造纪念集》，上海文化出版社，2009，第 22 页。
② 王锡荣：《内山完造纪念集》，上海文化出版社，2009，第 77 页。

1932 年内山完造临时回日本，鲁迅则在书信、日记中多次表达了不能参与"漫谈会"的遗憾，足见"漫谈会"对鲁迅而言是相当重要的文化交流空间。不唯如此，1930 年以后，鲁迅参与左翼文学活动受到国民党当局的通缉后，内山完造亦多方筹谋给鲁迅提供种种保护。鲁迅所作的一些挞伐国民党当局及日本帝国主义的文章，也大都由内山完造联络斡旋，在日本发表。瞿秋白被国民党当局杀害后，其遗作《海上述林》也由鲁迅托内山完造设法在日本印刷装订。可以说，"上海鲁迅"与内山书店是紧密结合在一起的文化议题，剥离其中任何一个都无法完成文艺生态视域下的系统性阐释。而梳理内山书店与鲁迅的关系即可发现，内山书店与鲁迅在外国版画的传播及中国新兴木刻运动的推动方面的合作更是这段交往史中最重要的组成部分，同时也是中国文艺发展历史中浓墨重彩的一笔。

二、新兴木刻运动：鲁迅、内山书店推进的文化实践

鲁迅对美术的喜爱可以追溯到童年时期，他很早就搜集有绘图本的《山海经》《二十四孝图》《点石斋丛画》之类的"花书"，这在诸多回忆性文字中都有提及，不过其时鲁迅所接触的大多还是中国传统绘画。20 世纪初，留学日本期间的鲁迅开始注意到日本的浮世绘版画，陆续购进许多北斋的画稿。鲁迅在 1934 年 1 月致山本初枝的信中讲道："我年轻时喜欢北斋，现在则是广重，其次是歌麿。"[1]信中所提及的葛饰北斋、安藤广重、喜多川歌麿即是日本浮世绘三大画师，在日本极受推崇。浮世绘作品虽然在题材、意旨、技法上与鲁迅后来所提倡的新兴木刻版画大相径庭，但其对市井风俗的真切描绘，对生活情趣的追求及强烈装饰性，对欧洲绘画也曾产生巨大影响。"版画趣味，是鲁迅文学风格自然而然的延伸。日本又是版画的国度，鲁迅的绘画品位，日本可以是追寻参照的另一个资源。"[2]显然，鲁迅在相对开放的日本文化空间中开启了一条从浸淫中国传统绘画转向参悟西方艺术的途径。在这种转型中，经由对比和分析，鲁迅渐次发觉中国传统艺术的旧疾沉疴，以及无力面对现实的种种虚弱，遂有诸多痛切的感受。1903 年 2 月，留日仅一年的鲁迅即与另外 26 名绍兴籍留日学生联名发表《绍兴同乡公函》，其中部分内容表达出对中国工艺美术已远

---

① 鲁迅：《鲁迅全集》（第 14 卷），人民文学出版社，2005，第 282 页。
② 陈丹青：《鲁迅与美术》，载《梦想与路径：1911—2011 百年文萃 3》，商务印书馆，2012，第 1468 页。

图 5-11　鲁迅藏喜多川歌麿画作

远落后于日本的焦虑感。其时的鲁迅正如《破恶声论》里所形容的那样，"凡所浴颢气则新绝，凡所遇思潮则新绝，顾环流其营卫者，则依然炎黄之血也"①。可以说，明治维新后的日本经历了三十年的发展，已经步入近现代化的轨道，其在政治经济及文化方面的进步与封闭落后的晚清王朝形成了巨大反差，这不光给予鲁迅一种全新的文化氛围，更激起了他改造民族文化的使命感，同时也促使他萌生出一种现代美术意识。日本明治三四十年代对欧洲美术的介绍颇多，当时的文艺杂志《明星》《白桦》也都致力于西方美术的介绍。在这样一种文化语境下，鲁迅和西方艺术的接触也频繁起来。其在 1907 年拟创办的《新生》杂志就曾计划采用英国画家瓦支的《希望》作为第 1 期的插画，该画作所表现的意绪与杂志《新生》的题旨高度契合，显示出当时鲁迅对西方美术已经有较多了解。次年鲁迅发表《科学史教篇》一文，指出"盖无间教宗学术美艺文章，均人间曼衍之要旨，定其孰要，今兹未能"②。鲁迅在这篇文章中把艺术与科学、宗教、

---

① 鲁迅：《鲁迅全集》（第 8 卷），人民文学出版社，2005，第 26 页。
② 鲁迅：《鲁迅全集》（第 1 卷），人民文学出版社，2005，第 29 页。

文学并置，充分肯定了艺术对人类文明发展的重要作用。这种理念的萌生与其对世界美术全面而深入的了解有直接关系。另外，离开日本前，鲁迅与周作人合译出版了《域外小说集》，其封面设计即由鲁迅自行设计。封面上方是一幅缪斯女神在朝日霞光中抚琴的黑白版画，寓意深长，显然亦可见出其时鲁迅对西方版画的钟爱。总之，如学者董炳月所言："如果没有诸种'美术日本'元素的参与，鲁迅的美术活动几乎无法进行。"[①]可以说鲁迅的学养背景和精神特质似乎也决定了其与内山书店之间文化关系的建立有一种潜在的必然性。

据鲁迅日记载，其甫一抵沪，即在内山书店先后购买了《蕗谷虹儿画谱》《革命艺术大系》《阿尔斯美术丛书》《世界美术全集》等外国美术类书籍数十册。其后几年，鲁迅更是在内山书店购进了大量西方艺术家画册及日本版画作品。内山完造曾回忆鲁迅每每从内山书店收到国外寄来的版画作品时的情形："绘画来了，鲁迅先生经常请我看看。我不知不觉对版画也产生了某种兴趣。"[②]可以说，内山书店也成为鲁迅版画引进的名副其实的中转站。不仅如此，因为有治外法权的保护，其他中国书店无法经售的左翼书籍、木刻版画作品，内山书店却都可以售卖，这也给鲁迅从事左翼文学事业和木刻版画的传播提供了一个较为有利的空间。1928 年鲁迅就开始对西方版画大力引进，他与友人成立朝华社，专事推介欧洲的文学和版画。当时在欧洲留学的曹靖华、徐诗荃搜集的欧洲名家版画作品都是寄到内山书店代收，而鲁迅编印出版的木刻版画书籍也大都交由内山书店代售，如《木刻纪程》（中国新木刻集）、《凯绥·珂勒惠支版画选》、《死灵魂百图》等。等到出版《引玉集》时，为了保证印刷质量，鲁迅甚至委托内山书店出面接洽在东京印制。1934 年 10 月，内山书店还出版了《中国新木刻集初集》，为新兴木刻运动做出了巨大贡献。

鲁迅基于内山书店这一文化空间所进行的新兴木刻版画运动，还特别重视对中国青年版画作者的引导和培养。1930 年，一批被"艺专"开除的进步学生来到上海成立"上海一八艺社研究所"，从事油画创作。这批青年艺术工作者见到鲁迅自费出版的《梅斐尔德木刻士敏土之图》的画册后大受启发，决定放弃油画转而从事木刻创作，并受到了鲁迅的热情关怀和帮助。"一八艺社"是第一个与鲁迅发生联系的木刻团体，其在鲁迅和

---

① 董炳月：《浮世绘之于鲁迅》，《鲁迅研究月刊》2016 年第 6 期。
② 王锡荣：《内山完造纪念集》，上海文化出版社，2009，第 198 页。

图 5-12　鲁迅与暑假木刻讲习班学员合影（1931 年）

内山完造的帮助协调下租用日本《每日新闻》社作为会址，开办了一次习作展览会，产生了很大影响。1931 年 7 月到上海度假的内山完造之弟内山嘉吉受鲁迅邀请担任版画创作讲习会的讲师，于 8 月 17—22 日为 13 名在上海学习美术的学生讲授了 6 天的版画创作基本知识，包括木刻的各种刻印技法，取得了良好的效果。这次版画创作的培训，鲁迅亲自担当翻译，先把内山嘉吉的日本话翻译成北京话，再由一位听讲的学生把北京话翻译成广东话，对听者进行讲授。这次由内山嘉吉主讲的木刻讲习会使得中国的青年艺术工作者们了解了木刻基本知识，也掌握了木刻基本技法，取得了很好的效果。讲习会结束以后，鲁迅还约请"一八艺社"的成员去其寓所观摩画片、画册，并与他们深入交流，足见其对新兴木刻版画的传播和发展有何等殷切的期许。木刻讲习会不但播下了新兴版画运动的火种，也初步形成了一支木刻版画的创作队伍，为中国新兴木刻版画的发展奠定了基础。这一功绩的取得不光与鲁迅的倾力扶持密不可分，期间内山完造多方奔走、居间协调的付出也不容忽略。

内山书店深度参与新兴木刻版画运动的另一个渠道即是协助鲁迅举办版画展览会。1930 年 10 月 4 日至 5 日在北四川路的一处日语培训夜校的教室，内山书店和鲁迅联手举办了"西洋木刻展览会"。展览会前后，内山完造从租借场地到印刷展品目录，付出了许多心血。展览会共展出欧

图 5-13　鲁迅与青年木刻家座谈（1936 年）

美及日本名家版画作品共计 70 幅，两天时间共吸引观众 400 余人。事后内山完造认为，"要是考虑到把这次展览会描绘成为'投向中国艺术界一石之波纹'这点，那就可以说实在是获得了伟大的成功"①。1933 年 10 月 14—15 日，内山完造和鲁迅又在施高塔路千爱里 40 号联合举办了"现代作家木刻展览"，场地仍是由内山完造出面租借，共展出俄国、德国、捷克等的木刻 66 幅。据内山完造及许广平回忆，这次展览盛况空前，观众络绎不绝，甚至有好几组小学生由教师带领参观了展览，鲁迅也为之兴奋不已。通过这次木刻展览，可以看出新兴木刻经由鲁迅的大力提倡已经进入了一个崭新的阶段。1933 年 12 月 2—3 日，内山完造和鲁迅再一次合办了"俄法书籍插画展览会"，展出原拓版画 40 幅。后来，鲁迅在《且介亭杂文二集》中这样写道："临末我还要记念镰田诚一君，他是内山书店的店员，很爱绘画，我的三回德俄木刻展览会，都是他独自布置的。"② 也算是内山书店积极参与域外版画传播的一个佐证，显见内山书店对举办版

---

① 王锡荣：《内山完造纪念集》，上海文化出版社，2009，第 198 页。
② 鲁迅：《鲁迅全集》（第 6 卷），人民文学出版社，2005，第 466 页。

画展览的热忱。内山完造不光与鲁迅合办画展，还多次陪同鲁迅参观画展，在参观 MK 木刻研究社的画展时，内山把所有除非卖品之外的展品全部买下，以示支持。显然，近十年与鲁迅交往过程中。内山完造被其人格魅力所吸引，所以才会积极参与到版画的引进和传播工作中。这段围绕着新兴木刻版画传播与发展的历史也是内山书店极为光彩的一页。

三、作为文化叙事样本的考察：内山书店与鲁迅的内在精神结构

把鲁迅致力推动中国新兴木刻版画的传播行为置于日本属性的内山书店去考察，不光可以具体而微地廓出民国上海文化空间的生成和建构过程，也有可能从另外一个角度探究到彼时鲁迅内在的精神结构。自 1909 年至 1927 年，鲁迅归国近 20 年的文化实践中，其与西方版画的渊源虽然未曾断裂，可是也并没有建构更深层次的关联。居北平期间的鲁迅大量搜集中国古代绘画作品及碑刻，常"夜独坐录碑"，似乎显现出与一般传统文人相类似的意趣，但其内心却是充满焦灼的。譬如提及当时上海《美术》杂志的出版时，他曾喟叹："这么大的中国，这么多的人民，又在这个时候，却只看见这一点美术的萌芽，真可谓寂寥之至了。"①显然，这段时间的鲁迅有着囿制于逼仄文化空间的莫大苦闷和灵魂被强力挤压后的某种分裂，而这种苦痛则源于其在日本留学期间精神层面的萌动和觉醒。因此，可以说是内山书店在冥冥中接续了鲁迅在日本生发出的对西方绘画艺术的喜爱，也给他所处的艰于呼吸的黑暗世界辟出一线光亮。从这一层面上讲，应该充分肯定内山书店之于鲁迅研究的文化地理学层面的意义。"都市的公共空间不是自然的、历史的，它们是人为营造的产物，是一种建构性的存在。"②而从这样的角度看鲁迅与内山书店的邂逅，就可以透过表面的偶然性，窥看到其内在的必然性。现代知识分子在诸如上海一类的都市空间中汇集，他们摒弃了传统知识分子以血缘、地缘、师友关系为纽带，以聚族而居为特征的文化生产与传播的范式，突入到现代文明所营造的公共空间中建立交际网络，拓展自我，参与文化的建构。需要指出的是，这种都市空间的形成有着其自身的隐含逻辑，其核心是文化权利与资本冲突融合后的一种平衡，这种平衡潜在地作用于现代知识分子地理空间中的流动，从而形成了诸多有着不同价值认同的文化共同体。总之，鲁迅正是以内山

---

① 鲁迅：《鲁迅全集》（第 8 卷），人民文学出版社，2005，第 96 页。
② 许纪霖：《20 世纪中国知识分子史论》，新星出版社，2005，第 429 页。

书店这一都市公共空间拓展了自己的关系网络，并形成了以左翼文艺青年为主体的文化共同体，有力地推动了新兴木刻运动的发展。当然，还需要注意的是，现代知识分子和都市文化空间的关系是交互性的，即如鲁迅与内山书店的关系，是互利共赢的。1927 年以后的内山书店，在与鲁迅的交往中声誉益隆，吸引了更多的顾客，一时间成为上海书店业的翘楚。连内山完造自己都说："和鲁迅这样的文化人交往时，也让他们的地位名望成为我宣传的手段。"[1] 的确，以鲁迅为核心的沪上左翼文人大都是内山书店的常客，这给内山书店带来的商业利益当然是不言而喻的。基于这样的事实，高纲博文认为："虽然依据政治的自由制约，内山完造成为鲁迅的代理人，忠诚地进行各种业务代理，但是作为补偿，内山书店也从鲁迅自身得到权利，利用鲁迅名声进行宣传广告，进一步被社会所认知。这种在中国人社会中常见的两者'相互扶助'关系是将利己行为与利他行为互为表里，他们的'老朋友'关系也是这种关系的延伸。"[2] 从经济层面上看，该论断当然具有一定的客观性，也强调了一种交互性，但其并未注意到鲁迅和内山完造交往中逐渐产生的思想层面的契合与认同，而纯粹以商业的眼光去定位内山书店与鲁迅的关系，终究还是有些局限的。应该说，在彼时外部政治、经济、文化场域的合力作用下，鲁迅与内山完造在特定空间中的生活交往与精神交流，不光获致了个人情感与思想的彼此认同，更重新定义了内山书店这一文化空间的结构与功能，对沪上左翼文化艺术的传播与发展也具有重大意义。

如果把鲁迅、内山书店与中国新兴木刻版画的发展看作一个文化叙事样本来看的话，其同样存在一个所谓叙事学意义上的"空间转向"问题，即不仅要关注其线性的时间，更要关注其多维的空间。作为文化叙事样本的内山书店集合了不同政治倾向的知识分子群落，形成一个颇具代表性的文化生态圈，这个生态圈纳入了不同社会意识形态和文艺观念的冲突和融合，凸显出复调言说、多重体验和跨界融合的叙事特征。而经由内山书店、鲁迅、版画传播等元素构成的文化叙事样本，可以还原这一时期上海文艺界在艺术、文化、政治层面的多重体验，除了呈现出鲁迅等人在艺术传播、文化传承、思想启蒙等方面付出的种种努力，还可以见到从事版画传

---

[1] 〔日〕内山完造：《上海下海：上海生活 35 年》，杨晓钟等译，山西人民出版社，2012，第 20 页。

[2] 〔日〕高纲博文：《近代上海日侨社会史》，陈祖恩译，上海人民出版社，2014，第 198 页。

播和创作的青年，譬如柔石、李岫石、江丰、力扬等被捕甚至被杀害的生命付出。仅就内山书店与鲁迅的关系，即可以看到当时文坛就有诸种不同向度的阐释。譬如刊登在 1933 年《文艺座谈》杂志上的文章《内山书店小坐记》，直指内山完造为日本政府的侦探，还特别影射鲁迅利用内山完造的日本身份以救命和保险。署名新皖的文章《内山书店与左联》亦有类似指控。鲁迅在《伪自由书》后记中对此种言论一一予以批驳，文中中肯地评价了内山完造的为人："他卖书，是要赚钱的，却不卖人血：这一点，倒是凡有自以为人，而其实是狗也不如的文人们应该竭力学学的！"①而围绕这一事件，先后有谷春帆、张资平、黎烈文、曾今可等人裹挟其中，相互挞伐，形成了众声喧哗的复调言说，折射出民国时期文化生态的复杂和多元。

　　作为文艺界公认的"中国现代木刻之父"，鲁迅在晚年倾尽全力推动新兴木刻运动显然有着较为复杂的动因。一方面，这种艺术形式里寄寓着他一以贯之的文学理想和美学追求，他期望由此化生出新的艺术创造力；另一方面，他也看到了木刻版画的社会功用，即"当革命时，版画之用最广，虽极匆忙，顷刻能办……"②鲁迅在《〈木刻创作法〉序》中讲得更为直白，说木刻是合于现代中国的一种艺术，有"好玩""简便""有用"的特点，实质上也是从审美、功用两个层面来讲的。内山完造也曾指出："鲁迅先生在中国文化运动中所倡导的木刻运动是一个很有价值的运动。它实际上包括两个方面：一方面争取普及苏联和德国的木刻；另一方面痛惜本国的传统木刻的日益衰落，倾注精力予以保存。"③作为一个 1930 年代木刻版画传播事业的深度参与者，内山完造的这种论述是相对客观的。借此可以认识到两个问题：其一，鲁迅对中国传统艺术是重视的。譬如他耗时费力编印了《北平笺谱》《十竹斋笺谱》等传统木刻画册，其最终目的是希望"后有作者，必将别辟涂径，力求新生"④。其二，鲁迅对西方木刻的引入意在让中国青年木刻作者能接续西方现代艺术的发展，借此提升审美和创作的水平。虽然内山完造并没有深入到社会政治的层面去谈鲁迅倡导木刻运动的更深层次动因，但其在襄助鲁迅推动新兴木刻运动的过程中一定

① 鲁迅：《鲁迅全集》（第 5 卷），人民文学出版社，2005，第 179 页。
② 鲁迅：《鲁迅全集》（第 7 卷），人民文学出版社，2005，第 363 页。
③ 王锡荣：《内山完造纪念集》，上海文化出版社，2009，第 27 页。
④ 鲁迅：《鲁迅全集》（第 7 卷），人民文学出版社，2005，第 428 页。

洞悉到了鲁迅借由木刻版画唤醒民众、改良国民性的企图。由此回溯到鲁迅留学时期，其在弘文学院时就曾与许寿裳多次探讨"理想的人性""中国国民性"的议题，希图深究其根源，实现建立"人国"的未来愿景。可以说，鲁迅关于国族愿景的想象是以"立人"为念的改造国民性实践来支撑的，他的"弃医从文"即是对此种信念的呼应。但"弃医从文"之"文"却不是"文学"，而是指"文艺"。文学当然可以经由话语递进到对国民性的拷问，但西方艺术在某种程度上则可以更直接地引起心灵的震撼和精神的自省。"就鲁迅而言，由艺术而进入思想的盘诘，有大的爽快，日本及西洋艺术里有这类成分。"[1] 由是观之，鲁迅显然有通过更为直观感性的艺术作品推动思想启蒙和国民性改造的意愿。

总之，"上海鲁迅"与内山书店建构的文化空间中的新兴木刻运动，不光是鲁迅早期美育思想的一种践行，也是文学与艺术合力推动的一次思想启蒙。以内山夫妇的独特思想人格和"上海鲁迅"的交际网络相融共生的内山书店包含了经济学、社会学、政治学、文学、艺术等多重语义空间，不仅标示出 1930 年代上海文化发展的特殊向度，更在某些方面预示了文化发展的趋向，具有不可复制的特殊性。而从内山书店这一文化标识符出发，沿着鲁迅与版画传播的路径按图索骥，条分缕析，不光能够体悟到那个时代的文化脉搏，更可以切入种种文化表象深处进行微观的考察，从而再现 1930 年代复杂多元的文艺生态图幅。

---

① 孙郁：《鲁迅藏画录》，花城出版社，2015，第 44 页。

第六章 域外版画传播与 1930 年代的文学生态

第一节 比亚兹莱与 1930 年代中国小说现代性建构

晚清西风东渐之始，启蒙便已发端，及至"五四"新文化运动以后，不光德先生和赛先生为越来越多的国人所认识接受，随风而至的各种不乏另类的文化思潮亦取得了较大影响。也就是在这样一种文化语境下，比亚兹莱来到了中国，经由田汉、郁达夫、鲁迅、叶灵凤等人的绍介，其作品在当时的中国文坛风行一时，令人瞩目。对他的作品不同的解读、吸收和呈现，折射着中国作家在思想观念和艺术观念上的不同走向，显然他可以成为观察其时中国文坛的一面镜子。分析不同阵营的作家在比亚兹莱这个文化符号上形成的歧异点和一致性，并由此审视文学场域内价值观念的波动和现代性景观的小说化建构，对现代中国文艺发展而言，是一种有价值的解读方式。

一、比亚兹莱的中国时日

比亚兹莱是生活于英国维多利亚时代末期的画家，其作品线条流畅，想象奇诡，黑白对比强烈，有着唯美、颓废的鲜明特征。因自幼患有肺病，比亚兹莱二十六岁辞世，算得上是短命的天才。在中国，最先接触到比亚兹莱作品的人是谁颇难确证，但比亚兹莱并非自田汉 1923 年 1 月翻译王尔德《莎乐美》时才进入中国的。鲁迅先生在 1913 年 3 月 9 日及 5 月 18 日两天日记中所载"收二弟所寄德文《近世画人传》二册"中提及的《近世画人传》即为比亚兹莱的传记，由莱比锡佩珀出版社 1912 年出版。日本学人星野幸代在对鲁迅《比亚兹莱画选》小引写作过程的考证中对此分析甚详，故不赘述。由此可见周氏兄弟对比亚兹莱的关注是较早的。其后

图 6-1　比亚兹莱自画像

在中国艺术界似乎能够零星地窥见比亚兹莱的身影，譬如闻一多 1921 年清华时期插图作品《梦笔生花》就有比亚兹莱的笔法和神韵。另外，闻一多在 1920 年代中后期也表现出对比亚兹莱的浓厚兴趣，他美国留学时致梁实秋的信中曾经多次提及"毕痴来（Beardsley）"；后来他发在《新月》月刊上的《先拉飞主义》一文中也对插画家"皮雅次雷（Beardsley）"有所评价。及至 1923 年田汉翻译的插图版《莎乐美》在中国发行，比亚兹莱才正式在中国亮相。1925 年凌叔华"抄袭"比亚兹莱画作一事发生，徐志摩、陈学昭、孙伏园、鲁迅、陈源等文化名人先后卷入，比亚兹莱在文坛风波中更是备受时人瞩目。当时徐志摩为凌叔华辩白的信中写道："其实琵亚词侣（比亚兹莱）的黑白素描图案，就比如我们何子贞张廉卿的字，是最不可错误的作品，稍微知道西欧画事的谁不认识，谁不爱他？"① 从侧面说明比亚兹莱在当时文艺界异乎寻常的风行。等到鲁迅与叶灵凤交恶，"比亚兹莱"便成了双方攻伐的主战场。在这场旷日持久的讨伐中，这个异域画家的作品则广为传播。

比亚兹莱在英国的声名鹊起是源于王尔德的《莎乐美》，其插画作品

---

① 徐志摩：《徐志摩全集》（第 2 卷），天津人民出版社，2005，第 159—160 页。

图 6-2 《黄面志》The Yellow Book

和王尔德戏剧在主题意蕴层面达成了内在的统一，两种不同的艺术样式水乳交融，共同演绎了一种既颓废又激情、既神秘又大胆的文艺潮流。维多利亚时代的英国，经历了长期沉闷压抑的岁月，上流社会有更加趋于伪善和矫饰的倾向，而中产阶层则在迷茫苦闷中由追求唯美情怀转向耽溺于颓废。发端于维多利亚时代中后期的比亚兹莱的绘画，正是这样一个时代风尚中中下阶层的另类反拨。田汉 1923 年翻译王尔德戏剧《莎乐美》时，把当时比亚兹莱的配图一并翻印过来，让国内读者感到耳目一新。正如鲁迅所说的那样："那锋利的刺戟力，就激动了多年沉静的神经，于是有了许多表面的摹仿。"① 单从出版传播这一方面看，郁达夫在 1923 年就在《创造周报》上连续发文介绍《黄面志》及其美术编辑比亚兹莱。1929 年鲁迅、邵洵美先后选印《比亚兹莱画选》和《琵亚词侣诗画集》。就当时文艺界而言，应该说比亚兹莱的影响是超乎想象的。许多文艺杂志在装帧方面明显有《黄面志》的风格，譬如徐志摩等人创办的《新月》和邵洵美所创办的《金屋月刊》都采用《黄面志》的版型，在装帧上也有模仿痕迹。

---

① 鲁迅：《鲁迅全集》（第 7 卷），人民文学出版社，2005，第 342 页。

图 6-3　比亚兹莱《新生》

而在配图上模仿比亚兹莱作品的则不可计数。当时被称为"东方比亚兹莱"的叶灵凤负责当时的北新书局、光华书局和现代书局及创造社出版的图书刊物的大部分装帧、配图工作，对比亚兹莱风格的袭用几乎是一种常态。1925 年创造社创办的《洪水》半月刊的几张封面画即是模仿比亚兹莱的作品。其第 1 卷前 7 期封面皆是"魔鬼张了翅膀掩盖着大地"的画面，画面右侧则有盘曲的长蛇，用黑白造型和流畅线条塑造出奇诡的意象，呈现出不同以往的别样世界，有非常明显的比亚兹莱的元素。1927 年光华书局刊印的"幻洲丛书"更有鲜明的比亚兹莱装帧风格。1931 年 4 月创刊的《现代文艺》创刊号的封面就是比亚兹莱原作《新生》：一位面带神秘微笑的女人怀抱胚胎型的婴孩，婴孩手指向一本翻开的书本，上面写着"新生"的字样。（比亚兹莱笔下的婴儿形象大多是胚胎形状，尤为突出的是其有着敌意的眼睛，大概算是对新世界或传统伦理的质疑吧。）田汉主编的《南国周刊》也都采用比亚兹莱的作品。同样，不光是文艺杂志，甚至张竞生的《性史》亦选用了比亚兹莱的原作 The Woman in The Moon。另外，当时发行量很大的《良友》杂志显然也有比亚兹莱的影子：其第 2 期季小波所作《战士》《圆满》两幅插图虽系原创，但那种裸女持剑和举手向天的夸张造型显然受到了比亚兹莱画风的影响。另有万古蟾所作插图

《夏天的午后》，则明显模仿比亚兹莱画作《柏拉图式的哀悼》的构型。总之，一一列举比亚兹莱在 1920 年代以降的中国文坛无处不见的魅影显然不太现实，但比亚兹莱作为西方文化的能指，在当时中国文学场域产生的巨大影响却不应该被忽视。其而至于，张爱玲 1975 年创作的自传性质的长篇小说《小团圆》亦有这样的段落："这是她英文教授的房子。她看他的书架，抽出一本毕尔斯莱插画的《莎乐美》，竟把插图全撕了下来，下决心要带回上海去，保存一线西方文明。"①这里的"毕尔斯莱"就是比亚兹莱，张爱玲貌似闲笔的叙述，其真实性并不可考，也许是 1941 年底日军进攻香港时港大学生"颓加荡"的风气刺激她虚构了这样的场景，或许是她确有这样的经历，但无论如何，由此可见比亚兹莱在中国流布的广泛，几近成为"西方文明"的一个鲜明标识。

比亚兹莱在中国的风行虽然有一定的偶然性，即如鲁迅先生所言："中国的新的文艺的一时的转变和流行，有时那主权是简直大半操于外国书籍贩卖者之手的。来一批书，便给一点影响。"②从另一个方面看，中国 20 世纪二三十年代和英国维多利亚时代后期的情形有部分的相似。社会各阶层在经历了长期严苛的文化道德规训之后，许多知识分子表现出对传统不同形式的怀疑和抵触。如果仅就绘画而言，中国文人画也在逐渐没落，走到了鲁迅所言的那种"竞尚高简，变成空虚"的末路上。题材的狭隘，意趣的程式化使其显然无力应对西风东渐语境中的现实。而比亚兹莱之来中国，其作品的审美特质激活了"五四"前后知识分子久受孔孟中庸道统压制的内心欲望，同时也投合了其时中国文化语境中知识分子的思想困境。这样经诸多文化名人的介绍、品评和传播，再加上期间几次文坛事件的"行销"，于是蔚然成风。令人感到吊诡的是，比亚兹莱在文学界的影响远超美术界，究其原因，即是 1920 年代中国文学场域较其他艺术门类中的观念冲突更为激烈，作家们虽然对比亚兹莱有共同的偏嗜，但所理解、吸收、重构的比亚兹莱显然有着多种不同的表情。

二、文学场域内比亚兹莱的 N 种表情

鲁迅在《比亚兹莱画选》小引中说："比亚兹莱是个讽刺家，他只能

① 张爱玲：《小团圆》，北京十月文艺出版社，2019，第 62 页。
② 鲁迅：《鲁迅全集》（第 7 卷），人民文学出版社，2005，第 342 页。

如 Baudelaire 描写地狱，没有指出一点现代的天堂底反映。"① 虽然这个小引分别参照了阿瑟·西蒙斯和霍尔布鲁克·杰克逊对比亚兹莱的评价，但显而易见鲁迅对比亚兹莱作为"讽刺家"的定位是相当肯定的。另外，作为在世纪末情绪中浸淫甚久的维多利亚后期的颓废派，比亚兹莱的"颓废"并未为鲁迅所特别醉心，反而是其理智的"强健"被鲁迅称道，而这种"强健"的审美特质即是其所言的"恶魔的美"。鲁迅早在《摩罗诗力说》中说："故世间人，当蔑弗秉有魔血，惠之及人世者，撒但其首矣。"② 在鲁迅看来，"撒但"，即恶魔，先天具有反抗的精神，对于老大颓败的中国而言，这种精神正是张扬个体和重建国族的前提。鲁迅和比亚兹莱之间，恶魔性的讽刺正是他们的思想重合点，如果在图文之间做跨文本研究的话，比亚兹莱的画作和鲁迅的小说显然有许多相同之处。比亚兹莱所画女性多有暧昧的表情和斜视的眼睛，譬如发表在《黄面志》第 1 期上的《情感教育》一作：母女相对而立，体态臃肿的母亲正对女儿进行道德的训诫，而女儿却面带讥刺的笑容，斜视画外。另外，他还因为替托德·亨特和叶芝的剧作画了有斜眼女子的海报而饱受奚落。鲁迅认为比亚兹莱的斜眼美女受到日本浮世绘的影响，有着"色情的（Erotic）眼睛"，但鲁迅并不以此为猥亵。在维多利亚时代，这样一双斜视的眼睛显然更具讽刺的意味，比亚兹莱对虚伪道德的反感与鲁迅对礼教传统的不屑几乎是相同的。其实这种恶魔性的讽刺一直是鲁迅小说最为核心的叙事伦理，清醒而不宽容，绝望而不妥协。对于鲁迅而言，正面的挞伐固然可以暴露出种种罪恶，但却只有讽刺才能呈现出罪恶背后的荒谬。鲁迅早期基于"寂寞的悲哀"而作的《呐喊》多的是揭批，到了《彷徨》则有无处不在的讥讽；而《故事新编》更以夸张变形的形式对以帮闲、帮凶为职事的所谓正人君子进行漫画式的攻伐。当然，另外还有一个不容忽视的观察点即是鲁迅对《比亚兹莱画选》的编选，可以说，对比亚兹莱大量画作进行遴选的过程也是一种思想的叙事。鲁迅除了编入比亚兹莱最为人们熟知的代表性作品外，还特别选入了比亚兹莱替 H.C.Pollitt 设计的一张藏书票：一个向裸女兜售图书的秃顶小贩用猥亵的目光紧盯着裸女的身体，这难免让人联想到鲁迅《补天》《理水》中身着文化的道袍却居心狭邪的"古衣冠小丈夫"和"文化山"学者。而《画选》中《圭尼维尔王后如何成为修女》一幅，则可见鲁

---

① 鲁迅：《鲁迅全集》（第 7 卷），人民文学出版社，2005，第 356 页。
② 鲁迅：《鲁迅全集》（第 1 卷），人民文学出版社，2005，第 76 页。

图 6-4　比亚兹莱《情感教育》

迅对复仇意象的迷恋。如果从整体气质而言，鲁迅的《铸剑》显然和这幅
画作有相同之处。当然，鲁迅对比亚兹莱画作中的唯美色调也是极为欣赏
的，其选入《比亚兹莱画选》的《黄面志》第 2 期封面和《玫瑰园的秘密》
即有这种唯美风格。

　　最初以文字的形式把比亚兹莱介绍到中国来的是郁达夫，他在《THE
YELLOW BOOK 及其他》一文中说比亚兹莱的画"有使人看了永不会忘
记的魔力"①。他还特别举出了比亚兹莱 The dancer's reward（舞者的报酬）
和 The Climax（高潮）两幅作品的例子——作为《莎乐美》的经典配图，
两幅作品非常好地体现了比亚兹莱绘画的特征。《舞者的报酬》中的莎乐
美看着银盘中被砍下的施洗约翰的头颅，眼神邪恶，面带狰狞的笑容；而
《高潮》所画的是莎乐美终于心愿得偿，捧着施洗约翰的头颅，亲吻他的
嘴唇的画面。两幅画黑白对比强烈，线条流畅，把莎乐美的爱恨交加、灵

---

① 郁达夫：《郁达夫全集》（第 5 卷），花城出版社，1991，第 172 页。

图 6-5　比亚兹莱《高潮》

肉冲突所致的病态心理表达得淋漓尽致，营造出一种"魔鬼的美"。显然，这是以罪恶、欲望和死亡为主题的颓废主义在比亚兹莱笔下的呈现，是极端自我的外化。反观郁达夫在 1920 年代的小说创作，罪恶、欲望和死亡确是其摆脱不了的主题，侧重表现病态自我也是不争的事实，因而时人总觉得郁达夫是颓废派。对此郁达夫曾经有所辩白。他说："人生终究是悲苦的结晶，我不信世界上有快乐的两字。人家都骂我是颓废派，是享乐主义者，然而他们哪里知道我何以要追求酒色的原因？"[①] 这番辩白显见郁达夫并不自认"颓废"，往深层去说，颓废仅仅是一种表象，而内心的苦闷则是其根源。在小说创作中，郁达夫固然和 19 世纪末英国流行的颓废风有相似之处，然而应该注意到这种颓废始终伴随着作家沉重的文化自省意识和个人的精神痛苦。罗杰·弗莱评价比亚兹莱时这样说过："比亚兹莱没有滑稽、逗乐或诙谐；他在这方面的企图是下流的，但没有淫奢或诱惑，

---

① 郁达夫：《郁达夫全集》（第 7 卷），花城出版社，1991，第 153 页。

他是严肃的最诚挚的。"① 这种严肃和诚挚的态度在郁达夫小说中亦能够看
到。比亚兹莱对郁达夫形成影响应该是在其留学日本期间,鲁迅日记所载
有关比亚兹莱书籍也是 1913 年周作人辗转从日本购买的,可见当时比亚
兹莱在日本还是受到关注的。但是郁达夫对比亚兹莱的青睐,并不像鲁迅
那样欣赏其尖锐的讽刺和唯美的情致,而是在于比亚兹莱对灵肉冲突的体
验和自己有共通之处。所以郁达夫的《沉沦》《银灰色的死》等作品中的
主人公也多是在灵肉冲突的苦闷中走向死亡的,即便有些虽未就死,像
《茫茫夜》和《南迁》里主人公,也最终成了所谓的 "Living Corpse"(行
尸走肉)。关于此类作品,如钱杏邨所言:"这些差不多完全是描写青年的
性的苦闷的,把青年从性的苦闷中所产生的病态的心理,变态的动作,性
的满足的渴求,恶魔似的全部表现了出来,完成了青年的性的苦闷的一幅
缩照。"② 然而需要注意的是,这些 "零余者" 虽然耽于肉欲,怯于抗争,
但毕竟暴露了时代病的深层原因,性的苦闷实际上有着深刻的社会根源。
如果和比亚兹莱的画进行比照阅读的话,郁达夫小说中病态的心理、变态
的动作、性的满足和渴求及恶魔似的表现俨然构成了东方文字版的 "莎乐
美" 图幅,令人印象深刻。

郁达夫对《黄面志》的介绍和田汉对《莎美乐》配图的翻印算是真正
揭开了比亚兹莱中国之旅的序幕。但受比亚兹莱影响最大的却是创造社的
"小伙计" 叶灵凤。作为在十里洋场浸淫已久的年轻人,他对比亚兹莱的
着迷显然与那种光怪陆离的视觉因素相关。虽然叶灵凤在书籍刊物的装帧
配图上极力模仿比亚兹莱,并由此形成了一股比亚兹莱的风潮,但可以看
出其在对比亚兹莱的理解接受上显然和鲁迅及郁达夫有所不同:鲁迅看重
比亚兹莱讽刺性的一面,郁达夫则看到了比亚兹莱内在苦闷的一面,而叶
灵凤则皮相地继承了比亚兹莱的颓废格调。仅就绘画而言,叶灵凤对比亚
兹莱技术层面的继承大于精神层面的继承,并没有把比亚兹莱画作中既颓
废又反抗的东西表达出来。他曾经为自己发表在《洪水》半月刊第 1 卷第
8 期的小说《昙花庵的春风》配了一张插画,名为《禅味》。图中背景和
作为潘多拉魔盒之象征的古瓶显然还是比亚兹莱式的,然而画中的小尼姑
却面相柔和,神态娴静,比照比亚兹莱作品的奇诡的想象和阴郁的讥讽,
显然叶灵凤并未认识到比亚兹莱的艺术深度。而他发表在各种杂志封面上

① 〔英〕罗杰·弗莱:《视觉与设计》,易英译,江苏教育出版社,2005,第 151 页。
② 阿英:《阿英全集》(第 2 卷),安徽教育出版社,1999,第 63 页。

图 6-6 叶灵凤画作《醇酒与妇人》

的模仿之作，虽然择取了比亚兹莱常见的视觉形象，但大都缺乏应有的艺
术张力，反而概念化的味道浓厚，如《醇酒与妇人》等画作。难怪鲁迅先
生直斥其对比亚兹莱和蕗谷虹儿的"生吞活剥"。作为年轻的"东方的比
亚兹莱"，叶灵凤在小说创作中也自然而然地带上了比亚兹莱色彩。他的
作品《鸠绿媚》有较为鲜明的比亚兹莱风格。小说以仿制的波斯公主的骷
髅作为介质，在小说家春野和鸠绿媚情人白灵斯之间不断地互换角色，在
现实与幻梦之间穿插，那种亦真亦幻的神秘感、梦幻感与比亚兹莱的画作
显然有相似之处。场景的布控也充斥着比亚兹莱的因素：象牙色的壁饰、
少女娇艳的肉体、暧昧的灯光和私会的情人等等不一而足。而在《摩伽的
试探》中，叶灵凤则是通过离奇的佛教故事，强调了无法遏制的性欲的力
量，这和比亚兹莱惯常的主题是一致的。作品中那种略带神秘的宗教氛围
也和比亚兹莱作品相仿，但挥刀自宫的结尾多少有点堕入野狐禅之道了。
当然，叶灵凤的其他作品如《浴》《处女的梦》《内疚》《口红》等更多摹
写男女性心理，笔法细腻固然有可取之处，但充满了挑逗的趣味，就连

郑伯奇也认为："叶灵凤所注意的是故事的经过，那些特殊事实的叙述颇有诱惑的效果。"① 也许在某种程度上用"颓废"形容叶灵凤，全然不如用"颓加荡"更贴切。等到了《时代姑娘》《红的天使》等作品，叶灵凤的创作几乎堕入街谈巷议之流，有着鲜明的物欲倾向和恶俗的旧市民习气。

三、比亚兹莱折射下的小说现代性景观建构

徜徉于中国文学场域的比亚兹莱只有一个，但在不同立场的作家那里他被重构为不同向度的能指。鲁迅、郁达夫和叶灵凤显然只是这场重构的部分参与者，如果在小说创作领域继续列举的话，还有与郁达夫风格相近的叶鼎洛、王以仁、滕固等小说家，另外还有与叶灵凤交集甚多的穆时英、刘呐鸥等海派文人。至于比亚兹莱在戏剧、诗歌方面的影响也不容忽视。比亚兹莱当年即是借着王尔德戏剧引进的东风才正式来到中国的。这么多立场不同的作家文人对于比亚兹莱的解读虽然有严重的分歧，但无疑都是站在鲁迅所说的"锋利的刺戟力"这个原点上出发的，不过这种"刺戟力"施予不同作家之后所产生的效果是不同的。鲁迅 1927 年在其所作的《当陶元庆君的绘画展览时》中写道："中国现今的一部分人，确是很有些苦闷。我想，这是古国的青年的迟暮之感。世界的时代思潮早已六面袭来，而自己还拘禁在三千年陈的桎梏里。"② 虽然鲁迅先生所说的是"一部分人"，但那种被世界潮流所遗弃的焦虑似乎又是普遍的，即便鲁迅本人，亦不免有摆脱不了的国族倾颓、歧路彷徨的忧惧。因此各种立场上的作家对比亚兹莱式的"刺戟力"都有所反应也不难理解。比亚兹莱的传记作者伊恩·福莱特也曾经说过："这个时代特有的忧虑已经越来越清晰化，但是那种普遍的、潜意识的、不可名状的忧虑，只能通过符号来表达。"③可见比亚兹莱画笔下的形象其实是荷载了价值重估、道德质疑的意象符号。而作为一种漂洋过海而来的思想能指，与其说比亚兹莱的画作在中国文学场域是"济文字之穷"的配角，不如说是一种文艺观念的试金石。以这位异域天才作为文坛潜望镜应该可以看到波谲云诡之下的多种价值观的冲决和小说现代性景观的多维建构。

早在鲁迅作《文化偏至论》和《摩罗诗力说》的时候，其"立人"思

---

① 郑伯奇：《中国新文学大系·小说三集导言》，载《中国新文学大系》（小说三集），上海文艺出版社，2003，第 21 页。

② 鲁迅：《鲁迅全集》（第 3 卷），人民文学出版社，2005，第 573 页。

③ 〔英〕伊恩·福莱特：《奥布里·比亚兹莱》，托尼出版公司，1987，第 7 页。

想已经确立，其后 20 年的小说创作中在在皆是以"立人"为念的改造国民性实践。按他自己的说法即"尊个性而张精神"。但是同时他又对国内对西方思潮不辨良莠全盘接受的状况有所忧惧，"往者为本体自发之偏枯，今则获以交通传来之新疫，二患交伐，而中国之沉沦遂以益速矣"①。不能不说，年轻的周树人确有异于时人的清醒。果然 20 年后，在中西交会融合最为充分的十里洋场的上海，"二患交伐"的文化症状出现了，而叶灵凤一众即是最典型的样本。以比亚兹莱作为诊疗的器具来验看，显然"立意在反抗，指归在动作"的"摩罗"精神并未得到汲取，反而是那种颓废的、重物质的文化糟粕被昏昏然歆享不已。等到创作社、太阳社对鲁迅的挞伐甚嚣尘上的时候，叶灵凤也不甘寂寞地在《戈壁》杂志以漫画的方式、在小说《穷愁的自传》里以文字的方式对鲁迅进行丑化和攻讦。鲁迅与创造社等人的激辩，看似是着眼于"革命文学"的论争，实则是在提升国人精神方面有认识、判断、方向上的分歧，双方本质上还是有着一致目标的，也不算非常严重的对立。鲁迅更多的是对他们长于内斗，不能以长远的眼光看待文学发展的投机心理感到不满。总体而言，鲁迅并没有把这些人放在思想的对立面，就像他自己说的那样："我一向很回避创造社里的人物。这也不只因为历来特别的攻击我，甚而至于施行人身攻击的缘故，大半倒在他们的一副'创造'脸。"②反观叶灵凤，他在小说中"用《呐喊》去揩屁股"的态度轻佻的描写和其他小说创作中的媚俗倾向，暴露出其与创造社、太阳社等人全然不同的价值观念和文化态度。追溯其思想根源，不外乎对洋场物质文明的迎合和沉溺。对照起来看，创造社诸人和叶灵凤算是两个向度的"偏至"：一种是朝向"普罗"的偏至，一种则是朝向"庸众"的偏至。前者流于精神的偏激，后者则坠入物质的颓废。但值得注意的是，创造社虽然犯了流行的"左派幼稚病"，但毕竟也有着"立人"的意图，因此和鲁迅之间的冲突并非根底上的对立。正如郁达夫所说的那样："鲁迅对创造社，虽则也时常有讥讽的言语，散发在各杂文里；但根底却没有恶感。"③而叶灵凤则以"才子加流氓"的习气和"游戏"文学的态度，在小说中建构了一个欲望中心的、唯物质是尚的畸形现代性景观——这在鲁迅看来起着麻醉国人，使之化为"庸众"的作用，与其自身的"立人"

① 鲁迅：《鲁迅全集》（第 1 卷），人民文学出版社，2005，第 58 页。
② 鲁迅：《鲁迅全集》（第 5 卷），人民文学出版社，2005，第 3 页。
③ 郁达夫：《郁达夫全集》（第 4 卷），花城出版社，1982，第 215 页。

思想有严重的对立。鲁迅念兹在兹的是国人能从"个人的自大"逐渐发展到个人的自觉、自主，从而建设有希望的"人国"。这是他一以贯之的以"个人"为本的现代性景观建构。鲁迅并不忽略物质文明的重要性，但他特别指出物质文化偏至的后果："重其外，放其内，取其质，遗其神，林林众生，物欲来蔽，社会憔悴，进步以停，于是一切诈伪罪恶，蔑弗乘之而萌，使性灵之光，愈益就于黯淡。"① 由此可见，都市物质文明的忠诚崇奉者叶灵凤因比亚兹莱而成为批驳的靶标并非出于偶然。

形成对比的是，作为创造社一员的郁达夫却与鲁迅过往甚密，相互支持。在骂鲁迅成为时尚的上海滩，郁达夫曾用"群氓竭尽蚍蜉力，不废江河万古流"的赠诗以作声援。而从鲁迅日记、书信和文章中，也可以看出他对郁达夫的关切和支持。郁达夫小说中的个人苦闷在鲁迅看来既无创造社诸人的功利性和幼稚病，也无叶灵凤等人的媚俗倾向。相较于创造社、太阳社空洞的政治喊叫和十里洋场的物欲书写，郁达夫的小说当然算是诚挚的，实在的，某种程度上可以视为"立人"的先声。除此以外，在比亚兹莱的微光中，京派小说一脉似乎也有显影。仅从 1925 年凌叔华所谓"抄袭"事件即可看出京派文人对比亚兹莱并不陌生。周作人曾通过比亚兹莱的画向鲁迅遥传兄弟情谊之殇的感喟；而梁实秋、闻一多等人在诸多文字中都有谈及比亚兹莱——多是欣赏那种唯美的情致。值得注意的是，京派小说家沈从文与这些人交往甚多，在绘画方面的造诣也令人称道，但从未对比亚兹莱有所置评。也许对于沈从文而言，这也算一种态度吧。作为"乡下人"的沈从文，和有着都市文明表征的比亚兹莱显然不能达成生命体验的共振。即便他和鲁迅一样注意到了比亚兹莱讽刺性的一面，那也不是他所认同的方式，何况更有可能，沈从文仅仅看到了其颓废的都市文化特征。沈从文对都市文明似乎有着天然的敌意，因此对于以穆时英、叶灵凤、张资平等人为代表的海派小说家也不无批评。譬如，沈从文曾指出海派小说家穆时英的作品近于邪僻，有着无节制的都市趣味。他认为："作者是先把自己作品当作玩物，当作小吃，然后给人那么一种不端庄、不严肃的印象的。"② 这种评价对于其他海派作家显然也是恰如其分的。在《论郁达夫张资平及其影响》一文中，沈从文说："郁达夫作品告给我们的生

---

① 鲁迅：《鲁迅全集》（第 1 卷），人民文学出版社，2005，第 54 页。
② 沈从文：《沈从文全集》（第 16 卷），北岳文艺出版社，2002，第 235 页。

理烦闷，我们却从张资平作品中取到了解决。"① 语气不无揶揄，却廓清了郁达夫和海派小说家的价值观念上的分野。虽然沈从文的"'名士才情'和'商业竞卖'相结合"的说法和鲁迅"才子加流氓"的论断不无一致，但在文艺观念上，却走了一条相反的路，即回到湘西、回到原始、回到无须面对咄咄逼人的现代性威压的"希腊小庙"。虽然自年轻时走出乡村后就一直游历在各个城市，但沈从文似乎从未融入都市生活，对于他来说，都市文明就像《八骏图》中的那片海，充满诱惑和未知的威胁。因此他在文章中这样写道："我应当回到我最先那个世界中去，一切作品都表示这个返乡还土的诚挚召呼。"② 显然，他是永远不能够回去了，"最先的那个世界"实质上是文字织就的幻景，是个体在现代性坚壁上碰撞出的乡愁，是人性怀想所幻化出的精神"边城"。有论者认为沈从文是"反现代性的"，其实他只是逃掉，重建一个田园的乌托邦，这从他对比亚兹莱的无视似乎可以看到。

在比亚兹莱流转的光影中，鲁迅一如从前地肩起"摩罗"的大纛，希图建构一个自觉、自主的"人国"。其小说中塑造的狂人、疯子、夏瑜等形象，作为引导庸众的"个人"显然都有着"摩罗"的影子，成为支撑"人国"的柱石。郁达夫却始终囿于个人的悲欢，抒发旧时代零余者的苦闷，这些具有普遍意义的时代苦闷也算是对国族重构微弱的呼喊。20 世纪二三十年代的上海，以叶灵凤、穆时英、刘呐鸥、张资平等人为代表的海派小说家，则在中西文化交会中陷入消费主义的泥潭。比亚兹莱诉诸官能的颓废击中了他们本就脆弱的文学操守，因而在十里洋场歆享一种畸形的、偏至的文化盛宴，迎合华洋杂处派生出的新市民的欲望诉求成了他们共同的选择。他们笔下的现代性空间是以 20 世纪二三十年代上海南京路作为轴心的，填充其间的则是舞厅、咖啡馆、电影院、百货大楼、跑马场等现代娱乐消费场所。百乐门日夜开放，电影院通宵达旦，都市光影中的时间感总是无从把握，海派小说显然不屑于线性历史，因此也不会有鲁迅关于过去和未来的负担和焦虑。至于京派小说家代表的沈从文，遁世情怀几乎是摆脱不了的魔障，所以对于比亚兹莱，即便熟视，亦将无睹。其小说流露出的意趣显见宋元文人画的影响，譬如《边城》结尾的"留白"即见此风。总而言之，那个时代的中国文坛，具体到小说创作，以人而论，

① 沈从文:《沈从文全集》（第 16 卷），北岳文艺出版社，2002，第 190 页。
② 沈从文:《沈从文全集》（第 27 卷），北岳文艺出版社，2002，第 26 页。

无非是基于个人、普罗和庸众立场的书写；以观念而论，则为清醒、偏至和逃避的若干倾向。然而就是这样多元向度的创作才建构起真正立体的文学现代性景观。

论及《楚辞》对后代文学家的影响，刘勰曾有言："才高者菀其鸿裁，中巧者猎其艳辞，吟讽者衔其山川，童蒙者拾其香草。"[①] 但中国作家对比亚兹莱的认知和转述显然不仅仅是辞采层面的歧异，追根溯源，是面对西方文化载体的各个侧面不同的感应，或深入骨髓，或浅至腠理，但毕竟折射出中国文学场域的形色。作为文化多棱镜的比亚兹莱，引申出的是跨界的考量，是小说文本局限性的反思，而由着这样的途径，以图文并具的方式重绘文学地图，想必会有更多不同以往的发现。

第二节 1930年代文艺大众化视野中麦绥莱勒的版画传播

一、麦绥莱勒版画的中国之旅

麦绥莱勒是比利时版画家，青年时期在根特美术学校学习绘画，后在法国巴黎开始他的创作生活，和当时进步作家罗曼·罗兰、茨威格等人过从甚密。麦绥莱勒的版画创作着眼社会底层，黑白色调对比鲜明，笔法灵动有致，想象力丰富，鲁迅认为其作品"往往浪漫，奇诡，出于人情，因以收得惊异和滑稽的效果"[②]。其实早在1930年鲁迅就对麦绥莱勒有所了解和接触，据其日记记载，他分别在1930年8月、10月收到徐诗荃寄自德国的麦绥莱勒的画集多册，其中即有《没有字的故事》《一个人的受难》《太阳》《理想》等多种，但这不算是中国文人和麦绥莱勒最早的接触。其实在《良友》印行麦绥莱勒画集之前，中国文坛就已经有了麦绥莱勒的身影。早在1929年，施蛰存等人开办的水沫书店即出版了凡尔哈伦小说集《善终旅店》，其中就附有28幅"马赛莱尔"（麦绥莱勒）的木刻插图，而出版者正是"为了介绍马赛莱尔的版画而译印此书的"[③]。1929年11月，刘呐鸥、施蛰存、戴望舒等人编辑的《新文艺》杂志1卷3号还刊出了马

---

① 刘勰：《文心雕龙》，中华书局，1985，第8页。
② 鲁迅：《鲁迅全集》（第4卷），人民文学出版社，2005，第573页。
③ 施蛰存：《施蛰存全集》（第2卷），华东师范大学出版社，2011，第334页。

图 6-7　麦绥莱勒《我的忏悔》之七十七

赛莱尔的《烟》和《赛车场》两幅木刻版画。另外，1932 年 11 月出版的《文学月报》第 1 卷第 4 期中也刊有麦绥莱勒的《作工》《开会》《用功》等三幅作品和珂勒惠支的《失业》《殇子》两幅（据赵家璧推断原画作应该都是由鲁迅提供的），显然，这一时期麦绥莱勒的作品就已经受到关注了。现在许多论者认为鲁迅是引进麦绥莱勒的第一人，看来是不确的。但是，不可否认的是，麦绥莱勒的确是由鲁迅、赵家璧等人系统地推介到大众面前的。当时在良友图书印刷公司任编辑的赵家璧在与鲁迅交往时提出翻印麦绥莱勒画作的想法，希望"既可以扩大中国艺术界视野，增长艺术知识，对文艺大众化的争论提供正面资料；在'良友'的美术出版物中，也可以开创一个新品种"①。这种想法得到了鲁迅的支持，于是赵家璧从叶灵凤处借得麦绥莱勒连环画作《一个人的受难》《我的忏悔》《光明的追求》《没有字的故事》四种，于 1933 年 9 月出版发行。当时文坛对麦绥莱勒作品印行的反响就像鲁迅在《论翻印木刻》一文中所说的那样："麦绥莱勒的连环图画四种出版并不久，日报上已有了种种的批评，这是向来的美术

---

① 赵家璧：《编辑忆旧》，生活·读书·新知三联书店，2008，第 78 页。

书出版后未能遇到的盛况，可见读书界对于这书，是十分注意的。"①

由于鲁迅等人的大力推介，麦绥莱勒在中国文坛的流布更为广泛。其时上海书局主办的《现代》文学期刊在麦绥莱勒的传播过程中起到了较大作用。《现代》不是同人杂志，并无特别明显的政治倾向，选稿态度也相对较为客观公允。主编施蛰存亦在阐述其编辑方针时声明："并不预备造成任何一种文学上的思潮、主义或党派。"② 所以《现代》刊发的不光有左翼作家如茅盾、张天翼、叶紫、艾芜、沙汀、白薇的小说，还有瞿秋白、冯雪峰、周扬、钱杏邨等人的文艺评论，和苏联、欧洲的版画；而海派风的穆时英、叶灵凤等人的小说，戴望舒、李金发等人的现代诗歌及苏汶、胡秋原的文艺理论的文章也是《现代》推介的重点。1933 年 4 月《现代》发表了鲁迅先生的纪念性文章《为了忘却的纪念》，还刊布了纪念柔石的照片、手迹及珂勒惠支木刻作品《牺牲》。在当时的政治气候下，施蛰存等人还是具有相当大的勇气的。《现代》也是较早地把麦绥莱勒向读者介绍的刊物，早在良友四种麦绥莱勒画集尚未出版之前，1933 年 7 月出版的《现代》第 3 卷第 3 期就用了麦绥莱勒的版画作为封面。总之，从前文所述的水沫书店、《新文艺》杂志到《现代》，麦绥莱勒之于施蛰存为核心的编辑群体一直如影随形，未有远离。其实现在很难考证，施蛰存等人何时起对麦绥莱勒有所关注，但大致可以推测出的是，他们和鲁迅对引进麦绥莱勒的意图显然是不同的。鲁迅从麦绥莱勒作品中发现了他所看重的艺术深度和文艺形式大众化的可能性，而施蛰存等上海文人则看到都市光影和个体现代性的迷思。麦氏连环画集由良友图书印刷公司出版后不到一月，《现代》1933 年 10 月出版的第 3 卷第 6 期文艺画报栏就刊载了介绍麦绥莱勒画作的专页，并遴选了其四幅连环图画予以推介。除此以外，许多文学书籍、文艺杂志也经常使用麦绥莱勒画作作为插图或直接作为封面。譬如，以尹庚为编辑的天马书店于 1935 年 9 月出版了一系列左翼作家的小说，计有《女人的故事》（草明）、《沉郁的梅冷城》（东平）、《叶伯》（吴奚如）、《刘麻木》（荒煤）、《情形小说》（巴夫）、《邂逅》（聂绀弩）、《制服》（魏金枝）等，都分别选取了麦绥莱勒的《我的忏悔》《光明的追求》《一个人的受难》连环画作中的一幅作为封面。当然这些选择也不是随意的，麦绥莱勒黑白分明的图幅和小说白底黑字的封面装帧相得益彰，而图

① 鲁迅：《鲁迅全集》（第 4 卷），人民文学出版社，2005，第 620 页。
② 施蛰存：《施蛰存全集》（第 4 卷），华东师范大学出版社，2011，第 1285 页。

图 6-8 《光明的追求》之一

文之间也构成了某种程度的呼应。同时左翼翻译作品也有许多用麦绥莱勒的作品作为封面的，如沈端先（夏衍）、杨开渠翻译的苏联格拉特可夫《沉醉的太阳》即借用麦绥莱勒《光明的追求》中的图画作为封面。

　　良友图书印刷公司出版了麦绥莱勒的四册画集以后，对中国青年木刻作者产生了最直接的影响。但鲁迅大力推介麦氏木刻的初衷之一是希望让木刻爱好者有所参考、创新，而不是去一味模仿。他在 1933 年 10 月致赵家璧的信中认为麦氏画作可参考之处很多，但是不容易去学习；1934 年在致木刻作者张慧的信中他又说："良友公司所出木刻四种，作者的手腕，是很好的，但我以为学之恐有害，因其作刀法简略，而黑白分明，非基础极好者，不能到此境界，偶一不慎，即流于粗陋也。"[1] 但 1930 年代的社会氛围中，中国左翼木刻作者可以学习的资源并不多，除了苏联版画和欧美少数版画家作品之外，再无其他参照，况且当时青年艺术工作者显然缺乏一种沉静的心态面对一种全新的艺术形式，更遑论从中国古代传统木刻中借鉴传承以至于创出新路。因此总体而言，1930 年代的中国现代木刻版画艺术虽然从无到有，取得了较大成绩，但粗疏、模仿的情形确实也是

---

① 鲁迅：《鲁迅全集》（第 13 卷），人民文学出版社，2005，第 62—63 页。

"革命的中国新艺术"巴黎展参展作品之一

图 6-9 木刻版画《街头》（何白涛作）

较为普遍现象。1934 年 3 月"革命的中国之新艺术"展览在法国巴黎开幕，来自中国的 58 幅木刻作品在比利埃画廊展出，取得了较大反响。署名安德烈·维奥利的一篇评论认为这些作品真实再现了遥远中国民众苦难的真实场景，更使他惊异的是："他们跟相隔万里的西方毫无联系，却在灵感上和技巧上同我们当代的某些大师十分接近,这不令人奇怪吗？"① 显然，维奥利并不清楚麦绥莱勒在中国传播的情形，所以会奇怪何以这些作品有着鲜明的麦绥莱勒的风格。而另外一些关于这次展览的评论却不免刻薄，譬如保罗·菲埃朗发表在《辩论报》上的评论认为："那些粗率得可怜的作品，一味地模仿麦绥莱勒，一味地追求粗野、庸俗的效果，全无中国人的气味，他们既没有使绘画发生革命，也没有使木刻发生革命。"② 这样的看法虽然没有把中国现代木刻运动的历史情状作为考量的前提，但还是

① 〔法〕安德烈·维奥利：《苦难而战斗的中国》，载《鲁迅研究资料（7）》，天津人民出版社，1980，第 157 页。
② 转引自陈超南：《"革命的中国之新艺术"巴黎展考》，载《2012 上海版画》，上海书画出版社，2012，第 141 页。

说中了中国现代木刻运动最核心的缺陷，即在过分强调文艺社会功用的情势之下，木刻艺术既缺乏对传统的继承和发展，更缺乏艺术层面的积淀和创新，因而导致了一种与初衷悖反的效果。正如《法国信使报》所描述的情形："这些中国革命者要做的却正与他们的宣传意图背道而驰，我们却觉得，艺术似乎在那里消失了。"① 这些评论显然还是有某种程度的偏颇，但无论如何，域外的视角还是不经意地指出了木刻运动发展中的问题。

二、大众化与麦绥莱勒的接受语境

麦绥莱勒的作品在中国出版之前，左翼文坛对文艺大众化的问题愈加重视。1931 年 11 月中国左翼作家联盟执行委员会的决议案，即由瞿秋白指导、冯雪峰执笔的《中国无产阶级革命文学的新任务》中，提出必须确立中国无产阶级革命文学的新路线，而在践行这一路线时，"第一个重大的问题，就是文学的大众化"②。接着《大众文艺》又组织了"文艺大众化诸问题"的讨论，主动征求各方对文艺大众化问题的意见。在各种意见中，多有关于连环图画的论述。如洛扬（冯雪峰）、寒生（阳翰笙）等人即把传统"连环图画"和说书、小调、变戏法相提并论，认为这是一种封建的、落后的文艺形式，但是同时他们也看到连环图画在一般民众中流行的趋势，于是提出改造、利用旧形式，推进大众化的思路。还有一些视野开阔的论者提出图文互动的问题，譬如华蒂（叶以群）就在文学体裁方面认为可以适当借鉴歌谣、章回小说及连环图画的形式，以适应大众的认知"惯性"；魏金枝也在文中提出"应和电影图画戏剧音乐等合作起来，辅助文学的功用"③。瞿秋白则署名史铁儿发表《普洛大众文艺的现实问题》一文，提出："所以普洛大众文艺所要写的东西，应当是旧式体裁的故事小说歌曲小调歌剧和对话剧等，因为识字人数的极端稀少，还应当运用连环图画的形式，还应当竭力使一切作品能够成为口头朗诵，宣唱，讲演的底稿。"④ 在大多数左翼文艺工作者那里，连环图画这种艺术形式和文学大众化运动之间是有着诸多想象空间的。与此同时，苏汶发表了《关于〈文新〉与胡秋原的

① 转引自陈超南：《"革命的中国之新艺术"巴黎展考》，载《2012 上海版画》，上海书画出版社，2012，第 141 页。
② 冯雪峰：《中国无产阶级革命文学的新任务》，载《冯雪峰论文集》，人民文学出版社，1981，第 63 页。
③ 文振庭编《文艺大众化问题讨论资料》，上海文艺出版社，1987，第 145 页。
④ 文振庭编《文艺大众化问题讨论资料》，上海文艺出版社，1987，第 43 页。

文艺论辩》一文，提出："连环图画里是产生不出托尔斯泰，产生不出弗罗培尔来的。"①针对苏汶等人对连环图画的轻视，鲁迅连续发表了《"连环图画"辩护》《论"第三种人"》等文章予以驳斥，特别指出："证明了连环图画不但可以成为艺术，并且已经坐在'艺术之宫'的里面了。"②历来论者大都认为鲁迅持论有据，鞭辟入里，而苏汶则在种种反驳中显得理屈词穷。然而需要特别注意的是，苏汶在论及连环图画这种"低级的形式"时，其实着眼于中国传统"小人书"之类民间图画形式，而鲁迅则以珂勒惠支、麦绥莱勒、希该尔等欧美连环画作者的作品作为回应，显见在鲁迅心目中，中国民间传统连环图画确乎还不足以称为"艺术"。而后的论战中，苏汶又偷换论题，把鲁迅引进德国版画与中国大众艺术混淆起来，亦遭到鲁迅驳斥。由是观之，这场论辩似乎答非所问，文艺如何大众化，能不能大众化的中心议题并没有得到深入探讨。而经由对国外版画的借鉴，吸收其精髓，创新其形式从而获致一种全新的大众化的艺术形式，究竟有多远的路途？究竟能不能走通？鲁迅恐怕也是没有答案的。

在文艺大众化讨论的过程中，始终有一个不能回避的议题，即何谓"大众"？没有这样一个前提的明晰，大众化显然就成了空中楼阁。郭沫若在《新兴大众文艺的认识》一文中说："大众文艺！你要认清楚你的大众是无产大众，是全中国的工农大众，是全世界的工农大众！"③郭沫若的"大众"定位在左翼作家当中还是有相当的影响。陶晶孙认为："就算强欲把大众广义地定义，说叫是个不十分明显的一群人，那么里面自然有有钱和无钱，支配和被支配，自然他们的利害是不能一致的。趣味，生活也都是不同的。"④显然，陶晶孙看到了所谓"大众"群体的异质性和复杂性，也只有看到这一点，文艺大众化才会有推进的可能性。冯乃超同样注意到定位"大众"的重要性，他意识到即便把大众划归"被压迫"的阶级，那么在阶级规限之下仍有阶层的差异。遗憾的是冯乃超虽然意识到阶层的存在，但是在作家和大众关系定位上却出现明显的抵牾。他先是提到大众所享受的所谓"文化恩惠"的字眼，后则又讲深入群众的问题，潜意识中他把作家置于超越大众阶层的施惠者的地位，又奢谈深入群众。1930 年前

① 苏汶:《关于〈文新〉与胡秋原的文艺论辩》，载《中国新文学大系》（文艺理论集二），上海文艺出版社，1987，第 521 页。
② 鲁迅:《鲁迅全集》（第 4 卷），人民文学出版社，2005，第 460 页。
③ 文振庭编《文艺大众化问题讨论资料》，上海文艺出版社，1987，第 11 页。
④ 文振庭编《文艺大众化问题讨论资料》，上海文艺出版社，1987，第 12 页。

图 6-10 《北斗》杂志创刊号

后，文艺界组织的文艺大众化的讨论有许多次，先是《大众文艺》组织的"文艺大众化的诸问题"的讨论，后又有《北斗》杂志社发动的文学大众化问题的征文活动，各方面的作者各抒己见，形成了良好的争鸣氛围，但遗憾的是讨论始终没有对何谓"大众"取得共识，因此文艺大众化的实践始终没有得到真正的落实。有基于此，瞿秋白发表文章，分析了文艺大众化流于空谈的种种症候，特别发出"我们"是谁的质问，从而揭开了此类讨论中作家自我定位的问题。瞿秋白的论述虽然也有着普罗列塔利亚式的政治化，但是其难能可贵地指出了知识分子脱离群众的倾向，亦即文艺工作者往往耽于启蒙者的自我想象，从而把自己置于大众对立面的情状。总而言之，如果追问 1930 年代的文艺大众化运动停滞于理论探讨层面的原因，那么对大众化的主客体定位的偏颇和模糊显然是最不能忽视的一点。

即便略过"大众"的定位问题，在如何"大众化"上，各种争论最终也没有达成共识。郑伯奇、冯雪峰、阳翰笙、周扬等人在论争中也提出了文艺作品从内容到形式的大众化改良途径，但是总体而言流于空泛，缺乏操作的可能性。在鲁迅看来，读者的文化程度和文艺艺术性之间在当时情境之下，存在着不能衔接的落差。大众的知识、思想和情感达不到一定水准的话，那么他们"和文艺即不能发生关系"；反过来讲，如果文艺一味俯就，就容易"迎合"和"媚悦"，即当下所言的"媚俗"，对大众而言并不见得有好处。总体而言，鲁迅把 1930 年代文艺大众化的种种探索和尝试看作未来社会良好文艺生态的一个铺垫和准备。事实上，从麦绥莱勒、珂勒惠支、比亚兹莱及其他国外版画家的中国引进来看，这些异域艺术大师们的杰作，历经十数年的流布，影响还仅限于所谓的"智识阶层"，对于大众而言，他们依然是陌生的。此种状况，正如沈从文所说："一般漫画木刻，提高还缺少能力，普及也同样还缺少能力。它离不开报章杂志的附庸地位，为的是它所表现的一切形式，终不摆脱报章杂志的空气，只能在大都市中层阶级引起兴趣，发生作用。想把它当油画挂卧室客厅大不相称，想把它当年画下乡去也去不了。"[①] 此论调虽然多少有一点偏激，但沈从文看到的中国现代木刻的提高、普及的能力缺陷却是不争的事实。和鲁迅的想法不谋而合的是，沈从文也建议现代木刻应该向中国古代石刻、传统年画艺术学习，才能得到发展。而鲁迅之所以对麦绥莱勒的作品青眼有加，显然不仅仅看重连环图画的艺术形式可资文艺大众化运动借鉴的可能性，更看重其本身的艺术性。但现实是麦绥莱勒的连环图画的形式和艺术质素并未真正得到吸收，而中国传统木刻、石印传统并未得到重视，鲁迅等人借域外范本汲取新营养，创造新形式的变革意图也没有能够实现。现实正如赵家璧在新中国成立后的撰文中所讲的那样："近三十年来的实践，更证明木刻连环图画不是一种普及形式的大众文艺读物，他同广大人民群众喜爱的连环图画是各有所长的。"[②]

三、麦绥莱勒与 1930 年代文学场域的 N 种视角

良友图书印刷公司刊行四册麦绥莱勒画集时，特地请鲁迅、郁达夫、叶灵凤、赵家璧四人分别写序，这四篇序显然可以成为管窥作者文艺观念的一个角度。学者姚玫玟即对四篇序文进行了卓有见地的分析，认为有着相似主题的麦绥莱勒的四套连环画集分别被四位序作者阐释为阶级压迫、欲望救赎、城市流浪和青年恋爱悲剧的故事，从而折射出"译介的多种可能性及其文化约束关系"——这种叙事层面的剖析，加上跨文化传

---

① 沈从文：《沈从文全集》（第 16 卷），北岳文艺出版社，2012，第 490 页。
② 赵家璧：《编辑忆旧》，生活·读书·新知三联书店，1984，第 132 页。

图 6-11 《一个人的受难》之十二

播脉络的梳理，似乎借鉴了刘禾《跨语际实践——文学，民族文化与被译介的现代性》的学术思路。而如果从宏观层面去看，自文艺大众化的角度切入四篇序言的解读，同样可以见到 1930 年代大众化之于文学场域的刺激与反馈，庶几可以认识到文艺大众化这一议题对于文学史建构的真正意义。《一个人的受难》序中，鲁迅先是着眼于麦绥莱勒"连环图画"的体式，回溯了其中外源流与发展，认为这种"图画叙事"或"用图画来替文字"的艺术形式"于观者很有益，因为一看即可以大概明白当时若干的情形，不比文辞，非熟习不能领会"①。如果摒除这篇序言里关于故事主题内容的阐述，仅从其对"连环图画"的认识来讲，鲁迅显然是从接受者的角度考校了图像与文字之于大众启蒙的意义，即因图像的直观性契合了中国受众群体文化知识水平偏低的局限，投合了文艺大众化的现实需要，所以具备了某种"启蒙"的潜质和可能性，如其所言："对于这，大众是要看的，大众是感激的！"②大概也是基于这种认识，鲁迅对麦绥莱勒的推介才

① 鲁迅：《鲁迅全集》（第 4 卷），人民文学出版社，2005，第 572 页。
② 鲁迅：《鲁迅全集》（第 4 卷），人民文学出版社，2005，第 461 页。

有"择取中国的遗产，融合新机，使将来的作品别开生面"的期许。郁达夫则在《我的忏悔》序里，提及木刻艺术在偏僻地区宣传文化、代替印刷的社会功能。而对于麦绥莱勒，郁达夫则认为其"虽则并不是一位具有阶级意识的大众的斗士，但他的书却是可以为无产者申诉，使文盲阅读的为大众的书"[①]。由此看来，鲁迅和郁达夫对麦绥莱勒之入中国的意义是持较为相近看法的。作为居中联络麦绥莱勒画集出版的组织者，赵家璧则更为明晰地在《没有字的故事》序中指出了连环图画与中国 1930 年代文艺大众化之间的紧密联系。他在文章中披露了连环图画的提倡和改良与中国文坛大众化论争的前因后果，也表达出之所以引入麦绥莱勒的动因，即"也许可以给中国连环图画的将来，一条有生命的路"和"在服役于小市民的旧式连环图画和来日成为大众文艺的中国木刻连环图画间，当一次较有意义的媒介"[②]。身为良友图书印刷公司的编辑，赵家璧个人身份的政治定位应该是较为中性的，相对而言，其思想观点在 1930 年代的中国文坛具有更为普遍的代表性。而早期加入"左联"，后又偏向右翼的叶灵凤在《光明的追求》序文中详尽梳理了中外现代木刻的源流，从纯粹技术的角度阐释了木刻的发展历程。他认为木刻的技术性和艺术性的因素，使得其成为适合表现快节奏的现代生活的一种工具，而麦绥莱勒的作品则是以其热情、线条和黑白色彩"发挥着对于现代都市文明的诅咒和幻想"[③]。显而易见，在叶灵凤那里，麦绥莱勒和大众化并无多少关联，这也是苏汶等"第三种人"作家群体的大致看法。

也许从文坛不同文化、政治立场的当事人对这些连环图画的解读，管窥文艺大众化的当下构想和未来前景，不失为一个较为直观的途径。如前所述，麦绥莱勒—连环图画—大众文艺，本身就是 1930 年代左翼文人相当重视的一段文化传播链条，而观察这一链条周遭的文化情势，显然可以部分廓清 30 年代文坛的风云变幻。以鲁迅为代表的左翼作家，像期望麦绥莱勒在中国化生出新艺术形式那样，期望中国左翼文学经由大众化，创生出民众喜闻乐见，雅俗共赏而又不失艺术性和思想性的文学样式。他们坚持启蒙民众的"普罗"理念，又不愿意放弃文学应有的艺术性，以至于长久地停留在寻找平衡点的摇摆状态中。而作为文坛"经纪人"角色的赵

---

① 郁达夫：《〈我的忏悔〉序》，载《郁达夫全集》（第 11 卷），浙江大学出版社，2007，第 111 页。
② 赵家璧：《〈没有字的故事〉序》，载《编辑忆旧集外集》，中华书局，2008，第 101—102 页。
③ 麦绥莱勒：《光明的追求》，山东画报出版社，1999，第 6 页。

家璧则要超然得多，对于麦绥莱勒连环图画的形式启蒙，始终抱着谨慎的乐观，甚至是一种无可无不可的态度，他认为："因为连环图画既被众人认作走向艺术大众化的捷径，而当内容和形式的改良找不到出路的今日，这一种尝试，至少可以给我们一点新认识。"[①]这里道出几种事实：其一，1930年的文坛大多数已经达成共识，即连环图画是大众化可资利用的文艺形式。其二，如何借助域外文化经验，改良连环图画的内容和形式，使其本土化、民族化、大众化的同时不失其艺术性的议题，依然没有实质性突破。其三，连环图画对文艺大众化运动的价值并未有实践性的评估，仅仅是提供了一种可能性，或者说一种尝试。从麦绥莱勒的移植所揭示出的议题俨然是文艺大众化论争的核心部分，而麦绥莱勒在1930年代的文坛镜鉴作用似乎也不言而喻。另一方面，在文艺大众化的潮流中，海派作家表现出相当的冷漠，他们很少参与甚嚣尘上的理论性论战，而是热衷于摹写现代都市光影流转和新市民的心理感受，如施蛰存、穆时英和刘呐鸥，还有相当一部分作家如叶灵凤等人则醉心于市井生活的再现，亦步亦趋地追随文化的流行时尚。如果换个立场来看，作为海派文学接受群体的都市平民如果也可以定位为"大众"组成部分，那么大众化又将有何新的阐释？这显然又是一个没有答案的问题，不光涉及大众化的"大众"定位问题，更涉及大众化的内容和形式、思想性和艺术性的问题。

茅盾在《连环图画小说》一文中曾这样预想连环图画的发展前景："这一种形式，如果很巧妙地应用起来，一定将成为大众文艺的最有力的作品。无论在那图画方面，在那文字的说明方面（记好！这说明部分本身就是独立的小说），都可以演进成为'艺术品'！而且不妨说比之德国的连续版画还要好些。"[②]可是，等到文艺大众化的论战已经偃旗息鼓之时，这种"最有力的作品"尚未见到最简陋的雏形。当然，比及麦绥莱勒之类的"德国的连续版画"还要好的中国连环图画更是没有见到，街头还是充斥着《封神演义》《水浒传》《火烧红莲寺》之类"有毒"的东西。撇开文艺大众化的话题不谈，1930年代的中国文坛是精彩纷呈的，无论是以沈从文为代表的"京派"还是以穆时英、叶灵凤等人为代表的"海派"，虽然两派之间时有龃龉，但在文学创作的实绩上是有目共睹的；左翼作家的作品亦有可圈可点之作，譬如茅盾、萧红、张天翼等人的作品。

---

① 赵家璧：《〈没有字的故事〉序》，载《编辑忆旧集外集》，中华书局，2008，第101—102页。
② 茅盾：《茅盾文集》（第9卷），人民文学出版社，1961，第78页。

　　其实关于连环图画与大众化的种种构想，仅仅是现代中国文学流脉中的一段插曲，虽然麦绥莱勒的引入对中国现代木刻版画运动的影响巨大，甚而至于，对现代文学的主题、题材、形式的影响亦不容小觑，但其并未给街头巷尾的传统连环图画带来过什么明显的变化，更没有因之给种种定义中的"大众"以实质性的影响，其在中国文坛的流布所实现的启蒙和改良并未发生在大众艺术场域。即便如此，从麦绥莱勒版画的中国行旅还是窥见了中国文学大众化的某种宿命，其以某种文化符指的功能，成为1930 年代中国文艺大众化的一面镜子，从而折射出文艺大众化构想中不同艺术形式（包括文学）所必须面对的核心问题，即"大众"的定义困境与"化"的操作困境。从这一层面而言，对麦绥莱勒的研究显然也具有了一种文学史建构的意义。

第三节　左翼文坛脉动与珂勒惠支版画的传播

一、鲁迅与珂勒惠支版画的中国行旅

　　作为一名德国版画家，凯绥·珂勒惠支在 20 世纪三十年代中国的流布显然离不开鲁迅的推介。早在 20 世纪 20 年代，鲁迅就开始收集国外版画家的画作，他还特别委托徐诗荃从德国搜集各个版画家的作品，其中最受鲁迅青睐的即是凯绥·珂勒惠支的作品。在鲁迅看来，珂勒惠支的作品"以深广的慈母之爱，为一切被侮辱和损害者悲哀，抗议，愤怒，斗争；所取的题材大抵是困苦，饥饿，流离，疾病，死亡，然而也有呼号，挣扎，联合和奋起"[①]。这种主题与风格同《呐喊》《彷徨》如出一辙。显然，从这一角度可以看出珂勒惠支版画和鲁迅小说文本所形成的某种互文性。譬如珂勒惠支的版画《牺牲》《双亲》等作品中显然可以看到和《药》的题旨相类似的献祭之痛；而《母亲和死去的孩子》的版画则和鲁迅小说《明天》在整体氛围上有着惊人的一致性；另外，珂勒惠支的《贫穷》《死亡》《幸存者》《面包》《德国儿童在饥饿中》等作品不光表达出作为母亲的深沉悲哀，更有和鲁迅一样的"救救孩子"的沉痛心声。正如霍普德曼对凯绥作品的评价："你无声的描线，侵人心髓，如一种惨苦的呼声：希腊和

---

　　① 鲁迅：《鲁迅全集》（第 6 卷），人民文学出版社，2005，第 487—488 页。

图 6-12　珂勒惠支自画像

图 6-13　珂勒惠支《反抗》

罗马时候都没有听到过的呼声。"①但如果深入研判,作为一种"心的图像"的珂勒惠支版画与鲁迅的小说,种种悲哀和抗争其实也不过是表象而已,更深层次的则是对底层民众的"慈爱和悲悯"。值得注意的是,鲁迅对珂勒惠支的推重不唯主题内容和精神内涵的考量,更有一层艺术形式层面的权衡。1933 年他在为白危编译《木刻创作法》所作的序里陈述推介木刻的缘由是"好玩""简便""有用",看似随意而谈,但实质上却指明了西方木刻版画在审美、传播和功用层面的特征,并由此得出"这实在是正合于现代中国的一种艺术"②的论断。关于鲁迅的这种"合于",画家陈丹青这样理解:"他知道,在当时落后纷乱的中国,在美学渊源完全相异的文化之间,富贵而庞然的欧洲油画难以在中国开花结果。他敏感到相对简易的木刻能够直接移取欧洲绘画的部分经验,这和他一开始就留心弱小民族的短篇,以为适合师法而言说本土的真实,是一个道理。"③当然,除了洞悉木刻版画借鉴西方绘画的可能性,更为重要的是鲁迅同时看到了木刻艺术在中国传播的便捷性和审美价值,以及由此带来的与中国文艺大众化的合拍。

由于创作木刻版画有"放笔直干"的特性,因而深味真髓,达于"有力之美"便成了版画艺术创作的圭臬。鲁迅之所以大力介绍外国版画艺术,显然亦有对"力之美"的推崇,其早期所谓"摩罗诗力"即是倡导一种"刚健雄大"之美。他认为:"新的木刻是刚健,分明,是新的青年的艺术,是好的大众的艺术。"④而珂勒惠支在鲁迅看来当然是版画作者中的佼佼者,正有着那种质朴刚健的宏阔气势和力量之美。他在 1936 年致曹白的信中对凯绥大加赞赏:"你看珂勒惠支,多么大的气魄。"⑤此种气魄其实也是鲁迅在其文学作品中展现出的一种特质。譬如珂勒惠支《农民战争》组画里的《反抗》一幅,那种了无生路的母亲立于爆发的洪流中举手向天地呐喊,其所爆发出的悲哀决绝的力量令人惊骇。鲁迅评价这个母亲的形象道:"她的姿态,是所有名画中最有力量的女性的一个。"⑥由此反观鲁迅的散文诗《颓败线的颤动》,其营造的充满张力的场景和《反抗》何

---

① 鲁迅:《鲁迅全集》(第 6 卷),人民文学出版社,2005,第 486 页。
② 鲁迅:《鲁迅全集》(第 4 卷),人民文学出版社,2005,第 626 页。
③ 陈丹青:《鲁迅与美术》,载《笑谈大先生》,广西师范大学出版社,2011,第 161 页。
④ 鲁迅:《鲁迅全集》(第 8 卷),人民文学出版社,2005,第 406 页。
⑤ 鲁迅:《鲁迅全集》(第 14 卷),人民文学出版社,2005,第 124 页。
⑥ 鲁迅:《鲁迅全集》(第 6 卷),人民文学出版社,2005,第 492 页。

其相似："她赤身露体地，石像似的站在荒野的中央，于一刹那间照见过往的一切：饥饿，苦痛，惊异，羞辱，欢欣，于是发抖；害苦，委屈，带累，于是痉挛；杀，于是平静。……她于是举两手尽量向天，口唇间漏出人与兽的，非人间所有，所以无词的言语。"① 此种无须言语的画面感，和珂勒惠支的版画一样，使人有一种"于无声处听惊雷"的心灵震悚。而对于读者来说，似乎亦可从这种图文跨艺术形态的契合，看到凯绥受鲁迅推重的某种必然性。1931 年以后，鲁迅对珂勒惠支的作品推介更加积极，他于同年 5—7 月分别购买到珂勒惠支版画作品计 22 幅。8 月举办暑期木刻讲习班，除了请内山嘉吉传授基本的木刻技法外，鲁迅利用课余时间组织学员们观摩各国版画作品，其中即有珂勒惠支的《农民战争》系列铜版画。讲习接近尾声时，鲁迅特意把珂勒惠支的一套六枚的石板组画《织工起义》和另外一枚铜版画赠予内山嘉吉，当作酬劳，以此深谢内山嘉吉对中国青年木刻爱好者的启蒙。这些有珂勒惠支签名的原作弥足珍贵，可见鲁迅对中国木刻的发展所寄予的殷切期望，当然亦可从侧面见到其对珂勒惠支的推崇。这次为期不长的讲习，播下了中国木刻运动的种子，在此后的一段时日，鲁迅则以更大的热忱参与中国木刻的启蒙和成长。1932 年前后，他和汉嘉堡夫人协力举办德国作家版画展览会，先是著文介绍展会，后来又出借展览用具和自藏版画作品，表现出极大的热忱，珂勒惠支的《农民战争》组画即在这次展出之列。其后不久珂勒惠支的作品又在春地画会的展览会上展出，鲁迅前往参观并捐款。到 1936 年鲁迅逝世前夕，他不遗余力地以各种方式支持左翼青年的木刻组织，如野风画会、MK 木刻研究会、无名木刻、木铃木刻研究会、野穗社等。不仅如此，他还以通信、著文的方式指导左翼青年的木刻创作和倡导木刻运动。在鲁迅的大力支持下，许多左翼青年成长为中国最早一批木刻家，如陈铁耕、张望、陈烟桥、李桦、罗清桢、曹白等。而从这批青年木刻家作品中则可以明显看到珂勒惠支的影子，譬如从李雾城（陈烟桥）的作品《拉》中可以看到珂勒惠支《耕夫》的构型和力量感；而陈铁耕和黄新波分别创作的《母与子》则显然受到珂勒惠支作品题材和主题的影响，充满了悲苦和愤懑。在鲁迅最后一年的生命里，一直积极筹划出版《凯绥·珂勒惠支版画选集》。他抱病参阅多种书目，并撰写了画选序目。在画集的序言里，他高度评价

---

① 鲁迅：《鲁迅全集》（第 2 卷），人民文学出版社，2005，第 210—211 页。

了珂勒惠支的艺术成就："在女性艺术家之中，震动了艺术界的，现代几乎无出于凯绥·珂勒惠支之上——或者赞美，或者攻击，或者又对攻击给她以辩护。"①《凯绥·珂勒惠支版画选集》出版以后，鲁迅多次把它赠予友人、学生，也曾辗转托人赠给凯绥本人。在送给许寿裳的画选上，鲁迅题有"印造此书，自去年至今年，自病前至病后，手自经营，才得成就"②的文字，显见其对珂勒惠支的高度重视。

多年以来，人们似乎仅仅看到鲁迅单纯地倚重文学来推进国民性的改造，其实这是一种极大的误解。鲁迅始终有一种多元的、开放的大文艺观，其念兹在兹的是疗救国人病态的灵魂，至于择取何种文艺形式去实现改造国民性的愿景倒不那么刻意。其幼年对美术的兴趣，在诸多作品中多有披露。他任职北洋政府教育部时即对蔡元培的"以美育代宗教"的理念颇为认同；兼任社会教育司科长时，鲁迅分管文化、艺术等方面，更是不遗余力地推进美术普及的工作。1913 年所作《拟播布美术意见书》一文即指出美术有文化、道德和经济方面的功用，提出普及美术的种种措施。梳理其一生的文艺活动，鲁迅在美术方面投入的心神精力是惊人的。鲁迅晚年对珂勒惠支的青睐，除了被她作品中动人的力量所震撼，应该还敏锐地意识到其悲悯、抗争的题材、主题及革命意识对当时中国的现实意义。显然鲁迅是认同史沫特莱对珂勒惠支作品评价的："而笼罩于她所有作品之上的，是受难的，悲剧的，以及保护被压迫者深切热情的意识。"③鲁迅曾在《写于深夜里》一文中特别解释了之所以介绍珂勒惠支版画进入中国的缘由：他认为铜刻和石刻的版画之于中国是一种新的艺术创作形式，但更为重要的是，他是要通过凯绥这种"悲哀、叫喊和战斗的艺术家"使中国了解到另外一个国度同样遭际的族群，即所谓"别一种人"——这些人"虽然并非英雄，却可以亲近，同情，而且愈看，也愈觉得美，愈觉得有动人之力"④。显然，鲁迅是想借珂勒惠支专注于"被侮辱被损害的"的眼光使中国获得一种世界性的人道主义启蒙，并有引导左翼文艺青年挖掘社会底层、探索人性纵深，推动社会革新的意图。他认为："以前的文艺，如隔岸观火，没什么切身关系；现在的文艺，连自己也烧在这里面，自己

---

① 鲁迅：《鲁迅全集》（第 6 卷），人民文学出版社，2005，第 487 页。
② 鲁迅：《鲁迅全集》（第 8 卷），人民文学出版社，2005，第 447 页。
③ 史沫特莱：《凯绥珂勒惠支——民众的艺术家》，载《凯绥珂勒惠支版画选集》，三闲书屋，1936，第 3 页。
④ 鲁迅：《鲁迅全集》（第 6 卷），人民文学出版社，2005，第 519 页。

一定深深感觉到；一到自己感觉到，一定要参加到社会去！"① 很显然，中国 20 世纪初特殊的政治、文化语境，决定了鲁迅对文艺社会功用的重视。本质上讲，鲁迅对珂勒惠支的推介仍是其改造国民性思想的践行方式之一。值得注意的是，鲁迅的文艺工具论虽然侧重于社会功用一端，却特别警惕对艺术性的忽视。譬如在谈到木刻版画时，他在致李桦的信中说："木刻是一种作某用的工具，是不错的，但万不要忘记它是艺术。"② 凡是种种，我们显然看到一个跨界的鲁迅，借各种艺术之力抨击国族沉疴的努力。从另一角度来看，珂勒惠支之于中国左翼文坛，应该说，是一个欧洲画家和一群中国文人的关系，同时也是一段融合文艺、政治的文化史关系，这样一种关系，此前很少有人关注，就现代文学研究而言，却不应该忽略。

二、现代中国文艺场域的"左联"与珂勒惠支

1930 年 3 月 2 日，"左联"在上海成立，鲁迅在成立大会上发表了《对于左翼作家联盟的意见》的讲话，提出左翼作家应该丢掉不切实际的幻想，参与到实际社会斗争中去，避免成为纯粹"Salon"里面的空头社会主义者。"左联"刊物《萌芽月刊》发表了这篇讲话的同时还发表了"左联"成员王一榴的一幅宣传画：画面中间的黑板上写着"凡是左翼联盟的作家都要参加工农革命底实际行动赞成者举手"的字样，台上是举臂倡议的会议主席，台下则是赞成者举起的森林般的手，画面主题鲜明，黑白对比强烈，虽是漫画却有着版画的特征。纵观"左联"历史，鲁迅和其他"左联"领导人对于如何参与实际的社会斗争，理解上显然是有分歧的，鲁迅希望左翼作家植根于底层民众，以文艺作品作为武器，推动社会变革。他说："现在的左翼文艺，只靠发宣言是压不倒敌人的，要靠我们的作家写出点实实在在的东西来。"③ 另外，"左联"初期的极端"左倾"化，引起了国民党当局的警觉，一系列的查禁、镇压行动接踵而至，文艺创作的力量受到很大的削弱。1931 年，"左联"五作家被捕杀，时任"左联"编辑部主任的柔石即在其中。

关于柔石，鲁迅说："他是我的学生和朋友，一同绍介外国文艺的人，尤喜欢木刻，曾经编印过三本欧美作家的作品，虽然印得不大好。"④ 柔石

---

① 鲁迅：《鲁迅全集》（第 7 卷），人民文学出版社，2005，第 120 页。
② 鲁迅：《鲁迅全集》（第 13 卷），人民文学出版社，2005，第 481 页。
③ 茅盾：《茅盾全集》（第 34 卷），人民文学出版社，1997，第 458 页。
④ 鲁迅：《鲁迅全集》（第 6 卷），人民文学出版社，2005，第 517 页。

图 6-14 王一榴漫画《左翼作家联盟成立》

加入"左联"后，积极参加"普罗"文学运动。他和鲁迅等人成立朝华社，致力于介绍东欧和北欧的文学作品和外国版画，并出版了美术丛刊《艺苑朝华》四辑，较为系统地介绍近代西方木刻。想必在那个时候鲁迅和柔石已经对珂勒惠支颇感兴趣，应该曾商讨过把珂勒惠支介绍给中国读者。鲁迅日记中记载，其在 1930 年 7 月 15 日收到徐诗荃寄自德国的珂勒惠支画集；而根据内山嘉吉和奈良和夫的著述，鲁迅最有可能在日本杂志《中央美术》1928 年 1 月号中了解到珂勒惠支。在鲁迅看来，珂勒惠支是植根于现实生活的最具代表性的革命艺术家，其版画作品是社会变革和艺术表现结合得最为完美的典范。可是珂勒惠支的中国之旅尚未开启，柔石即被逮捕，1931 年 2 月 7 日晚被枪杀于上海龙华警备司令部。柔石的牺牲使鲁迅大为悲恸，始有"忍看朋辈成新鬼，怒向刀丛觅小诗"的诗作。五位左翼青年作家被枪杀后，世界文化界人士联名抗议，珂勒惠支亦是签名表达反对国民党迫害暴行的文化名人之一。柔石殒身后的三个多月，也就是1931 年 5 月 24 日，珂勒惠支的画作寄到了鲁迅手中。现实正如鲁迅先生所描述的那样："珂勒惠支教授的版画集正在由欧洲走向中国的路上，但到得上海，勤恳的绍介者却早已睡在土里了，我们连地点也不知道。"① 似乎可以说，某种程度上，柔石的被害建构了鲁迅推介珂勒惠支版画的更为迫切的使命感。随后直至鲁迅逝世的几年中，鲁迅对柔石的牺牲殊难释怀，多次在文章中提及，而其对珂勒惠支及苏联版画家的推介更是不遗余力。显然，珂勒惠支版画的中国旅程在一开始就和左翼作家的牺牲和抗争联系在了一起。借由鲁迅的推介，珂勒惠支版画和左翼文学在"左联"这个特殊政治生态下的文化艺术场域中相互交流、借鉴和融通，形成了相当特殊的文坛风景。

"左联"成立以后不久，中国左翼美术家联盟随即成立，该组织集合了诸多美术学校和白鹅画会等组织的进步青年，致力于中国新兴木刻运动。而文学和美术在"左联"的旗帜下有了更多的联系和融合。先是"左联"加大了对国外版画的推介力度，如译介苏联小说时往往特意将原书版画插图翻印过来。譬如，小说《城与年》《坏孩子》等作品的版画插图。另外，"左联"的机关刊物和文学期刊也更多地刊载西方版画的优秀之作，如《文学月报》就多次刊载西方版画作品，其中就有珂勒惠支的《失业》《丧子》等。作为"左联"盟主的鲁迅对珂勒惠支版画的青睐，显然影响了一大批青年美术工作者，这批青年版画家的作品在主题、风格各个方面都有珂勒惠支作品的影子。当时，许多青年版画家还参与了文学作品的配图，如刘岘就曾经木刻了鲁迅的《野草》《呐喊》等作品的插图，虽然这些作品大都不够成熟，但鲁迅还是一一悉心地给予指导。茅盾《子夜》出版后，1937年刘岘又创作了《子夜》的版画配图，全套二十八幅，尤其第二十四幅刻绘了工人冲击工厂的场景，表现了无出路的工人的愤怒抗争，和珂勒惠支作品《突击》有着同样的氛围和风格，可以见出珂勒惠支的巨大影响。而黄新波为叶紫小说《丰收》所作的十二幅版画插图，则兼有珂勒惠支、麦绥莱勒和苏联版画写实风格的痕迹，其中有几幅得到了鲁迅的首肯。叶紫也在后记中说："感谢新波先生日夜为我赶刻木刻，使我的这些不成器的东西，增加无限光彩。"② 黄新波一向笃爱文学，加入"左联"后在中国左翼文化同盟主办的新亚学艺传习所绘画木刻系学习，受教于陈烟桥、郑也夫等人，其作品《夜饮》《推》被鲁迅收入《木刻纪程》。黄新波还为蒲风的诗集《六月流火》作木刻插图：一个戴着手铐脚镣的囚徒在牢房里

---

① 鲁迅：《鲁迅全集》（第6卷），人民文学出版社，2005，第518页。

② 叶紫：《〈丰收〉后记》，载《叶紫作品精选》，广西师范大学出版社，1995，第118页。

图 6-15　叶紫《丰收》插图（黄新波作）

愤怒地举手向天呐喊的构图充满了力量感，表达出难以言喻的激情，也表现出珂勒惠支作品中常见的"力之美"。正如蒲风所言："洪叶先生为我作了封面的图案，新波先生为我作了剪影，刻了木刻；黄鼎先生为我作了漫画；从衷心，我表示我的感谢。——大时代下，一个一个地，我们该当合作在一起。"① 显然，文学和木刻的联姻，实现了一种跨形态的融合，有力地推动了文艺大众化，也取得了鼓动抗争的良好效果。这些版画插图和文学内容所构成的图文叙事则使读者在阅读文字文本之外，接受直接的视觉传达，非常有利于更深层地理解作品思想。

在所谓的"大时代"下，木刻艺术经由鲁迅的推介，在中国文坛的流布过程中，已经悄然类型化了，逐渐成为"普罗"文艺一脉，而这种类型化显然是由各种因素促成的。就鲁迅早期对西方版画的引进而言，相当大程度还是从艺术角度考量的，其在《近代木刻选集》中对一批欧洲版画家作品的介绍，即有相当精准的美学层面上的评价。譬如对达格力秀的木刻作品，他认为："能显示最严正的自然主义和纤巧敏慧的装饰的感情。"② 而

① 蒲风：《关于〈六月流火〉》，载《蒲风选集》，海峡文艺出版社，1985，第 581 页。
② 鲁迅：《鲁迅全集》（第 7 卷），人民文学出版社，2005，第 338 页。

对意大利的迪绶尔多黎的《洛雷托的缪斯》，他则认为"是一幅具有律动的图象，那印象之自然，就如本来在木上所创生的一般。"[1] 这一切显见鲁迅最初并无意使西方版画全然作为一种普罗宣教的工具。但是，经历了与创造社和太阳社等人的论战，鲁迅开始对苏联社会主义理论有所关注，同时对苏联社会主义建设的成就有所了解。1930 年后，大致可以看出鲁迅对苏联版画的引进更加积极，但从深层而言，鲁迅对苏联版画的着眼点更多放在其"功用"之用上。而对日本版画家蕗谷虹儿和英国画家比亚兹莱作品的引进虽然有对叶灵凤等人"生吞活剥"的揭露，但更有审美层面的考量。从中国现代青年对西方艺术的接受来讲，鲁迅认为蕗谷虹儿的"幽婉之笔"对比亚兹莱的"锋芒"是一种调和。鲁迅曾经认为日本木刻画家有脱离社会实践的倾向，他说："他们的风气，都是拼命离社会，作隐士气息，作品上，内容是无可学的，只可采取一点技法。"[2] 其实他更着意让中国青年的艺术视野开阔一些，以更开放的心态吸收西方艺术中的营养。凡此种种，可见在鲁迅对外国版画的判断基本上有多个不同的着眼点，即技术层面（日本版画）、审美层面（欧洲版画）和功用层面（苏联版画）。而在所有版画作者中，把这三个层面结合得最完善的，在鲁迅看来，显然是珂勒惠支，她既有圆熟的技法和审美的价值，又不乏人性的深度，而且，正如鲁迅所言："然而无论她怎样阴郁，怎样悲哀，却决不是非革命。"[3]

三、主题·风格·意象：珂勒惠支与 20 世纪三十年代左翼文学

在中国当时特殊的政治语境中，鲁迅想获致的兼顾人性、审美和社会功用的艺术传播效果并未达成。构成珂勒惠支作品意涵的悲哀、抗争、死亡和母性的几个要素，在流布的过程中发生了变异。最初的木刻运动，如鲁迅所述："但由于当时所有'爱好者'几乎都是'左翼'人物，倾向革命，开始时绘制的一些作品都画着工人、题有'五一'字样的红旗之类……"[4] 其鲜明的政治色彩招致了国民党的镇压，而在与当局对垒的过程中，木刻逐渐类型化为政治反抗的艺术形式。在这种类型化中，珂勒惠支的作品亦成为一种象征反抗的文化符码。可以明显看到，作为一种文化符码的珂勒惠支，其悲哀和抗争的一面其实是被过分强调了，而其作品中更

---

① 鲁迅：《鲁迅全集》（第 7 卷），人民文学出版社，2005，第 339 页。
② 鲁迅：《鲁迅全集》（第 14 卷），人民文学出版社，2005，第 406—407 页。
③ 鲁迅：《鲁迅全集》（第 6 卷），人民文学出版社，2005，第 488 页。
④ 鲁迅：《鲁迅全集》（第 14 卷），人民文学出版社，2005，第 413—414 页。

图 6-16　戈登作《五月一日》

为深广的，关于人性的省思和审美探索的部分则成为盲区。在表达对现实
的不满与抨击时，早期中国木刻版画创作有明显浮泛化的弊病，这些在视
觉场域表现出来的种种文化症候，同样在文学创作方面存在着。塑造的革
命者的形象，如刘希坚、白华、李杰、张进德，普遍缺乏根植于生活的性
格成长性和丰富性，是近于平面化的人物。鲁迅在"左联"成立后不久的
一次讲话中，即对这种脱离生活，向壁虚造的"普罗"文学有过批评："他
劝有教养的青年去体验工农的生活，从生活中搜集题材，学习研究西方的
文艺形式。"①

　　左翼作家中，直接受到珂勒惠支作品影响的作家不在少数，这种由版
画到文学的跨形态艺术影响虽然是潜在的，然而却有迹可循。萧红即是一
个受珂勒惠支影响甚深的作家。她自幼喜欢绘画，在哈尔滨女子中学读书
时曾经在美术上投入了大部分精力，其绘画教师高仰山毕业于上海美专，
给她以现代西方艺术的启蒙和熏陶。1932 年松花江泛滥，在哈尔滨赈灾
画展上，展出的几幅萧红粉笔画可以看到西方表现主义画风的影响，尤其

---

① 〔美〕史沫特莱：《史沫特莱文集：中国的战歌》，新华出版社，1985，第 76 页。

图 6-17　珂勒惠支《妇人为死亡所捕获》

那幅山东大靸鞋的画作难免让人想起凡·高的《鞋》。1933 年以前，萧红究竟有无接触到珂勒惠支的作品迄今未有相关资料加以佐证，但其早期作品却有着珂勒惠支的气度和力度。譬如《王阿嫂的死》中种种刻意描摹的关于死的情状，充满了痛苦和挣扎的张力。又如对王阿嫂看到丈夫被活活烧死后的惨状的描写："王阿嫂拾起王大哥的骨头来，裹在衣襟里，她紧紧的抱着，她发出嗐天的哭声来。她这凄惨泌血的声音，遮过草原，穿过树林的老树，直到远处的山间，发出回响来。"① 萧红并未把这种痛苦和挣扎局限在个人感觉的有限空间，而是将其放大扩散，从而获致一种更大的人性层面上的气度，而这种气度在珂勒惠支一系列画作，如《战场》《俘虏》《反抗》中，是非常明显的。小说还这样写王阿嫂濒死前的挣扎："王阿嫂的眼睛像一个大块的亮珠，虽然闪光而不能活动。她的嘴张得怕人，像猿猴一样，牙齿拼命的向外突出。"② 这种充斥整个画面的紧张感和爆发力，在珂勒惠支的《妇人为死亡所捕获》《磨镰刀》等作品中显然更为直观。如果说早期珂勒惠支对萧红的影响难以确证的话，那么她们之间那种女性创作主体特有的悲悯和对社会底层的关切无疑是契合的。1934 年以

① 萧红：《萧红全集》（小说卷Ⅰ），北京燕山出版社，2014，第 42 页。
② 萧红：《萧红全集》（小说卷Ⅰ），北京燕山出版社，2014，第 45 页。

后，萧红和鲁迅的交往越来越频繁，她因鲁迅影响而对珂勒惠支产生浓厚
兴趣是必然的。萧红 1939 年写的文章中还特别提道："珂勒惠支的画，鲁
迅先生最佩服，同时也很佩服她的做人。"① 等到创作《生死场》的时候，
萧红对珂勒惠支从艺术形式到精神气质的承继就比较明显了。片段式的结
构形式、生与死的主题、受难女性形象以及充满张力的叙事，如同珂勒惠
支一样，萧红用文字绘就了一幅幅东北沦陷区的受难者画卷。鲁迅先生这
样评价《生死场》："这自然还不过是略图，叙事和写景，胜于人物的描写，
然而北方人民的对于生的坚强，对于死的挣扎，却往往已经力透纸背。"②
很明显，鲁迅对萧红在《生死场》中所展现出的"力之美"极为赞许。胡
风也认为："在这里我们看到了女性纤细的感觉也看到了非女性的雄迈的
胸境。"③ 这和罗曼·罗兰对珂勒惠支的"这有丈夫气概的妇人，用了阴郁
和纤秾的同情，把这些收在她的眼中，她的慈母的腕里了"④ 的评述何其相
似。现代相当一部分论者认为《生死场》有着和珂勒惠支相近的意蕴和风
格，显然是有道理的。

　　1932 年 6 月，春地画会被破坏，江丰、艾青、力扬等多名成员以"危
害民国"的罪名被逮捕，后被判刑。据江丰回忆，他们在狱中坚持读书、
作画和写诗，还托人给鲁迅先生捎信，希望能得到一本珂勒惠支画册，
1933 年 12 月 26 日鲁迅设法把珂勒惠支画集送到狱中，鼓励他们坚持木
刻创作。可见当时珂勒惠支对这批青年美术家的影响之深。而对于艾青而
言，这种影响却是以诗歌的形式表现出来的。艾青在狱中的几年，兴趣由
绘画转向诗歌创作，其代表性的诗集《大堰河》即是有着珂勒惠支影响的
杰作。在这系列诗作中，可以看到珂勒惠支特有的主题、意蕴和形式特征。
《会合》是艾青回忆在巴黎参加反帝大同盟的一次经历，诗中这样写道：
"每个凄怆的、斗争的脸，每个 / 挺直或弯着的身体后面 / 画出每个深暗的
悲哀的黑影。"⑤ 整个画面以高光突出了"凄怆""斗争"的面部特征，而背
景则为深浅不一的暗影，显见木刻版画的风格特征。这种明暗对比结合的
密谋的场景，凸显了一种立意反抗、渴望光明的主题，正是珂勒惠支在版
画《商议》中所要表达的中心思想。而《透明的夜》中那群喧嚣的酒徒，

---

①　萧红：《回忆鲁迅先生》，载《萧红全集》，哈尔滨出版社，1991，第 1131 页。
②　鲁迅：《鲁迅全集》（第 6 卷），人民文学出版社，2005，第 422 页。
③　胡风：《〈生死场〉读后记》，载《萧红全集》（小说卷Ⅰ），北京燕山出版社，2014，第 301 页。
④　鲁迅：《鲁迅全集》（第 6 卷），人民文学出版社，2005，第 486 页。
⑤　艾青：《艾青诗选》，民主与建设出版社，2019，第 184 页。

则有着"火一般的肌肉"及"痛苦，愤怒和仇恨的力"，他们穿过村庄，走向屠宰场的行动，如珂勒惠支《织工队》所展现出的场景一样，鼓动着被侮辱和损害者的抗争。其实总体而言，与珂勒惠支画作达成最深层次契合的，则是艾青的成名作《大堰河——我的保姆》。诗中表现出的母性的爱与悲悯，显然是珂勒惠支作品中一贯彰显的情怀，但作为青年美术家的艾青在这首诗的创作中对绘画艺术的借鉴与发挥却是独树一帜的。该诗以多幅连环画面拼接的方式建构出母亲形象的画廊，渐次激起读者内心的波动，引起情感的共鸣。诗中写道："在你搭好了灶火之后 / 在你拍去了围裙上的炭灰之后 / 在你尝到饭已煮熟之后 / 在你把乌黑的酱碗放到乌黑的桌子上之后……"①文本中重复使用的指示性语汇"在"，在某种程度上像是摄像镜头，定格出大堰河劳作的一帧帧连续场景。如果从绘画展示的角度考量，"在"显然更像是一个个画框，框出一幅幅关于母亲的画作。其后诗中又用"她含着笑""她死时"的画框，持续框出一个农村妇女生老病死的生命图景，这种图景的绘制显然受到珂勒惠支的《穷苦》《面包》《母与子》《格莱亲》《凌辱》《战场》等母亲题材画作的影响。某种程度上讲，《大堰河——我的保姆》视觉上的冲击带来的情感波动远大于文字本身的力量。另外，艾青《巴黎》《马赛》等诗作中所展现出的"力之美"与珂勒惠支亦有诸多暗合。一直到1930年代末，艾青的诗歌创作都没有离开苦难、悲悯和抗争的主题，而具有象征意味的、黑白对比分明的阳光、夜、黎明、灯、雪、煤的诸种意象在其诗作中更是常见。或者可以说，艾青的诗歌受到欧洲现代诗歌影响的同时，更受到西方绘画艺术的潜在熏陶，而珂勒惠支版画中表现主义的因素在其诗歌创作中的渗透同样不应被忽视。

鲁迅曾经认为："有精力弥满的作家和观者，才会生出'力'的艺术来。'放笔直干'的图画，恐怕难以生存于颓唐、小巧的社会里的。"②事实上，不唯木刻版画，对于文学而言，这种论断亦是适合的。鲁迅之所以苦心孤诣地推介珂勒惠支，不光看重其有"放笔直干"的左翼风采，更看重其能以女性直觉、母性悲悯冲破政治拘囿的深刻性，希望她能够作为一种思想性和艺术性兼具的范本，给左翼艺术家以启迪。在珂勒惠支被类型化的过程中，许多艺术层面的东西被忽视了。"珂勒惠支雕刀下的形体，都不是单个的存在；现代社会的生活，人的生活，构成为复合处的外延的成

---

① 艾青：《艾青诗选》，民主与建设出版社，2019，第2页。
② 鲁迅：《鲁迅全集》（第7卷），人民文学出版社，2005，第351页。

图 6-18　珂勒惠支《面包》

分。——大约这就是所谓的艺术内涵罢？"[①] 但是即便如此，考察珂勒惠支的中国流布，仍然可以折射中国现代文坛的局部，窥见左翼文学的流脉，审视意识形态与文学文本在艺术层面的交会与互动，更可以洞察文艺创作得失，建构一种深层的、具有创造性的文艺现代性观念。

---

① 林贤治:《她们》，复旦大学出版社，2014，第 113 页。

第七章　图影与中国现代作家的主体性塑造

第一节　影像中的鲁迅：自我、身体与国族想象

鲁迅有几张特殊语境下留下的带着"言志"意图的照片，即 1903 年的"剪发"小照、1927 年于厦门荒冢乱坟中的留影和 1936 年逝世前夕由曼尼·格兰尼奇拍摄的单人照。这里从鲁迅算不上丰富的影像集合中甄选出这几帧照片，并非想从摄影学的角度去探讨关于鲁迅的视觉艺术问题，而是想结合照片所展示的现实形影与历史背景，在有某种影像确证的情形下还原一种在场的体验，并借此解读其生命行迹和文学创作中特定符码的真正意涵。

一、断发小像：身体、个人与民族主义

鲁迅 1902 年赴日留学，先入弘文学院，后进仙台医专，期间即对清朝留学生"头顶上盘着大辫子"的形象颇为不满，在后来的诸多作品中对此都有讽刺。1903 年鲁迅毅然剪去发辫，并拍照留念，这张被称为"断发照"的留影，看起来并无特异之处，刚剪去辫子的头上似乎还有着学生制帽帽檐留下的压痕，但其在鲁迅研究史上却有相当重要的意义。鲁迅在《因太炎先生而想起的二三事》一文中特意提到这次剪辫行为："我的剪辫，却并非因为我是越人，越在古昔，'断发文身'，今特效之，以见先民仪矩，也毫不含有革命性，归根结蒂，只为了不便：一不便于脱帽，二不便于体操，三盘在囟门上，令人很气闷。"①似乎完全是生活方便的考量，但实际上，鲁迅对辫子的痛恨，并不完全如其所述的那样仅仅是因为生活

---

① 鲁迅：《鲁迅全集》（第 6 卷），人民文学出版社，2005，第 579 页。

图 7-1　鲁迅"断发照"（1903 年）

不便，更因为这根脑后的"pigtail"不仅标识了满汉的界限，更暗示了落后与蒙昧，是一种民族耻辱的象征。清末剪辫之风，1903 年在留学生中达到高潮，许多人一到异域，即断发明志，意在表达排满之志。当年邹容赴日留学时，在海上即把发辫剪除，抛入大海。章太炎曾赋诗以示嘉许："邹容吾小弟，被发下瀛洲，快剪刀除辫，干牛肉做糇。"[1] 而在此之前，章太炎即有《解辫发》的文章发表，大声疾呼："呜呼，余惟支那四百兆人，而振刷是耻者，亿不盈一，钦念哉！"[2] 章太炎是鲁迅所敬重的师辈，因而鲁迅受其思想的影响极大，不过以鲁迅内敛、沉静的性格，不特意把剪辫行为作明显的政治解读，也是可以理解的。总而言之，在清末的历史语境下，发辫的存废确实是一个关乎国族形构的政治问题。其实早在宋时，即有金人侵入中原地区，逼迫民众遵循金俗"髡发"的史实；元初亦有强令京畿汉人"剃发"的情形。最后皆因反抗者众，不了了之。清军入关以后实施的剃发易服的政策，一开始因满人立足未稳故未强行推进，而到了顺治二年（1645 年）则开始以血腥镇压来推行。史料中曾有记载："是时檄

① 章太炎：《章太炎诗文选译》，武继山译注，巴蜀书社，1997，第 48 页。
② 章太炎：《解辫发》，载《章太炎诗文选》，武继山注译，巴蜀书社，2011，第 37 页。

下各县，有留头不留发、留发不留头之语，令剃匠负担游行于市，且蓄发者执而剃之，稍一抵抗，即杀而悬其头于担之竿上，以示众。嗣后剃发担有一柱矗立若旗竿然者，犹其遗制云。"① 此一节鲁迅在《因太炎先生而想起的二三事》一文中也有提及。而且一向被鲁迅所看重的阮籍、屈原等人即有被发跣足，啸叫行吟的形状，以表达对道统的反抗和蔑视。由是观之，作为身体一部分的"发辫"，似乎最可以轻易改变，因此也就具有更多的可资利用的象征性，用以表达对权力的臣服或抗争。

鲁迅的断发照后来曾赠给好友许寿裳，背面题有后人熟知的《自题小像》七言诗："灵台无计逃神矢，风雨如磐暗故园。寄意寒星荃不察，我以我血荐轩辕。"② 这首小诗究竟作于何时虽未有定论，但无论如何，"断发"所表现出的个人与旧时代的决绝与《自题小像》中表现出的那种激越的民族主义情怀是一致的。鲁迅对于旧时代的憎恶，和对新时代的期许，显然在这断发照及题诗之间的互文中可以明显看出。鲁迅后来还说过："我的爱护中华民国，焦唇敝舌，恐其衰微，大半正为了使我们得有剪辫的自由，假使当初为了保存古迹，留辫不剪，我大约是决不会这样爱它的。"③ 也显见这正是他把"剪辫"的个人行为和国族认同感结合在一起的某种考量。其后来许多作品都有通过对发辫的描写，刻摹身体、自我与国家想象之间的关系。《风波》中，那场关于辫子的风波，当然是政治波动于身体层面的折射。在那样的情境之中，发辫之辩的核心当然不在身体，而是从一开始就上升为政治议题，标识着清朝统治对个人身体和精神自由的压制。《阿Q正传》中提到阿Q对假洋鬼子的假辫子"深恶而痛绝之"，因为"辫子而至于假，就是没有了做人的资格"，则暴露出民众以发辫的有无作为是否具有朝廷子民资格的一种判定标准。可是还有另一面，譬如假洋鬼子的剪辫，则体现出革命风潮中的投机性的一小撮趋红踩黑的真面目。某些情形之下，剪辫也会变为骑墙策略，这在留日学生中间恐怕并不少见。《头发的故事》中又从N先生的角度，去体会因剪辫在国内所遇到的种种困厄，叙写了类似于假洋鬼子的行为："在这日暮途穷的时候，我的手里才添出一支手杖来，拼命的打了几回，他们渐渐的不骂了。只是走到没有

---

① 小横香室主人：《清朝野史大观》，中央编译出版社，2009，第175页。
② 鲁迅：《鲁迅全集》（第7卷），人民文学出版社，2005，第447页。
③ 鲁迅：《鲁迅全集》（第6卷），人民文学出版社，2005，第576—577页。

图 7-2 民初青年剪发前留影（1912 年）

打过的生地方还是骂。"①鲁迅从正反两个方面，从阿Q和N先生的视角，来看发辫有无所折射出的自我与国族之间的定位。鲁迅固然对阿Q和假洋鬼子都有不同角度的挞伐，但由"剪辫子"而带来的种种困窘却实实在在是鲁迅所亲身经历过的，由是观之，阿Q与假洋鬼子竟是一而二，二而一的国民性体现而已。由此不难理解周作人的观点，即阿Q之革命的失败"原因是赵秀才与钱假洋鬼子先下了手，这里显示出来他们三人原是一伙儿，不过计划与手段有迟早巧拙之分罢了"②。总之，鲁迅笔下的未庄民众是一个蒙昧群体的缩影，是在革命与非革命之间摇摆，并无自我意识的一群，因此未庄的阿Q、小D"用一支竹筷将辫子盘在头顶上"的诸种行径，不过是政治加于身体之后本能的反映罢了。《风波》的最后，七斤的辫子已然被剪掉了，赵七爷也把辫子盘在头顶读书了，但"六斤的双丫角，已

① 鲁迅：《鲁迅全集》（第1卷），人民文学出版社，2005，第486页。

② 周作人：《周作人散文全集》（第12卷），钟叔河编订，广西师范大学出版社，2009，第303页。

经变成一支大辫子了；伊虽然新近裹脚，却还能帮同七斤嫂做事，捧着十八个铜钉的饭碗，在土场上一瘸一拐的往来。"① 在鲁迅看来，身体的发辫固然可以剪除，可留存在国民思想意识深处的发辫从来就没有消失，而且那种封建统治对身体的规训已经无声地延至下一代了。当年拖着辫子的辜鸿铭给北大学生上课时即曾有言："我的辫子是有形的，可以剪掉，然而诸位同学脑袋里的辫子，就不是那么好剪的啦。"② 其语言近旨远，振聋发聩，令人深思。

　　"身体是进行巨大的象征工作和象征生产的场所。对身体的破坏是一种耻辱，也是对他人的羞辱，而符合文化界定的完美的身体则是赞美和歆羡的对象。"③ 事实如此，《孝经·开宗明谊章》中说："身体发肤，受之父母，不敢毁伤，孝之始也。"④ 剪辫不光冲击了"孝"的伦理准则，也是对血缘宗族的一种羞辱，更意味着对政治体制的反叛。虽然清朝后期剃发政策不再像早期那样严苛，甚至 1875 年日本公使森有礼和李鸿章还进行过一次关于剃发易服的辩论，但从始至终，清廷一直视剪除发辫为离经叛道的行为。一般来说，其时留日学生若剪辫，往往会受到清朝官员取消官费、押送回国的种种威胁，而回乡之后，更要受到周遭的歧视和嘲讽。鲁迅就曾说过他因为清末时剪了辫子而吃了许多苦头。统治阶层通过对个体身体（譬如头发）的管理，使其具备遵守封建政治体制的象征形式。经由时间的冲刷，当这种形式的源头被遗忘之后，形式即归化为一种文化心理需求，由此可以理解清朝覆亡前后，朝野汉人对于辫子的仇视与鄙视。身体的规训最终使个体丧失了真正的自我意识，从而达到对预设的宰制系统的认同。鲁迅曾在《病后杂谈之余》中痛切地写道："这辫子，是砍了我们古人的许多头，这才种定了的，到得我有知识的时候，大家早忘却了血史，反以为全留乃是长毛，全剃好像和尚，必须剃一点，留一点，才可以算是一个正经人了。"⑤ 如此深痛的体悟，显见其对发辫之厌恶到了极点。所以鲁迅及其侪辈的断发，是一种关于政治的身体叙事，意图通过个人身体的象征性的重建，重拾自我意识，打破被宰制的运命，重构国族想象，

---

① 鲁迅：《鲁迅全集》（第 1 卷），人民文学出版社，2005，第 499 页。
② 叶曙明：《重返五四现场》，中国友谊出版公司，2009，第 68 页。
③ 〔英〕布莱尔·特纳：《身体与社会》，马海良、赵国新译，春风文艺出版社，2000，第 278 页。
④ 参见《孝经》首章。
⑤ 鲁迅：《鲁迅全集》（第 6 卷），人民文学出版社，2005，第 193 页。

而《自题小像》则可以作为这种行为的文字诠释。对于鲁迅而言，那些关乎国族的想象和建构，在断发、题诗前后虽然并未见得成熟和完善，但其中透露出的将自我献祭于华夏族群发展的精神气质显然传承有自，其中相当一部分源于屈原的自我放逐的勇气和情怀。可以说，负笈东瀛的鲁迅对屈原是敬仰的，其后三十多年的文学创作，始终都有屈原的影子在，仅在《自题小像》一诗中即可看到类于《离骚》的辞采。早在《摩罗诗力说》中鲁迅即抨击了中国古代诸多虚无高蹈的诗人，唯独对屈原大加赞誉，说他："茫洋在前，顾忌皆去，怼世俗之浑浊，颂己身之修能，怀疑自遂古之初，直至百物之琐末，放言无惮，为前人所不敢言。"[①] 可是如果以历史的眼光客观地看待鲁迅的思想发展，他早期与屈原所契合的是爱国的情愫和舍弃自我的勇敢态度，而到他弃医从文，思想日渐成熟时，鲁迅则更多检视到屈原囿于忠君的局限，缺乏真正彻底的反抗精神，是一种"不得帮忙的不平"而已。但无论如何，其时风起云涌的排满浪潮、留日学生的民主革命期许和鲁迅屈原式的爱国热忱，有意无意地成为"断发照"的文化语境，而这幅小小的照片及其题诗所凸显出的个人、自我和国族等命题迄今仍然有着值得深入探究的空间。当然，这帧断发小像上的鲁迅，年青而倔强、敏锐而纯粹，则提示我们不可以赋予其时的他以过多的不合实际的思想解读。周作人曾说过："豫才那时的思想我想差不多可以民族主义包括之，如所介绍的文学亦以被压迫的民族为主，俄则取其反抗压制也。"[②] 显然这是符合实际的。总之，从"断发照"的历史上下文中，可以看到鲁迅于身体层面象征性的选择实际上折射出一种民族主义的情怀，而这种情怀则伴随着其对国民性的深刻失望。恰如伊藤虎丸所言："他的民族主义特征却在于他并不把中国危机的原因，单纯视为军备和国力的落后，而是更深刻地看成为民族灵魂的衰弱。鲁迅把他的这种民族主义，概括为'改造国民性'"[③]。

二、厦门留影："坟"的影像、意象与"坟"的中国

1909 年 6 月鲁迅从日本回国后，先后在杭州和故乡绍兴从事教育工作，后辗转至北京教育部任职，其间所经历人与事，最终不过失望而已。

---

① 鲁迅：《鲁迅全集》（第 1 卷），人民文学出版社，2005，第 71 页。
② 周作人：《关于鲁迅之二》，载《周作人文选》，广州出版社，1995，第 599 页。
③ 〔日〕伊藤虎丸：《鲁迅与日本人：亚洲的近代与"个"的思想》，李冬木译，河北教育出版社，2000，第 23 页。

尤其是对其曾抱有绝大期许的辛亥革命的妥协性和不彻底性大失所望，认为"然而貌虽如此，内骨子是依旧的"。曹聚仁曾透辟地指出鲁迅这一时期的思想波动："辛亥革命，说穿来只是'盘辫子'与'剪辫子'的革命，其使我们失望，那是必然的。那时的鲁迅，已经到了北京，看了走马式的政治局面，他摸到了病根所在，便沉默下去了。"① 《呐喊》自序中鲁迅这样写道："只是我自己的寂寞是不可不驱除的，因为这于我太痛苦。"② 苦闷之中的鲁迅，开始以收集汉碑拓片、读墓志等方式消磨时日。这样的孤寂消沉竟达五六年之久，直到新文化运动风起云涌之时，鲁迅终于被时代的思潮所感染，发出了"铁屋子里的呐喊"。但无论如何，鲁迅思想深处的虚无和悲观是深重的，此后他虽勉力发声，意图重拾留日期间的启蒙理想和热情，但从国民性、人性的角度考量，都让他难以真正地建立起关于"将来"的信心。恰似他的作品所描摹的主题一样，其思想上先后经历了"呐喊"与"彷徨"的不同阶段。1920 年代中后期，随着新文化运动队伍的分化，曾经让他燃起某种信念的事业在污浊的现实中消弭了。兼为思想斗士与政府官员的尴尬、兄弟失和的隐痛和三·一八惨案等等，让鲁迅对民族未来的绝望与虚无更加深重了。1925 年 6 月写就的《墓碣文》就有相当酷烈的自省与追问："……有一游魂，化为长蛇，口有毒牙。不以啮人，自啮其身，终以陨颠……"③ 接下来的一句感叹即是"……离开！……"鲁迅借此省思来途，叱问去路，俨然是在回应几年前的一个论断，"人生最苦痛的是梦醒了无路可以走"④。他似乎亦做过最坏的打算，想象过真正的死亡究竟能不能带来某种解脱，不过他在《死后》一文中，断然否认了这条路径，"然而终于也没有眼泪流下；只看见仿佛又火花一闪，我于是坐了起来"⑤。1926 年 4 月，鲁迅为在纪念三·一八惨案中殒身的死者而作的《淡淡的血痕中》中又一次谈及死与生的意义，文中一再出现"废墟"和"荒坟"的意象，后来他将自己的杂文集拟定了《坟》的题名，从思想层面而言，显然是其来有自、深富寓意的。

鲁迅 1926 年 6 月给李秉中的信中即透露出离开京畿的意思，其时北平的政治文化环境对鲁迅已经造成了种种有形无形的困扰。从政治上讲，

---

① 曹聚仁：《鲁迅评传》，东方出版中心，1999，第 42 页。
② 鲁迅：《鲁迅全集》（第 1 卷），人民文学出版社，2005，第 440 页。
③ 鲁迅：《鲁迅全集》（第 2 卷），人民文学出版社，2005，第 207 页。
④ 鲁迅：《鲁迅全集》（第 1 卷），人民文学出版社，2005，第 166 页。
⑤ 鲁迅：《鲁迅全集》（第 2 卷），人民文学出版社，2005，第 218 页。

图 7-3　鲁迅于厦门南普陀（1927 年摄）

奉系军阀占领北平以后对左翼文化名人实施镇压，林语堂曾在文章中谈及自己在那段时间也不得不躲在朋友家好长一段时间。经济上，鲁迅亦颇有压力，在信中即有"弄几文钱，以助家用"的说法。另外，就是通过这次"离开"，希望能给自己和许广平之间的感情一个发展的空间。1926 年8 月，鲁迅应林语堂之邀南下，任厦门大学国文系教授。可是鲁迅先前想清静一段时间的理想并未实现，厦门虽小，学界斗争的激烈程度不逊于北京，"北京的学界在都市中挤轧，这里是在小岛上挤轧，地点虽异，挤轧则同"①。尤其是鲁迅素来憎恶的一些人，如顾颉刚等人陆续也来到厦门大学，于是鲁迅决意离开这座并不平静的小岛。1927 年 1 月 2 日，厦门大学的一些青年学子知道鲁迅即将离开，邀请他与林语堂等拍照留念，地点为南普陀寺附近的小山岗上。鲁迅在此拍了三张照片，其中有一张合影，两张单人照。鲁迅后来将坟前的单人照寄到北京，印到杂文集《坟》里面。

① 鲁迅：《鲁迅全集》（第 11 卷），人民文学出版社，2005，第 585 页。

以中国传统习俗而言，以坟墓作为背景拍照显然是不吉利的，可鲁迅何以在此留下形影，颇值得玩味。据 20 世纪初在厦门传教的美国牧师腓力普于 1910 年所著的《厦门方志》中记载，厦门城外，"中国是个大坟场，你永远不能脱离坟冢。庭院、山顶、沿着大路、篱笆到处存在。所看之处，你的视野没有不受坟冢或同类的东西阻挡的。环绕厦门的山峦巨石星罗棋布，大部分石缝之间葬着无数的坟墩"①。那么，可以断定这张合影亦是随性而拍的，并非刻意选择坟场的背景。可是鲁迅先生拍完合影照以后，又单独在立有许姓墓碑的坟前拍了两张单人照，这就在不经意中透露出一些个人的心境和观念了。鲁迅在致许广平信中也写道："这是 Borel 讲厦门的书上早就说过的：中国全国就是一个大墓场。"②也许腓力普的话是来自于荷兰人 Borel 吧。不过鲁迅对"中国是个大坟场"的说法的认同，显然不仅仅来自视觉上的触动，更有思想上的发现和震悚。他曾经说过："华夏大概并非地狱，然而'境由心造'，我眼前总充塞着重迭的黑云，其中有故鬼，新鬼，游魂，牛首阿旁，畜生，化生，大叫唤，无叫唤，使我不堪闻见。"③尤其三·一八惨案之后的鲁迅，更觉出中国几为"非人间"，更像一个屠场，其间每天都上演着杀与被杀、吃人与被吃的惨剧。比及早前仅在观念层面上揭批封建道统吃人本质的愤懑，遍视周遭师友、青年的血之后的鲁迅，更有感情上不能承受的锥心之痛。现实中的秋瑾、刘和珍、范爱农、柔石、陶元庆、韦素园……小说中的夏瑜、魏连殳、子君、祥林嫂、小栓、孔乙己……乃至于阿 Q——不都如同草芥般地死亡和被埋葬，现实生活中哪里又不是新的坟和旧的坟！

黄乔生在《鲁迅像传》中这样写道："在这荒凉中，鲁迅尝试将他的人生体验升华，他特意坐在坟地里照相，还有一层原因：喜欢坟的意象。"④诚如其言，这张单人照片上的荒坟显然超越了个人生命湮灭的意涵，进入一种意象化的空间。鲁迅不光在诸多作品中一再摹写坟墓意象，还把自己的杂文集命名为《坟》，在鲁迅看来，"坟"显然不仅仅和个体的死亡相联系，更是哲学层面上的过去与将来、创生与摒弃、记忆与忘却等生命符码的视觉载体。《坟》的题记里，他写道："所以虽然明知道过去已经过

---

① 〔美〕腓力普·威尔逊·毕：《厦门方志》，中国基督教卫理公会出版社，1912，第 156 页。
② 鲁迅：《鲁迅全集》（第 3 卷），人民文学出版社，2005，第 388 页。
③ 鲁迅：《鲁迅全集》（第 3 卷），人民文学出版社，200，第 72 页。
④ 黄乔生：《鲁迅像传》（修订版），生活·读书·新知三联书店，2022，第 187 页。

图 7-4　鲁迅杂文集《坟》封面

去，神魂是无法追蹑的，但总不能那么决绝，还想将糟粕收敛起来，造成一座小小的新坟，一面是埋藏，一面也是留恋。"① 其实，鲁迅向来对于国人的长于"忘却"耿耿于心，他认为有些东西是不能忘却的，譬如那些盗火者、民族的脊梁、民主的先驱以及青年们的血。他所以把这些文字的陈迹谓之为"坟"，如同他说的那样，"因为这虽然不是我的血所写，却是见了我的同辈和比我年幼的青年们的血而写的"②。鲁迅显然是要将一座座新的或旧的"坟"以照片、文字的形式呈现于国民的眼前，以影像、意象的方式铭刻于国人的记忆，让他们在不该忘却的时候记着。虽然他说过夜、路皆长，不如忘却之类的话，亦曾说过自我救赎的法子，除了"麻痹"还有"忘却"，但他又不无恶意地评判那些擅于遗忘的国民，说："只有记性坏的，适者生存，还能欣然活着。"③ 他不也正是解剖着自己么？同样面对坟墓，徐志摩却有完全不同的观感，他在俄国参观契诃夫的墓园之后，写道："那坟墓的意象竟仿佛在我每一个思想的后背阑着——单这馒形的一块黄土在我就有无穷的意趣——更无须蔓草，凉风，白杨，青磷等等的附

① 鲁迅：《鲁迅全集》（第 1 卷），人民文学出版社，2005，第 4 页。
② 鲁迅：《鲁迅全集》（第 1 卷），人民文学出版社，2005，第 299 页。
③ 鲁迅：《鲁迅全集》（第 3 卷），人民文学出版社，2005，第 58—59 页。

带。"① 之于徐志摩，"坟"仅仅是一个象征虚无的审美休止符，无关现世人生。同样是在 1925 年，鲁迅看到了一个"坟"的中国，徐志摩则看到"审美"的中国。而徐志摩这种蛰伏于意趣窠臼的自我陶醉与欣赏，正是鲁迅甚为憎恶的"正人君子"之流的麻木与颟顸。鲁迅离开厦门前把这张坟前的单人照片赠予川岛，还题上"我坐在厦门的坟中间"的字样，想必不是标榜一种特立独行，而是袒露了自己荒凉寥落，而又不无期冀的心境。以鲁迅见人所未见的眼光，看到作为背景的荒冢乱坟，一定会想起这么多年以来身边筑起的一座座坟茔，会觉得这南普陀寺边上的荒山野岭即是微缩版的中国现形。而一年之后，其在香港演讲《无声的中国》时，未知有无想起这坟场的一幕。总之，鲁迅照片中和文本中的坟的意象，既意味着埋葬与忘却，也意味着铭记与新生——也可以说，之于鲁迅，厦门既是告别亦是开始，"坟"既是终点亦是起点，而其间鲁迅所曾有过的关于国族的记忆与想象实在是不应忘却的一种心灵图景。

三、最后的形影：死、国民性与黑暗的闸门

从厦门而广州，鲁迅在"革命的策源地"发现此地和中国其他省份并无大的差别，尤其经历了"四一二"之后，鲁迅的进化论思想由此颠覆。他在《三闲集》序言中说："我在广东，就目睹了同是青年，而分成两大阵营，或则投书告密，或则助官捕人的事实！我的思路因此轰毁，后来便时常用了怀疑的眼光去看青年，不再无条件的敬畏了。"② 鲁迅终不能做大时代的旁观者，但广州的气氛已经难以让他再有兴趣留下来。1927 年秋他离开广州到达上海，从此开启了一生中最为复杂激烈的一段斗争历程。上海十年，鲁迅把大部分的精力投入思想论争、"左联"事务和对左翼青年作家的扶持，另外，还有一项重要的工作即是对木刻艺术的引进和传播。从比亚兹莱、蕗谷虹儿、麦绥莱勒到珂勒惠支及许多俄国版画家的介绍来看，鲁迅做着貌似与文学无干的美术工作。在他看来，木刻这种艺术形式简洁明了，适合在中国作大范围的播布，有益于文艺的大众化，更为重要的是，木刻版画能以黑白分明的视觉冲击力表现出中国社会的黑暗现实。1936 年起，鲁迅肺病日益沉重，一月份日记中即有"夜肩及肋均大

---

① 徐志摩：《契诃夫的墓园》，载《徐志摩全集》，蒋复璁、梁实秋编，中央编译出版社，2013，第 231 页。
② 鲁迅：《鲁迅全集》（第 4 卷），人民文学出版社，2005，第 5 页。

痛"的记载，但其后他并未在工作上稍有松懈，经常在夜间会见客人，通宵写作。三月份开始到须藤医院诊病，后不间断发烧。1936 年 9 月 5 日，鲁迅在一篇题目为《死》的文章中写道："直到今年的大病，这才分明的引起关于死的豫想来。"① 他甚至半真半假地在文章中写下了遗嘱。此时的鲁迅显然已经觉察到死神的迫近，但他依然保持了那种斗争的坚韧性。由死而提及欧洲人死前请求宽恕的仪式时，他说道："让他们怨恨去，我一个都不宽恕。"② 9 月 19 日，鲁迅又写了一篇鬼气森森的《女吊》，写到了女吊的复仇与"讨替代"，如在《死》中表达的思想大致相同，抨击了那些凶手和帮闲们的"犯而勿校""勿念旧恶"的虚伪与祸心。鲁迅是如此地憎恶中国的恕道，因为其与"君子之徒"们所标榜的中庸暗合，根底则却源于"卑怯"。鲁迅何以在生前的最后时日，表达出对这种国民劣根性的痛恨？实在是与其一直倡导的摩罗精神相关。他在三十年前所写的《摩罗诗力说》中论及诗人拜伦的战斗精神时，言其"无惧于狂涛而大傲于乘马，好战崇力，遇敌无所宽假，而于累囚之苦，有同情焉。意者摩罗为性，有如此乎"③？即写了拜伦对敌不宽恕的性格和对被压迫者的同情，这显然也是鲁迅自我的写照。

鲁迅生前留下的最后几帧照片是沙飞于 1936 年 10 月 8 日在全国木刻流动展览会上所摄的，照片中的鲁迅手持烟卷，与青年艺术工作者谈笑风生。斯时的鲁迅沉浸在与青年交流的愉快氛围中，想必并没有虑及病与死的问题，因此并不具备太多可以解读的空间。但就在一周前，他留下的一帧照片，则有"立此存照"的意义。1936 年 10 月 2 日，鲁迅日记中有"明甫来。Granich 来照相"的记载。其时格兰尼奇（M. Granich）受宋庆龄的委托去看望鲁迅，明甫（茅盾）陪同翻译（格兰尼奇是史沫特莱女士的朋友，美国进步作家，也是上海英文月刊 *Voice of China* 的创办人，鲁迅《写于深夜里》一文的英译稿即发表在他的这本杂志上）。在这次会面中，格兰尼奇给鲁迅拍了三张照片，除了两张姿势相仿的正面照之外，还有一张鲁迅先生的侧面照。侧面照中的鲁迅挺身而坐，置手于膝，目视前方，在全然黑色背景的衬托下，这张照片有种浮雕的效果。其时的鲁迅想必意识到了这可能是他留给世界的最后形影，因此表情上有了少见的肃穆

① 鲁迅:《鲁迅全集》（第 6 卷），人民文学出版社，2005，第 634 页。
② 鲁迅:《鲁迅全集》（第 6 卷），人民文学出版社，2005，第 635 页。
③ 鲁迅:《鲁迅全集》（第 1 卷），人民文学出版社，2005，第 84 页。

和漠然。他对越来越少的时间和永远做不完的事情多少有点焦虑，或许是对这个世界有些绝望，当然，其形容之间似乎还有鲁迅一直坚持的"一个都不宽恕"的那种决绝。仅仅前几天他还在抱病校对瞿秋白的遗稿《海上述林》，他想以出版亡友著作的方式向亡友致意。他曾经对许广平说过："这书纪念一个朋友，同时也纪念我自己。"[①] 想来当天下午的拍照，他亦会有种纪念自己的意图——这张侧面照作为他郑重留给世界的一个剪影，其前前后后可资回味的东西显然很多。而在拍下这张照片的当天，他收到了在日本刊印的《海上述林》上卷。据其 10 月 2 日的日记记载，鲁迅当日就分别致信郑振铎与章锡琛，寄上《海上述林》上卷，并请求他们代为分赠，由此可见他对瞿秋白殷切的怀念。如果用鲁迅自己的话来描述他照片中的神情意态，应该是这样一句话："他屹立着，洞见一切已改和现有的废墟和荒坟，记得一切深广和久远的苦痛，正视一切重叠淤积的凝血，深知一切已死，方生，将生和未生。"[②] 鲁迅去世时，*Voice of China* 不仅发表了为鲁迅所摄的照片及大量的纪念文章，该刊的特约撰稿人兼插图作者郁风还据这张侧面照画了鲁迅的画像，在杂志封面上刊载。

鲁迅最后的这张侧身照，从黑暗的背景中凸显出浮雕一般的形影，容易让人联想到"黑暗的闸门"和之外的世界。早在 1919 年的《自言自语》中，鲁迅即摹写了一个清醒而勇敢的少年拼死举起闸门让孩子逃出沙子埋葬的一幕，其中有一个老头子面对沙暴的袭来总在说："没有的事"。故事没有结局，也许像作者所说的那样，想要知道结局，"可以掘开沙山，看看古城"。这篇寓意显明的小文当然折射出鲁迅早期的进化论思想，更表达出族群颓败灭亡的危机感。可是，作者思考的重点其实在于"我们"作为进化链条的"中间物"，应该肩负何种历史责任？在其后不久写就的《我们怎样做父亲》中，他给出了答案，即"自己背着因袭的重担，肩住了黑暗的闸门，放他们到宽阔光明的地方去；此后幸福的度日，合理的做人"[③]。虽然他在 1918 年作的《狂人日记》中就有"救救孩子"的呐喊，可是到了 1936 年 9 月底写就的《立此存照（七）》中，面对国民的卑怯、奴性对孩子的毒害，仍然得呼吁"救救孩子"。近二十年过去了，国民根性中的各种余毒仍在，鲁迅深刻的绝望殊可理解。另外，1930 年代的上海，

① 黄源：《怀念鲁迅先生》，人民文学出版社，1981，第 139 页。
② 鲁迅：《鲁迅全集》（第 2 卷），人民文学出版社，2005，第 226—227 页。
③ 鲁迅：《鲁迅全集》（第 1 卷），人民文学出版社，2005，第 135 页。

图 7-5　鲁迅（1936 年 10 月 2 日摄于上海大陆新村寓所）

文艺界的斗争尤为复杂酷烈，当局的倾轧、进步青年的入狱与横死、右翼文人的种种攻讦都让鲁迅渐生绝望情绪。不光如此，文艺界内部的宗派主义和相互挞伐也让鲁迅觉出了人性的污浊与政治的复杂，更发现光明与黑暗、希望与绝望都有朝向虚无的倾向，而自己则如同影子一样，最终不容于新，亦不容于旧，即如其所言："我独自远行，不但没有你，并且再没有别的影在黑暗里。只有我被黑暗沉没，那世界全属于我自己。"① 可即便如此，他还是以杂文的方式勉力回击各种袭来的明枪暗箭，同时一如既往地继续着文艺的创作与传播事业，他所思虑的倒并非一时一事的成败得失，而是对民族根性的解剖和国民性改造的问题。而反观鲁迅留给世界的最后侧影，从某种层面上讲，其客观上可供解读的未见得多，然主观上借此联想到的一定不会少——或许应该说照片是一种象征性的身体的重构，被摄者和摄影者都会有种潜在的表达。这帧照片中的鲁迅形影，让人联想到一种文学风格和文艺生态。从某种层面上讲，由这张照片，观者可以看到、联想、生发出超越文学文本自身所能呈现的直观性和感受性，或者更有可能进入更深层的文本解读语境。

---

① 鲁迅：《鲁迅全集》（第 2 卷），人民文学出版社，2005，第 170 页。

谈到鲁迅在照片中的面容时，有学者曾说过："时代凝视这形象，因这形象足以换取时代的凝视，这乃是一种大神秘，俨然宿命……"① 诚如其是，因为这形象并非影像本身，而是由鲁迅发于灵魂的呐喊和诉诸笔端的痛苦纠合化生，其与那个时代的历史景象相互辉映，以视觉性的身体影像透露出自我精神人格和国家民族间的想象与建构，不特有摒弃埋葬传统的意味，更有对现实世界的某种解读和期许。另一个层面讲，从"断发照"到"坟"中间的照相，再到生前的最后一张单人照，比及文字，当然更具在场的细节性特征，有一种最原初的纯粹性。而从这种纯粹性切入，则可以深入地透视鲁迅生命行迹，更可以由此推演其文学创作中特定生命符码的深层意义。

第二节　看见鲁迅：20世纪二三十年代文坛对鲁迅的视觉化塑造

有人曾经描述过鲁迅的相貌（当然是根据照片）说："这张脸非常不买账，又非常无所谓，非常酷，又非常慈悲，看上去一脸的清苦、刚直、坦然，骨子里却透着风流与俏皮……"② 显然，这是在他读透、读懂了鲁迅以后，才会有的观感，不过终究还是太过主观的品评。世人心目中的鲁迅则大多是印象式"横眉冷对"的样子，掺杂了过多的宏大叙事宰制下的痕迹。事实上，更为客观真实的鲁迅相貌是许寿裳笔下所描述的那样："额角开展，颧骨微高，双目澄清如水精，其光炯炯而带着幽郁，一望而知为悲悯善感的人。"③ 作为鲁迅的生前好友，他的笔端虽然捎带着感情，但无论如何也会更接近"真"的鲁迅。这些从当下到历史的对于鲁迅的描述，无疑都带有时代的印痕和个人言说的色彩。由此联想到20世纪二三十年代，一些不同立场的画家通过绘画的方式传达对鲁迅的认知和理解，想来也是值得细读的文坛形色。换言之，那些诉诸线条和颜色的鲁迅画像，亦是一个时代文艺场域的镜像，折射出纷繁多元的立场和价值观念。

---

① 陈丹青：《笑谈大先生》，广西师范大学出版社，2011，第19页。
② 陈丹青：《笑谈大先生》，载《1978—2008中国优秀散文》，孙郁主编，现代出版社，2009，第283页。
③ 许寿裳：《鲁迅传》，东方出版社，2009，第16页。

一、陶元庆的鲁迅画像：真切的悲悯

陶元庆，字璇卿，是鲁迅的同乡，曾于上海艺术专科师范学校学习西洋绘画，1924 年寓居绍兴会馆，经许钦文介绍与鲁迅结识。后来鲁迅的译作《苦闷的象征》即请陶元庆绘制封面，画中为一个长发女子用鲜红舌头舔舐钢叉的形象，鲁迅甚为欣赏，认为陶元庆的画让这本书披上了"凄艳的新装"。1925 年 3 月 19 日陶元庆在北京举办个人西洋绘画展览，鲁迅一天之内两次到场参观，并在前一日所写《〈陶元庆氏西洋绘画展览会目录〉序》中有这样的评价："在那黯然埋藏着的作品中，却满显出作者个人的主观和情绪，尤可以看见他对于笔触，色采和趣味，是怎样的尽力与经心……"①也就从这个时候开始，鲁迅觉察到了陶元庆在绘画方面的非凡才华，后又多次请他为自己作品绘制封面，并请他为自己画张肖像。1926 年，已回台州的陶元庆根据鲁迅提供的两帧照片画出了鲁迅的画像。如同创作其他作品一样，陶元庆花费了巨大的心神精力绘制鲁迅像。据许钦文回忆，陶元庆创作这幅鲁迅画像并非求其形似，而是着意刻画出鲁迅的精神风貌："元庆画肖像，不只是求片面的像，而是要神似，把鲁迅先生的精神的特点集中在这画面上。"②显然，陶元庆做到了这一点。鲁迅收到画像以后，认为很好，并致信陶元庆表示感谢。他非常喜爱这幅画，特意装裱在镜框里，一直挂在西三条寓所的客厅里面。鲁迅还一度担心画像的木炭屑会掉下来，陶元庆回信说已经喷了一种停止液，木炭屑不会脱落，鲁迅这才放心，可见对这幅画像十分珍视。那一时期，许多人通过不同的途径见到过这幅画，都给予很高的评价。周作人曾经回忆道："我对于美术全是门外汉，只觉得在鲁迅生前，陶元庆给他画过一张像，觉得很不差，鲁迅自己当时也很满意，仿佛是适中的表现出了鲁迅的精神。"③而与鲁迅亦有较多交往的徐梵澄也对这幅画像有所评价，他说："陶元庆昔年作了一幅鲁迅像，将鲁迅的精神形貌成功地表达到相当的高度了，凡人一见，已识为鲁迅之像，是陶元庆之笔。"④而后赵景深亦曾在一篇文章中回忆到鲁迅的这幅画像，认为其"画得极为神似"。1936 年鲁迅逝世后，其北京故居设的灵堂之上即挂了这幅画像，供人致祭。

① 鲁迅：《鲁迅全集》（第 7 卷），人民文学出版社，2005，第 272 页。
② 许钦文：《鲁迅和陶元庆》，载《许钦文散文选集》，百花文艺出版社，2009，第 186 页。
③ 周作人：《鲁迅的青年时代》，钟叔河编订，岳麓书社，2020，第 122 页。
④ 徐梵澄：《古典重温：徐梵澄随笔》，北京大学出版社，2007，第 60 页。

图 7-6 鲁迅画像（陶元庆 1926 年作）

陶元庆为鲁迅所作画像，尺幅为 465×625 毫米，是用木炭条画就。画中的鲁迅并无人们太多寻常印象中的刚毅，或"横眉冷对"的样子，但确乎有些前文提到的"非常不买账"的神情。当然，这张画像中最为明显的是鲁迅淡然中透露出的忧郁和哀伤。1920 年代的鲁迅虽然对社会上形形色色的堕落与昏昧有莫大的失望，但他的思想中还存有基于进化论思想的一些乐观。譬如他在《故乡》中提到的"其实地上本没有路，走的人多了，也便成了路"，即折射出一种开拓的希望和勇气。类似的思想其实在更早以前就已经多次表达出来，随感《生命的路》一文中即有"什么是路？就是从没路的地方践踏出来的，从只有荆棘的地方开辟出来的"[①]。他似乎确信经由对社会的种种鞭挞和揭批，庶几可以启迪民众，从而踏出可行的路来。这一时期的杂文集《坟》《热风》《华盖集》等即是对国内种种黑暗进行挞伐的文字。但另外一方面，鲁迅又是清醒的，他显然见到了千年传承的封建道统宰制下国民的愚昧之重。早在 1907 年，鲁迅写《摩罗诗力说》时就曾透露出对愚昧国民的爱恨交织的心理。文中他借写拜伦疾恶如仇的性格抒发了对"奴隶之邦"的愤懑与哀伤，他说："苟奴隶立其

---

① 鲁迅：《鲁迅全集》（第 1 卷），人民文学出版社，2005，第 386 页。

前，必衷悲而疾视，衷悲所以哀其不幸，疾视所以怒其不争……"① 可以说斯时的鲁迅对民众和国族既绝望又有所期许、既愤怒又充满悲悯。由是观之，许多同时代的友朋之所以高度评价这幅画像，与其说是因为它表现出鲁迅的斗争精神，毋宁说他凸显了鲁迅作为普通人的平和淡然与普通人所不具有的深刻悲悯，暗示了鲁迅思想性格复杂的一面。回到陶元庆所作鲁迅像本身，其下笔简省，线条率性，结构平衡的艺术风格显而易见，正如有论者评价这幅画像所说的那样，"有了线条就有了骨干，有了结构的界定就有了理智；有了色调就有了皮肉，有了氛围的确立"②。总之，这是一幅兼具精神气质、形容特征和生活气息的画作，形塑的是一个血肉丰满的、真实的鲁迅。

后来，鲁迅曾辗转收到过多幅来自青年美术作者所画的鲁迅像，而鲁迅出于对青年的激励与爱护对这些画像大都给予相当正面的评价，并且收藏了多幅。不过那些与鲁迅接触并不算多的青年，见到的也大多是公共文化空间中的鲁迅，文字上的鲁迅，而非生活中的鲁迅，因而难免会强调鲁迅战斗性的一面，塑造出鲁迅作为"斗士"的形象，带着些许意识形态的色彩。正如周作人所言："画家不曾和他亲近过，凭了他的文字的印象，得到的是战斗的气氛为多，这也可以说是难怪的事。"③ 事实上，鲁迅对陶元庆留给他的画像一直极为珍视，也许他在内心认为那才更接近真正的"自己"。据许钦文回忆，陶元庆与鲁迅第一次会面就一见如故，对谈了两个多小时——两个在美术方面都有很高造诣的人当然有相见恨晚之感。据鲁迅日记记载，他和陶元庆后来又有多次晤谈和聚餐，除此以外还有许多次通信。可以说，陶元庆是和鲁迅神交已久的青年画家，他们二人之间在艺术层面的相互理解是深层的。鲁迅早就说过陶元庆的画以"新的形"和"新的色"来摹写自己的世界，同时又不失传统中国的灵魂，具有一种难得的"民族性"。1927 年他在《当陶元庆君的绘画展览时》一文中，又一次强调："他并非'之乎者也'，因为用的是新的形和新的色；而又不是'Yes''No'，因为他究竟是中国人。"④ 鲁迅深中肯綮地指出陶元庆绘画的艺术特征，即借西方新的表现形式，融入了中国民族性的思考，并由此化

① 鲁迅：《鲁迅全集》（第 1 卷），人民文学出版社，2005，第 82 页。
② 陈世雄：《线条的表情》，上海交通大学出版社，2009，第 44 页。
③ 周作人：《鲁迅的青年时代》，钟叔河编订，岳麓书社，2020，第 121 页。
④ 鲁迅：《鲁迅全集》（第 3 卷），人民文学出版社，2005，第 574 页。

生出卓富个性的艺术作品。而陶元庆和鲁迅之间亦师亦友的关系，使他对鲁迅的形塑显然有更为切近的体悟。如果用历史的眼光看这幅鲁迅像，则其是以还原本初、塑造精神的创作主旨，以及在视觉层面表现的深广度而获致了另外一种阐释的空间，这对于公共空间中的鲁迅形象塑造，多少具有一些摒除意识形态附会之雾障的作用。

二、叶灵凤作漫画鲁迅像：被围困的时代落伍者

叶灵凤原名叶韫璞，南京人。1924 年，19 岁的叶灵凤进入上海美术专科学校学习西洋画，在此期间他对文学产生了浓厚的兴趣，经常向各种刊物投稿，并因此得以结识创造社的成仿吾，后又逐渐接触到郭沫若、郑伯奇、郁达夫等人，在思想上也深受他们的影响。1925 年，叶灵凤开始参与创造社刊物的编辑工作，同年 9 月复刊的《洪水》杂志即由叶灵凤主持封面设计和插画，这不仅是他踏入文坛的一个开端，也成就了他所谓"中国的比亚兹莱"的名号。随着创造社出版事业的发展，叶灵凤、潘汉年、周全平这群"创造社的小伙计"逐渐成为办刊的中坚力量。后来叶灵凤和潘汉年又先后筹办了《A11》《幻洲》，因为叶灵凤相当新颖的封面设计和插画，及他们的言论迎合了那个时代青年人的口味，因此销行不俗，但这些刊物先后被当局查禁。1928 年 5 月叶灵凤创办《戈壁》一刊，其征稿词中这样写道："本刊之创设，在摆脱一切旧势力的压迫与束缚，以期能成一无顾忌地自由发表思想之刊物……"[1]叶灵凤在这本刊物上分别刊发过马克思、恩格斯和托洛茨基的一些著述，还自己动手翻译了一些苏俄的作品，俨然以革命文学家的面目出现。也就是在《戈壁》杂志上，叶灵凤以整页的篇幅刊发了鲁迅的漫画像，并配以文字"阴阳脸的老人，挂着他已往的战绩，躲在酒缸的后面，挥着他'艺术的武器'，在抵御着纷然而来的外侮"[2]，其与鲁迅的交恶即由此开始。不唯如此，叶灵凤后来在小说《穷愁的自传》中曾有"起身后我便将十二枚铜元从旧货摊上买来的一册《呐喊》撕下三页到露台上去大便"[3]的描写，更加深了鲁迅对其轻浮态度的不满。后来在《上海文艺之一瞥》一文中提及其时的革命文学时，鲁迅即对叶灵凤还以颜色，说："还有最彻底的革命文学家叶灵凤先生，他

---

① 叶灵凤：《〈幻洲〉启事》，载《百年中文文学期刊图典》，陈建功编著，文化艺术出版社，2009，第 128 页。

② 叶灵凤：《鲁迅先生》漫画，《戈壁》1928 年第 1 卷第 2 期。

③ 叶灵凤：《穷愁的自传》，《现代小说》1929 年第 3 卷第 2 期。

图 7-7 《鲁迅先生》漫画（叶灵凤作）

描写革命家，彻底到每次上茅厕时候都用我的《呐喊》去揩屁股，现在却竟会莫名其妙的跟在所谓民族主义文学家屁股后面了。"① 当然，鲁迅并非囿于个人恩怨，更多是因为叶灵凤作为上海商业文化空间中的一员，沾染上太多鲁迅所厌恶的流氓习气罢了。

回到叶灵凤的鲁迅漫画像，可以见到画面中并不见鲁迅的形影，只有从酒缸后面探出的手臂，挥舞着狼牙棒等物什。画面中分别画有"小说旧闻钞""有闲阶级""无烟火药十万两""DON""除掉"等字样，除此以外，画面中还分别有镰刀锤子的旗帜和日本军旗的图样。其实叶灵凤并无对鲁迅进行批判的思想深度和广度。

当然，鲁迅也从所谓革命者的攻讦行为中看到了他们思想的贫乏和动机的不纯——不特沾染了"才子加流氓"的习气，更有把革命作为邀名幌子和攻击大棒的投机心理。想必此时鲁迅内心是极度悲哀的，所以才会说："连叶灵凤所抄袭来的'阴阳脸'，也还不足以淋漓尽致地为他们自己

---

① 鲁迅：《鲁迅全集》（第 4 卷），人民文学出版社，2005，第 305 页。

写照，我以为这是很可惜，也觉得颇寂寞的。"① 叶灵凤的漫画创作虽则态度轻率，同时也不无恶意，但在某种意义上却相当生动地呈现出其时鲁迅所处的历史文化语境。

三、曹白作鲁迅像：文网中的困兽

曹白原名刘平若，系国立杭州艺术专科学校学生，曾参与发起"木铃木刻研究会"，1933 年因刻了卢那卡尔斯基的头像而获罪入狱。作为思想进步的青年，曹白对鲁迅一向敬仰，出狱后创作了《鲁迅像》《鲁迅遇见祥林嫂》等木刻作品，但在参加上海全国木刻联合展览会前，《鲁迅像》被国民党上海党部检查官特别剔除，曹白后来将这幅画像并信一同寄给鲁迅，因此才有了鲁迅致曹白的信件。收到曹白寄来的画像后，鲁迅难掩愤懑，在作品空白处写上："曹白刻。一九三五年夏天，全国木刻展览会在上海开会，作品先由市党部审查，'老爷'就指着这张木刻说：'这不行！'剔去了。"② 1936 年 3 月 21 日，鲁迅在致曹白的信中说："但我要保存这一幅画，一者是因为是遭过艰难的青年的作品，二是因为留着党老爷的蹄痕，三，则由此也纪念一点现在的黑暗和挣扎。"③ 同年 4 月 1 日，鲁迅又给曹白复信，让曹白略述被捕入狱的经历，并于 4 月 4 日据曹白的经历作了《写于深夜里》，发表于 1936 年 5 月《夜莺》月刊第 1 卷第 3 期。文章开始叙述德国进步艺术家珂勒惠支之入中国的历程，深切悼念了被当局杀害的"左联"五烈士之一的柔石——这也是一个对传播进步木刻艺术有着满腔热忱的青年。想到这些青年或被秘密杀害或锒铛入狱，鲁迅又写道："我先前读但丁的《神曲》，到《地狱》篇，就惊异于这作者设想的残酷，但到现在，阅历加多，才知道他还是仁厚的了：他还没有想出一个现在已极平常的惨苦到谁也看不见的地狱来。"④ 他在文章后半部分引述了曹白狱中的种种经历，更是验证了其所谓"地狱"的现实存在。就曹白《鲁迅像》而言，远未达到陶元庆的鲁迅画像那样的艺术高度。和大多数青年艺术工作者一样，曹白所表现的鲁迅显然是启蒙者和文化斗士的形象。画幅正中是鲁迅沉郁的面容，周遭则有"呐喊""准风月谈""Q"的字样和奔走呼号的人形、如椽的巨笔及五角星等图案。显然，曹白的创作相当浅

① 鲁迅：《鲁迅全集》（第 4 卷），人民文学出版社，2005，第 124 页。
② 鲁迅：《鲁迅全集》（第 8 卷），人民文学出版社，2005，第 443 页。
③ 鲁迅：《鲁迅全集》（第 14 卷），人民文学出版社，2005，第 51 页。
④ 鲁迅：《鲁迅全集》（第 6 卷），人民文学出版社，2005，第 520—521 页。

图 7-8　鲁迅木刻画像（曹白 1935 年作）

显直白，缺乏艺术表现的深刻和蕴藉，如鲁迅所言："以技术而论，自然是还没有成熟的。"① 但是，这幅画像的真正价值显然不在于艺术层面所获致的深广度，而在于其通过图像与文字的结合完成了一种对政治环境的诠释。

　　如果说叶灵凤的鲁迅漫画像折射出创造社、太阳社骨干成员对鲁迅进行的是一个封建余孽和时代落伍者的形象塑造，那么曹白的木刻鲁迅像则引申出更多侧面的对鲁迅的形塑。在进步的青年文艺工作者的视野中，即如画作中所表现的那样，鲁迅是坚韧的、冷峻的、战斗的，此一节似乎不必赘述。当年鲁迅自厦门而广州时，即有许多人寄以热望，希望他能够领导广州文艺界的抗争，可是鲁迅毕竟是冷静的，也是谨慎的，尤其他看到了国民党当局的凶残和暴虐之后，更不会去做无谓的牺牲。由于鲁迅的沉默，青年宋云彬即写了一篇《鲁迅先生往那里躲》的文章发表在《国民新闻》副刊《新时代》上，不无失望地呼吁："鲁迅先生！广州来没有什么'纸冠'给你戴，只希望你不愿做'旁观者'，继续《呐喊》，喊破沉寂

_____

① 鲁迅：《鲁迅全集》（第 14 卷），人民文学出版社，2005，第 50—51 页。

的广州青年界的空气。这也许便是你的使命。"① 进步青年眼中的鲁迅始终都是"举起了投枪"的文艺界战士。林语堂曾说过身在厦门大学的鲁迅是"一头令人担忧的白象"，可是另一方面，国民党当局的"党老爷"眼中的鲁迅则是一个不吉利的"鸱鸮"，如他自己所言："因为我的言论有时是枭鸣，报告着大不吉利事，我的言中，是大家会有不幸的。"② 但惮于鲁迅的威望，像杀掉其他进步青年一样加以铲除显然是不足取的。曹聚仁也曾回忆说："但鲁迅的声名与地位，一方面既受中共组织所掩护，一方面又为国民党特务所不敢触犯（投鼠忌器），所以那十年间，有惊无险，太严重的迫害，并不曾有过。"③ 面对这样一只不便射杀的夜枭，国民党只得紧收文网，加剧压迫，以期他不再发出令人不快的声音来。

　　1930 年以后，当局先后制定了《出版法》《宣传品审查标准》等法令，加紧对左翼文艺的压迫。鲁迅的作品不断遭到查禁、扣留，他在致曹靖华的信中这样讲道："风暴正不知何时过去，现在是有加无已，那目的在封锁一切刊物，给我们没有投稿的地方。我尤为众矢之的，《申报》上已经不能登载了，而别人的作品，也被疑为我的化名之作，反对者往往对我加以攻击。"④ 1934 年 6 月，国民党又出台了《图书杂志审查办法》，规定图书杂志付印前，一律将文稿本呈送国民党中宣部图书审查委员会审查，更是从源头上切断进步文章的刊出，而曹白的木刻鲁迅像即是在参展前送审时被剔除的。和曹白的鲁迅画像有相类似遭遇的是画家陈光宗 1934 年所作的鲁迅像，这幅画像先后辗转于《文学》《太白》《漫画》《芒种》等刊物，结局则不是被退稿，就是被查禁，最后画稿和锌板都不知所踪。鲁迅在致曹聚仁的信中说："陈先生的漫画，望寄给我，他日印杂感集时，也许可以把它印出来，所流转的四个编辑室，并希见示为幸。"⑤ 显然想记下这段寻常而又不寻常的经过。总之，上海时期的鲁迅，不只要与文坛左右各方文人笔战，更要不断躲避当局设就的种种牢笼和陷阱。他的作品，包括译作几乎全部被查禁，许多刊物也屡受牵连，鲁迅不得已需经常变换笔名以应对。其实更早以前，鲁迅即有应对言论压制的经历。1925 年他给

① 宋云彬：《鲁迅先生往那里躲》，载《鲁迅生平史料汇编》（第 4 辑），天津人民出版社，1983，第 223 页。
② 鲁迅：《鲁迅全集》（第 6 卷），人民文学出版社，2005，第 225 页。
③ 曹聚仁：《鲁迅评传》，东方出版中心，1999，第 100 页。
④ 鲁迅：《鲁迅全集》（第 12 卷），人民文学出版社，2005，第 504 页。
⑤ 鲁迅：《鲁迅全集》（第 13 卷），人民文学出版社，2005，第 436 页。

许广平的信中这样说："但政府似乎已在张起压制言论的网来，那么，又须准备'钻网'的法子，——这是各国鼓吹改革的人照例要遇到的。"① 从北京而上海，从铁屋子到牢笼，一直被种种政治桎梏所禁锢，鲁迅当然是痛苦的，也不无倦意。在给日本友人山县初男的题诗中即写道："弄文罹文网，抗世违世情。积毁可销骨，空留纸上声。"② 这种感喟既有对当时政治压迫的无奈，也有对文坛无节操文人的愤懑。他曾在《准风月谈》后记中不无愤激地说："文坛上的事件还多得很：献检查之秘计，施离析之奇策，起谣诼夕中权，藏真实夕心曲，立降幡于往年，温故交于今日……"③ 他分明陷在各种势力交织而成的文网中，但尤作困兽之斗。可以说，曹白的木刻鲁迅像恰好以一种可视化的方式，和鲁迅的题字结合在一起，塑造出一个文化压制囚笼中的困兽形象。之于曹白，斯为文坛的斗士；之于国民党当局，则此人是令人悚惧的"鸱枭"形象。

四、堀尾纯一漫画鲁迅像：那个老头！

在进步青年画家对鲁迅的形塑中，多少都有意识形态附会的倾向。对于带有崇敬心理的青年画家来说，大概也是难免的。单就鲁迅画像而言，曹白所画的鲁迅像，包括先前司徒乔、徐诗荃、赖少其、刘岘等人为鲁迅作的木刻画像，都多少有些概念化、平面化、政治化的局限。那么如果站在一个超越民族局限外的角度去看鲁迅，也许会更为真切地感受到一个伟人身上更为朴素的音容笑貌。1936 年 1 月 13 日鲁迅日记中记载："午后往内山书店，遇堀尾纯一君，为作漫画肖像一枚，其值二元。"④ 堀尾纯一是日本肖像漫画家，他为鲁迅作了这幅画后还在背面题上"以非凡的志气，伟大的心地，贯穿了一代的人物"的文字。想必堀尾纯一是知道鲁迅这样一个文化名人的，所以会写下这样一行题字，但他并不见得能够真正理解鲁迅之于中国的意义。由是观之，日本人堀尾纯一给鲁迅所作的漫画像就难能可贵了，他提供了一个难得的视角，即相当大程度上摆脱了国人审视鲁迅时所特有的民族文化心理，是一种着眼于个性气质和精神风貌的本色描摹。

堀尾纯一的鲁迅画像发表在孟十还编辑的《作家》月刊 1936 年 11 月

① 鲁迅：《鲁迅全集》（第 11 卷），人民文学出版社，2005，第 476 页。
② 鲁迅：《鲁迅全集》（第 7 卷），人民文学出版社，2005，第 466 页
③ 鲁迅：《鲁迅全集》（第 5 卷），人民文学出版社，2005，第 431 页。
④ 鲁迅：《鲁迅全集》（第 16 卷），人民文学出版社，2005，第 586 页。

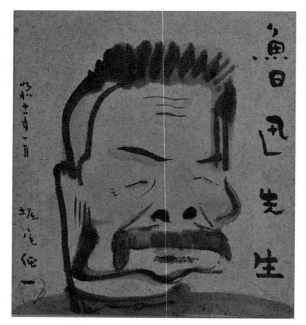

图 7-9　鲁迅漫画像（堀尾纯一作）

号（实际上是悼念鲁迅专号）上，其时鲁迅去世不足一月。同期杂志上还发表了日本人鹿地亘回忆鲁迅的文章，写到鲁迅面容时，他这样写道："苍白沉郁的脸孔，幽静而极澄清的瞳神，不加梳理的短短的头发，重量偏在两端而自然地闭合着的安静的口唇，包涵于沉静之中而不能不惹人亲昵的温雅的小皱纹——以前就是在照相上我也没有见过鲁迅。但不至于错误，我就直觉了：那样的风貌另外人是不会有的。"[1] 鹿地亘的回忆和堀尾纯一的鲁迅画像特别有一种相通之处：沉郁的面孔、温雅的小皱纹、不加梳理的短发——都在堀尾纯一的鲁迅漫画中表现出来了。堀尾纯一的漫画显然抓住鲁迅最显明的形貌特征，以夸张变形的方式予以强调。其额头上的几条皱纹是极少有画家加以表现的，而堀尾纯一的画作却以此呈现出鲁迅某种程度的"衰老"，从而突出了一种接近颓唐的气质。堀尾纯一对鲁迅眼睛的画法是特别的：眼角下垂，眼睛眯成一条缝，似乎有些笑意。再加上特意突出的颧骨，组合起来看即是一个可爱、幽默又有些苦相的老头儿形象，某种程度上颠覆了人们对于鲁迅的想象。即便人们对鲁迅横眉冷对的形象习以为常，可见到这幅画时仍会立刻意识到这便是鲁迅——一个更让

---

[1]　鹿地亘：《鲁迅和我》，载《零距离鲁迅》，周令飞主编，人民文学出版社，2012，第119页。

人理解、接受甚至于同情的鲁迅。显然，堀尾纯一画出了鲁迅之为普通人的个性气质和精神风貌，夸张变形的面容充满了浓郁的生活气息。回过头来看其他青年作家的作品，譬如徐诗荃所画鲁迅像，艺术手法的生硬则不谈，其所表现出的鲁迅仅从视觉层面看就显得十分单薄，更缺乏人性艺术表达的深广度。1940 年 7 月萧红《回忆鲁迅先生》由重庆妇女生活社出版，封面就是堀尾纯一的这幅鲁迅漫画像——可以肯定的是，在萧红的心中，鲁迅就是这样一个可亲近，令人敬仰，而又幽默风趣的老人。

在堀尾纯一的笔下，鲁迅是可爱的、幽默的、有点近乎颓唐的样子，不过通过这幅画像又能感觉到他又是切近的、生活的、容易亲近的普通人。当年萧伯纳访沪，初见鲁迅即说："他们称你为中国的高尔基，但是你比高尔基漂亮！"鲁迅则接过话头说："我更老时，还会更漂亮。"[1] 想必鲁迅所谓的"漂亮"不单单指长相而已，但显然折射出鲁迅性格中幽默风趣的一面。早在 20 世纪 20 年代，鲁迅将刚出版的《中国小说史略》题赠章延谦，上书："请你从'情人的怀抱里'/ 暂时汇出一只手来 / 接收这干燥无味的 / 中国小说史略 / 我所敬爱的 / 一撮毛哥哥呀！"[2] 也同样透露出一种可爱来。张恨水 1944 年发表于《新民报晚刊》上的一篇文章回忆了鲁迅在女师大校庆表演节目时的情形："郎当登台，手抱其一腿而跃，音乐不张，漫无节奏，全场为之笑不可仰。先生于笑声中兴骤豪，跃益猛，笑声历半小时不绝。"[3] 此情此景，颇出人意料之外，但无疑是可信的。当然，与鲁迅较为亲近的师友在诸多回忆性的文章中，也颇讲到一些生活性的细节，从中可以窥见鲁迅性格中可爱、可亲甚至于可笑的一面——这当然不是一种对鲁迅形象的贬损，而是在另外一个侧面塑造着鲁迅不为人知的部分。事实上，鲁迅性格中更具亲和性的一面一直被宏大叙事所掩盖，而堀尾纯一的鲁迅漫画像则以一个外国人相对超脱的眼光揭开了其中一角，让鲁迅以一个普通人的步幅穿过种种意识形态的雾嶂，走到真实的历史语境中去。对于鲁迅的相貌，画家陈丹青在《笑谈大先生》的演讲中不无偏爱地说："鲁迅先生的模样真是非常非常配他，配他的文学，配他的脾气，配他的命运，配他的地位与声名。"[4] 应该指出的是，此之谓"配"，应该是

---

① 沈益洪编《萧伯纳谈中国》，浙江文艺出版社，2001，第 13 页。
② 鲁迅：《鲁迅全集》（第 8 卷），人民文学出版社，2005，第 153 页。
③ 张恨水：《张恨水散文》（第 2 卷），安徽文艺出版社，1995，第 355 页。
④ 陈丹青：《笑谈大先生》，载《1978—2008 中国优秀散文》，孙郁主编，现代出版社，2009，第 283 页。

指这张面容所透露出的倔强、刚毅、颓唐、忧郁甚至于神经质的个性特征，与其文学的表达之间形成的相得益彰的互文效果。

中国 20 世纪二三十年代，在各种杂志报纸上，鲁迅的画像并不少见，不光以上所列的几位画家给鲁迅画过像，另外还有诸多画家亦曾形绘鲁迅，给中国现代文学留下了可以参证其发展历史的视觉文本。论及这些画像时，孙郁曾经这样说："陶元庆的素描是冷里带热的，看出了鲁迅的平和；司徒乔的画笔下却是忧患的气韵；张仃的构图大气，曹白深切，赵延年的那幅木刻头像，流露出坚毅与不安的神色，似乎是心灵的波光的闪动。没有一幅鲁迅的美术画像是重复的，每一幅却都有先生精神的片段。"[①] 可是即便如此，如果仔细梳理这些画像，可以说大致上是不超出几种基本立场的视觉化叙述。事实上，陶元庆、叶灵凤、曹白和堀尾纯一的作品就是以不同的站位和视角对鲁迅进行的刻画和摹写，基本可以代表不同向度上对于鲁迅的形塑。对于现代中国文艺的发展而言，纯粹考校这些作品的艺术价值显然是过于局限了，更应该结合当时的历史语境，深入研讨这些图影背后的社会脉动，庶几可以使其成为一个时代的某种镜像，同时也可以以此窥见中国文学历史发展中的特殊一幕。

第三节　张爱玲《对照记》：家族寻根与个人形塑

《对照记——看老照相簿》作为晚年张爱玲的最后著述，多少带点人生总结的意味。作品以照片展示和文字叙述相结合的方式建构其辉煌的家族谱系，对自我社会形象进行塑造，颇有特色。近些年来学人对该著作的研究更多地着眼于图像的分析，并未深入探讨图像与文本之间的互文性所透露出的更深层面的意涵，殊为可惜。另外，《对照记》撰述行为本身不光涉及文学而且涉及社会学、传播学层面的种种议题，对此进行分析，不仅可以由此体会张爱玲晚年情感世界的变动，更可以一窥其哲学层面的世界观和方法论。

一、成长、社会契约与自我定位

张爱玲祖籍直隶省丰润县（今唐山市丰润区），生于上海，两岁时迁

---

① 孙郁：《文人的胡同》，江苏文艺出版社，2013，第 227—228 页。

图 7-10　童年张爱玲与弟弟合影

到天津。1924 年夏天，母亲黄逸梵因不能容忍丈夫张廷重种种堕落行径，而选择出国留学。在张爱玲的记忆中，缺少母亲的童年"温暖而迟慢，正像老棉鞋里面，粉红绒里子上晒着的阳光"①。这种"春日迟迟"的感觉应该是幼年的张爱玲不能觉察的母爱缺失的忧郁。张爱玲八岁时，父亲终于因种种纨绔子弟的恶习，弄丢了津浦铁路局英文秘书的职位，不得已全家迁回上海。迁居上海的最初时日，张爱玲是快乐的，母亲从国外回来，父亲亦有改过的努力，但好景不长，病好的父亲故态复萌，与母亲发生了激烈争吵，最终二人以协议离婚作为了断。曾经使张爱玲感到过短暂快乐的"红的蓝的家"又一次分崩离析。据张爱玲胞弟张子静回忆："我们的童年与青春时期，是由父母的迁居、分居、复合、离婚这条主线贯穿起来的。其间的波折和伤害，姐姐的感受比我更为深刻。"②母亲走了，只有父亲的家有着不能忍受的迟暮之感，"那阳光里只有昏睡"，像另外一个"怪异的世界"。也许是从这个时期开始，张爱玲对家的感觉发生了较大的变

---

① 张爱玲：《流言》，北京十月文艺出版社，2019，第 103 页。

② 张子静、季季：《我的姐姐张爱玲》，吉林出版集团有限责任公司，2009，第 41—42 页。

化。中学毕业后，因为与后母的冲突，张爱玲被父亲监禁在上海的居所中，度过了半年难挨的时光，终于找到机会逃离。逃到母亲家里的张爱玲进入香港大学就读，后因战事放弃学业回到上海，开始了她的写作生涯。她一生的流徙联结着个人家庭的变故和时代的动荡。在她成长的过程中，家从来就是不完整的，而且她也从未在家庭中获得过稳定、长久的亲情呵护。《私语》中说："乱世的人，得过且过，没有真的家。"① 张爱玲写尽了从父亲的家、母亲的家中所感受到的苍凉与忧郁，而由此似乎也可以理解其作品之所以能鲜活地摹写家庭内部的寡情薄义和钩心斗角的原因。这段时间的张爱玲对家庭婚姻的审视，大多聚焦于人性的层面，并未真正意识到现代婚姻制度的本质属性是一种社会性。所以在张爱玲看来，曹七巧、白流苏诸色人等的悲喜剧无非是一种人性的扭曲，她可能并未意识到这种扭曲背后的社会性因素。

在《自己的文章》中张爱玲谈到现代婚姻制度时，条分缕析，轻灵通透，论及法外同居的女人，更是一针见血："她们只有一宗不足处：就是她们的地位始终是不确定的。疑忌与自危使她们渐渐变成自私者。"② 但终于有一天，她在一种不期的场景中发觉自己陷入同样悲哀的境地。1946年2月张爱玲到温州乡下去探望逃亡中的胡兰成，曾经和村人一同观看绍兴戏。翌年她在《大家》发表了《华丽缘》一文，夹叙夹议地摹写了这出戏的剧情。文章结尾出人意料地写到了剧场里观剧的村人，看到他们相互之间招呼、说玩话，张爱玲不无悲怆地写道："男男女女都好得非凡。每人都是几何学上的一个'点'——只有地位，没有长度，宽度与厚度。整个的集会全是一点一点，虚线构成的图画；而我，虽然也和别人一样的在厚棉袍外面罩着蓝布长衫，却是没有地位，只有长度、阔度与厚度的一大块，所以我非常窘，一路跌跌冲冲，踉踉呛呛的走了出去。"③ 这种窘迫苍凉的感觉，在其若干年后的《小团圆》写作中又一次谈及，看来这次似乎寻常的一幕给张爱玲造成的情感震悚虽历经几十年的岁月淘洗仍刻骨铭心。剧场中村人相互之间熟络地攀谈何以造成张爱玲情感的巨大波动，显然是个值得玩味的话题。其时抗战胜利，胡兰成因汉奸身份被通缉，逃亡温州时与范秀美同居，形同夫妻，经长途跋涉去探望胡兰成的张爱玲有所

---

① 张爱玲：《流言》，北京十月文艺出版社，2019，第113页。
② 张爱玲：《流言》，北京十月文艺出版社，2019，第96页。
③ 张爱玲：《华丽缘》，北京十月文艺出版社，2019，第75页。

觉察，但又不能明言，感情上受到很大打击。再加上张爱玲早知晓胡在武汉时与护士周训德同居之事，因此在乡间见面时，张爱玲让胡兰成在小周和自己之间做出选择，而胡兰成只是以"我待你，天上地上，无有得比较，若选择，不但于你是委屈，亦对不起小周"[①]的空话搪塞。张爱玲感情遭到种种挫折，其内中凄凉哀伤自不言而喻，只能自叹"我将只是萎谢了"。而那场乡间戏院的场景，不经意间让张爱玲认识到那种几何学上的社会关系，虽无个人自我建构的深度与厚度，但却提供了一种相对稳固的个人定位，对于不能脱离社会而独立存在的个体而言，是不可或缺的。张爱玲觉得自己与胡兰成的关系并未得到契约性的认可，徒以自书的"愿使岁月静好，现世安稳"的婚书来维系，根本建立不起那种稳定的社会性关系，因而也提供不了她所诉求的安全感。婚姻上的挫败使她饱尝了游离于社会关系之外的孤独感——此一节当然不足为外人道也，但是这毕竟造成了张爱玲的某种心结。也就是从这个时候开始，在自己与村人的对照中，张爱玲赫然发觉社会谱系中的定位对个体而言是有意义的。她第一次真正意识到生命的"长度、阔度与厚度"并不见得比"几何学上"的地位更重要。换言之，她笔下那些旧世界里的卑微女性的人生抉择，何尝没有一些社会层面的合理性——她们无非是牺牲了个人的"长度、阔度与厚度"换得了社会承认的契约身份。因为从某种程度上讲，"家"、家庭与家族比个体的人更具真实性，个人必须在这样的社会性组织中才能定义自己。

有人认为，张爱玲的《对照记》对老照片的保存和阐释，是她"温煦的告别"[②]。但这种说法道出的是最近于常情的缘由，显然缺乏更深层次的思考。虽然张爱玲也在《对照记》的末尾写到希望能够写出一些值得看的东西，"能与读者保持联系"，然而对于一个近于自我放逐的作家，迟暮之年的封笔之作，恐怕不仅仅是一种向他者的告别，更有自我形塑和寻找精神皈依的意图。早年其小说《连环套》中的霓喜（赛姆生太太）生平坎坷，颠沛流离，总还是保存着那本照相簿，里面有历任丈夫的照片和子女的结婚照。在她不无炫耀地向来客展示那些照片时，似乎找到了存在的证据和价值——个人所涉及的社会谱系中，她总归是占据了一个几何意义上的点。这种社会谱系中的自我位置确认某种程度上消弭了霓喜的孤独感。半个世纪以后，独居美国洛杉矶的张爱玲，在翻看老照片薄的时候，应该也有着

---

① 胡兰成：《今生今世》，长安出版社，2013，第 260 页。

② 萧遥：《温煦的告别》，《读书人》（香港）1995 年第 8 期。

图 7-11　张爱玲母亲黄逸梵

与霓喜相仿的心境，这种从影像角度的寻根与定位显然是一种情感和自我价值确认的需要。因此，对于张爱玲而言，辉煌家世、社会谱系、个人定位和永恒性这些晚年生活中的关键词，是其在《对照记》里所要努力彰显的亮色。即如罗兰·巴特曾描述看老照片的情形一样，他说："在这些照片中，我看到了一个时代，我的青年时代，或者我母亲的时代，或者更远，我祖父母的时代；我往那个时代里投射了一种使人动情的有生命的东西，即我们这个谱系的东西，而我是这个谱系的最后一员。"① 显然《对照记》的撰述有张爱玲相当丰富的情感投影，她不无遗憾地说："我没赶上看见他们，所以跟他们的关系仅只是属于彼此，一种沉默的无条件的支持，看似无用，无效，却是我最需要的。他们只静静地躺在我的血液里，等我死的时候再死一次。"② 由如许深情款款的表述而呈现出的个人形象，与其小说中一贯表现出的苍凉与荒寂似乎有所抵牾，也与其塑造的各种人物形象格格不入，这也许是其晚年价值观念发生变化的一个体现。她曾经有过这

① 〔法〕罗兰·巴特：《明室：摄影纵横谈》，赵克非译，文化艺术出版社，2002，第153—154页。
② 张爱玲：《重访边城》，北京十月文艺出版社，2019，第100—101页。

样的评述:"照片这东西不过是生命的碎壳;纷纷的岁月已过去,瓜子仁一粒粒咽了下去,滋味各人自己知道,留给大家看的惟有那满地狼藉的黑白的瓜子壳。"①但多年以后,海外离散生涯,她一定渐渐明白了这些"生命的碎壳",更有着自我和家族建构和精神寄托的意义。《对照记》以多幅照片标识个人和家族的历史轨迹,并以文字文本为线索,由此交织成一种社会关系图谱。

二、血缘、色彩与家族谱系建构

张爱玲离开内地去香港之前,她亦曾经努力适应新的文人生态圈,但以其没落世家培养出的观念、气质,显然不能在新中国革命话语体系中获得自我及他人的认同。1950年张爱玲应邀出席上海召开的第一次文代会,着装摩登,引人侧目,显然她太难适应全新时代的政治风尚;创作上,她勉力写出的《小艾》,题材、情节、语言都有着明显意识形态化的倾向,相当不能令人满意——这应该是自我痛苦改造的结果。另外,可能更有一层忧虑即是和汉奸身份的胡兰成交往的经历。凡此种种,这才促使她弃上海而去。到香港三年后,张爱玲又奔赴美国,由此开始了四十年的异国生涯。寓居国外时的张爱玲一直深居简出,尤其到了晚年,她几乎切断了与外界的联系,仅仅和关系亲近的有限几人有交往,与人见面晤谈情形更为少见。这种垂老之年的孤僻似乎印证了她年轻时写的《迟暮》一文的题旨:"她怕见旧时的挚友。她改变了的容貌,气质,无非添加他们或她们的惊异和窃议罢了"②,这样的惊人之论则让人有一语成谶的悚惧。显然,张爱玲已经失去了她曾经熟悉的时代和世界,那些家族的历史像个遥远的传说,缥缈而不真实。本雅明认为:"一个时刻在消解的群体,只能够依靠全新的条件以及崭新的元素在别处重组,它没有足够的连续性来获得独特的形象和其自身的历史,来使其成员能够有归属感。"③而《对照记》作为张爱玲生前写的最后一本书,显然是以一种图文的形式,让这样一个家族群体在另外的一个空间中重组。此书由台湾皇冠出版后不久,张爱玲即在洛杉矶公寓中逝世,是时为1995年9月初。这本集照片与文字于一体的自传性散文是张爱玲留给这个时代的最后形影,全书共54幅照片,文字

---

① 张爱玲:《倾城之恋》,北京十月文艺出版社,2019,第265页。

② 张爱玲:《张爱玲文集》(第4卷),安徽文艺出版社,1992,第2页。

③ 〔德〕瓦尔特·本雅明等:《上帝的眼睛:摄影的哲学》,吴琼等编,中国人民大学出版社,2005,第35页。

部分也相当精简，但作者强撑病躯，勉力撰述显然并非其所谓"借此保存"之意，因为据与张爱玲素有交往的庄信正夫妇披露，张爱玲除了这 54 幅照片以外，仍有更多的亲友照片并未收录。庄信正回忆他们夫妇二人与张爱玲晤面的情形时就曾经说过："最难忘的是她拿出相簿给我们看她祖父母、父母和她自己的照片，比后来收入《对照记——看老照相簿》者多得多。"① 由是观之，张爱玲对编入这本自传性文集的照片是经过精心筛选的，虽然张爱玲在《对照记》中说这些照片的取舍标准是"怕不怕丢"，但这种说法多少有点避重就轻。庄信正给张爱玲的信中就认为《对照记》是"相当 selective"的。事实上，这种"取舍"即是渗透了自我价值观念的一种叙事，其最终目的是要建构符合某种逻辑的个人的影像志。或者说，作者想通过形象与词语建构一种个人的现代史，为自己在这个已经几近结束的时代寻找一个确切的定位，从而不再是只有长度、阔度与厚度的游离者，而是成为"几何学上的一个'点'"。

《对照记》中人物谱系的建构既体现了祖辈、父辈与自我（张爱玲）之间的血缘传承，又表达出时代观念的嬗变在家族中产生的激荡。这种传承与嬗变除了透露出一个家族曾有的辉煌外，还表现出其与时俱进的一面。早在 1944 年，张爱玲致信平襟亚协商出版短篇小说集单行本时，曾说："如果有益于我的书的销路的话，我可以把曾朴的《孽海花》里有我祖父祖母的历史，告诉读者们，让读者和一般写小说的人去代我宣传我的家庭是带有贵族气氛的……"② 足见其对煊赫家世不无骄傲的心理。张爱玲赴美之后，还多方搜集李鸿章的史料。据庄信正回忆，他在 20 世纪 80 年代末就曾给张爱玲寄过台湾版的《李鸿章传》，1992 年 5 月又在信中附上苑书义所著《李鸿章传》部分内容的复印件，张爱玲对其中所载祖父母的相关资料甚为重视。《对照记》中张爱玲祖父母的照片数量不多，但是文字阐述却是最为充分的。她先是提到祖父张佩纶："照片上胖些，眼泡肿些，眼睛里有点轻蔑的神气。"③ 后又详尽地叙述了其从清末言官到战场败将的经过，更饶有兴味地讲到其成为李鸿章东床快婿的轶事，由此把个人家族历史接续上清末政治场域的最顶层，确认了自我无可置疑的贵族后裔的身份。就像她在《对照记》中说的那样："只有我祖父母的

---

① 庄信正：《张爱玲庄信正通信集》，新星出版社，2012，第 91 页。
② 张子静：《我的姊姊张爱玲》，学林出版社，1997，第 106 页。
③ 张爱玲：《重访边城》，北京十月文艺出版社，2019，第 91 页。

图 7-12　张爱玲祖父张佩纶

图 7-13　张爱玲祖母李菊藕（右）

姻缘色彩鲜明，给了我很大的满足，所以在这里占掉不合比例的篇幅。"[1]
作为李鸿章长女的李菊耦在照片中略显拘谨，但她在张爱玲笔下则是"皮肤非常白，许多小红痣"的亲切可感的祖母形象。这个"煊赫旧家声"的女性亲历者在张爱玲笔下不断地重塑。如《创世纪》中的紫微、《倾城之恋》里的白老太太，虽然形容各异，但那种没落世家承继下来的果决、冷酷和颓靡显然都有她祖母的影子。张爱玲还在《对照记》里放上了自己和姐大侄侄的合影，意在引出家族中另一个重要人物，即她称呼为"二大爷"的张人骏。《对照记》对作为"最后一个两江总督"的二大爷着墨甚多。除了详尽记述了其日常的饮食起居等细节，还鲜活地重现了自己与其对话的情景。这个在革命党攻城时缒城而逃的两江总督，"永远坐在藤躺椅上"，见到幼小的张爱玲总是问："认识多少字啦？""背个诗我听。"近于传奇的历史人物在张爱玲笔下如寻常家翁，显然她是通过这样的叙事提供了一种血缘的亲近感和家族谱系的可信度。相较而言，照片中的外祖母，手持团扇，明显还有着面对镜头的紧张与拘谨，对于这个"嫁给将门之子做妾"的农家女，张爱玲着笔要精简得多，仅仅讲到"她大概是他们原籍湖南长沙附近的人"。笔端清冷，了无情感。张爱玲未必是势利的，但她在编织自己的家族谱系时，更重视身居要津的祖辈倒是不争的事实。《对照记》中横跨在新旧两个时代的父母辈，张爱玲侧重对她母亲和姑姑的介绍，作为没落世家的子嗣，她们已然没有传奇的经历，但她们告别旧时代的勇气与落寞是张爱玲所要着力展现的。张爱玲应该没有后母孙用蕃的照片，但是她还是在谈论自己一张照片上的衣着时，似乎随意的一再提及这个和自己关系极为不睦的女人，究其原因终归还是因为孙用蕃的父亲孙宝琦曾任北洋国务总理，和自己虽无血缘传承，但毕竟也从侧面映照出张氏家族的曾经辉煌。

《对照记》中张爱玲祖父母合影的照片里，祖母手持书卷，意态安详，有着大家闺秀的风范，身后是家里的"雕花排门"；祖父则在几旁正襟危坐，俨乎其然，符合清末官员在公共场所中的一贯神情，身后则是照相馆中的布景画。这是一张合成的照片，背景虽然不同，但色调的确是张爱玲所形容的"泛黄褪色"。从视觉层面看，照片透露出的信息是丰富的，既有男性、女性社会定位的问题，亦有私人空间和社会空间的问题。对于

---

[1] 张爱玲：《重访边城》，北京十月文艺出版社，2019，第136页。

图 7-14　张爱玲母亲黄逸梵

张爱玲来说，这些并非重点，她更属意的是祖父母与清末中国同舟共命
的传奇色彩。这里的"泛黄褪色"之于张爱玲意味着一种贵族的余晖和末
世的光华。她在家族寻根的过程中，重温祖辈们泛黄褪色的形影时，想必
既有曾经繁华的骄矜，也有现世没落的惘然。《对照记》中父亲的照片不
多，仅有一张和妻子黄逸梵、妹妹张茂渊及两个"大侄子"的合影。照片
中的父亲形容清癯，神情落寞，作为颓圮的封建世家的最后一代，不幸陷
在时代的夹缝中，他的世界无疑是灰色的，正如张爱玲说的那样："父亲
的房间里永远是下午，在那里坐久了便觉得沉下去，沉下去。"① 相对而言，
母亲黄逸梵比父亲张志沂更少旧文化的思想重荷，更多对新思想的渴求。
《对照记》中她的照片占据了相当篇幅，从幼时在封建家庭裹着小脚的照
片，到诸种海外游历照片，由此可以看出一个旧时代女性冲决封建桎梏的
种种努力。而"踏着这双三寸金莲横跨两个时代"② 的说法，显然是时代转
型期具有象征性的视觉形象。张爱玲说那是她母亲的"蓝绿色时

---

① 张爱玲：《流言》，北京十月文艺出版社，2019，第 120—121 页。
② 张爱玲：《重访边城》，北京十月文艺出版社，2019，第 76 页。

期"——这种稍显压抑的明艳色彩正好诠释了这代人困顿于时代夹缝中的保守与趋时。《对照记》中张爱玲自己的照片有三十幅之多，从幼年期"面色仿佛有点来意不善"和有着"怀疑一切的眼光"的照片，到青年时代个性张扬、着装另类、艳丽的影像，她似乎从一开始即把自己置于传统的对立面，形塑出一个质疑人性和传统价值观的个人形象。《对照记》第三十一、三十二幅照片，张爱玲身着"最刺目的玫瑰红"上衣，摆出仰面向天，逆风起舞的造型，则正好彰显了其诡雅异俗的心性。通过老照片和附记文本梳理张爱玲家族色彩谱系的建构，从"褪色泛黄"到明艳的"蓝绿"，再至不同流俗的"玫瑰红"，这种色彩流变除了折射出时代风云的动迁，也透露了个人在血缘脉络中的继承与创生。

三、形象、文本与自我塑造

对于张爱玲而言，撰述《对照记》过程中，不论是图像叙事还是文字叙事中的"selective"，显然意在通过追溯家族和个人过往的进程，从而形塑一种社会公共空间中的自我形象。《对照记》中除了用以罗织家族谱系的家人亲族以外，亦有不多的可以刻画自我形象的友人照片，譬如与其交往甚密的炎樱的一些照片，还有与李香兰（山口淑子）的合影。炎樱是张爱玲最为亲密的女友，不光见证了她的青春岁月，更在某种程度上与其共同展示现代时尚气息，因此在《对照记》中出现并不奇怪。但张爱玲与李香兰的合影被特意展示出来，显然是不同寻常的。《对照记》这样描述这次合影："一九四三年在园游会中遇见影星李香兰（原是日本人山口淑子），要合拍张照，我太高，并立会相映成趣，有人找了张椅子来让我坐下，只好委屈她侍立一旁。"[1] 关于这次所谓"园游会"，《杂志》1945 年 8 月刊发的《纳凉会纪》曾有详细记述，该期杂志的编辑后记中亦有"特邀新闻界陈彬龢、金雄白两先生，及一流作家及一流影星张爱玲、李香兰两女士参加，纵谈影艺文学……"的述评。此文所提陈彬龢、金雄白时为汪伪政府着力培植的汉奸文人，而李香兰则为日本人。其实张爱玲并不介入政治，更缺乏政治敏感性，更未料及这次聚会竟给自己带来恶劣的政治影响，成为她"亲日"的佐证。1947 年她发表《有几句话同读者说》一文，对被攻评为"文化汉奸"进行辩驳。而半个世纪以后的张爱玲，想必对此仍耿耿于心，她在《对照记》中形容当时情境用了"园游会"而非日本色彩的

---

[1] 张爱玲：《重访边城》，北京十月文艺出版社，2019，第 114 页。

图 7-15　张爱玲与李香兰（1943 年）

"纳凉会"的字眼，并且称与李香兰的座谈为"遇见"，有意淡化了这次聚会可能产生的政治联想，多少有些形塑自我的意味。由此可见，尽管身在异邦，垂暮之年的张爱玲其实非常在意自己在社会公共空间中的形象，而这幅照片所透露出的是作者对私人性与公共空间的认知和判断，其中包含了自我观察和"被观察"的想象。如约翰·伯格认为那样："女性把内在于她的'观察者'（surveyor）与'被观察者'（surveyed），看作构成其女性身份的两个既有联系又是截然不同的因素。"①　可以想见，张爱玲此刻是看重"别人对她的印象"的，并且潜在地把这种印象作为判断自我价值的一个重要标准。需要注意的是，张爱玲虽然把相当多的个人和家族的照片公之于众，但她明显无意把真正私人性的信息透露出来，譬如胡兰成、赖雅等人的照片，即如她曾经言："何况私人的事本来用不着向大众剖白，除了对自己家的家长之外仿佛我没有解释的义务。"②　而她在《对照记》中的图像与文字的种种展示，显然在私人性和社会公共空间中做到了很好的平

① 〔英〕约翰·伯格：《观看之道》，戴行钺译，广西师范大学出版社，2015，第 63 页。
② 张爱玲：《华丽缘》，北京十月文艺出版社，2019，第 63 页。

衡。"她必须观察自己的角色和行为，因为她给别人的印象，特别是给男性的印象，将会成为别人评判她一生成败的关键。别人对她的印象，取代了她原有的自我感觉。"① 显然，张爱玲关于《对照记》的撰述背后确乎隐藏着此种心理因由。

《对照记》中，张爱玲描述照片中自己幼年的神情时，分别用了"来意不善"和"怀疑一切"的字眼，但从照片中幼童自身的眼神与神情来看，读者似乎难以确认其中有"质疑"的意涵。"神情也许是某种精神方面的东西，一种把生命的价值神秘地反映到脸上去的东西。"② 张爱玲所把握到的"神情"大概是其生命价值观的一种投射罢了。在其后不同年龄阶段照片中，张爱玲的着装亦是值得品评的。除了身着"乡下也只有婴儿穿的"服装外，还有像道袍的"清装行头"，更有自己加以改造的各种奇装异服。不仅如此，照片中的张爱玲摆出种种夸张的姿势，神情既有睥睨嘲弄又有性感诱惑，这些另类的服装造型和神情意态分明都有别于传统意义上的淑女风范，但她在描述这些多少有些反传统的照相时，语气似乎是平淡的，想必她并不以为怪异。显然，把《对照记》中的个人影像与事后追述的文字对照起来阅读，即可以窥见作为"图影"的形象和作为"文学"的文本之间存在着一定的裂隙，而这些裂隙内部则隐含着作者一贯的世界观和方法论，即以怀疑的眼光看待世界，以关注自我感受的方式表达自己。W.J.T. 米歇尔认为："形象／文本既不是方法，也不是历史发现的保障；它更像是再现的一个缺口或裂纹，历史可以通过缝隙滑入的一个地方。"③ 对《对照记》而言，老相片所展现出的"形象"和附记的文本之间是视觉和语言交会的地带，是客观和主观对峙的场域。而在这一场域中，文本或形象都不是主角，真正主角是互文性、张力和由此衍生的关于个体与社会空间的思考，这种思考在张爱玲的小说创作中一直都是核心主题。譬如在《倾城之恋》中，白流苏回忆幼年看戏的经历："看了戏出来，在倾盆大雨中和家里人挤散了。她独自站在人行道上，瞪着眼看人，人也瞪着眼看她，隔着雨淋淋的车窗，隔着一层层无形的玻璃罩——无数的陌生人。人人都关在他们自己的小世界里，她撞破了头也撞不进去，她似乎是魇住了。"④

---

① 〔英〕约翰·伯格：《观看之道》，戴行钺译，广西师范大学出版社，2015，第 63 页。
② 〔法〕罗兰·巴特：《明室：摄影纵横谈》，赵克非译，文化艺术出版社，2002，第 171 页。
③ 〔美〕W.J.T. 米歇尔：《图像理论》，陈永国、胡文征译，北京大学出版社，2006，第 91—92 页。
④ 张爱玲：《倾城之恋》，北京十月文艺出版社，2019，第 164—165 页。

作者借此体察到个体之于社会空间，无非是相互的陌生和封闭。这些感受性的悟道，并不是基于纯粹理性的思考，而是在类似于定格照片的场景和类似于旁白的文学叙事的对峙与碰撞中激发出来的。因此，读《对照记》和读张爱玲的小说，本质上都需要参透形象与文本对照而建构起来的自我与时代的关联，才能够解读出作家之"心经"。《对照记》用图文并置的形式努力完成社会公共空间中个人形象的塑造外，还有以此表达自我情感和对社会认知的意图，如布迪厄所言："提供经调整的自我形象是推行自己的感知规则的一种方式"①，那些看起来较为寻常的照片则经由文字部分的引导和强调，不仅达成了对自我形象的调整，也透露出其感知外部世界的方式。

张爱玲在《对照记》里的展示除了选择性的一面，更有技巧性的一面。那些煊赫一时的祖辈，有照片留存的即绘形绘色，没有照片留存的则以文字相济。而其笔下涉及的人物更是从清末的名公巨卿，如李鸿章、张佩纶、张人骏、孙宝琦，到民国时期的风流人物，如孙用蕃、李香兰、陆小曼、朱湄筠、徐悲鸿等。她以图文并具的方式，编织以形象为介质的有史诗气度的家族谱系时，更建构了一种与自我相关的历史景象。对于垂暮之年的张爱玲而言，这种景象既是一种人生的慰藉，更是个人历史的背景和基调，同时也隐含着多年以来她对于世界的理解和认知。居伊·德波认为："景象决不能理解为是视觉世界的滥用，抑或是形象的大众传播技术的产物，确切地说，它就是世界观，它已变得真实并在物质上被转化了。它是对象化了的世界观。"②家族谱系的建构是重要的，但对于张爱玲而言，个人形象以至于世界观亦有做最后陈述的必要。苏伟贞曾经写过《张爱玲的书信演出》一文，把张爱玲与外界的书信往来亦视为一种表演，是"以信件上演的'自鄙与自夸'的戏码"③。——这种说辞多少有点以己度人的苛刻，并不完全客观，但毕竟道出张爱玲性格当中富有表演性的一面。从张爱玲《对照记》中展示的个人形影来看，是可以印证这一点的，甚至直至衰年，张爱玲仍不失性格中的这种特质。《对照记》最后一幅照片即是刻意留存的形象：面容沧桑的张爱玲手持折叠成长方形状的报纸，仅突出

---

① 〔法〕皮埃尔·布迪厄：《摄影的社会定义》，载《视觉文化研究读本》，陈永国主编，北京大学出版社，2009，第139页。

② 〔法〕居伊·德波：《景象的社会》，载《文化研究》（第3辑），陶东风等编，天津社会科学出版社，2002，第59页。

③ 苏伟贞：《长镜头下的张爱玲：影像 书信 出版》，上海文艺出版社，2012，第277页。

图 7-16　张爱玲（1994 年）

"主席金日成昨猝逝"的标题。文字中讲道："写这本书，在老照相簿里钻研太久，出来透口气，跟大家一起看同一头条新闻，有'天涯共此时'的即刻感。"① 其实，张爱玲的这幅照片既见证了"生"，亦预告了"死"，虽然以"一笑"二字收梢，但还是透露出悲怆的底色，表达出自己虚无的世界观。另外，如果从家族史的角度考量，张爱玲显然没有走出父亲张志沂的悲剧，只不过一个沉沦于清朝帝都的腐朽，一个沉溺于民国上海的繁华——时代虽然变了，但是父女俩耽于旧世界的记忆和想象的命运却不变。由是观之，《对照记》表面上是追忆和缅怀，实质上则是对于虚无的反抗和挣扎，用记忆中的家族亲情抚慰内心的苍凉，用想象中的辉煌抵抗被时代抛弃的恐惧。

　　祖辈留存下来的那些家庭照片，"由于它们为伟大岁月提供了物理的佐证，同时证明着它们祭献其社会身份之谱系的延续性，始终与时间的永恒性不可分离"②。就《对照记》而言，显然也有追寻延续性和永恒性的幻想，可是说到底这都是最虚弱不过的抵抗。她早年文章中曾认为，除了"人的关系"这样一种信仰之外，中国人不再有别的宗教——当时处在

① 张爱玲：《重访边城》，北京十月文艺出版社，2019，第 137 页。
② 〔德〕瓦尔特·本雅明等：《上帝的眼睛：摄影的哲学》，吴琼等编，中国人民大学出版社，2005，第 38 页。

恋爱时期且文学事业蒸蒸日上的张爱玲一定是带了居高临下的优越感看所谓"中国人"的，可是她毕竟没有意识到，其文学的生产与接受是最为广泛的一种思想层面的人际关系。几十年之后，世异时移之下的张爱玲不光失去了自己的时代，更失去了与世界交流的意义与能动性。而通过《对照记》的写作来重塑家族谱系，通过视觉形影来建构一种"人的关系"的信仰，无论如何，仍旧是一个"苍凉的手势"。

第八章　视觉文化语境下的文学文本再阅读

第一节　关于苏联版画展览会的两个文本的并置阅读

1936 年在上海举办的苏联版画展览会是鲁迅与邵洵美都曾参与的一次中苏文化交流活动。关于这次展览会，鲁、邵二人也都有相关文字留下，分别是鲁迅的《记苏联版画展览会》和邵洵美的《木版画》。通过对这两个文本的深入分析和比较，除了可以考察二人在苏联版画展览会这一交集点上的文化态度的异同，亦可以窥见 1930 年代中国文坛的大致样貌及不同立场的文人在艺术审美层面的关注点和歧异点。

一、1936 年苏联版画展览会举办概况

1930 年代初，国际政治形势发生了巨大变化，南京国民政府面临着被孤立的境地。"九·一八"事变发生后，曾寄望于"国联"的国民政府更陷入内外交困的窘迫中，在这样的背景下，国民党当局内部产生了改善与苏联关系，与其增进友谊，并联合抗衡日本的声音。历经多次秘密谈判，中苏宣布于 1932 年 12 月 12 日恢复正常的外交与领事关系。1935 年，日本策动"华北事变"之后，中苏又一次调整两国关系，国民党当局逐渐加强了与苏联的交往，之前对左翼文化的严酷管控相对有所松动。1935 年 10 月，中苏文化协会成立，孙科任会长，蔡元培、于右任、陈立夫、鲍格莫洛夫等人任名誉会长。中苏文化协会致力于宣传抗战救亡，交流文化信息，除了向苏联人民介绍中国的历史与文化知识及政治经济情况外，也不断地将苏联文化艺术向国内进行推介，客观上对中国左翼文化艺术事业的发展也起到了极大的推动作用。1936 年 1 月，在中苏两方文化界的

推动下，苏联版画艺术展览会在南京成功举办，取得了巨大成功，获得社会各界的广泛赞誉。中苏文化协会借此决定将展品移至上海展出，以期扩大两国文化艺术界的深入交流。1936年2月，由中苏文化协会、苏联对外文化协会及中国美术会等诸多团体共同主办的苏联版画展览会自2月20—27日在上海八仙桥青年会展出，受到了沪上文化界的热烈欢迎。出席这次展览会的不仅有中苏文化协会理事长孙科、苏联驻华大使鲍格莫洛夫、上海市市长吴铁城、上海市通志馆长柳亚子、著名画家徐悲鸿等社会名流，更有大批普通市民踊跃参会。在这次展览会上，蔡元培作了开幕式演讲，他一方面介绍了西方版画的发展，指出其逐渐朝向一种独立艺术发展的趋向；另一方面也大致梳理了中国版画发展的源流和特征，及其与西方版画的不同，并指出本次展览会之于中国艺术家的意义。

　　苏联版画展览会的参展作品是从莫斯科运来的木刻、石刻、铜板、套色木刻等苏联艺术家的原创作品共239幅。苏联著名版画家法复尔斯基、冈察洛夫、希仁斯基等人都有作品参展。展品中有法复尔斯基所作的但丁《新生》插画和《梅里美集》的封面及插图，充分显示了苏联艺术所取得的进步；另外，展品中还有冈察洛夫、叶柴司托夫、毕珂夫、缪尔赫泼脱等人所作的文学名著插图，都显示出极高的艺术水准。展览会上，索洛维赤克、潘夫立诺夫等艺术家作的苏联著名人物像更是引起了观众的极大兴趣。据赵家璧回忆："更多的观众在列宁、斯大林、高尔基的画像前，在描写十月革命的历史画前，默默地注视着，连呼吸的声音都听得出来。"① 可见观众对社会主义国家苏联的深切关注。不仅如此，克拉甫兼珂所作《尼泊尔水闸》《尼泊尔水闸之夜》《尼泊尔闸门》《巴古油池风景》等反映苏联社会主义建设成就的作品更引起了观众的惊叹。所有参展作品中，斯塔洛诺索夫为《苏联第十七次会议史太林报告》一书所作小幅插图展示出苏联社会主义建设的现代化场景，在军事、科技等方面取得的成就，也引起诸多观众的浓厚兴趣。这次苏联版画展览会的参展作品较好地体现了苏联在文化艺术、社会主义建设等方面取得的巨大成就，对于中国观众而言，这是一个崭新世界的艺术呈现。总之，为期七天的展览会取得了巨大成功，引起了上海文艺界的极大轰动。据张曼西撰写的《中苏文化协会会务纪要》所载："展览共七日，到会参观者约万余人，评语共三大册，中英文均有，

---

① 赵家璧：《编辑忆旧》，西北大学出版社，2019，第213页。

图 8-1　尼泊尔水闸（克拉甫兼珂作）

各界评论计有时代杂志等七、八处，个人评论计有鲁迅等十余人，分别在上海申新各报发表。"① 由此可见当时展览会之盛况。此次苏联版画展览会给予文艺界的影响是多方面的，既有思想文化的启蒙，亦有艺术审美的熏陶，是当时一次非常重要的文化交流活动。展览会期间，赵家璧萌生了为这次画展出版一本画集的想法，并力邀鲁迅担任编选工作。鲁迅以极大的热忱抱病投入画集的编选工作，最后使得《苏联版画集》顺利出版，极大地促进了中国新兴木刻版画事业的发展。

二、关于苏联版画展览会的两个文本

早在版画展览会举办之前，苏联领事馆就委托茅盾把 45 幅参展的苏联版画家原拓版画及参展作品目录转送鲁迅，并请他为展览会撰写相关文章。鲁迅日记 1936 年 2 月 1 日中的"下午明甫来，得苏联作家原版印木刻画四十五幅，信一纸，又《苏联版画展览会目录》一本"② 即指此事。鲁

① 张小曼编《张西曼纪念文集》，中国文史出版社，1995，第 367 页。
② 鲁迅：《鲁迅全集》（第 16 卷），人民文学出版社，2005，第 589 页。

迅对这次版画展览会异常重视，曾向诸多友人积极推介这次展览会。2 月
17 日，他在致郑也夫的信中就写道："二十日起，上海要开苏联版画展览
会，其中木刻不少（会址现在还不知道，那时会有广告的），于中国木刻
家大有益处，我希望先生和朋友们去看看。"① 鲁迅对版画传播事业的关心，
是当时文艺界都予以高度评价的，即便一向为鲁迅所批驳的叶灵凤，在论
及中国木刻版画事业的发展时，也不得不对鲁迅所作出的贡献表示叹服。
早在此次苏联版画展览会开幕之前，鲁迅就受主办方之邀撰写了《记苏联
版画展览会》一文（2 月 24 日发表于上海《申报》），对中国的木刻艺术
源流及文艺现状都有论及，也从各个方面对苏联版画作品进行了评述，是
一个值得关注的文本。在这篇文章中，鲁迅认为中国新兴木刻版画虽然已
经流行起来，但是并未取得很大进步，因此他对这次版画展览会对中国文
艺发展的推动作用是有所期待的。鲁迅认为当时新兴木刻作者除了在木刻
技法、题材方面仍有诸多不足之外，还存在着一个最大的局限即与社会脱
离的问题。他在 1935 年致李桦的一封信中指出明代木刻的纤巧、汉人石
刻的气魄宏大及唐人线条的生动，颇有借鉴价值外，对于当时木刻方面的
问题，他则认为："上海的刊物上，时时有木刻插图，其实刻者甚少，不
过数人，而且亦不见进步，仍然与社会离开，现虽流行，前途是未可乐观
的。"② 基于这样的判断，鲁迅显然期望通过苏联版画的传播，推动中国新
兴木刻艺术能够直面现实，更加深刻地体验社会，从而提升到一个新的境
界。1936 年 6 月 23 日，由鲁迅口述，许广平记录，对《记苏联版画展览
会》一文进行小幅增删后用作了《苏联版画集》的序文。鲁迅特意在序文
的末尾部分增加了这样一段话："这展览会对于中国给了不少的益处；我
以为因此由幻想而入于脚踏实地的写实主义的大约会有许多人。"③ 这次苏
联版画展览会后，观摩过展览会的陈子展即在《中流》杂志发表《唐人木
刻》一文，对这次展览会的作品发表了自己观感："苏联版画作风，以及
整个苏联艺术作风，逐渐变成了写实的，其程度到了使苏联艺术家更明了
苏联的时代，苏联的生动的现实，新的工业建筑的烟囱与棚架，集体农民
耕种的田地，及其新的人民，乃至历史的景色。"④ 这个印象确乎印证了鲁

---

① 鲁迅：《鲁迅全集》（第 14 卷），人民文学出版社，2005，第 29—30 页。
② 鲁迅：《鲁迅全集》（第 13 卷），人民文学出版社，2005，第 539 页。
③ 鲁迅：《鲁迅全集》（第 6 卷），人民文学出版社，2005，第 615 页。
④ 陈子展：《陈子展文存》（上），上海古籍出版社，2018，第 251 页。

迅对展览会在中国文艺界之影响的准确判断。另外，为《苏联版画集》作序时的鲁迅已经病入膏肓，只能口述，由许广平代为执笔。鲁迅在序文中喟叹："写序之期早到，我却还连拿一张纸的力量也没有。"① 此情境不唯令人感动，更让人看到鲁迅对中国新兴木刻事业发展的殷殷之心。

1936 年在上海举办的这场苏联版画展览会，邵洵美也曾参与筹办，并撰有《木版画》一文对这次展览进行评述。邵洵美是 20 世纪二三十年代中国文坛上著名的诗人、翻译家和出版家，其在欧洲留学多年，深受西方艺术观念影响。他先后创办新月书店、金屋书店、时代印刷公司，出版和主编如《新月》月刊、《狮吼》杂志、《金屋月刊》、《论语》半月刊等文学杂志数十种之多。毋庸讳言，邵洵美在出版印刷界的贡献是有目共睹的。不唯如此，邵洵美对于美术亦抱有相当的热情，他所创办的时代图书出版公司旗下即有《时代漫画》《时代画报》《声色画报》《万象》等杂志出版，在美术界的影响不容小觑。黄苗子就曾经评价道："如果没有邵洵美，没有时代图书公司，中国的漫画不会像今天这样发展。"② 基于邵洵美在出版界的声望，苏联版画展览会筹办团体中有人请邵洵美参与筹办这次文化交流盛会。邵洵美在文章中这样写道："他们虽然也把一些事情交给我负责去办理，但是我至多只是做个跑腿；开会的时候，我总不大发表什么意见：他们口讲指画，我却只是聚精会神地聆听。"③ 话虽如此，邵洵美显然对这次展览会还是很看重的。在记述这次苏联版画展览会的文章《木版画》中，他充分肯定了举办这次展览会的意义，认为这次展出的作品代表了苏联近代木版画的精华，借此可以全面了解苏联版画的发展源流；另外，他还指出通过这次展览不仅可以让中国青年版画作者鉴赏到苏联这项艺术的宝藏，更可以由此见到自身版画艺术的程度。与其之前对苏联木刻版画的评价有所不同，邵洵美不再讲苏联漫画是"高深的木刻"，不为浅近的大众所理解，反而高度肯定了苏联版画艺术的发展。他写道："苏联木版画的复活也还是近年来的事，像他们的文学及绘画一样，他们表现着极浓厚的地方色彩与国民性。"④

鲁迅在《记苏联版画展览会》一文中，充分肯定了此次展览会的重

① 鲁迅：《鲁迅全集》（第 6 卷），人民文学出版社，2005，第 615 页。
② 陶方宣：《天空多么希腊：徐志摩与邵洵美》，新华出版社，2016，第 71 页。
③ 邵洵美：《一个人的谈话：艺文闲话》，上海书店出版社，2008，第 139 页。
④ 邵洵美：《一个人的谈话：艺文闲话》，上海书店出版社，2008，第 140 页。

大意义。认为展览会一方面使中国人看到苏联建设成绩；另一方面加强了中苏之间的了解，可以消除许多"误解"。其次，通过苏联版画家的作品，阐明真正艺术产生的要旨所在。最后，鲁迅还分别对多名苏联画家的作品进行了评述，同时也对中国绘画日渐空虚化的弊病予以批评。鲁迅在文章结尾中总结苏联版画的艺术特征时，认为其真挚、美丽、愉快、有力，而非固执、淫艳、狂欢、粗暴——这些苏联版画作品给予观众一种"震动"。总之，鲁迅关于 1936 年 2 月苏联版画展览会的文本《记苏联版画展览会》，不光表达了鲁迅对中国新兴木刻版画的期望，更指出其未来发展的方向。而邵洵美的《木版画》则分别评述了英美与苏联木版画作品，认为英美作品"成熟而完美"，而苏联作品则给他带来"不安定"的感觉。这显然在很大程度上折射出邵洵美的唯美主义的审美理念和价值判断。因之，对这次苏联版画展览会的两个文本，即《记苏联版画展览会》和《木版画》进行的比较分析，庶几可以管窥其时文坛混沌多元的文艺观念，进而发掘出种种共识与歧见背后的深层因由。而从鲁迅及邵洵美的这次交集扩展开去，亦可在某种程度上对沪上文艺生态的分析提供更为感性而真实的案例。

三、从"左"到"右"的审美：关于艺术审美的共识与分歧

在鲁迅和邵洵美关于苏联版画展览会的两个文本中，都论及中国传统艺术的传承和发展问题。鲁迅认为新兴木刻受到的是欧洲创作木刻的影响，与中国传统木刻并无关系。他认为："版画之中，木刻是中国早已发明的，但中途衰退，五年前从新兴起的是取法于欧洲，与古代木刻并无关系。"[①]虽然鲁迅在 1929 年的《〈近代木刻选集〉小引》中曾对中国木刻如何传入西方做过一些判断，甚至还提出"木刻的回国"的说法，但他对经由他倡导而兴起的新木刻的本末源流是了然的，因而其对新木刻与传统木刻承继关系的断然否定也是客观的，符合实际情况的。在这一点上，邵洵美似乎有着不同看法，他讲道："欧西各国虽然极早已有木刻，但是在近代又成为风行一时的艺术者，未始不是受了日本的点示与鼓励。我们的国粹，往往由日本来收藏保存，发扬光大，这又是一个例子。"[②]邵洵美的说法亦不无道理，但他未必注意到经由几百年和上万里的流离转徙，中国古代木刻之于现代木刻只是徒然剩下"木"与"刻"的发蒙意义，而其在内容题材、

---

① 鲁迅：《鲁迅全集》（第 6 卷），人民文学出版社，2005，第 498 页。

② 邵洵美：《一个人的谈话：艺文闲话》，上海书店出版社，2008，第 140 页。

图8-2 冈察洛夫《慈洛宾作诗集》插图

创作手法上的种种已然湮灭于漫长的时空淘洗之中。事实上，鲁迅与邵洵美关于新兴木刻起源的分歧不是根源性的问题，而是着眼点的不同。鲁迅从内容主题、创作手法等艺术层面见到现代木刻焕然更新的景象，而邵洵美则更多从技艺源流等历史方面想到国粹之存亡继绝的问题。虽然，在中国古代木刻流传方面的看法上稍有差异，但鲁迅和邵洵美在中国新兴木刻版画艺术的继承与发展方面的意见却取得了方法论层面的高度一致性。在论及兑内加、冈察洛夫、叶卡斯洛夫等人的作品时，鲁迅认为："继起者怎样照着导师所指示的道路，却用不同的方法，使我们知道只要内容相同，方法不妨各异，而依傍和模仿，决不能产生真艺术。"[1]鲁迅的这些论断与两年前的文章《〈木刻纪程〉小引》中所提出的观点是一致的。他在该文中切中肯綮地指出："采用外国的良规，加以发挥，使我们的作品更加丰满是一条路；择取中国的遗产，融合新机，使将来的作品别开生面也是一条路。"[2]鲁迅不仅重视借鉴西方艺术，对继承中国文化遗产方面也很重

---

① 鲁迅：《鲁迅全集》（第6卷），人民文学出版社，2005，第499页。

② 鲁迅：《鲁迅全集》（第6卷），人民文学出版社，2005，第50页。

视，认为无论哪一条路径，都可以开创版画艺术创作的新局面。可以看出鲁迅论述中最紧要的关捩在于"发挥"和"融合"。而邵洵美在《木版画》中则表达出较为相近的观点，其艺术理念不限于对纯粹木刻版画艺术的评判，还涉及文学方面。他认为当时中国的文学艺术倾向于模仿西方，缺乏自己的灵魂，他进一步指出："凡是真正的艺术都有血肉的精神；他们绝不因是外来的影响或技巧而失却了本身的生命与灵魂。"[①] 显然，在借鉴西方艺术方面，鲁迅和邵洵美都看到了问题的关键，即纯粹的模仿是没有出路的，创作者要在采用西方技艺手法的基础上结合现实生活，作品要有自己的个性和灵魂。

关于苏联版画所呈现出的崭新的题材及特异风格，鲁迅和邵洵美在两个文本中都以不同的表述，传达出既契合又抵牾的艺术理念。鲁迅文中对苏联版画家们在自己的作品中表现出"真挚的精神"给予高度的肯定，体现了他对艺术本质的理解，即如他在《〈全国木刻联合展览会专辑〉序》中所述的那样，"它所表现的是艺术学徒的热诚，因此也常常是现代社会的魂魄"[②]。显然，鲁迅对艺术作品的评判，最终归结到创作者主观情感体验和对现实生活的客观表现两个方面，只有这两方面同时得以保证，才能创作出真正的艺术作品。这里的体验和表现实质上包含了情感、内容、主题、审美和形式等多层意蕴。他在 1935 年 2 月写给青年版画家李桦的一封信中就曾经这样说过："现在有许多人，以为应该表现国民的艰苦，国民的战斗，这自然并不错的。但如自己并不在这样的漩涡中，实在无法表现，假使以意为之，那就决不能真切，深刻，也就不成为艺术。"[③] 显见鲁迅对作者深入生活，获致真正的情感体验也是十分重视的。同时，鲁迅对艺术创作的技巧修养亦不忽略，认为许多青年艺术家在这方面的欠缺，导致了他们的作品"表现不出所要表现的内容来"[④]。如前所述，面对苏联版画家的作品，邵洵美也没有吝啬他的赞美，认为这些作品有极为浓厚的地方色彩和国民性，而通过和这些优秀作品的比照，中国青年可以认清自己的艺术成绩。需要指出的是，邵洵美这里所谓的"国民性"与鲁迅一直致力改造的"国民性"并不类同，更多是指作品风格上层面上的苏维埃式

① 邵洵美：《一个人的谈话：艺文闲话》，上海书店出版社，2008，第 141 页。
② 鲁迅：《鲁迅全集》（第 6 卷），人民文学出版社，2005，第 350 页。
③ 鲁迅：《鲁迅全集》（第 13 卷），人民文学出版社，2005，第 372 页。
④ 鲁迅：《鲁迅全集》（第 13 卷），人民文学出版社，2005，第 372 页。

的"强烈"。显然，在对创作者自身要求方面，其表达的观念与鲁迅有某种程度的一致性，即特别强调创作者情感、心灵层面的触发，然后才能产生"血肉的精神"，所以他认为："一个艺术家的成功，最先须有艺术家的心灵。"① 即便如此，如果深入探讨，仍可发现在艺术创作的表现对象方面，鲁迅和邵洵美的观念是有很大差异的。譬如，鲁迅认为那种流于空虚的中国传统绘画的遗毒在青年木刻家的作品中仍有残存，因而克拉甫兼珂写实的、宏伟的《尼泊尔建造》一作，是"惊起这种懒惰的空想的警钟"②。鲁迅一方面对于中国艺术创作者凌虚高蹈的浮躁有所批评；另一方面也表达出对写实主义的殷切期待。显然，鲁迅意在教导青年木刻作者真正沉入现实中去体验和发现。然而鲁迅也不是徒然地作居高临下的训导，其亦有切实的鼓励和方法论的指引。他在 1935 年 6 月 29 日致赖少其的信中就说："太伟大的变动，我们会无力表现的，不过这也无须悲观，我们即使不能表现他的全盘，我们可以表现它的一角……"③ 事实上，与鲁迅大致保持同样意见的还有徐悲鸿，在苏联版画展览参会期间他曾对参会的杨晋豪说："他们的表现确实是真实，固然我们也需要想像，然而却要根据真实。"④ 显然，对于苏联版画家所表现出的现实主义的创作风格，他和鲁迅都意识到这对中国新兴木刻创作而言，是重要的启发。而之于邵洵美，他对鲁迅式的"国民"是无感的，那个强大的、未知的群体之于他显然还是十分隔膜的。他所强调的作家的"心灵""灵魂"之说，终究还是局限在一个自我封闭的主观世界中，缺乏正视社会现实的勇气。可为例证的是，他在《木版画》一文中，明确表达出对欧美作品的喜爱，更多着眼于这些作品的力量、布局、线条和色彩等方面，不能不说，他的艺术理念似乎永远也难以脱唯美主义的窠臼。

在描述苏联版画展览会展出作品的观感时，鲁迅说："它令人觉得一种震动——这震动，恰如用坚实的步法，一步一步，踏着坚实的广大的黑土进向建设的路的大队友军的足音。"⑤ 鲁迅震惊于苏联社会主义建设的巨大成就，因而对贫弱落后之中国产生出强烈的危机感，同时也由此生发出对未来中国发展的深沉希冀。当然，他也更希望通过这样的作品一方面引

---

① 邵洵美：《珂佛皮罗斯及其夫人》，载《时代》第五卷，第 4 期，1933 年 12 月 16 日。
② 鲁迅：《鲁迅全集》（第 6 卷），人民文学出版社，2005，第 499 页。
③ 鲁迅：《鲁迅全集》（第 13 卷），人民文学出版社，2005，第 493 页。
④ 王震：《徐悲鸿年谱长编》，上海画报出版社，2006，第 165 页。
⑤ 鲁迅：《鲁迅全集》（第 6 卷），人民文学出版社，2005，第 500 页。

导艺术的精进，另一方面引发思想的革命。此种心境在同年六月份为苏联版画集所写的序言中亦表露无遗："我希望这集子的出世，对于中国的读者有好影响，不但可见苏联的艺术的成绩而已。"① 言外之意，其对苏联社会主义建设的伟大成就激发青年一代的思想震动是有所期盼的。而同样是面对二百余幅版画作品，邵洵美的内心感受却与鲁迅大相径庭。他说："苏维埃的大家如法佛罗斯基等的作品总给我不安定的感觉；我知道他们后面有一种伟大的力量在推动，滚沸的热度在燃烧，准备着一个惊天动地的爆裂。"② 这里的"震动"和"不安定"两种观感显然都是针对这些版画作品的内容、主题而言，尤其是这种视觉冲击背后的力量让他有了一种不便言说的恐慌。显然，作为沪上有产阶级的一员，邵洵美看到的是隐藏在苏联社会主义建设成就背后的巨大的力量——他预感到这种"伟大的力量"不仅可以实现诸如"尼泊尔建造"之类的成就，更有可能实现扫除资产者的结果，因此不难理解他对这种力量的"不安定"的感觉。简言之，面对苏联版画作品，鲁迅与邵洵美的欣赏是一种从"左"到"右"的审美：一个站在大众立场上衷心欢迎这样艺术作品，毕竟其多少昭示了一个新世界的到来；而另一个则在有产者的立场上对这一未来抱有隐隐的不安和恐惧。虽然邵洵美也不止一次地把自己置于普通民众的站位上，譬如，他曾在《论语》编辑随笔中说："我们的确完全是'老百姓'立场。"③ 但他同时申明此与"意识形态"并无关系。然而，作为沪上拥有众多产业的出版界巨头，很难说他所谓的"老百姓"立场是由衷的。而讲到中国种种黑暗现实，邵洵美则仅仅表示："我们只希望家主之辈，从此能改除恶习，振作精神，来挽回残局；我们决不有取而代之的念头。"④ 这一番言谈显明表达出有产阶级社会改革的懦弱性和虚伪性，与鲁迅一直所揭橥的基于国民性改造的社会革命有很大不同。鲁迅认为："其实'革命'是并不稀奇的，惟其有了它，社会才会改革，人类才会进步，能从原虫到人类，从野蛮到文明，就因为没有一刻不在革命。"⑤ 他深刻地意识到革命是社会进步，人类发展的动力，也清醒地认识到革命是一种破坏，必然伴随着"污秽和血"，而这些恰好是作为有产者的邵洵美所恐惧的，他更期望一种温和的改良，不

① 鲁迅：《鲁迅全集》（第6卷），人民文学出版社，2005，第616页。
② 邵洵美：《一个人的谈话：艺文闲话》，上海书店出版社，2008，第141页。
③ 邵洵美：《自由谭》，上海书店出版社，2012，第127页。
④ 邵洵美：《自由谭》，上海书店出版社，2012，第128页。
⑤ 鲁迅：《鲁迅全集》（第3卷），人民文学出版社，2005，第437页。

图 8-3　苏联版画展览会展出作品《一九一七年十月》（法复尔斯基作）

触动阶级根基的相互妥协。

　　通过关于苏联版画展览会的两个文本可以见出，鲁迅和邵洵美在有关艺术本体的理念上有诸多相似之处：首先，他们不光强调中国现代艺术的发展要接续传统，融合新知，推进创新，还特别指出艺术创作者自身要以真实的个人情感、心灵去体察和感悟，才能创作出有个性和灵魂的艺术作品。其次，鲁迅和邵洵美对艺术创作者加强自身艺术素养方面的要求也是一致的。当然，通过这两个文本亦可以看出，作为立场并不相同的两个沪上文人，其艺术理念显然也有诸多不同之处：其一，鲁迅关于艺术创作的理念是开放性的，注重创作者对社会现实的融入和体察，带有写实主义的倾向。而邵洵美关于艺术创作的理念则是封闭性的，更强调创作者自我的完善，因而有着脱离现实的倾向，不免陷入唯美主义的泥淖。总之，从《记苏联版画展览会》和《木版画》两个文本去分析鲁迅与邵洵美在艺术理念上的共识与分歧比及从零散的笔战材料中去发掘会更为系统和客观，但如果追溯到更为深远的层面，即 1930 年代的中国文坛生态，却缺乏更为鲜活的细节和更为感性的生活场景的展示，因此，有必要对二人 1930 年代的交集稍加梳理，庶几可以更为真切地感知其时沪上庞杂多元的文艺样态。

四、鲁迅与邵洵美：版画与沪上文坛生态

1927 年 10 月，鲁迅从广州抵沪，开始了他近十年的沪上文人生涯。最初的几年鲁迅并未对沪上名人邵洵美有多少关注，梳理鲁迅的文章即可以看到，其 1933 年以前的作品中并无涉及邵洵美的部分，倒是邵早在1928 年所作小说《安慰》中就对鲁迅有所嘲讽。这篇小说借用一位小说家之口讲道："鲁迅不过是从他家乡搬些红鼻子出来玩玩把戏，幸灾乐祸的人们自然会来买他的书看。"[1] 同样是 1928 年，《狮吼》半月刊上又发表邵洵美（署名浩文）的小说《绍兴人》，小说所写的作家罗先生曾在日本留学，写小说，翻译有关俄罗斯文学的书籍，被尊为"中国的第一等的文学家"，腔调更为刻薄，分明是影射鲁迅无疑。事实上，直至 1933 年萧伯纳访沪，邵洵美与鲁迅在现实生活中并无交集，显见邵洵美对鲁迅的恶感更多是出于对其立场的排斥。鲁迅在 1933 年 2 月写就《看萧和"看萧的人们"记》一文中第一次提及邵洵美，讲到赠送萧伯纳礼物的环节，"这是由有着美男子之誉的邵洵美君拿上去的，是泥土做的戏子的脸谱的小模型，收在一个盒子里"[2]。虽然有些揶揄的味道，语气还算平和。同月发表的《从盛宣怀说到有理的压迫》固然挞伐了邵洵美外祖盛宣怀，但显然是感时而作，并无针对邵洵美的意图。真正引发鲁迅与邵洵美旷日持久论战的其实是一场关于"文人无行"的论战。最初章克标在《申报·自由谈》发表《文人》一文引发讨论，谷春帆、鲁迅、邵洵美等人先后卷入。邵洵美于 1933 年 8 月 20 日在《十日谈》上发表《文人无行》一文，把文人逐一分类，其中不乏对当时文坛知识分子的蔑视与挞伐。鲁迅遂在《申报·自由谈》发表《登龙术拾遗》一文，以章克标《文坛登龙术》一文为引，讽刺其时文坛："要登文坛，须阔太太，遗产必需，官司莫怕"，"最好是有富岳家，有阔太太，用陪嫁钱，作文学资本，笑骂随他笑骂，恶作我自印之"[3]。云云。显然，鲁迅的嬉笑怒骂是朝向邵洵美而去的，邵洵美也不甘示弱，撰文反击。其后直至鲁迅去世，三年时间内，两人之间的文字交攻未尝停止。

1936 年 2 月，由邵洵美主持创办的《时代漫画》发表汪子美绘制的

---

① 邵洵美：《贵族区：小说卷》，上海书店出版社，2008，第 95 页。
② 鲁迅：《鲁迅全集》（第 4 卷），人民文学出版社，2005，第 510 页。
③ 鲁迅：《鲁迅全集》（第 5 卷），人民文学出版社，2005，第 291 页。

图 8-4 木刻版画鲁迅像（力群 1936 年作）

图 8-5 汪子美绘《文坛风景》

图 8-6　邵洵美画像（徐悲鸿作）

漫画《文坛风景》，对鲁迅进行了政治化标识。画面左侧鲁迅高居"普罗列塔"（普罗列塔利亚，proletariat，意指无产阶级）探身遥望，画幅右侧则是周作人身背雨伞，骑着毛驴正踏过"小布尔桥"的画面。这幅漫画还特意配了几百字的短文，称鲁迅为"左翼鲁大夫"，不乏揶揄嘲讽之意。显然在邵洵美一派文人眼里，鲁迅自行踏入无产阶级的营垒，无非是出于求得登高俯瞰的优越感。鲁迅去世后，邵洵美还在《论语》第 99 期编辑随笔中大篇幅地论及鲁迅，文章写道："他晚年的动作和口吻，的确会使许多青年受到影响，他的谩骂式的杂感文还成为一时的风气；但他有什么独创的思想可以述说？"在邵洵美看来，鲁迅是一个政治化的文坛异数，其最大的功业无非是"讽刺"而已。而论及"讽刺"，邵洵美则不无偏激地写道："他的小说是对于人生的讽刺，他的翻译是对于原文的讽刺，他的收藏木刻是对于艺术界的讽刺；他的批评文也不过是讽刺；我们甚至可以说他的信仰也无非是对于思想界的讽刺。他永久带着一张生青碧绿的脸。"① 在邵洵美看来，鲁迅的"讽刺"是了无意义的，是情绪的宣泄而已。事实上，鲁迅生前即对类于邵洵美之流的攻讦有过精辟的论述，虽然当时并非针对邵洵美，但用以回应邵洵美的批评倒是恰当的。鲁迅写道："因

① 邵洵美：《自由谭》，上海书店出版社，2012，第 48 页。

为所讽刺的是这一流社会，其中的各分子便各各觉得好像刺着了自己，就一个个的暗暗的迎出来，又用了他们的讽刺，想来刺死这讽刺者。"[1] 在鲁迅看来，真正的"讽刺"是善意的、具有建设性的，其生命在于"真实"。而一旦失去这些前提，则必然堕入所谓"冷嘲"。而今论及鲁迅之伟大，其与邵洵美隔着生死的这次交锋业已证明，毋庸多置一词。事实上，鲁迅与邵洵美的论争并非完全的意气之争，本质上是立场不同带来的观念交锋。

除了苏联版画展览会的两个文本，鲁迅与邵洵美亦曾有过在版画方面的碰撞。1933 年，鲁迅与郑振铎筹划出版《北平笺谱》，在邵洵美创办的《十日谈》杂志上，主编杨天南发文讽刺："特别可以提起的是北平笺谱，此种文雅的事，由鲁迅、西谛二人为之，提倡中国古法木刻，真是大开倒车，老将其实老了。至于全书六册预约价十二元，真吓得煞人也。"[2] 除此以外，另有施蛰存等亦对鲁迅编印古代笺谱颇多讽刺挖苦之辞。面对邵洵美等人对编选《北平笺谱》的责难，鲁迅当然是愤怒的，他在 1934 年致郑振铎的信中写道："上海的邵洵美之徒，在发议论骂我们之印《笺谱》，这些东西，真是'前不见古人，后不见来者'，吃完许多米肉，搽了许多雪花膏之后，就什么也不留一点给未来的人们的——最末，是'大出丧'而已。"[3] 客观上讲，鲁迅的编印笺谱的行为是出于对文化遗产的保存，更有以之为借鉴的意图存乎其中，绝非上海一帮文人所认为的那种一味因袭的"提倡"。1936 年鲁迅去世后，邵洵美则在《论语》半月刊第 99 期编辑随笔中这样讲道："我们可以用无论什么头衔加到鲁迅的顶上：诗人，小说家，翻译家，随笔家，幽默著作家，木刻收藏家；但他绝对不是个思想家。"[4] 不能不说，鲁迅与邵洵美的交恶旷日持久，各种零星的相互驳诘在在皆是，但其中不乏意气之争，亦有诸多因事论事的交恶，因而难以通过这些材料对二者的文艺观念、思想意识进行较为系统的分析与比较。即便邵洵美所写《劝鲁迅先生》（1935 年 6 月）、《鲁迅的造谣》（1936 年 9 月）等篇幅相对较长的文章，亦不过是情绪的宣泄和缺乏学理的指摘。因之，来自"普罗列塔"的版画艺术，确乎提供了难得的艺术时空，让鲁迅和邵洵美两个立场迥然有异，趣味大相径庭的沪上文人交相驰骋，从而让

① 鲁迅：《鲁迅全集》（第 5 卷），人民文学出版社，2005，第 46 页。
② 鲁迅：《鲁迅全集》（第 13 卷），人民文学出版社，2005，第 8—9 页。
③ 鲁迅：《鲁迅全集》（第 13 卷），人民文学出版社，2005，第 7 页。
④ 邵洵美：《自由谭》，上海书店出版社，2012，第 48 页。

人大致了解 1930 年代文坛左、右翼的知识分子相对明晰的文艺观和价值判断，庶几能够揭开中国文坛重重帷幕的一角，窥见纷繁杂芜人、事背后的政治文化、文学艺术的真正脉络。

总之，研究鲁迅与邵洵美的交集乃至民国沪上文坛生态问题，从版画传播的角度切入似乎是一个偏狭的视角。然而考虑到有关苏联版画展览会的两个文本的特殊性——其剔除了个人恩怨的琐屑之争，唯独暴露出不同立场的两个（抑或两群）人的印象、情感及心灵感受，前所未有地呈现出鲁迅与邵洵美对木刻版画乃至文艺的理念。基于这样的事实，无论如何，这是值得深入分析和比较的两个文本。

第二节　视觉维度上的《朝花夕拾》

学界对鲁迅《朝花夕拾》探讨颇多，但是鲜有从视觉维度上进行分析研判的尝试。事实上，《朝花夕拾》中近半篇什皆是以成年人的眼光捡拾儿时记忆，经由个人的独特体悟，省察出别有意味的情感悖动和历史反思，而这些"从记忆中抄出来"的篇章最大的特点即是情感与视觉化的关联，其由或真或幻的视觉化图幅的参差交错而建构出的文学景象令人印象深刻。这些视觉化图幅何以建构《朝花夕拾》文本的书写形式和思想内核，又提供了何种不同以往的体悟是值得深入探讨的。

一、视觉：鲁迅及《朝花夕拾》的另一个维度

论及鲁迅与"视觉性"的关系，学人周蕾的《视觉性、现代性与原始的激情》一文在学界有着很大的影响力。作者在文章中着意强调了鲁迅在"幻灯片"事件中所遭遇的所谓"震惊"，认为电影媒介的视觉力量对鲁迅的影响巨大，她说："鲁迅是通过了观看电影才认识到在现代世界中，'作为一个中国人'究竟意味着什么。"[①] 因而，"幻灯片事件"促使鲁迅的国家意识得以萌发，也使其发觉中国所面临的巨大困境，感受到视觉的"令人嫉妒"的影响力。毋庸讳言，周蕾的文章从视觉化的角度切入鲁迅思想波动的研究是颇有新意的，亦有诸多深刻的论析。但该文还是过度

① 周蕾：《视觉性、现代性与原始的激情》，载《视觉文化读本》，广西师范大学出版社，2003，第 264 页。

图 8-7 《朝花夕拾》封面（陶元庆作）

夸大了视觉力量对鲁迅的心理冲击，同时也弱化了鲁迅思想的承继性、渐进性。事实上，鲁迅离开仙台确乎不是仅仅出于一种来自视觉层面的"震惊"，其内心世界所暗藏的情绪显然要复杂得多。日本学人藤井省三认为："人们所说的这个'幻灯片事件'，应该是经过漫长岁月在鲁迅心中形成的一个'故事'。这个'故事'所讲述的，并非是事发当初（1905 年）的回忆，而是鲁迅在回忆这一时刻（1922 年末）的思考。"① 确如其言，这样一个故事，有近二十年的情感积淀和思想成长作为基础，并非一时一地的偶然触发。诚如竹内好所言："幻灯事件本身并不像在《呐喊》自序中所写的那样，具有形成文学志向的'开端'的单纯性质。"② 而李欧梵的看法也颇为接近"故事"之说，他指出："鲁迅描绘的那张幻灯片好像电影里的一个特写，他甚至在文本中把整个事件也处理成一个电影式的特写。鲁迅很厉害，他是故意把他的经验变成一个具有震撼力的画面。是不是真有这

① 〔日〕藤井省三：《鲁迅的都市漫游：东亚视域下的鲁迅言说》，潘世圣译，新星出版社，2020，第 69 页。
② 〔日〕竹内好：《鲁迅》，李心峰译，浙江文艺出版社，1986，第 59 页。

张图片已经无所谓。"① 李欧梵没有把鲁迅放在一个被"震惊"的位置，而是将"幻灯片事件"定义为鲁迅针对个人记忆的一种文学化改造，因此这种"震惊"也就变成了鲁迅思想启蒙的一部分，是其想主动施于受众的一种刺激。在论及文学和影像的关系时，周蕾认为："在 20 世纪，正是摄像和电影这样的新媒体所带来的视觉力量，才改变了作家们对文学本身的思考。无论是有意识还是无意识，这种新的文学模式是无可争议地被彻底媒介化了，其中也包含着对技术化视觉的反应。"② 这种观点虽然有其部分合理性，但周蕾还是有意无意地忽略了这种新文学模式建构的时间线性。事实上，这种所谓的"媒介化"背后有着作家个体的差异性、技术发展的时代性及视觉媒介的多元性等复杂因素，即经由视觉力量激发从而改变的对文学的思考和表现的情状，其实是存在巨大差异的。譬如 20 世纪初年相当多的乡土作家未必能有条件和热情对新媒体有所反应；而对不同区域的作家而言，京派作家与海派作家对"技术化视觉"的反应也殊为不同，一如难以把沈从文和穆时英统统划归为建构"新文学模式"的"作家们"。因而把那些境遇各各不同，文化语境迥然有异的创作个体不加甄别地统合到预设的学术论断下，则颇有削足适履之嫌。针对周蕾的一些学术论断，韩国学者全炯俊即很敏锐地指出其文中 film（电影）与 slide（画片）的混淆，他认为这种混淆"有可能正是她为了隐藏自己的这种不恰当性的一种策略性语法"③。总之，涉及鲁迅思想的议题，情形比及周蕾文中所涉议题要复杂许多，其间诸多长久浸淫在中国传统文化中的内在因素并不容易把握，往往需要审慎考量才能得出较为客观的结论。

　　周蕾从视觉化的角度对鲁迅精神人格及文化思想的分析，展现出一种崭新的学术思路，虽然些许论述不免有所偏颇，但仍然是有价值的。如果从同样的原点出发，即会发现对"幻灯片事件"有所记述的另一个文本《藤野先生》，在视觉维度上同样有着值得深入分析的空间。比较这两个文本中关于砍头场景的记叙，会发现两种记述显然是有所差别的。《〈呐喊〉自序》描绘了相对真实的场景，凸显出"看"与"被看"两方麻木的

---

① 李欧梵、罗岗：《视觉文化·历史记忆·中国经验》，载《视觉文化读本》，广西师范大学出版社，2003，第 12 页。

② 周蕾：《视觉性、现代性与原始的激情》，载《视觉文化读本》，广西师范大学出版社，2003，第 271 页。

③ 〔韩〕全炯俊：《文字文化和视觉文化——文化研究的鲁迅观一考察》，《鲁迅研究》2006年第 4 期。

图 8-8　藤野先生

表情，给予更远一层的观看者鲁迅以视觉的强烈视觉冲击；或者可以说，在《呐喊》自序中鲁迅想要讲述一个关于视觉化的故事，表达出那种画面对弱国子民在当时日本政治文化语境下的震惊，即便这种"震惊"并不见得如同周蕾所说的那样对鲁迅的文学转向具有决定性作用。而在四年之后写就的《藤野先生》中，讲到"幻灯片事件"时，鲁迅则这样记叙："但偏有中国人夹在里边：给俄国人做侦探，被日本军捕获，要枪毙了，围着看的也是一群中国人；在讲堂里还有一个我。"[1] 鲁迅把视角从幻灯片所展示的血腥场面中移开，蓦然见到教室里的情形——被砍头的示众材料、围观的国人、日本学生，更为重要的是"还有一个'我'"！这便构成了更为复杂的"看"与"被看"的关系网络。由此可见给鲁迅带来心理冲击的不仅仅是幻灯片所展示场景本身，更有其时的空间环境所带来的重压。而谈到《藤野先生》，李欧梵也认为："由于这是一篇回忆自己日本老师的散文，它在一个更具体化的场景中呈现了'幻灯片事件'的始末，在《藤野先生》中，鲁迅透过这一事件建构了一个多重的'看'与'被看'的关系，而在这种多重的'看'与'被看'的关系中，他表达出的体验极其深广而复杂。"[2] 李欧梵相当深入地分析了鲁迅的内心体验——不光作为一个观看者，同时还是一个被日本同学"观看"的对象，其所感受到的显然不仅仅

---

[1]　鲁迅：《鲁迅全集》（第 2 卷），人民文学出版社，2005，第 317 页。

[2]　李欧梵、罗岗：《视觉文化·历史记忆·中国经验》，载《视觉文化读本》，广西师范大学出版社，2003，第 9 页。

是一种"震惊",更有以往所未曾深刻体验到的五味杂陈的心绪。竹内好认为:"他在幻灯的画面里不仅看到了同胞的惨状,也从这种惨状中看到了他自己。"①总之,在《藤野先生》这篇回忆性的散文中,淡淡的文字所记叙的这一场景中交织着受刑者、看客、鲁迅、日本同学等多个主体的多重视野,构成了复杂的视觉关系场。而这一场域中每个主体如何理解他所凝视的对象物,他们所呈现出的麻木、兴奋、悲哀、鄙薄等种种心绪如何呈现出某种政治文化权力建构的秘密,都是值得深入辨析的。回到《藤野先生》一文,鲁迅在文末写道:"每当夜间疲倦,正想偷懒时,仰面在灯光中瞥见他黑瘦的面貌,似乎正要说出抑扬顿挫的话来,便使我忽又良心发现,而且增加勇气了,于是点上一枝烟,再继续写些为'正人君子'之流所深恶痛疾的文字。"②这饱蕴深情的笔墨却又似无意地回到了视觉层面。似乎可以说,"幻灯片事件"建构了一个富有政治意涵的公共空间,在这种空间中鲁迅承受了多重的刺痛,这种刺痛对其思想的转型起到了催化的效用;而寓所中藤野先生的照片却建构了一个私人的情感空间,其满蕴回忆和思念的个人凝视则在20年后继续激励着他改造国民性的努力。从视觉出发又以视觉收束的《藤野先生》多少可以说明以视觉维度对《朝花夕拾》的切入是有其合理性的。

当然,仅从《藤野先生》一篇来论证《朝花夕拾》的视觉性显然是不够的。也可以说,不论是《〈呐喊〉自序》还是《藤野先生》中所提及的"幻灯片事件",仅仅只能作为鲁迅作品视觉维度上"立人"思想建构的一个逻辑起点,一个改造国民性的发端。1907年,也就是"幻灯片事件"的次年,鲁迅写就《文化偏至论》一文,切中肯綮地指出:"是故将生存两间,角逐列国是务,其首在立人,人立而后凡事举。"③其以放眼世界竞逐,叩问民族存亡的宏阔气度,把"人"的确立作为国族发展的核心要义,鼓励张扬个人精神,倡导实现个体价值。而追溯其来处,想必与"幻灯片事件"前后积郁甚久的压抑情绪不无关联。另外,鲁迅那段时间集中发表在《河南》杂志上的其他几篇论文则从各个层面阐述其"立人"之说。其中《人之历史》讲人类进化问题;《摩罗诗力说》谈人的抗争与不妥协的精神;《科学史教篇》则论科学之于发展救国之重要性;《破恶声论》则强

---

① 〔日〕竹内好:《近代的超克》,李冬木等译,生活·读书·新知三联书店,2005,第57页。
② 鲁迅:《鲁迅全集》(第2卷),人民文学出版社,2005,第319页。
③ 鲁迅:《鲁迅全集》(第1卷),人民文学出版社,2005,第58页。

调人的自我发现之于群体觉醒、国族强大的意义。凡此种种，都与《文化偏至论》里所揭橥的思想前后呼应，共同构建了鲁迅最初的"立人"思想体系的核心，其后在鲁迅多年的文学实践中一以贯之的即是这样一条思想线索。当然，这种思想并非仅仅体现在鲁迅的小说杂文之中，在回忆性散文《朝花夕拾》中亦可以见到。即如 1940 年署名怀霜评价的那样："鲁迅一生的散文，只有《朝花夕拾》十篇忆满抒情的作品。而这几篇文字，与他的议论文字不过形貌不同而已，却一样藏着一个战士的心魂。"① 这一论述体现出对鲁迅思想核心的深刻认识，充分肯定了这些温煦文字背后的价值判断，在当时的语境下殊为不易。而回到《朝花夕拾》，其所凸显出的关于"人"的期许则集中在以人为本位的个性发展及以人情、人性为旨归的趣味张扬。鲁迅在诸多作品中所表达出的社会历史观念和国民性塑造的理想并未在这部散文集中以严峻的形貌呈现出来，而是以或温婉或戏谑或嘲讽的口吻道出，甚而至于，在后记中，鲁迅以学术研究的方式，经由爬罗剔抉的考证来呼应其在往事追忆中所流露出的情怀。事实上，架构起这一切的显然还有往往为受众所忽略的视觉因素。王西彦在一篇札记里谈及对《朝花夕拾》的喜爱，他说："曾经有过一个时期，这种喜爱简直达到废寝忘食的程度，只要一闭上眼睛，就看见长妈妈睡在床上摆成一个'大'字的姿势，三味书屋里那位高而瘦的老先生仰起头大声朗读'铁如意，指挥倜傥，一座皆惊呢'的模样，还有那黑黑瘦瘦的戴眼镜的藤野先生向学生介绍'我就是叫作藤野严九郎的'时的神情。"② 这段印象式的评述特别强调了"看见"的阅读体验，充分体现出其对《朝花夕拾》中视觉化因素的敏感。从读者的角度去看，《朝花夕拾》中种种可以"看见"的图幅虽然琳琅满目，然而并非是毫无理路的碎片，而是串接在"人的主体性"这一条线上的珍珠。鲁迅曾用文学的笔法怀想过已经消逝的故乡："这时候，我的脑里忽然闪出一幅神异的图画来：深蓝的天空中挂着一轮金黄的圆月，下面是海边的沙地，都种着一望无际的碧绿的西瓜，其间有一个十一二岁的少年，项带银圈，手捏一柄钢叉，向一匹猹尽力的刺去，那猹却将身一扭，反从他的胯下逃走了。"③ 与《故乡》中那种想象性的视觉化建构虽然有

---

① 中国社会科学院文学研究所鲁迅研究室编《1913—1983 鲁迅研究学术论著资料汇编 3》，中国文联出版公司，1987，第 52 页。

② 王西彦：《第一块基石》，上海文艺出版社，1980，第 167 页。

③ 鲁迅：《鲁迅全集》（第 1 卷），人民文学出版社，2005，第 502 页。

图 8-9　《山海经》之"刑天"（明代蒋应镐绘本）

图 8-10　鲁迅收藏的民间版画《老鼠娶亲》（现存北京鲁迅博物馆）

所不同，《朝花夕拾》中的诸多篇什对记忆的重新体验往往基于具体而微的图幅。譬如《狗·猫·鼠》中画着"八戒招赘""老鼠招亲"的画纸；《阿长与山海经》中画着"人面的兽""九头的蛇"和"没有头而以两乳当作眼睛的怪物"的《山海经》；《二十四孝图》中画着雷公电母、牛头马面、黑白无常的《文昌帝君阴骘文图说》和《玉历钞传》等等；不唯如此，还有深刻在记忆中的种种视觉化场景，如五猖会的盛况、百草园的景致、戏台上的活无常等。从《朝花夕拾》的首篇《狗·猫·鼠》到《后记》一文都可以见到或隐或显地埋藏在字里行间中的记忆画幅，其或为令儿童印象深刻的民间图绘，或为闪烁在心灵深处的景象，所描绘大多是关于神话、民俗、生活和教化的图幅，但所关涉的却是教育、文化、国民性改造的重大议题。显然，在鲁迅这一文本的记述形式的背后，仍然还有诸多可以深入挖掘的空间存在。其对视觉化图幅的青睐，对儿童心理的描摹，对前尘往事的深情怀想，背后究竟有着怎样的心理源流，都是值得重视的。也可以说，《朝花夕拾》在不乏温情的记叙中凸显出与《狂人日记》所揭橥的"救救孩子"的主题和对礼教文化批判的一致性是无疑义的，但应该更深入地看到其在文章中终究还是有对"立人"念兹在兹的苦心。

二、读图：《朝花夕拾》中的画幅与人的主体性建构

"在'立人'的视阈中，鲁迅对独立个体予以了特别的强调，并引发了他对人的主体性的高度关注。"① 事实上，鲁迅对人的个性、自主性及情感的充分肯定是自年轻时就抱持的一种态度，其也在各类文体的创作中呈现出这种一贯的思想。"盖惟声发自心，朕归于我，而人始自有己；人各有己，而群之大觉近矣。"② 即国人先得有自我意识，能够真正认识自我，发出自我的声音，做自己的主人，个人才有希望，国家乃可兴盛。他在《摩罗诗力说》中曾大力抨击老庄之学把国人引入"乃独图脱屣尘埃，惝恍古国"③ 那种脱离现实，蹈入虚无的用心，实质上即是一种对人的主体性建构的焦灼。鲁迅所期许的人的主体性建构落实在理性与情感两方面，即去伪存真，摈弃虚妄的教化与扭曲，重视人的自然情感与欲望，才能达成"人之所以为人"的目的。以上种种，体现在其创作上，则表现为对真善美的倡导。事实上，鲁迅日本留学时期即对黑格尔建立所谓"理性的宫殿"来供奉"诚善美"三位一体的女神之说是不无赞许的。在这样的前提下，反观《朝花夕拾》的写作，可以显明地看到其饱蕴乡愁，充满怀想的文笔之背后，并非仅仅是一种隔了久远时空的感喟，更有一份以现代意识审视传统文化、以人本思想反省道德规训的意图。应该注意到的是，这种反顾与沉思，更多情况下是诉诸视觉层面的呈现及研判。《二十四孝图》一文，劈头就是"我总要上下四方寻求，得到一种最黑，最黑，最黑的咒文，先

① 黄健：《鲁迅的"立人"与中国文化的现代转型》，载《旧邦维新：新民·新人研究30年文集》，中国发展出版社，2018，第377页。
② 鲁迅：《鲁迅全集》（第8卷），人民文学出版社，2005，第26页。
③ 鲁迅：《鲁迅全集》（第1卷），人民文学出版社，2005，第69页。

来诅咒一切反对白话，妨害白话者"①。鲁迅出人意料的沉痛捭击，剑指是
古非今的名流、学者、教授，将这些颠顸卫道之流视为寇仇，其疾声厉
色，未尝不令人讶异。究其根源，是因为这样一班人，"要使孩子的世界
中，没有一丝乐趣"②。鲁迅笔下的被诅咒者不光企图禁绝浅白易懂的白话
文，甚而至于要荼毒一切有利于儿童身心发展的事物，这是鲁迅深恶痛绝
的行径。他曾在文章中怀着深切的同情回忆这样的往事："我的小同学因
为专读'人之初性本善'读得要枯燥而死了，只好偷偷地翻开第一叶，看
那题着'文星高照'四个字的恶鬼一般的魁星像，来满足他幼稚的爱美的
天性。昨天看这个，今天也看这个，然而他们的眼睛里还闪出苏醒和欢喜
的光辉来。"③儿童对外部世界的感知更多要通过视觉的途径，借由图画的
阅读，涵养爱美的天性，培养健全的人格，然后才有"人的主体性"得以
建构的希望，可是在其时的中国这些竟成歧途禁区。在《上海的儿童》一
文中，鲁迅讲到日俄德法英诸国的儿童画之各富特色，或聪明，或雄厚，
或粗豪，或漂亮，或沉着，而反观中国的儿童画本，往往弥漫着衰惫的气
象，难怪他痛切地觉出"中国儿童的可怜"。鲁迅认为种种施于儿童的压
迫，不光来自家庭中亲权、父权，更有社会上道德威权，其中最为典型者
莫过于对儿童爱美天性的戕害，以至中国儿童未及成年大都泯灭了天性，
或堕入钝滞，或竟成顽劣。总之，其时的中国内以儒释道的哲学，外以伦
纪道统的戒条，致力于取消人的主体性，瓦解个体的独立人格，终致国人
在精神奴役中蹈入精神麻木、愚昧、无知的状态之中，这与鲁迅的"立人"
思想有着根本的对立，也是《朝花夕拾》所着力批判的靶标之一。

　　《朝花夕拾》小引中讲到该作"文体大概很杂乱，因为是或作或辍，
经了九个月之多"。想在往事的追忆中寻找一丝情感慰藉的鲁迅于在在皆
是的现实焦灼中，显然是难得如愿的，其漫笔追怀间仍然时时跳出对过往
的深情追述，对民族痼疾沉疴、教授名流之辈冷嘲热讽，因而行文意出多
端，文体自然驳杂。可如果细细梳理，仍然能够看出真正支起《朝花夕拾》
行文桩脚的最终还是诸多意蕴复杂的图幅。这些图幅在视觉层面上大约可
以划为印象式图幅和具象式图幅，前者大致都是从记忆中打捞出来的心灵
幻景，而后者则是诉诸绘画的文本。譬如《从百草园到三味书屋》中充满

---

① 鲁迅：《鲁迅全集》（第 2 卷），人民文学出版社，2005，第 258 页。
② 鲁迅：《鲁迅全集》（第 2 卷），人民文学出版社，2005，第 258 页。
③ 鲁迅：《鲁迅全集》（第 2 卷），人民文学出版社，2005，第 259 页。

诗意地描摹了百草园的景致："不必说碧绿的菜畦，光滑的石井栏，高大的皂荚树，紫红的桑椹；也不必说鸣蝉在树叶里长吟，肥胖的黄蜂伏在菜花上，轻捷的叫天子云雀忽然从草间直窜向云霄里去了。"①其以充满童趣的"视觉再现之语言"呈现出满蕴生命活力的场景，更张扬儿童的天性。而在《五猖会》中，鲁迅先是特特肯定了《陶庵梦忆》所记述扮演水浒人物祈雨的盛况为"白描的活古人"，后又回忆自己亲见迎神赛会的热闹场景，以这样两幅充满欢乐气氛的图幅作为铺垫，陡然转入被父亲勒令背诵《鉴略》的场景："朝阳照着西墙，天气很清朗。母亲、工人、长妈妈即阿长，都无法营救，只默默地静候着我读熟，而且背出来。在百静中，我似乎头里要伸出许多铁钳，将什么'生于太荒'之流夹住；也听到自己急急诵读的声音发着抖，仿佛深秋的蟋蟀，在夜中鸣叫似的。"②鲁迅以三幅视觉化场景的对比，凸显出儿童在父权之下被压抑的天性，其用意显然不是借由记忆重现民俗文化鲜活的一面，而是用不经意的笔墨披露出传统中国家庭所习见的压迫与扭曲。从受众角度而言，大多数读者往往并未注意到《五猖会》无非是在三幅视觉化场景的参差对比之中，道出压在作者心底无限的隐痛。而鲁迅自认为"写法较差"的《范爱农》一文，似乎在视觉层面的解读空间并不大，但事实上其在文章中还是展现给读者一个令人印象深刻的人物肖像。1912 年 3 月，范爱农在致鲁迅的信中写道："如此世界，实何生为，盖吾辈生成傲骨，未能随波逐流，惟死而已，端无生理。"③其不无凄凉的控诉，实在是对黑暗的现实、非人的环境的一种控诉。是年7 月 19 日收到范爱农死讯后的鲁迅，在 22 日挥笔写下《哀范君三章》的诗句，其中"白眼看鸡虫"的犀利笔锋直刺当时绍兴颟顸群丑。他在诗后注解："昨忽成诗三章，随手写之，而忽将鸡虫做入，真是奇绝妙绝，辟历一声，群小之大狼狈。"④鲁迅以"鸡虫"之谐音，暗讽中华自由党绍兴分部骨干何几仲等辈，诚为痛快淋漓，而范爱农之"白眼"的形象则在十余年后《范爱农》一文中再次呈现出来。鲁迅曾说："要极省俭的画出一个人的特点，最好是画他的眼睛。"⑤《范爱农》一文三次写到范爱农的眼睛：先是在轮船上初见范爱农，"他瞪着他多白的眼"。后是同乡会上对范

---

① 鲁迅：《鲁迅全集》（第 2 卷），人民文学出版社，2005，第 287 页。
② 鲁迅：《鲁迅全集》（第 2 卷），人民文学出版社，2005，第 272 页。
③ 鲁迅：《鲁迅全集》（第 2 卷），人民文学出版社，2005，第 332 页。
④ 鲁迅：《鲁迅全集》（第 7 卷），人民文学出版社，2005，第 450 页。
⑤ 鲁迅：《鲁迅全集》（第 4 卷），人民文学出版社，2005，第 527 页。

爱农的印象，"这是一个高大身材，长头发，眼球白多黑少的人，看人总像在渺视"①。最后写到和范爱农在家乡的偶遇，"他眼睛还是那样"。鲁迅借由这样"画眼睛"的笔法，呈现出一幅有着鲜明特征"白眼看鸡虫"的人物肖像，此固然是一种记忆中的形象，仍然有着令人印象深刻的视觉化效果。借由此种笔法，鲁迅在《朝花夕拾》中图绘出在陈腐的礼教文化、恶劣的政治环境中辗转的个体，流露出对那些备受凌虐的灵魂的同情，其用心最终还是回到人之主体性建构的议题之上。

除了前述"印象式"的图幅撑起《朝花夕拾》的行文之外，还有诸多篇章中对流传于民间的各种绘本给予深入的述评，从儿童心理的角度表达出对虚伪礼教的深刻批判及对"活着，苦着，被流言，被反噬"的所谓"下等人"的深切同情。这些流传于民间的画幅也是《朝花夕拾》中铺垫意绪的基石。在《朝花夕拾》中，《二十四孝图》当然算最为典型的视觉化文本。鲁迅通过"读图"的方式，从《二十四孝》插图中择取案例，以考据的方法呈现出中国近代孝文化如何由人之常情中出走，终至于偏执和虚伪的过程。其内核虽然延续了礼教伦纪"吃人"的判断，然笔触则更加深入地延宕到生活肌理层面，探讨到人之生趣的问题，其与鲁迅在诸多其他文章中揭批伦纪纲常、礼教道德的意旨实在是殊途同归。鲁迅认为中国的家庭早已崩溃，实则是讲维护家庭的礼教系统已经濒于瓦解，唯其无改革之方向和动力，才得以残喘，究其原因"便全在一意提倡虚伪道德，蔑视了真的人情"②。而《二十四孝图》中的"老莱娱亲""郭巨埋儿"及"卧冰求鲤"等教化图幅即是对这种虚伪的极致发挥，更是对人之本性的扭曲。之于涵养人格、建构人的主体性而言，鲁迅认为后起的生命尤为宝贵，更有价值，因此对儿童的教育则尤为重要，而给予孩子阅读的图画如何择取至为重要。"孩子是可以敬服的，他常常想到星月以上的境界，想到地面下的情形，想到花卉的用处，想到昆虫的言语；他想飞上天空，他想潜入蚁穴……所以给儿童看的图书就必须十分慎重，做起来也十分烦难。"③即是基于这样的认知，《二十四孝图》中这种夸张孝行、一意卫道的企图，戕害人情、禁锢天性的居心尤使鲁迅出离愤怒。而周遭所谓"正人君子"之流，鼓噪教化，宣扬人伦之"恩"，终至封建遗毒广为流布，延绵不绝，

① 鲁迅：《鲁迅全集》（第2卷），人民文学出版社，2005，第322页。

② 鲁迅：《鲁迅全集》（第1卷），人民文学出版社，2005，第143—144页。

③ 鲁迅：《鲁迅全集》（第6卷），人民文学出版社，2005，第37页。

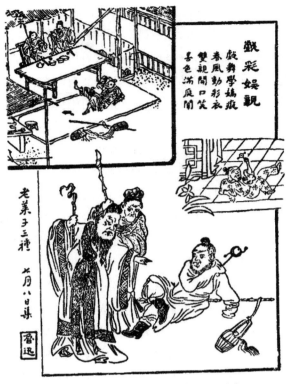

图 8-11　鲁迅绘《老莱子三种》

也是鲁迅所竭力攻击的。在鲁迅看来，纲常伦纪的压迫使国人湮灭了"爱"的天性和内心的纯净朴素，导致"本位应在幼者，却反在长者；置重应在将来，却反在过去"①的后果，是令人痛心的。但鲁迅并未完全陷入绝望，他对于回归"人的主体"仍有信心，指出已然觉醒的人，"此后应将这天性的爱，更加扩张，更加醇化"②。他认为："便在中国，只要心思纯白，未曾经过'圣人之徒'作践的人，也都自然而然的能发现这一种天性。"③事实上，"纯白"之辞早就见于鲁迅十余年前所作《破恶声论》一文，意指内心纯净，未受教化荼毒的元初、朴素的状态。而"纯白人"的主体一为劳作终岁的"朴素之民"，二则为儿童。在鲁迅看来，这些才是中国未来的希望。由此可见鲁迅基于《二十四孝图》中的视觉化图幅所生发出的种

---

① 鲁迅：《鲁迅全集》（第1卷），人民文学出版社，2005，第137页。
② 鲁迅：《鲁迅全集》（第1卷），人民文学出版社，2005，第140页。
③ 鲁迅：《鲁迅全集》（第1卷），人民文学出版社，2005，第138页。

图 8-12　鲁迅手绘无常图

种议论，"立人"思想仍然是其根本的源流。"鲁迅深味伪善对中国人的戕害，他一生都保持着对虚假的警惕。"[1] 而其不遗余力的抨击，无非是要打破罩在国民身心之上的虚伪的礼教外壳，发掘出人的本真。《朝花夕拾》中的《无常》一文虽然信笔写来，漫谈民风民俗，却树立起奇异的无常形象，显然也是这样的用意。这篇文章对《玉历钞传》中的"活无常"画像进行了细致描摹，在行文中透露出对于"活无常"的钟爱。"身上穿的是斩衰凶服，腰间束的是草绳，脚穿草鞋，项挂纸锭；手上是破芭蕉扇，铁索，算盘；肩膀是耸起的，头发却披下来；眉眼的外梢都向下，像一个'八'字。"[2] 鲁迅笔下的无常既愁穷落魄，又亲和有情，尤能站在底层民众的立场上作出公正的裁判，"何等有人情，又何等知过，何等守法，又何等果决"[3]。而在《后记》中尤以大篇幅进行图文并茂之考证的仍然是活无常的形象，他不仅在文中插入多幅北京、南京、广州、杭州、绍兴等不同地域、版本的"活无常"画像进行比较分析，考证出不同版本中"活无常"

①　孙郁：《鲁迅藏画录》，花城出版社，2015，第 259 页。
②　鲁迅：《鲁迅全集》（第 2 卷），人民文学出版社，2005，第 277 页。
③　鲁迅：《鲁迅全集》（第 6 卷），人民文学出版社，2005，第 102 页。

与"死有分"画像的种种差异，得出"'活无常'和'死有分'，合起来是人生的象征"的结论。究其用意，《后记》中的考证，既是《无常》一文的延伸，更是对民间传统文化的挖掘。不仅如此，鲁迅甚至还亲手绘制三幅"活无常"的图像作为插图，这个奔走于阴阳两端的"脚色"最为投合鲁迅的志趣。在鲁迅貌似烦琐的"活无常"的考证背后却折射了其对于人情、人性、趣味、正义等价值观的亲近和向往，更展现出其内心关于人的主体性建构的种种期许。

三、互文：参差图文与《朝花夕拾》中的对立结构

"我常想在纷扰中寻出一点闲静来，然而委实不容易。目前是这么离奇，心里是这么芜杂。"[1] 这是鲁迅 1927 年 5 月初在广州辑录《朝花夕拾》时所发的感触，而在"纷扰"与"闲静"的对峙背后则是现实与理想的冲突。其时北伐军先后攻克上海、南京等地，广州也刚刚举办完"广东各界庆祝北伐军克复沪宁大会"，鲁迅于 4 月 10 日还特意写了《庆祝沪宁克复的那一边》一文，向盲目乐观的军民发出警讯。4 月 15 日，广州事变爆发，国民党开始"清党"，大肆捕杀共产党员，中山大学亦有 40 余名学生被捕，因校方对营救被捕学生一事敷衍塞责，漠然置之，鲁迅愤而提出辞去中山大学教职。几日之间，风云骤起，波诡云谲的政治情态让鲁迅不免"目瞪口呆"。其所谓的"纷扰"与"离奇"的感叹盖出于此。这次反革命政变中亦有诸多青年甘心附逆，他们借势作恶的丑行也深深刺痛了鲁迅，后来他曾在文章中这样写道："我在广东，就目睹了同是青年，而分成两大阵营，或则投书告密，或则助官捕人的事实！我的思路因此轰毁，后来便时常用了怀疑的眼光去看青年，不再无条件的敬畏了。"[2] 显然，从绍兴出走，自南京而日本，自北平而厦门，最后至于广州的鲁迅，是经历了太多幻灭的鲁迅，他大约已经对这种种的纷扰有所厌倦。他曾这样记述其时的心绪："那时我于广州无爱憎，因而也就无欣戚，无褒贬。我抱着梦幻而来，一遇实际，便被从梦境放逐了，不过剩下些索漠。"[3] 唯其内心的"索漠"，才有寻找"闲静"的意图。这样的心境下，鲁迅不光托北京的常维钧、李霁野搜集不同版本的《二十四孝图》，还在 5 月 15 日至

---

① 鲁迅：《鲁迅全集》（第 2 卷），人民文学出版社，2005，第 235 页。
② 鲁迅：《鲁迅全集》（第 4 卷），人民文学出版社，2005，第 5 页。
③ 鲁迅：《鲁迅全集》（第 4 卷），人民文学出版社，2005，第 33 页。

图 8-13　鲁迅绘曹娥投江图

章廷谦的信中写道:"我想托你办一件要公。即:倘有暇,请为我在旧书坊留心两种书,即《玉历钞传》和《二十四孝图》,要木板的,中国纸印的更好。如有板本不同的,不妨多买几种。"[①] 不难看出,其时的鲁迅多少有些借由打捞记忆中的画幅来求得一份"闲静"的意思。也就是在这前后,鲁迅开始撰写《后记》,期间,6 月 11 日收到李霁野寄来的《二十四孝图》《百孝图》《玉历钞传》等不同绘图本书籍十余本。鲁迅在《后记》中对这些搜集来的绘本进行了详细的考证,其中尤为细致地考证了《曹娥投江》在不同版本中的绘画表现。这类考证的思想根源还是在于理想与现实的冲突,用意则在于对历史或当下道统的虚伪性予以痛击。在对这些绘本的比较分析中,可以看出不论孝女曹娥是"江干啼哭"还是正欲投江,抑或与其父"背对背"浮出江面的表现方式,都折射出在虚伪道德的禁锢下幽微诡谲的文化心理。鲁迅不由信笔感喟:"呜呼,'娥年十四'而已——的死

---

① 鲁迅:《鲁迅全集》(第 12 卷),人民文学出版社,2005,第 33 页。

孝女要和死父亲一同浮出，也有这么艰难！"① 在埋首故纸堆的一份"闲静"中，其仍对中国式的"虚伪"不能释怀。鲁迅在《后记》的行文中不仅插入吴友如所绘"曹娥投江寻父尸"的两幅插图，以视觉化的图幅表达传统文化中荒诞离奇的一幕，还把从不同版本书籍中亲手描下来的"戏彩娱亲"图三种加进文章之中，以不同形象老莱子的"诈跌""为婴儿戏"之图幅来指斥血缘亲情被伦纪纲常扭曲到极端肉麻、无趣的地步。7月7日鲁迅致章廷谦信中讲道："至于六月廿一的来信，则前几天早收到了；《玉历钞传》亦到，可惜中无活无常，另外又得几本有的，而鬼头鬼脑，没有'迎会'里面的那么可爱，也许终于要自己来画罢。"②《后记》写作前后迁延两月之久，即是在这两月之内，人事纠葛繁杂，时局动荡不居，国家民族之未来晦暗难明，鲁迅内心的纷扰可以想见，即如其所言："理想和现实本来易于冲突，理想时已经含了悲哀，现实起来当然就会绝望。"③而这种理想与现实的对立冲突从《朝花夕拾》文本的辑录本身就可看出。更需要指出的是《后记》一方面体现了鲁迅在视觉层面的志趣，另一方面则透露出其在困境中寻找"闲静"的心路历程和方法途径，是一个值得重视的图文参差辉映的范本。

约翰·伯格认为："我们只看见我们注视的东西，注视是一种选择行为。"④《朝花夕拾》（含《小引》和《后记》）这一文本在视觉维度上的种种实践还隐含了自我与他者的双重对立结构。一方面，文本内部的视觉主体借由视觉形象确立自我的社会定位；另一方面，作家借由视觉形象的择取确立自我的价值定位。譬如无论是二十四孝图还是"活无常"与"死有份"的视觉形象，实质上还是中国潜匿于民间的文化哲学的投影，即每一个社会个体所见到的并非仅仅是一种死亡的征兆，更通过这种形象来确认物我两者的关系，用以解释进而适应自我的处境。鲁迅在文章中讲到所谓"乡下人"对"死无常"的认知显明地透露出这一点。"若问愚民，他就可以不假思索地回答你：公正的裁判是在阴间！"⑤最底层的民众把生之重荷负在肉体之上，却把死后的安逸寄望于阴间的公正，因而迎神赛会中最受欢迎的不是鬼王、鬼卒，而是"爽直，爱发议论，有人情"的无常便可

① 鲁迅：《鲁迅全集》（第2卷），人民文学出版社，2005，第336页。
② 鲁迅：《鲁迅全集》（第12卷），人民文学出版社，2005，第44页。
③ 鲁迅：《鲁迅全集》（第4卷），人民文学出版社，2005，第324页。
④ 〔英〕约翰·伯格：《观看之道》，戴行钺译，广西师范大学出版社，2015，第5页。
⑤ 鲁迅：《鲁迅全集》（第2卷），人民文学出版社，2005，第279页。

以理解了。另一方面，对于鲁迅而言，其所选择的图幅也往往隐含着自我与他者对立的思想核心，凸显出其对传统文化及现实种种的价值判断。钱理群曾认为："鲁迅整个的思考，《朝花夕拾》里的回忆，始终有一个'他者'的存在：正是这些'绅士''名教授'构成了整个作品里的巨大阴影，鲁迅在《朝花夕拾》里所要创造的'世界'是直接与这些'绅士''名教授'的世界相抗衡的：不仅是两个外部客观世界的抗衡，更是主观精神、心理的抗衡。"[①] 特别值得强调的是，从视觉维度去看这种对立似乎并不典型，但确乎存在，而鲁迅的个人性也因此得以更生动地呈现。1926 年 11 月 18 日鲁迅在厦门时给许广平的信中这样写道："你大概早知道我有两种矛盾思想，一是要给社会上做点事，一是要自己玩玩。所以议论即如此灰色。"[②] "给社会做点事"，决定了其与周遭诸多所谓正人君子的对立，而"自己玩玩"则让鲁迅能够顺遂志趣，信笔追忆，于是乃有《朝花夕拾》的创作。鲁迅内心这种矛盾的纠结实质上是责任和志趣交混，自我与他者的对峙，由此也带来文字和图像参差交错的效果。而述及自我与他者的对立，《范爱农》一篇尤有可以圈点之处。报馆案中范爱农被军政府士兵用刺刀刺中大腿，身心俱痛，乃脱衣拍照，四处分送，以示地方军阀暴虐。但如鲁迅所述，因照片"尺寸太小，刀伤缩小到几乎等于无，如果不加说明，看见的人一定以为是带些疯气的风流人物的裸体照片，倘遇见孙传芳大帅，还怕要被禁止的"[③]。鲁迅以戏谑的口吻披露出个人的痛苦与抗争终究成为笑谈的荒谬现实。"身体是来源（Herkunft）的处所，历史事件纷纷展示在身体上，它们的冲突和对抗都铭写在身体上，可以在身体上面发现过去事件的烙印。"[④] 这里作为视觉化的表征的身体，除了折射出自我与他者的抗争之外，也呈现出自我的精神伤痛。竹内好曾经就范爱农这一形象提出问题："这个让鲁迅倾注如此深情的人物是在何种条件下存在的呢？换句话说，鲁迅为什么在'范爱农'身上看见了自己呢？"[⑤] 显然，之于鲁迅，这张照片即暗示着他的自我处境，渗透了其深刻惨痛的自我体验。换言之，这张照片中的"疯气"的形象，与其说是范爱农，毋宁说是鲁迅的自我镜像。鲁迅与范爱农其实是一而二，二而一的"自我"，而他们所面

---

① 钱理群：《与鲁迅相遇：北大演讲录》，生活·读书·新知三联书店，2003，第 268 页。
② 鲁迅：《鲁迅全集》（第 11 卷），人民文学出版社，2005，第 617 页。
③ 鲁迅：《鲁迅全集》（第 2 卷），人民文学出版社，2005，第 327 页。
④ 汪民安主编《身体的文化政治学》，河南大学出版社，2003，第 4 页。
⑤ 〔日〕竹内好：《近代的超克》，李冬木等译，生活·读书·新知三联书店，2005，第 31 页。

对的则是强大的外部世界的"他者"。总之，《朝花夕拾》固然是追求"闲静"之作，但每一篇中都隐含着自我与外部世界的一种对立，而从视觉层面去看，这种对立则尤能凸显，给人留下深刻的印象。有学者认为《朝花夕拾》熔铸了儿童和成年两个不同的世界，"这是两个不同的世界，却完满地溶合起来，化为一体"①。或可以说，这两个世界实则是一个有机的"自我"，而在其对面的则是充满恶意的外部世界，即"他者"。鲁迅实在是想用一种更为感性的、侧重于视觉的方式，用一种更温暖和更光明的方式去驱除巨大的"他者"的阴影罢了。

"鲁迅脚踏两只船，重提旧事并不是完全为了回到过去，而是有现实比照的动机。"② 以上种种，大概可以说明《朝花夕拾》的文本是一个异质的存在。其有追求"闲静"的企图，但是却无时不暴露出内心的"纷扰"；其有打捞记忆图幅的快意与温暖，但在文字中却透露着犀利和愤懑；其有意绪清和的情感抒发，亦有汪洋恣肆的奋勇掊击；其有儿童般纯净的视野，亦不乏思想者犀利的刀锋——这种异质涵盖文字、图像、文类等诸多方面——而在这些重重的发掘之中，就逐渐凸显出来"文本间性"的特质。总之，从外部而言，《朝花夕拾》与鲁迅其他作品当然可以形成一定的互文关系，而从其内部来说，诸篇之间亦有相当多的相互指涉，则形成一种内部的互文。如果在视觉维度上去分析《朝花夕拾》，当然可以见到其文字和图像之间跨文本的互文。就鲁迅与视觉艺术之渊源来看，这并不令人感到意外。"对鲁迅来说，视觉艺术和文学差不多具有同等意义。如果说他对这两个领域的趣味毫无联系，那倒是奇怪的事。"③ 但回到《朝花夕拾》的研究，文字与图像之间的这种关系是久被忽略的一面，即便偶有视觉层面的解读，则大多是停留在审美层面的品鉴。而真正进入这一文本，在图文参差之中，所见并不完全是文字对图像进行意义阐释，亦不完全是图像对文字所述及的思想进行直观的呈现，这两者之间的互释、映衬、增殖、对话等才是要考量的重点，仍有深入挖掘的空间和意义。

"从重视想象力和形象的角度上看文学的时候，视觉的东西是文学的

---

① 殷国明：《鲁迅与〈朝花夕拾〉》，《海南大学学报（社会科学版）》1987年第4期。
② 王本朝：《回到语言：重读经典》，广西师范大学出版社，2017，第174—175页。
③ 〔美〕韩南：《鲁迅小说的技巧》，载《国外鲁迅研究论集（1960—1981）》，北京大学出版社，1981，第332页。

本质性要素。"①《朝花夕拾》以鲜活生动的图幅,除了表达出对过往的缅怀之外,更由此生发出对传统文化、社会生活的精辟论述,其写作不仅是鲁迅对记忆中图幅的再整理,更是在视觉化维度上对其时传统文化、生活观念的一种检视和批判,而其深处所隐含的人的主体性,理想与现实、自我与他者的对立结构等具有哲学意味的议题更值得深思。

---

① 〔韩〕全炯俊:《文字文化和视觉文化——文化研究的鲁迅观一考察》,《鲁迅研究》2006年第4期。

结　语

　　阿基米德说："给我一个支点，我可以撬动地球。"他其实是强调了一种方法论的可能性，或者也附带告诉我们支点的重要性。而对于文学而言，本体性固然需要坚守，但究竟有没有一种方法论上的革新可以起到一种杠杆的作用——即使不能完全撬动现代文学研究既有的观念和体制，庶几可以见到一种特殊视角下的文学新格局？本书所要做的尝试，大致可以说是在寻找一个并不起眼的支点，以相对边缘的角度和尺度稍稍撬动一下本体性的巨石，如果能借此窥见固有范式所造成的盲区之一角，那也是有价值的。当然，还可以换一种更切近的视角，即在语境复杂的文学发展历程中，那些时时刻刻影响着作家思想变化和文学书写的种种外在因素，尤其是具有主体性、互文性和建构性的"图影"，究竟可不可以作为一种不可多得的"文本"，纳入文学研究方法论改良的流脉？答案当然是肯定的。另一方面，如果能以图影与文学发展互为镜像，以微观的文化参照物击穿现代中国文艺的宏大叙事，那么即便是较为边缘的一种历史叙事，想必亦有不可忽略的方法论层面的意义。换言之，虽然这样一种学术思路所建构的可能是一种小历史，但也可以借此发现一种开拓现代中国文艺研究大视野的契机。

　　文学与图影共建的文化空间，是一个更具历史现场感的场域，其间的作品、人物、思想意蕴的呈现，比及纯粹文学文本层面的分析更具可信度和丰富性。而对文学与图影流转脉络所进行的勘察，则是在实证、互证、参证的方法论导引下对现代中国文艺发展做出的一种阐释，而且这种阐释比文艺发展的传统论述更具细节性和丰富性的同时，也建构了现代中国文艺研究应该具备的历史品格。本书意图抓住文学与图影的流转这一关捩进行现代中国文艺发展的梳理与剖析。即便如此，仍有许多需要注意的问题，尤其是面对不同艺术门类迥然不同的历史传统、发展背景和进化速度，如何甄选出真正交融汇通的部分、提炼出真正互动相生的脉络，成为首要的议题。因此本书对与现代文学有高度相关性的艺术门类在视觉化视阈下予以甄选，重点涉及绘画、摄影、电影等艺术形式与文学的深层关联。而在绘画方面，中国传统文人绘画往往因袭过重，在很大程度上已经与时代脱节，虽然在现代中国文艺发展史上有其自我进化的轨迹，但很少与当下社会发生联系，与其他艺术门类，譬如文学亦无深层互动，因此并不是本书考察的重点。而另外一些造型艺术，如雕塑，一则传播面窄，流布范围小，更兼其发展大致囿于西方文艺复兴以来的艺术传统轨道，与现代中国文化思潮并无深入交会，因此也略过不谈。

1920 年代以降逐渐发展起来的新兴木刻版画因其联通中外艺术理念、汇聚不同文化群体、裹挟时代政治风潮，与中国 20 世纪二三十年代左翼文人、三十年代中叶以后的延安革命文艺相生相成，于是成为本书论述的重要一环。从比亚兹莱、麦绥莱勒到珂勒惠支，本书借此三个典型样本在现代中国文艺发展进程中的流变化生，勾勒出二三十年代中国文坛的现代性景观，应该有纯粹文学文本分析所不能获致的直观性和真实性，其对现代中国文艺的阐释，亦有寻常难见的亲和力。相对其他艺术门类而言，摄影是否归为艺术尚且存疑，闻一多即在《电影是不是艺术？》一文中全面否定了电影的艺术性，顺带也否定了摄影的艺术性。而本书同样不在艺术本体的层面讨论摄影的本质，而是将其以真实片段还原历史场景，重建文化语境的功能投入到文学与文化叙事的考察中去，并在此基础上最大限度地还原文艺流脉的丰富度和鲜活度。本书特意择取鲁迅、张爱玲、丁玲三个具有代表性作家的个人影像作为剖析主体（对鲁迅的分析不止有照片的分析，亦有个人画像的分析），由此窥见他们各自的心路历程与时代思潮的相克相济。同样沿着这种思路，本书还特意把现代都市上海的光影流转作为历史场景的一部分，深入分析。由此引出现代中国文艺视觉化语境下的观看与书写的议题，重点分析了新感觉派小说的城市修辞、施蛰存小说的视觉化写作和张爱玲虚无的现代性书写，部分建构了海派文学的另一种发展历史。显而易见，本书主体是建构在图影与左翼文学、海派文化和延安文艺之间关系流变考察之上的，对于京派文学而言，似乎是一种忽略。其实如同本书并不把中国传统文人画纳入文学图影流转的考察范畴一样，京派文人同样因袭了过重的文化传统，对图影的敏感度和参与度都不高，因此在本书中并未予以过多关注。譬如沈从文就对比亚兹莱毫无感觉，他虽然画功不俗，鉴赏水平也很高，但其对社会现实始终采取回避的态度，与流光溢彩的现代都市文明隔膜甚深。其在 1934 年返乡省亲途次与张兆和的通信（后由沈虎雏编为《湘行书简》）中所绘湘地风物则为传统气息浓郁的文人画风格，其实与当时湘西社会情形并没有多大关系。而周作人等人亦大多囿于书斋，耽于饮茶谈禅，与标识现代性取向的图影流转保持相当远的距离，因此也未被本书纳入考察范围。即便如此，从方法论的层面讲，周作人仍然积极倡导一种跨学科、宽视域的学术研究路径，他曾经说过："所谓文学不过是'文化'里的一部分，故而研究国文的范围一定得放大了，像哲学，史学，外国文学，经济……之类，算一块儿，才是整个儿的文化集团，也就是每个研究中国文学的人们所需要的。"① 他还特别强调所谓"文学之外"的东西，即不曾被重视的生活中的琐碎的事情，才是"真正的学问"。显然，周作人的论断既有合理的一方面，亦有稍显偏激的成分，但无论如何，这种不囿于传统学术思维的开放观念确有值得借鉴的部分。

本书的探讨已经超出了单纯文学、美术及其他艺术门类的范畴，似有走向偏狭的倾向，对过于坚持所谓文学审美本体性的研究者而言，大约会产生这样的印象。但本书始终秉持的核心理念即是可资还原更为真实的文学生产、传播、接受语境的"图影"，是不容忽视的文化史料和文学映照，对其与文学之间流转的梳理与剖析是建构现代文学研究格局的有益尝试，这种向度上的研究自有其不可替代的价值。总之，种种追问和探讨最终会归结到"图影之于文学，文学之于图影究竟有何意味？"这样的原点，因而这一路径上的学术探索是开放性的，也是充满挑战的。

1920 年代以降短暂而又漫长的三十年，在文学与图影的议题上实在有太多值得探究的区域，但囿于作者的学术能力，仍难以达到曲尽其妙的程度，不能不说是一个遗憾。但终归学术之路并无尽头，希望以后仍有机会在这一领域内进行更广泛更深入的探索。

---

① 周作人：《周作人散文全集》（第 8 卷），钟叔河编订，广西师范大学出版社，2009，第554 页。

参考书目

一、中文著作

阿英：《阿英美术论文集》，人民美术出版社，1982。

阿英：《晚清文艺报刊述略》，古典文学出版社，1958。

阿英：《晚清小说史》，人民文学出版社，1980。

包天笑：《钏影楼回忆录》，大华出版社，1971。

北京鲁迅博物馆编《鲁迅收藏苏联木刻拈花集》，人民美术出版社，1986。

毕克官：《中国漫画史话》，山东人民出版社，1982。

曹聚仁：《鲁迅评传》，复旦大学出版社，2006。

曹意强主编《艺术史的视野——图像研究的理论、方法与意义》，中国美术学院出版社，2007。

陈播：《三十年代中国电影评论文选》，中国电影出版社，1993。

陈丹青：《退步集》，广西师范大学出版社，2005。

陈丹青：《笑谈大先生》，广西师范大学出版社，2011。

陈建功、吴义勤主编《中国现当代文学图典》，文化艺术出版社，2011。

陈建功编著《百年中文文学期刊图典（上）》，文化艺术出版社，2009。

陈建华：《雕笼与火鸟》，复旦大学出版社，2011。

陈建华：《古今与跨界——中国文学文化研究》，复旦大学出版社，2013。

陈建华：《紫罗兰的魅影：周瘦鹃与上海文学文化，1911—1949》，上海文艺出版社，2019。

陈平原：《看图说书——小说绣像阅读札记》，生活·读书·新知三联书店，2003。

陈平原：《图像晚清：〈点石斋画报〉》，夏晓红编注，东方出版社，2014。

陈平原：《图像晚清：〈点石斋画报〉之外》，东方出版社，2014。

陈平原：《文明小史与绣像小说》，贵州教育出版社，2014。

陈平原：《文学的周边》，新世界出版社，2004。

陈平原：《中国现代小说的起点》，北京大学出版社，2005。

陈平原：《左图右史与西学东渐：晚清画报研究》，三联书店（香港）有限公司，2008。

陈青生编著《画说上海文学》，上海文艺出版社，2009。

陈思和编《建构中国现代文学多元共生体系的新思考》，复旦大学出版社，2012。

陈晓云、陈育新：《作为文化的影像：中国当代电影文化阐释》，中国广播电视出版社，1999。

陈烟桥：《鲁迅与木刻》，开明书店，1949。

陈阳：《"真相"的正·反·合：民初视觉文化研究》，复旦大学出版社，2017。

陈永国主编《视觉研究文化读本》，北京大学出版社，2009。

陈玉申：《晚清报刊业》，山东画报出版社，2003。

陈子善、止庵：《张爱玲的文学世界》，新星出版社，2013。

陈子善：《迪昔辰光格上海》，南京师范大学出版社，2005。

陈子善：《张爱玲丛考》，海豚出版社，2015。

陈子善编《比亚兹莱在中国》，生活·读书·新知出版社，2019。

典宗贤、鲁明军编《视觉研究与思想史叙事》，广西师范大学出版社，2012。

丁晓平：《五四运动画传》，人民出版社，2019。

丁亚平：《百年中国电影理论文选》，文化艺术出版社，2002。

丁亚平编著《中国电影历史图志（1896—2015)》，文化艺术出版社，2015。

范伯群：《中国近现代通俗文学史》，江苏教育出版社，1999。

范景中、曹意强主编《美术史与观念史》（1—10卷），南京师范大学出版社，2005—2010。

方汉奇主编《中国新闻事业通史》，人民大学出版社，1996。

丰子恺：《绘画与文学》，海豚出版社，2015。

甘险峰：《简约图像的文化张力》，暨南大学出版社，2019。

甘险峰：《中国漫画史》，山东画报出版社，2008。

高信：《民国书衣掠影》，上海远东出版社，2010。

戈公振：《中国报学史》，上海古籍出版社，2004。

葛浩文：《萧红传》，复旦大学出版社，2011。

葛元煦：《沪游杂记》，郑祖安标点，上海古籍出版社，1989。

葛兆光：《思想史的写法——中国思想史导论》，复旦大学出版社，2004。

韩丛耀：《中国近代图像新闻史》，南京大学出版社，2012。

何宝民：《书衣二十家》，海燕出版社，2017。

何林军：《图像与文学——文化转型时代的文学生存与发展问题研究》，湖
　　南人民出版社，2012。

黄克武主编《画中有话：近代中国的视觉表述与文化构图》，"中研院"近
　　代史所，2003。

黄乔生：《鲁迅像传》，贵州人民出版社，2013。

黄勇编著《回眸晚清：点石斋画报精选释评》，京华出版社，2008。

黄源：《怀念鲁迅先生》，人民文学出版社，1981。

姜澄清：《中国绘画精神体系》，贵州大学出版社，2013。

姜德明：《新文学版本》，江苏古籍出版社，2002。

姜德明编著《中国现代书籍装帧选：1901—1949》，生活·读书·新知三联
　　书店，2001。

孔令伟：《风尚与思潮：清末民国初中国美术史的流行观念》，中国美术学
　　院出版社，2008。

黎风：《图像文化时代的影像诗学》，清华大学出版社，2017。

李广宇：《叶灵凤传》，河北教育出版社，2003。

李鸿祥：《图像与存在》，上海书店出版社，2011。

李洁非、杨劼：《解读延安：文学、知识分子和文化》，当代中国出版
　　社，2010。

李今：《海派小说与现代都市文化》，安徽教育出版社，2000。

李欧梵：《都市漫游者：文化观察》，广西师范大学出版社，2003。

李欧梵：《上海摩登——一种新都市文化在中国 1930—1945》，北京大学出
　　版社，2001。

李欧梵：《现代性的追求》，生活·读书·新知三联书店，2000。

李欧梵：《中国现代文学与现代性十讲》，复旦大学出版社，2002。

李伟铭：《图像与历史——20 世纪美术史论稿》，中国人民大学出版
　　社，2005。

李孝悌：《清末的下层社会启蒙运动：1901—1911》，河北教育出版社，2001。

李勇军：《图说民国期刊》，上海远东出版社，2010。

李允经：《鲁迅藏画欣赏》，西北大学出版社，1999。

李长生：《视觉现代性的褶曲：景观社会视觉机制研究》，人民出版社，2018。

林淇：《海上才子：邵洵美传》，上海人民出版社，2002。

凌宇：《沈从文传》，北京十月文艺出版社，1988。

刘铁群：《现代都市未成型时期的市民文学：〈礼拜六〉杂志研究》，中国社
　　会科学出版社，2008。

陆弘石、舒晓鸣：《中国电影史》，文化艺术出版社，1998。

罗岗、顾铮主编《视觉文化读本》，广西师范大学出版社，2003。

罗岗：《想象城市的方式》，江苏人民出版社，2006。

吕澎：《20 世纪中国艺术史》，北京大学出版社，2006。

吕文翠：《易代文心：晚清民初的海上文化赓续与新变》，联经出版事业股
　　份有限公司，2016。

马逢洋编《记忆与想象》，文汇出版社，1996。

马凤林编著《比亚兹莱的艺术世界》，湖南美术出版社，1988。

马国亮：《良友忆旧：一家画报与一个时代》，生活·读书·新知三联书
　　店，2002。

欧阳健：《晚清小说史》，浙江古籍出版社，1997。

齐凤阁：《中国现代版画史：1931—1991》，岭南美术出版社，2010。

钱君匋：《书衣集》，山西人民出版社，1986。

钱君匋：《艺术与我》，江苏文艺出版社，2009。

钱钟书：《七缀集》，上海古籍出版社，1994。

乔丽华：《"美联"与左翼美术运动》，上海人民出版社，2016。

秦风西洋版画馆编著《西洋铜版画与近代中国》，福建教育出版社，2008。

邱培成：《描绘近代上海都市的一种方法：〈小说月报〉（1910—1920）与清
　　末民初上海都市文化研究》，凤凰出版社，2011。

人民美术出版社编辑《回忆鲁迅的美术活动 续编》，人民美术出版社，1981。

任文主编《永远的鲁艺（上、下册）》，陕西师范大学出版社，2014。

上海鲁迅纪念馆编《鲁迅与书籍装帧》，上海人民美术出版社，1981。

史书美：《现代的诱惑：书写半殖民地中国的现代主义（1917—1937）》，
　　江苏人民出版社，2007。

苏伟贞：《长镜头下的张爱玲：影像 书信 出版》，上海文艺出版社，2012。

孙郁：《鲁迅藏画录》，花城出版社，2008。

孙周兴、高士明编《视觉的思想："现象学与艺术"国际学术研讨会论文集》，中国美术学院出版社，2003。

孙周兴等编《视觉的思想："现象学与艺术"国际学术研讨会论文集》，中国美术学院出版社，2003。

唐小兵：《流动的图像：当代中国视觉文化再解读》，复旦大学出版社，2019。

陶东风、金元浦、高丙中编《文化研究》（第 3 辑），天津社会科学院出版社，2002。

滕固：《滕固美术史论著三种》，商务印书馆，2017。

滕固：《滕固艺术文集》，上海人民美术出版社，2003。

汪晖、陈燕谷主编《文化与公共性》，生活·读书·新知三联书店，1999。

汪民安、陈永国、马海良主编《城市文化读本》，北京大学出版社，2008。

王爱松：《京海派论争前后的文学空间》，上海人民出版社，2015。

王邦维、陈明主编《文学与图像》，北京大学出版社，2019。

王伯敏：《中国绘画通史》，生活·读书·新知三联书店，2000。

王德威：《落地的麦子不死：张爱玲与"张派"传人》，山东画报出版社，2004。

王德威：《如此繁华》，上海书店出版社，2006。

王德威：《想象中国的方法：历史·小说·叙事》，生活·读书·新知三联书店，1998。

王德威编《中国现代小说的史与学：向夏志清先生致敬》，台北联经出版公司，2010。

王尔敏：《近代文化生态及其变迁》，百花洲文艺出版社，2002。

王尔敏：《明清社会文化生态》，台湾商务印书馆股份有限公司，1997。

王尔敏：《新史学圈外史学》，广西师范大学出版社，2010。

王观泉：《鲁迅与美术》，上海人民美术出版社，1979。

王锡荣选编《画者鲁迅》，上海文化出版社，2006。

王晓明主编《二十世纪中国文学史论》，东方出版中心，2005。

王晓渔：《知识分子的"内战"：现代上海的文化场域（1927—1930）》，上海人民出版社，2007。

王心棋编著《鲁迅美术年谱》，岭南美术出版社，1986。

王燕：《晚清小说期刊史论》，吉林人民出版社，2002。

文振庭编《文艺大众化问题讨论资料》，上海文艺出版社，1987。

吴福辉：《都市漩流中的海派小说》，湖南教育出版社，1995。

习斌：《中国绣像小说经眼录》（上下），上海远东出版社，2016。

夏晓虹：《晚清女性与近代中国》，北京大学出版社，2004。

夏晓虹：《晚清上海片影》，上海古籍出版社，2009。

萧易：《身体图景：艺术、现代性与理想形体》，重庆大学出版社，2018。

肖伟胜：《视觉文化与图像意识研究》，北京大学出版社，2011。

谢其章：《封面秀》，作家出版社，2005。

谢其章：《漫画漫话：1910 年～ 1950 年世间相》，新星出版社，2006。

熊月之：《西学东渐与晚清社会》，上海人民出版社，1994。

徐昌酩主编《上海美术志》，上海书画出版社，2004。

徐德明：《中国现代小说叙事的诗学践行》，社会科学文献出版社，2008。

徐德明：《中国现代小说雅俗流变与整合》，社会科学文献出版社，2000。

许纪霖：《20 世纪中国知识分子史论》，新星出版社，2005。

许祖华编《鲁迅小说的跨艺术研究》，安徽大学出版社，2012。

杨红林：《经典影像背后的民国社会》，中国青年出版社，2012。

杨剑龙：《都市上海的发展与上海文化的嬗变》，上海文化出版社，2012。

杨燕、徐成兵：《民国时期官营电影发展史》，中国传媒大学出版社，2009。

杨义、中井政喜、张中良：《新文学图志》，人民文学出版社，1996。

杨义：《京派海派综论（图志本)》，中国社会科学出版社，2003。

杨义：《京派与海派比较研究》，太白文艺出版社，1994。

杨义：《中国现代文学流派》，人民文学出版社，1998。

杨义：《中国现代文学图志》，生活·读书·新知三联书店，2009。

姚玳玫：《文化演绎中的图像：中国近现代文学 / 美术个案解读》，广州人
    民出版社，2010。

姚玳玫：《想像女性》，中国社会科学出版社，2004。

姚辛：《左联史》，光明日报出版社，2005。

姚辛编著《左联画史》，光明日报出版社，1999。

叶朗：《意象照亮人生：叶朗自选集》，首都师范大学出版社，2011。

叶朗编《观·物：哲学与艺术中的视觉问题》，北京大学出版社，2019。

余凤高：《插图的历史》，中国文史出版社，2020。

俞子林主编《书的记忆》，上海书店出版社，2008。

郁云：《郁达夫传》，福建人民出版社，1984。

原小平：《中国现代文学图像论》，新华出版社，2016。

臧杰：《天下良友》，青岛出版社，2009。

张法：《文艺与中国现代性》，湖北教育出版社，2002。

张坚：《视觉形式的生命》，中国美术学院出版社，2004。

张永江：《鲁迅与编辑》，河南大学出版社，1993。

张真：《银幕艳史：都市文化与上海电影1896—1937》，沙丹等译，上海书
　　店出版社，2019。

张仲礼主编《近代上海城市研究（1840—1949年)》，上海人民出版社，2014。

张子静：《我的姊姊张爱玲》，学林出版社，1997。

赵家璧编著《编辑忆旧》，生活·读书·新知三联书店，1984。

赵宪章：《文体与图像》，人民文学出版社，2014。

赵宪章：《文艺美学方法论问题》，暨南大学出版社，2002。

赵宪章等编《文学与形式》，南京大学出版社，2011。

赵云泽：《中国时尚杂志的历史衍变》，福建人民出版社，2010。

郑樵：《通志二十略》，王树民点校，中华书局，1995。

郑振铎：《插图本中国文学史》，人民文学出版社，1957。

郑振铎：《中国古代木刻画史略》，上海书店出版社，2011。

止庵、万燕编著《张爱玲画话》，天津社会科学院出版社，2003。

中国电影艺术研究中心编《中国左翼电影运动》，中国电影出版社，1993。

钟叔河：《走向世界——近代中国知识分子考察西方的历史》，中华书
　　局，1985。

周启明：《鲁迅的青年时代》，中国青年出版社，1957。

周宪：《当代中国的视觉文化研究》，译林出版社，2017。

周宪：《激进的美学锋芒》，中国人民大学出版社，2003。

朱鸿召：《延安文艺繁华录》，陕西人民出版社，2017。

祝重寿编著《中国插图艺术史话》，清华大学出版社，2005。

宗白华：《美学的境界》，文化发展出版社，2018。

二、翻译著作

〔德〕莱辛：《拉奥孔》，朱光潜译，人民文学出版社，1984。

〔德〕瓦尔特·本雅明：《作品与画像》，孙冰编，文汇出版社，1999。

〔德〕瓦尔特·本雅明：《上帝的眼睛：摄影的哲学》，吴琼等编，中国人民大学出版社，2005。

〔德〕瓦尔特·本雅明：《发达资本主义时代的抒情诗人》，生活·读书·新知三联书店，1989。

〔德〕瓦尔特·本雅明：《机器复制时代的艺术作品》，王才勇译，中国城市出版社，2001。

〔德〕哈贝马斯：《公共领域的结构转型》，曹卫东等译，学林出版社，1999。

〔法〕加斯东·巴什拉：《空间的诗学》，张逸婧译，上海译文出版社，2013。

〔法〕埃德加·莫兰：《电影或想象的人》，广西师范大学出版社，2012。

〔法〕朱利安：《大象无形——或论绘画之非客体》，张颖译，河南大学出版社，2017。

〔法〕居伊·德波：《景观社会》，王昭凤译，南京大学出版社，2007。

〔法〕勒伯：《身体意象》，汤皇珍译，春风文艺出版社，1999。

〔法〕罗兰·巴特：《明室：摄影纵横谈》，赵克非译，文化艺术出版社，2002。

〔法〕马塞尔·马尔丹：《电影语言》，何振淦译，中国电影出版社，1980。

〔法〕麦茨等：《电影与方法：符号学文选》，李幼蒸译，生活·读书·新知三联书店，2002。

〔法〕梅洛·庞蒂：《眼与心》，杨大春译，商务印书馆，2007。

〔法〕米歇尔·福柯：《词与物：人文科学的考古学》，莫伟民译，上海三联书店，2017。

〔法〕莫罗·卡波内：《图像的肉身：在绘画与电影之间》，晓蕊译，华东师范大学出版社，2016。

〔法〕皮埃尔·布尔迪厄：《艺术的法则：文学场的生成和结构》，刘晖译，中央编译出版社，2001。

〔法〕让·波德里亚：《象征交换与死亡》，车槿山译，译林出版社，2012。

〔法〕热奈特：《热奈特论文集》，史忠义译，百花文艺出版社，2000。

〔法〕雅克·拉康等：《视觉文化的奇观：视觉文化总论》，吴琼译，中国人民大学出版社，2005。

〔法〕朱莉娅·克里斯蒂娃：《主体·互文·精神分析：克里斯蒂娃复旦大学演讲集》，祝克懿、黄蓓编译，上海三联书店，2016。

〔加〕段炼：《视觉文化：从艺术史到当代艺术的符号学研究》，江苏凤凰美术出版社，2018。

〔加〕玛格丽特·迪科维茨卡娅：《视觉文化面面观》，李芳、肖伟胜译，重庆大学出版社，2019。

〔美〕理查德·利罕：《文学中的城市：知识与文化的历史》，吴子枫译，上海人民出版社，2009。

〔美〕W.J.T. 米歇尔：《图像理论》，陈永国、胡文征译，北京大学出版社，2006。

〔美〕W.J.T. 米歇尔：《图像学：形象、文本、意识形态》，陈永国译，北京大学出版社，2020。

〔美〕戴安·娜克兰：《文化生产：媒体与都市艺术》，译林出版社，2001。

〔美〕亨利·詹姆斯：《小说的艺术》，朱雯等译，上海译文出版社，2001。

〔美〕鲁道夫·阿恩海姆：《视觉思维》，光明日报出版社，1987。

〔美〕鲁道夫·阿恩海姆：《艺术与视知觉》，四川人民出版社，1998。

〔美〕马泰·卡林内斯库：《现代性的五副面孔》，顾爱彬、李瑞华译，商务印书馆，2002。

〔美〕茂莱：《电影化的想象：作家和电影》，邵牧君译，中国电影出版社，1989。

〔美〕莫德尔：《文学中的色情动机》，刘文荣译，文汇出版社，2006。

〔美〕詹姆斯·艾尔金斯：《视觉研究——怀疑式导读》，雷鑫译，江苏美术出版社，2010。

〔美〕苏珊·朗格：《情感与形式》，刘大基、傅志强、周发祥译，中国社会科学出版社，1986。

〔美〕苏珊·桑塔格：《论摄影》，艾红华、毛建雄译，湖南美术出版社，1999。

〔美〕罗伯特·索尔索：《认知与视觉艺术》，周丰译，河南大学出版社，2019。

〔美〕詹姆斯·埃尔金斯：《图像的领域》，蒋奇谷译，江苏凤凰美术出版社，2018。

〔英〕彼得·伯克：《图像证史》，杨豫译，北京大学出版社，2008。

〔英〕罗杰·弗莱：《视觉与设计》，易英译，江苏教育出版社，2005。

〔英〕马尔科姆·巴纳德：《理解视觉文化的方法》，商务印书馆，2005。

〔英〕约翰·伯格：《看》，刘惠媛译，广西师范大学出版社，2005。

〔英〕诺曼·布列逊：《视觉与绘画：注视的逻辑》，浙江摄影出版社，2004。

〔英〕艾伦·卡斯蒂：《电影戏剧艺术》，郑志宁译，中国电影出版社，1992。

〔英〕柯林伍德：《历史的观念》，商务印书馆，1997。

〔英〕罗杰·弗莱：《弗莱艺术批评文选》，沈语冰译，江苏美术出版社，
　　2013。

〔英〕约翰·伯格：《影像的阅读》，台北远流出版公司，1998。

〔日〕内山嘉吉、〔日〕奈良和夫：《鲁迅与木刻》，韩宗琦译，人民美术出
　　版社，1985。

〔日〕伊藤虎丸：《鲁迅与日本人：亚洲的近代与"个"的思想》，李冬木
　　译，河北教育出版社，2000。

〔日〕内山完造：《上海下海：上海生活 35 年》，杨晓钟等译，陕西人民出
　　版社，2012。

〔日〕内山完造：《花甲录》，刘柠译，九州出版社，2021。

〔日〕藤井省三：《鲁迅的都市漫游：东亚视域下的鲁迅言说》，新星出版
　　社，2020。

〔日〕竹内好：《近代的超克》，李冬木等译，生活·读书·新知三联书
　　店，2005。

三、画集、摄影集

〔比〕麦绥莱勒：《麦绥莱勒画展：从 1917 至 1958 年作品》，对外文化协
　　会，1958。

〔比〕麦绥莱勒：《没有字的故事》，山东人民出版社，1999。

〔比〕麦绥莱勒：《光明的追求》，山东人民出版社，1999。

〔比〕麦绥莱勒：《我的忏悔》，山东人民出版社，1999。

〔比〕麦绥莱勒：《一个人的受难》，山东人民出版社，1999。

〔德〕珂勒惠支：《凯绥·珂勒惠支版画选集》，鲁迅编辑，人民美术出版
　　社，1956。

〔德〕珂勒惠支：《珂勒惠支素描》，韩守杰编著，辽宁美术出版社，2013。

〔德〕柯勒惠支：《柯勒惠支画集》，马路编，中国文联出版公司，1992。

〔法〕亨利·马蒂斯：《马蒂斯画集》，高宗英编著，中国文联出版公司，1999。

〔日〕大村西崖、〔日〕田岛志一编著《浮世绘三百年：日本古代俗世生活图卷》，湖北美术出版社，2020。

〔日〕葛饰北斋、〔日〕歌川广重等：《浮世绘画集》，浙江人民美术出版社，2019。

〔意〕弗朗西斯科·莫雷纳：《浮世绘三杰：喜多川哥麿、葛饰北斋、歌川广重》，袁斐译，北京美术摄影出版社，2017。

〔英〕比亚兹莱：《比亚兹莱画选》，中国美术学院出版社，2019。

《阴骘文图证》，清代费丹旭图，许光清集证，清道光二十四年蒋光煦别下斋刊本。

《古今列女传》（存卷三），明内府彩绘本，明解缙等奉敕撰。

《鲁迅编印画集辑存》，上海人民美术出版社，1981。

中国现代美术全集编委会编《中国现代美术全集》（版画一），贵州人民出版社，1998。

北京鲁迅博物馆编《鲁迅编印版画全集》，译林出版社，2019。

朝花社选印《蕗谷虹儿画选》，上海合记教育用品社，1929。

丰子恺：《护生画集》（上下），中国友谊出版公司，1999。

古元：《古元木刻选集》，东北画报社，1949。

黄乔生编著《1881—1936 鲁迅影集》，人民文学出版社，2018。

黄新波：《新波版画集》，人民美术出版社，1978。

赖少其：《赖少其画集》，人民美术出版社，1983。

李伯元主编《绣像小说》（全十册），上海书店，1980。

林月雄主编《世界名画选集》，河北美术出版社，1986。

刘运峰校订《梅菲尔德木刻士敏土之图；凯绥·珂勒惠支版画选集；一个人的受难；〈城与年〉插图》，南开大学出版社，2017。

刘运峰校订《苏联版画集》，南开大学出版社，2017。

刘运峰校订《艺苑朝华附〈木刻纪程〉》，南开大学出版社，2016。

鲁迅、郑振铎编《北平笺谱》，西泠印社出版社，2016。

罗光达、蒋祖林编《丁玲摄影集》，辽宁美术出版社，1993。

吕胜中编著《中国民间木刻版画》，湖南美术出版社，1990。

马昌仪：《古本山海经图说》，山东画报出版社，2001。

马达绘：《宋庆龄藏中国新兴木刻版画》，上海人民美术出版社，2014。

穆家善编《扬州八怪书画集》，黄山书社，2017。

人民美术出版社编辑部编《印象派画选》，人民美术出版社，1983。

沙飞摄：《沙飞纪念集 摄影集》，海天出版社、山西人民出版社，1996。

沈建中编《时代漫画（1934—1937）》（上下），上海社会科学院出版社，2004。

司徒乔：《司徒乔画集》，人民美术出版社，1980。

唐振常主编《近代上海繁华录 摄影集》，商务印书馆，1993。

王焱主编《明代绣像版画文献辑存》（1—2辑），线装书局，2019。

韦君琳编《比亚兹莱黑白装饰画选》，安徽美术出版社，1994。

吴山明编《宋元绘画作品精选》，浙江摄影出版社，2018。

吴庠铸编《点石斋画报的时事风俗画》，人民美术出版社，1958。

吴友如等画：《点石斋画报》（上下），上海文艺出版社，1998。

吴友如绘：《飞影阁图集》，连环画出版社，2014。

萧乾编选《英国版画集》，山东画报出版社，2000。

杨永胜编《世界十大名画家画集》，北京工艺美术出版社，2003。

永昌编《吴友如画集》，上海远东出版社，2015。

张仃：《张仃画集》，人民美术出版社，1982。

张建儒主编《延安革命纪念馆木刻版画集：汉英对照》，中国画报出版社，2013。

郑振铎编《万历版画集》，中国版画史社，1942。

中国美术馆编《中国美术馆藏抗战八年木刻作品集》，广西美术出版社，2005。

中国木刻协会绘：《中国版画集》，上海晨光出版公司，1948。

后　记

　　"在编校中夕阳居然西下，灯火给我接续的光。各样的青春在眼前一一驰去了，身外但有昏黄环绕。"这段工作写照出自鲁迅先生的手笔，但我读来永远有种莫名的感动——文学辉映下的人生！文字浸润中的青春！多么让人唏嘘。虽然时空相距久远，但在盛夏溽暑中我校对完本书的最后一段文字后，还是体会到了与鲁迅先生心意相通的情愫与感喟。我有时候也会冥思默想，想象一个非文学的鲁迅，大概率会是一个默默湮灭的行医者吧！或者在旷野荒草中疾进，随军队突入到不知所以的炮火中，或因之而殒命；抑或在绍兴的街口挂起西医的招牌，于问诊间医治麻木的国民，落黑出门掂掂手里的铜钱朝咸亨酒店走去——这真是不能接受的。鲁迅的这段文字中还说："在无名的思想中静静地合了眼睛，看见很长的梦。"他接续的是五四精神的梦，梦的边缘是你方唱罢我登场的军阀混战现实。鲁迅的梦与其说是奢侈的，毋宁说是艰困的，尽头是"无路可走"的绝望。值得庆幸的是文学撑起了鲁迅的理想人格，渲染出彷徨与呐喊的时代轮廓，同样也是文学，寄托了那一代知识分子对国家民族的殷殷忧心与灼灼之见。

　　我年轻时也有自己的梦，萌生于大学期间与现代文学巨匠们精神交会的时日；而毕业后闭塞孤寂的乡间，纷乱的人与事，生活中的困顿与挣扎更让我对文学有种寄托哀矜的期许，于是在沉沦中发奋、在倦怠中奔突，终于借重回校园攻读硕士学位的机会走向了文学研究之路。古人有云"十年一觉扬州梦"，虽然我的梦未到十年，但梦中的形与影、人与情，殊难忘却，而这段读硕、读博的六年光阴亦将永远地嵌入到我个人的生命里。硕士阶段跟徐德明先生读书，我每每醉心于他阐释文本时各种的奇思妙想，譬如讲到施蛰存的《将军的头》时，他曾经说，当吐蕃将领的大刀砍下花惊定将军头颅的瞬间，"将军的头"即由物象转换成意象——这个说法一下子打动了我。是的，施蛰存那种从实到虚的转换、从理到欲的推析、从事到情的书写在 1930 年代初期真是无匹的，也是极美的。2013 年 9 月重入德明先生门下攻读博士学位时，并未有太明确的研究规划，但记忆中那个丢掉头颅、无头身体在战马上不知所之的花惊定将军的形象却愈加鲜明起来，渐渐引起我对中国现代文学意象的兴趣。美学家叶朗先生曾做出"美在意象"的论断，亦有"意象照亮人生"的说法，这些显然对我也是有吸引力的。当然，生活记忆与情感体验似乎也都愿意把我朝意象研究的路径上导引。1990 年代在乡镇中学工作的那段时日，颟顸教条的管束、每每长达数月的欠薪让我感到了生之无趣与艰难。见到王小波 1994 年发表在《读书》上的一篇文章，其中"傍晚时分，你坐在屋檐下，看着天慢慢地黑下去，心里寂寞而凄凉，感到自己的生命被剥夺了"，当时读来于我有锥心之痛。所居平房门外墙角的一株灌木，枯了又绿，绿了又枯，我常坐在门口屋檐下看着这株永远长不大的灌木出神——在我恍惚的当口，它也成为一种意象了吧，挣扎着表达出狭隘角落里的生命期盼。那时的乡村时常停电，我在夜里点起蜡烛，摇曳的火头照着书桌上几本唐弢的文学史——暗夜里的烛光不只是一线光明而已，回望时似乎亦有了象征的况味，成为一种意象。总之，我攻读博士学位初期确实有朝着文学意象研究而去的倾向，而待到遍索前辈学人关于意象的著述，审视当下学界前沿所研究的相关议题时，不免又有了种种的困惑。置于抽象理论推演下的各类学说，让我心生畏惧。即便结合现代文学文本所进行的意象分析也让我难有曲尽其妙的感觉。最后还是德明先生点醒了我，他认为学术研究不该有所谓的学科界限，不必太过拘泥于纯粹意象研究的路径，譬如图像、影像甚至建筑之类也都可以纳入文学研究的范畴。

于是有了这本关于文学与图影流转的著述，虽未臻成熟，但其浸润了我对现代文学研究的感性认知，也遍洒着德明先生的关怀。每每翻检这书稿，不光可以分辨出岁月蹉跎中的个人脚迹，亦可见出我于学术之路上的踟蹰与转圜。本书关注的样本不光有鲁迅、丁玲等左翼作家，亦有极尽欲望书写的新感觉派小说家刘呐鸥、穆时英，还有介乎两者之间的张爱玲等；所涉及的艺术门类有绘画、新兴木刻版画、照片、电影等；所探讨的议题则在现代文学想象、书写、传播与生态等方面，并不局限于文学本体审美的分析与探讨。总之，自粗疏的博士论文初稿一步步进化到如今的样貌，期间不免有彷徨犹疑的时刻，所幸并未弃车走林，不是自己有多么强大的内心秉持和学术能力，更多是因为恩师在侧，自信奥援可恃而已。由文学意象而文学图像乃至于图影，显然是跨越了现代文学学科研究的框架。我也曾经困惑绘画、摄影、电影都参与到文学历史叙事之中，这究竟算是文学研究的正途还是歧路——最终还是远在苏格兰游历的老师给了我很大的信心。德明先生在所赐序言中讲道："人文的价值追索常常不知伊于胡底，而一种艺术向另一种艺术形态之间的流动是永恒。"也许从根底上讲，朝向美与善的未来前行，才是文学与艺术的终极追求，而如何接近、抵达则是路径不同而已。

2013 年重回母校攻读博士学位，2016 年撰写完博士论文并通过答辩，2019 年在博士论文基础上申请了国家社科基金后期资助项目，并在项目的资助之下经过四年增删修改，终于成就这部书稿如今的模样，迄今恰好十年——人生草草，何其愧哉！在书稿初定之时，沈玲教授、王为生副教授给予了很大的帮助，数次审阅书稿，付出了很大的辛劳，在此特别表达我的衷心谢意。我的朋友李传江、易华、张长青、盛翠菊等人亦在本书的撰写过程中提供过无私的帮助和建议，一并致谢。

最后，感谢国家社科规划办对本书的资助，也感谢徐州工程学院一直以来的支持，并特别致谢九州出版社郭荣荣女士在本书出版过程中给予的帮助。

2023 年 8 月 11 日
于徐州彭湖苑